2023 제14회

젊은작가상 수상작품집

2023 제14회

젊은작가상 수상작품집

문학동네

| 차례 |

대상

—

이미상

모래 고모와 목경과 무경의 모험

작가노트

일기 같은 소설, 일기에 가까워지려는 소설

해설 소유정

모험으로 전복하기

이미상

2018년 웹진 비유를 통해 작품활동을 시작했다. 소설집 『이중 작가 초롱』이 있다. 문지문학상, 2019년 젊은작가상을 수상했다.

모래 고모와 목경과 무경의 모험

1

본래 목경이 카페에서 남의 이야기를 엿듣는 부류는 아니었다. 그러나 누구나 만나곤 한다. 누가 듣거나 말거나 목청껏 말하는 무신경함을 넘어 카페의 모든 사람이 자기 말을 들어야 한다는 듯 심하게 거들먹대는 사람을.

목경의 옆 테이블 두 여자가 그랬다. 둘의 목소리에는 자아도취의 기색이 있었다. 자기들 대화에 서로뿐 아니라 카페의 모든 사람, 모든 식물, 심지어 물 단지까지 귀를 기울여야 한다는 식이었다. 아니면 당신들 손해라는 듯이. 그래서 목경은 부끄럼 없이 그들의 이야기를 들었다.

둘은 작가인 모양으로, 소설에 대해 말하고 있었다. 동생은 비판을 선수 치는 중이었다. 언니가 뭐라고 할세라 자기 소설의 결함을 알아서 불었고 자백의 몫만큼 언니의 위로를 받아내려 했다. 그러나 언니는 동생에게 맞장구칠 뿐 아니라 빠뜨린 걸 챙겨주기까지 했고—"얘, 그뿐이니?"—그러니 동생으로서는 자기비판에서 자기 옹호로 돌아설 수밖에 없었다.

"물론……"

물론 '물론'이겠지, 목경은 생각했다.

목경은 자신이 못됐다는 걸 알았지만 멈추지 않았다. 어쨌든 목경은 상중喪中이었다.

"핑계라고 하겠지만요, 일부러 그러는 것도 있어요."

동생이 오만한 투로 말했다. 보기에 따라 오만일 수도 아닐 수도 있었다. 침몰중인 자존심을 건져보려는 가여운 시도일 수도 있었다. 그러나 목경은 거기까지 생각하고 싶지 않았다.

"제 소설에는 '한 방'이 없다고들 하잖아요. 단편소설 특유의 좁은 지면 탓에 문장을 아껴 쓰며 굽이굽이 나아가다 순간 탁, 터뜨리는 에피파니라고 해야 할까요, 와우 포인트라고 해야 할까요, 그게 부족하다고 하잖아요. 모든 문장을 쭉 빨아올리며 꼭대기에서 탁 터뜨리는, 푹 꺼뜨리기도 하지만 그건 비위 약한 작가들을 위한 탁 터뜨림이고요. 여하튼 결정적인 한 장면, 사람의 마음을 쥐고 흔드는 한순간, 우리가 책을 덮고 고개를 젖혔을 때 공중에 떠 있는 그 뭐가 제 글에는 없대요. 근데요."

동생이 숨도 쉬지 않고 열렬히 말했다. 그러나 언니는 딴생각 중이었다. 언니는 앞사람을 보고 있었다. 언니의 맞은편에 앉은,

세 여자 중 세번째 여자, 그때까지 한마디도 하지 않은 여자가 있었다. 여자는 두 사람의 대화에 관심이 없었고 오로지 자기 물건만 뚫어지게 보고 있었다. 테이블에 온갖 물건이 널브러져 있었다. 모두 담으려면 큰 비닐봉지 너덧 개는 필요할 성싶었다.

"근데요."

동생이 다시 말했다.

"저는 '한 방'을 못 치기도 하지만 안 치고 싶기도 해요."

"어째서?"

언니가 물었다.

"왜긴요. 딴 애들이 불쌍해서죠. 소설에 쓴 모든 문장이 그 '한 방'을 위해 쓰이는 것 같잖아요. 그 한순간을 들어올리기 위해 팔을 벌벌 떨며 벌을 서고 있는 것 같잖아요. 그렇다고 제가 뭐 소설계의 대장장이가 되어 모든 문장을 평평하게 두들겨 신scene들의 평등을 꾀하겠다, 그런 건 아니고요, 그럴 주제도 못 되고요, 그저 모든 자잘함을 지우며 홀로 우뚝 선 한순간을 지지하는 것을 찜찜해한다는 거죠."

"네가 못해서 그래. '결정적 순간'을 만들어내는 건 소신이 아니라 능력의 문제야. 할 줄 아는데 안 하는 거랑 못해서 못하는 건 깔이 다르단다."

"언니."

동생의 목소리는 부드러웠다.

"못해서 못하니까 좋은 거예요. 무능해서 귀한 거예요. 잘하는데 억지로 안 하는 사람은 반드시 흔적을 남겨요. 자기 절제라는 고귀한 희생에는 어쩔 수 없는 인위가 묻어난달까요? 하하하. 세상이 그렇게 공평하답니다!"

"얘들아."

세번째 여자가 두 사람을 불렀다.

"또?"

언니가 말했다.

"진짜 싫어."

동생이 말했다.

"얘들아, 미안한데 나한테 얘네를 올려줘."

세번째 여자가 테이블 위 물건들을 가리키며 말했다.

두 사람이 친구가 내민 팔에 물건을 쌓기 시작했다. 맨 아래 책을 깔고 크기 순서대로 쌓아나갔다. 곧 물건이 턱까지 찼고 그러고도 많이 남았다.

"나머지는 우리가 챙길게."

"아니야. 내가 다 옮겨야 해. 기다려줘. 다시 올게."

언니가 떨어진 물건을 주우며 말했다.

"돌겠네."

동생의 머리가 뚝 떨어졌다.

세번째 여자가 짐을 잔뜩 안은 채 갈지자로 걸었다. 카페 문을 나서자마자 스카프가 무겁게 떨어졌다. 스카프는 여자의 발뒤꿈치에 의해 다시 카페 안으로 밀어넣어졌다. 카페 직원이 스카프를 들어올리자 생고기가 떨어졌다. 두 사람이 달려가 카페 직원에게 사과하고 생고기를 받아왔다. 두 사람은 생고기를 머그잔에 담았다—일회용 종이컵을 사용하는 것은 친구를 배신하는 일이었다.

세번째 여자에게 정신의 문제는 없었다. 정신과 몸 사이 교신의 문제라면 모를까. 어느 날 세번째 여자는 선언했다. 영원히 일회용 비닐봉지와 용기를 쓰지 않겠다고. '되도록'은 안 된다. 그러기에는 너무 늦었다. 일절 쓰지 말아야 한다. 그러나 그녀가 가게 계산대에서 주로 깨닫는 것은 어깨에 천 가방이 걸려 있지 않다는 사실이었다. 그녀는 비닐봉지를 절대 쓰지 않기로 했지만 몸이 따라주지 않았다. 스티로폼 포장재를 대신할 유리 용기는커녕 천 가방도 챙기지 않기 일쑤였다. 그녀는 완고한 덜렁이였다.

틈 없는 정신과 틈뿐인 몸의 간극을 메운 것은 무수한 규칙이었다. 천 가방을 챙기지 않았다면 맨손으로 모든 물건을 옮겨야 한다. 유리 용기가 없다면 생고기든 굴이든 가지고 있는 것으로 싸야 한다—올드 셀린, 언니가 갈색 핏물이 밴 스카프를 펼치며 말했다. 그래야 버릇을 고칠 수 있다. 그리하여 세번째 여자는 종종 슈퍼마켓 계산대에서 자기 때문에 계산 줄이 밀려 머리끝까지 화난 사람들을 향해 말했다.

"도와주세요. 물건을 저에게 올려주세요."

사람들은 골칫덩이를 치우기 위해 그녀의 팔에 물건을 쌓기 시작했다. 그러다 그만 재미를 느끼기도 했다. 애들의 생떼에서 시작해 어른들의 쾌락으로 끝나는 젠가 놀이처럼.

온갖 잡동사니를 위태롭게 품은 여자가 몸을 뒤로 젖힌 채 씩씩하게 걸었다. 사람들이 여자를 계속 쳐다보았다. 희한한 광경이었다. '하울의 움직이는 성'처럼 삐걱대고, 펠릭스 곤살레스 토레스의 사탕처럼 곧 허물어질 것 같은 짐 무더기 사람. "백 마디 말보다 이런 뇌리에 박힌 한순간이 결국 인간을 바꾸는 거 아닐까? 나만 해도 소나 돼지를 도축하는 영상을 보지 않고 있어. 보면 바뀌니까. 고기를 못 먹게 될 거야." 언젠가 세번째 여자는 그렇게 말한 적이 있었다.

목경은 세 사람의 소동을 지켜보다 머리가 아파 눈을 감았다. 장례식장에서 목경은 맹활약했다. 굵직한 일부터 사소한 일까지 도맡아 했다. 피곤했다. 게다가 장례식장은 공기가 나빴고 카페에 앉아 있는 지금까지 조문객의 검은 양말에 딸려온 먼지가 눈에 달라붙은 듯했다. 눈을 감자 물기가 돌면서 눈이 편해졌다. 그러자 어둠의 양끝을 긁으며 진자운동하던 시선도 어둠 속 한 점을 가만히 응시하게 되었다.

귀퉁이가 말리면서 불에 타 오그라지는 사진처럼 중심에서 하나의 이미지가 떠올랐다. 목경은 세번째 여자가 어둠을 가르며 다가오는 환상을 보았다. 그 구제할 길 없는 답답이가 산더미 같은 짐을 안고 뒤뚱대며 오고 있었다. 얼굴에 피 묻은 스카프를 성냥팔이 소녀처럼 두르고 림보 게임 하듯 허리를 한껏 젖힌 채.

'그러니까 이런 거란 말이지.' 목경이 눈을 뜨며 생각했다. 먼 훗날, 숨넘어가기 직전, 누군가 자신에게 오늘에 대해 묻는다면 목경은 이 이미지만을 기억할 것이다. 처음에 들었던 두 사람의 대화는 잊고.

2

목경이 상중이라고 해서 대단한 상을 당한 것은 아니었다. 고모가 죽었고 그마저 모르고 넘어갈 수도 있었다.

어느 집이나 그러하듯 목경의 집안에도 사고뭉치가 두 명 있었고 그중 한 명이 고모(다른 한 명은 무경)였다. 고모는 사 남매 중 막내로 부모와 같이 살았다. 보기에 따라 부모에게 얹혀산다고도 부모를 모시고 산다고도 할 수 있었다. 죽기 전 십 년 정도는 가족과 연락을 끊고 어딘가에서 살았다. 십 년이 길어 보이지만 아는 사람들은 알 텐데 후딱 지나간다.

어릴 적 목경은 고모를 '결혼 안 한 고모'라고 불렀다. 다른 별명으로는 '모래 고모'가 있었다. 그것은 고모 자신의 농담에서 유래한 것으로, 고모는 자기 형제의 출생 순서와 가치를 이렇게 설명하곤 했다. "목경아, 쌀보리 놀이 알지? 쌀에 손을 닫고 보리에 가만있는 놀이. 쌀만 환영하는 놀이. 그걸 우리 형제에 대보면 이리된다. 큰오빠 쌀. 큰언니 보리. 작은오빠 쌀. 아들 둘에 딸 하나. 딱 좋았는데. 내가 기어이 나오고 말았어. 그러니 나는 보리에도 못 미치는 모래 아니겠니?"

환영받지 못한 막내딸. 처지는 자식. 결혼하지 않고 부모와 살며 무상으로 가사와 돌봄과 간병 노동을 제공하고도 끝까지 용돈 말고 자기 재산은 갖지 못한 사람. 종합병원 진료일이면 부모가 비굴한 얼굴로 거실 한 번 자기 얼굴 한 번 보며 "그래도 나 죽으면 이거 다 네 거 아니겠니" 거짓말하는 꼴을 봐야 했던 사람. 다

알면서도 "엄마, 가요" 웃고 말던 사람. 이따금 수틀리면 가출하곤 하다가 아예 사라져버린 집안의 사고뭉치. 고모의 마지막 모습은 이랬다. 엄마를 모시고 종로3가역 9번 출구에서 종로12번 마을버스를 기다리다 사라져 영영 돌아오지 않았다.

이렇게 말하면 목경의 고모가 불쌍해 보이겠지만 고모에게는 어떠한 상황에서도 자기 자신을 특별하게 보는 재주가 있었다. 고모와 목경은 '쌀보리 놀이'에 모래를 추가했다. 그들에게는 모래가 쌀이었다. 목경은 쌀 대신 '모오오래애애' 친근하게 늘여 발음하던 그 소리에 고모의 주먹을 잡고 기쁨의 비명을 지르곤 했다. 고모의 별명 '모래'는 두 사람의 비밀스러운 규칙이었다.

한때 고모는 목경의 집에서 살았다. 목경은 아직 학교에 다니지 않고 무경은 초등학교 5학년일 무렵이었다. 고모의 작은오빠인 목경의 아버지가, 어머니에게 가출한 동생의 소재지가 자신의 집임을 알리자 목경의 할머니는 이렇게 말하며 기뻐했다.

"나쁘지 않구나. 너에게도 막내에게도. 아귀가 잘 맞아."

당시 목경의 집은 또 한차례 권태가 불어닥치고 있었다. 목경의 부모는 나쁜 사람들은 아니었지만, 잘 질렸다. 서로에게뿐 아니라 자식에게도 주기적으로 질렸다. 권태기의 어망이 너무 넓어 부부뿐 아니라 자식에게까지 닿았고, 그럴 때면 그들은 목경과 무경의 얼굴을 골똘히 보며 '얘네는 누구지?' 싶었다. 두 사람은 밤늦게 들어오기 시작했다.

아버지야 직장에 다녔으므로 늦게 퇴근하면 그만이었지만, 자신도 직장에 다녔어야 했다는 것을 너무 늦게 깨달은 엄마는 아침부터 밤까지 무언가를 배우러 다녔다. 오전 운전, 오후 산악, 밤 영어.

부모에게 권태기가 오면 목경과 무경은 행복했다. 제한받던 과자와 금지당한 수사 프로그램. 자매는 빈집에서 혀가 얼얼하도록 과자를 먹으며 연쇄살인범의 '잔혹한' 범행 수법을 시청했다. 부모는 아주 늦게 들어왔다. 도주중인 살인자가 문 앞에 와 있을 것 같은 설렘과 공포의 시간, 밤 열한시 반, 계단을 타고 엄마가 흥얼대는 (어학원에서 'would'의 불규칙적 습관 용법을 위해 배운) 카펜터스의 〈Yesterday Once More〉가 들려오곤 했다. 한번은 거실에서 아이 목소리를 흉내내는 오싹한 소리가 들려 나가보니 엄마가 어둑한 식탁에 앉아 〈시애틀의 잠 못 이루는 밤〉 속 꼬마의 대사를 외고 있었다. "택시 기사가 엠파이어스테이트빌딩을 가리키며 꼬마 조나에게 물었습니다. '올라가서 뭘 할 거니? 꼭대기에서 침을 뱉을 거니?' 조나가 말했습니다. 'No, I'm gonna meet my new mother.'"

목경의 할머니가 '아귀가 맞는다'고 한 이유는 그 시점에 고모가 목경의 집에 들어간 것이 마침맞았기 때문이었다. 고모는 일종의 'new mother'로서 오빠의 집에 살며 조카들을 돌봤다. 할머니는 기발하게도 고모의 가출이 목경 가족 네 명뿐 아니라 고모 자신에게도 이득이라고 여겼다. 할머니가 보기에 모든 사람에게는 아이를 향한 일정량의 사랑이 있고 때로 그것은 바닥났다. 목경의 부모가 밖으로 도는 까닭도 아이 사랑 함량이 다 떨어졌기 때문이다. 반대로 목경의 고모처럼 아이가 없어본 사람은 종종 쌓인 아기 사랑을 풀어줘야 한다.

훗날 목경은 할머니의 그 사상이 남성의 '성욕 배출 신화'를 여성의 '모성 배출 신화'로 교묘히 바꾼 것임을 알았다. 여성의 모성도 남성의 성욕처럼 통제할 수 없으며 일단 불러일으켜지면 아무 아이를 붙잡고서라도 해소해야 한다는 사상이었다. 할머니가 자기 생각을 정말 믿었는지는 알 수 없지만 덕분에 목경의 아버지는 동생에게 미안해하지 않을 수 있었다. '다 저 좋아서 하는 일이다.' 그는 생각했다. '말랑말랑한 아이를 조몰락대고 싶은 자기 욕심을 채우려는 것뿐이다.'

갈급한 모성 배출 욕구 때문인지 고모는 목경과 끝내주게 놀아줬다. 목경은 하루에 한 번은 고모와 놀다가 흥분해 토했다. 반면 무경은 고모에게 관심이 없어 보였다. 무경은 사람보다 책을 좋아했다. 무경은 방에서 책만 읽었고 화장실에 갈 때도 자기 발을 보며 걸었다. 무경이 학교에 가면 두 사람은 무경의 방에 침입했다. 무경이 읽는 책의 제목을 적어 서점에서 찾아봤다. 대체 이 언니는 뭘 읽고 사나. 뭔 생각을 하며 사나. 목경은 물론 그런 건 관심 없었고, 오직 고모와 매일 똑같이 탐정놀이를 하는 것이 좋았다. 반복은 목경에게 깊은 위안을 주었다. 그런 목경과 달리 고모는 무경이 무슨 책을 읽는지 궁금해했다. 고모는 침대 밑에 기이한 자세로 기어들어가—무경에게는 자기 직전까지 책을 읽다가 잠이 임박해오면 빠른 손목 스냅을 이용해 읽던 책을 침대 밑으로 날리는 버릇이 있었다—구해낸 책을 골똘히 읽었다. 책이 아니라 책 주인의 머릿속을 들여다보는 듯이. 그런 고모를 재까닥 알아차리면 목경은 갑자기 배가 아팠다. 고모의 관심을 다시 제 쪽으로 옭아매고 싶었다.

어느 날 두 사람은 무경의 비밀 리스트를 찾았다. 침대에 올라가 뛰다가 우연히 천장에 쓴 글씨를 발견했다. 두 사람은 '천장의 리스트'를 적어 서점으로 뛰어갔다. 국회도서관에도 갔다. 모두 헛수고였다. 사서의 도움으로 그 리스트가 걸작이지만 한국에는 번역되지 않아 읽을 수 없는 책을 쓴 작가들의 이름임을 알았다. 무경은 『세계 추리소설 걸작선』 같은 책을 읽고 마음에 드는 작가를 모은 모양이었다. 책을 읽지 못하니 작가의 관상, 계보상의 위상, 구미를 당기는 소개 글 등이 선정에 영향을 미쳤으리라.

목경이 어린 나이에도 묘하다고 느낀 것은 무경의 리스트가 적힌 위치였다. 왜 천장일까. 침대에 누워 하염없이 올려다볼 수 있는 곳. 뒤늦게 생각해보면 그런 것이 다 징후였는지도 몰랐다. 목경은 언니를 따라 침대에 누워 천장—자기 방에는 고작 야광 별이 붙어 있는—의 글씨를 보면 어김없이 무섬증이 일었다. 목경은 자신이 왜 공포를 느끼는지 이해할 수 없었다.

목경은 나중에야 이해했는데 그건 천장의 리스트가 무한한 가능성을 지녔기 때문이었다. 읽을 수 있는 책이 상대적으로 단단한 현실이라면 읽을 수 없는 책, 읽을 수 없어 상상만 할 수 있는 책은 너무 많은 여지를 제공했다. 에도가와 란포—당시에는 책이 번역되지 않았거나 어쨌든 초등학생인 무경은 구하기 어려웠다—, 그 이국의 이름이 불러일으키는 무한한 가능성, 영감, 상상이 까만 폭포수처럼 쏟아져내려 어린 언니를 홀리고 짓누른 게 아닐까. 그러면서 언니는 점점 현실에서 멀어져 어딘가로 흘러간 게 아닐까. 수십 년 뒤 햄스터를 두 마리에서 백 마리로 늘리는 사람으로. 밥솥에 밥을 짓고 일 년 후에 열어보는 사람으로. 고모에 이은 집안의 두번째 사고뭉치로.

그러나 그것은 나중의 일로, 당시의 목경은 무경을 질투했다. 고모는 노는 건 목경과 놀지만 왠지 무경을 더 가깝게 느끼는 것 같았다. 그래서 목경은 걸음마하는 아이처럼 고모의 양손을 붙잡고 다녔다. 목경은 '똥꼬'가 가려워도 참았다. '똥꼬'를 긁으려고 손을 놓는 순간 언니가 고모의 빈손을 채갈 것 같았다. 아니면 기다렸다는 듯 둘의 손이 자동으로 붙거나. 고모가 집에 있는 동안 목경은 늘 피곤했는데, 호시탐탐 붙으려는 두 사람을 떼어놓는 데 기력을 다 써서였다. 그리고 목경의 예감이 옳았다.

그 일은 겨울에 일어났다. 세 사람이 시골로 짧은 여행을 갔을 때의 일이다. 원래는 고모와 목경만 가려고 했는데 무경도 같이 가게 되었다. 여행 허락을 구하는 고모에게 목경의 부모는 큰애도 데려가라고 했다. 고모가 차를 몰지 못해 세 사람은 버스와 택시를 이용하고도 엄청 걸었다. 고모는 멀리 파란 창고가 보이는 갈대밭 옆 갓길에 자매를 세워두고 '츄츄'를 데려올 테니 기다리라고 했다. 그리고 얼마 안 있어 '츄츄'를 둘러메고 나타났다.

목경이 '츄츄'가 엽총이라는 것을 알게 된 것은 갓길에서 한 시간은 족히 더 들어간 묘지에서였다. 산을 오르는 동안 '츄츄'는 총집에 들어 있었으므로 목경은 접힌 이젤이라고 생각했다. 철제 울타리 문을 열고 들어가자 깔끔하게 손질된 봉분이 보였다. 높고 양지바른 무덤가에 서니 세 사람이 걸어온 길이 훤히 보였다. 며칠 전 내린 눈으로 멀리 보이는 산은 희었고 아랫길에도 잔설이 남아 있었지만 묘지의 눈은 모두 녹고 없었다. 산을 오르는 내내 '센베이' 모양으로 돌돌 말린 갈색 낙엽만 보다 묘지에 자라는 형광색 야생화 두어 포기와 추위 속에서도 자라는 푸릇푸릇한 잡초를 보자 목경은 기분이 좋았다. 세 사람은 햇빛을 느끼며 잠시 서 있었다.

탕.

나뭇가지가 흔들렸고 새가 날아갔다.

목경은 태어나 그런 소리는 처음 들었다.

"꾸우꾸 꿋구. 꾸우꾸 꿋구."

고모가 방금 놓친 멧비둘기의 울음소리를 흉내냈다. 총신을 꺾자 연기와 함께 탄피가 솟았다. 큰 '건전지' 두 알이 풀숲에 떨어졌다. 목경의 눈에는 12게이지 탄이 그렇게 보였다. 고모가 새 탄약을 약실에 '쓱' 밀어넣었다. 그것이 목경의 기억을 자극했다. 생각해보니 더 어릴 적에도 목경은 고모와 여행한 적이 있었다. 그때는 여름이었고 역시 엄마와 아빠는 없었으며 무경도 없었던 것 같다. 장마로 비가 엄청나게 왔고 텐트를 친 계곡가는 언제라도 무너질 것 같았다. 얇은 텐트 천 아래로 잔돌이 끊임없이 흘러내렸고 사방에서 천둥 같은 물소리가 났다. 목경은 너무 춥고 두려워 차라리 정신을 놓고 싶었다. 그리고 그것은 목경의 장기였다. 목경이 정신을 놓기 위해 온정신을 기울이자 서서히 열이 올랐다. 얼마 안 있어 목경에게, 집에서 종종 그러하듯, 은총 같은 고

열의 혼미가 찾아왔다.

그후로는 기억이 가물가물했다. 고모가 목경을 발가벗기고 꼭 안은 채 엉덩이에 좌약 해열제를 '쓱' 밀어넣었던 것 같다. (이 부분에서 기억이 교차했다. 훗날 목경은 남자들이 약실에 총알을 넣는 것을 성행위에 비유하며 낄낄대는 것을 보고 불편한 기시감을 느꼈다.) 또한 목경이 기억하는 것은 고모의 몸에 맺힌 고모의 것인지 자신의 것인지 모를 짭조름한 땀방울을 빨아먹던 감각이었다. 목경은 고모와 함께 물에 휩쓸려 어딘가로 떠내려가 둘만의 생활을 꾸리길 남몰래 바랐었다.

"고모가 꿩 잡아올 테니 여기서 기다려."

고모가 자매에게 조끼를 입히며 말했다. 깨진 거울 조각을 붙인 조끼였다. 목경이 몸을 흔들자 빛이 어지러이 흩어졌다.

"고모가 아까 올라오면서 멧돼지가 파헤친 무덤 보여줬지? 엉망이었지? 여긴 멀쩡하지? 여긴 멧돼지 안 와. 그러니 딴 데 가지 말고 여기 있어야 해. 조끼 벗지 말고."

"나 눈 아파."

거울에 반사된 빛이 목경의 눈을 찔렀다.

"안 돼. 절대 벗지 마. 너흰 작아. 작은 것들이 풀 속에서 촐싹대다가 누가 꿩인 줄 알고 쏘면 어쩌려고. 빛이 나야 총에 안 맞지. 해가 지기 전에 돌아올게."

고모는 미러볼이 된 자매에게 『버섯 도감』을 남기고 숲속으로 사라졌다. 아무것도 못 잡으면 버섯이라도 끓여먹어야 하니까, 하고 말했지만 목경은 도감이 무경을 위한 고모의 배려임을 알았다. 아니나다를까, 무경은 금세 도감에 빠져들었다. 머리를 깊게 숙이고 세밀한 버섯 그림을 골똘히 보았다. 훗날 목경은 책에 파묻힌 무경의 얼굴을 떠올리며 '버섯은 밖에 있었잖아……' 하고 생각했다. 자신이 버섯 그림을 참고삼아 진짜 버섯을 찾아다닌 것과 달리 무경은 버섯 그림에 만족했다. 오히려 무경이 책에서 얼굴을 떼고 허공을 볼 때, 거기서 진짜 버섯이 생겨나는 듯했다. 나중에 목경은 사전에서 도감의 뜻을 찾아봤다. "그림이나 사진을 모아 실물 대신 볼 수 있도록 엮은 책"이라는 정의가 언니에게는 '그림과 사진이 실물, 현실 그 자체'라는 의미로 자리매김했다는 것을 알았다. 어쨌든 고모는 사냥하러 가고 언니는 책만 봤다. 목경은 심심했고 세 명의 사람을 만났다. 무덤에서 만난 세 사람은 다음과 같았다. 첫번째 사람은 앞뒤로 박수 치며 뒤로 걷는 사람이었다. 앞뒤로 박수 치며 뒤로 걷는 사람답게 그는 곁눈으로 자매를 끝까지 보면서도 둘에게 말을 걸지 않았다.

두번째 사람은 목경을 혼냈다. 상석에 누운 늙은 사냥꾼이 향로석에 발을 올리고 있는 목경에게 내려오라고 했다. 노인의 꾸지람에 목경은 삐쳤고 그래서 노인을 바라보는 시각이 다소 굴절되었다. 사실 그는 훌륭한 엽사였다. 수십 년의 사냥 경력에도 여전히 총구를 내리고 걸었고 수렵 모자도 제대로 썼다. 그러나 목경은 모자 아래 겹으로 접힌 노인의 살찐 목덜미만 볼 뿐이었다. 목경이 노인의 눈치를 보며 다시 누웠다.

"커서 크게 되실 아가씨네!"

노인은 웃으며 꿩을 죽이러 갔다. 고라니를 만나면 고라니를 죽일 것이었다. 사냥개가 주인의 주위를 뛰어다녔다. 개가 짖어도 노인은 제때 가지 못했다. 노인이 도착하면 새는 이미 멀리 날아갔다. 그는 그대로 요양 병원에 보내도 이상하지 않을 만큼 어기적댔고, 개는 작은 분수처럼 튀어올랐다. 둘은 아무것도 못 죽일 수도 있었다. 목경에게 옆 구르기 재주를 선보이기도 한 개는, 이제 주인이 군복 바지를 입으면 먼 곳으로의 산책을 기대했다.

세번째 사람은 무경과 같은 또래로 보였지만, 아니었다. 몸집이 작되 눈빛이 야무지고 성격은 까졌다. 중학생은 되었을 것이다. 고등학생일 수도 있었다. 만년 키 번호 1번으로 몸이 작아 가진 능력보다 미숙하게 취급되는 데 이골이 난 얼굴이었다. 그래, 나를 깔보셔, 애처럼 취급해보셔, 제대로 뒤통수를 갈겨줄 테니까, 외치는 듯한 영리하고 골난 표정. 그는 목경과 놀아줬다. 둘은 봉분 끄트머리를 파서 두꺼비집 놀이를 했다.

"두껍아, 두껍아, 헌 집 줄게, 새집 다오."

그는 무언가를 흙속에 파묻고 괜히 무경이 들고 있는 책을 툭 건드리고는 떠났다.

목경은 그를 따라갔다. 거울 조끼를 벗고 철제 울타리를 넘어 쫓아갔다. 그러나 결국 놓쳤고 갑자기 어두워진 산길에 놀라 다시 무덤을 향해 뛰기 시작했다. 멀리 개 짖는 소리와 하산하는 사냥꾼들의 조급한 총소리가 들렸다. 옛날이었다. 총기 난사 사건이 있기 전, 총기 반납이 허술하던 시절. 해가 지고 열시까지가 정말 재밌었다. 금지된 곳에 가서 금지된 것을 쏘았다. 축사의 소들은 밤중 총소리에 유산했고 열받은 주민들은 총기를 반납하고 나오는 사람을 몽둥이로 두드려 팼다. 목경은 뛰다 말고 서서 자기 몸을 만졌다. 구멍 난 데는 없었다. 그러면 다시 뛰었다.

고모가 돌아와 있었다.

"어디 갔었니? 빨리 가자."

이제 곧 사유재산인 '츄츄'는 다시 경찰서에 갇힐 것이었다.

"여기야."

다시 조끼를 입은 목경이 마을 방향을 가리키며 말했다. 고모는 산 쪽으로 걸어갔다. 산 쪽 울타리는 짐승이 침입을 시도했는지 우그러져 있었다. 울타리 너머로 산책로도 인공의 빛도 보이지 않았다. 그 너머로는 산의 깊고 어두운 내부가 시작되는 듯했다.

"고모, 거기 아니라니까."

"총 잃어버렸어. 찾아야 해."

"난 여기 있을래요."

무경이 말했다.

"안 돼. 위험해. 같이 있어야 해."

고모가 말했다.

목경은 자신의 이마를 짚어보았다. 차가웠다. 이번에는 고열의 은총이 제때 와주지 않을 모양이었다. 고모가 손전등으로 앞을 비췄다. 미러볼 자매가 흐리게 빛을 반사했다. 옅은 빛의 무리가 총을 찾아 어두운 산길을 걸었다.

푹 꺼진 마른 도랑에 남자 둘이 있었다.

"하이라이트를 놓치셨네!"

도랑 위 세 사람을 올려다보며, 빨간색 남방을 입은 남자가 말했다.

그는 방금 '하이라이트'가 끝난 것처럼 말했지만, 고모가 보기에는 아니었다. 멧돼지 꼴을 보니 그랬다. 세 사람이 서 있는 바로 그곳에서 두 사람은 도랑에 처박힌 멧돼지를 쐈다. 총부리를 아래로 하고, 전능감을 느끼며. 개들이 멧돼지를 도랑으로 몰았을 것이고, 총알이 멧돼지 목을 관통했을 때 연기가 피어올랐을 것이다. 개들은 피를 핥고, 멧돼지는 우스꽝스러운 짧은 다리로 개들을 밀었을 것이다. 그리고 지금 보는 것과 같이 딱딱해졌다. 다리를 들고 죽은 멧돼지는 뒤집힌 책상 같았다.

"죄송하지만, 저희를 도와주시겠어요?"

고모가 말했다. 손전등 불빛에 남자의 찡그린 얼굴이 비쳤다. 그는 파란색 남방을 입고 있었다. 고모는 얼른 손전등을 내렸다.

"도와주세요."

"하루에 두 번은 안 돼."

파란 남방이 말했다.

"뭔 도움이 필요하실까?"

빨간 남방이 멧돼지 이빨에 끈을 매며 물었다. 그는 친구보다 서글서글했다.

"총을 잃어버렸어요. 빨리 찾아야 하는데 밤인데다가 제가 애들까지 데리고 있어서요."

"애들을 맡아달라고?"

빨간 남방의 말에 목경은 놀라 주저앉았다.

"아니요, 같이 찾아주시면……"

"주시면?"

빨간 남방이 조정漕艇하듯 몸을 젖히며 말했다. 끈이 팽팽해졌다. 산기슭까지 사체를 끌고 가려면 끈이 빠지지 않아야 했다.

"우리는? 아줌마 총 찾아다니면, 우리는 언제 총 반납하고?"

고모가 대답을 망설이는 사이 파란 남방이 물었다. 그는 화를 주체하지 못했다. 그러나 고모는 그의 짜증 밴 질문보다 빨간 남방의 모호한 질문—"주시면?"—에 더욱 신경이 쓰였다. 망설이는 고모를 보고 빨간 남방이 넉살 좋게 말했다.

"오늘 이 친구가 까칠해도 이해해요. 낮에 된통 당했거든. 여자한테 당하구 애한테 당하구. 그래서 좀 예민해. 이렇게 하면 어떨까 싶은데. 어차피 밤에는 못 찾아요. 날 밝으면 같이 찾아줄게."

"선생님들 총은요?"

"아, 우린 신경쓸 거 없어요. 이거 좀 떠서 갖다주면 파출소 사람들도 뭐라고 안 해. 당신 총포 소지 허가증도 취소 안 당하게 해줄 수 있어. 대신."

"정말 감사합니다."

"놀까?"

"미친 새끼."

"아침까지 우리랑 놀아줘야지."

"미친 새끼. 그렇게 당하고도."

"불쌍하잖아. 애들도 귀엽고."

빨간 남방이 자매를 보며 말했다.

"안녕. 삼촌 해봐, 삼촌."

무경은 〈사랑으로〉—담임선생님이 전교조였다—, 목경은 〈아빠의 얼굴〉을 불렀다. 다섯 사람은 모닥불에 둘러앉았다. 남자들은 불을 잘 피웠고 일단 노래부터 시켰다. 그들은 멧돼지 털을 벗기며 자매의 노래를 들었다.

"나 그 노래 너무 슬퍼."

빨간 남방이 손에 튄 털을 칼등으로 쓸며 말했다.

"어젯밤 꿈속에 나는 나는 날개 달고 구름보다 더 높이 올라 올라갔지요…… 죽은 애가 천국에서 자기 아빠를 내려다보며 부르는 노래잖아. 너무 슬프지 않아? 여기가 찌르르."

빨간 남방이 자기 가슴에 칼을 대며 말했다.

"요샌 왜 이리 마음이 싱숭생숭한지 모르겠어. 아까 낮에 무슨 일이 있었는지 알아?"

빨간 남방이 〈아빠의 얼굴〉을 따라 불러서 목경은 기분이 좋았다. 언니는 치사하게 이주호 작사 작곡의 〈사랑으로〉라는 어른 노래를 불렀다. 그렇지만 자신이 선택되었다.

목경이 가장 빨리 적응했다. 파란 남방은 좀 그랬지만 빨간 남방은 삼촌이라고 부를 수 있었다. 집에 가서 그릴 그림일기의 구상이 모닥불 위로 떠올랐다. 아이들의 그림에는 주술적 효과가 있다. 그래서 그림일기가 그렇게 중요한 것이다. 목경은 고모와 빨간 남방이 결혼하는 그림을 그릴 것이었다. 멧돼지가 주례를 보고, 삼촌은 빨간 턱시도를 입을 것이다.

무경은 화가 난 것 같았다. 무경은 눈이 나빠진다는 이유로 『버섯 도감』을 뺏겼다. 책은 모닥불에 던져졌다. 그후로 무경은 여봐란듯 말없이 앞만 봤다. 고모는 목경처럼 재밌게 '놀고' 있었다. 목경의 눈에는 그렇게 보였다. 그렇지 않다면 어떻게 누가 일 초마다 머리를 누르는 것처럼 고개를 끄덕일 수 있겠는가. 빨간 남방은 수다쟁이였다. 고모는 그의 모든 말에 윗점을 찍듯 고개를 끄덕였다. 리드미컬한 머리의 탄력을 받아 말들이 스타카토를 먹인 듯 통통 튀었다.

"예쁘긴 예쁜데 또 개년은 개년인지라."

끄덕끄덕.

빨간 남방이 들려준 이야기는 다음과 같았다. 오늘 빨간 남방은 좋은 만남을 가지고 있던 여성분을 산에 데리고 왔다(고모가 "여성분"이라고 하자, 파란 남방이 "분은 무슨" 하고 비웃었다. 그러나 여기서는 고모의 표현을 따르기로 한다). 그가 여성분을 속이려고 한 건 아니었다. 그는 분명 여성분에게 산에 가자고 했다. 사냥하러 간다고 하지 않았을 뿐이다. 어쨌든 여기는 산 아닌가? 여기가 바다는 아니잖아.

여성분은 총을 보고 놀란 모양이었다. 그래도 어찌어찌 잘 따라왔는데 총을 쏘는 것을 보고 사라졌다. 두 남자가 개의 부름을 따라 정신없이 도랑으로 달려가 멧돼지를 죽이고 돌아와보니 여성분이 없었다.

"여성분이 충격을 받으셨나보네요."

"분은 무슨."

파란 남방이 코웃음을 쳤다.

"나는 그런 년은 딱 질색이야. 다른 여자들은 사냥에 못 따라와서 안달이야. 멧돼지 고기 누린내 잡는 특제 소스까지 만들어와. 개를 풀었어야 했는데. 얘가 마음이 약해서."

처음에 둘은 여성분이 길을 잃은 줄 알았다. 스스로 내려갔으리라고는 상상하지 못했다. 파란 남방이 개를 풀자고 했다. 빨리 풀고 빨리 찾고 한 마리라도 더 잡자. 그러나 빨간 남방은 여성분을 놀라게 하고 싶지 않았다. 그들은 '좋은 만남'을 갖고 있었고 그 귀결이 코앞이었다. 그들은 목줄을 단단히 말아 쥐고 튀어나가려는 개와 싸우며 여성분을 찾아다녔다. 허리뼈가 부러질 것 같았다.

여성분은 주차장에 있었다. 자기 차 옆에 신문지를 깔고 산나물을 다듬고 있었다. 날이 거의 저물었다. 다시 사냥하기는 글렀다.

"제 가방 주세요."

여자를 위해, 빨간 남방은 가방을 들어줬었다. 여성분이 가방을 받아들고 차 키를 꺼냈다. 슬로 모션처럼 천천히 차문을 열고 뒷좌석에 나물을 신문째 실었다. 그러곤 갑자기 차에 올라타 문을 잠갔다.

빨간 티코가 멀어졌다. 휘청이며 빠르게 나아갔다. 두 남자는 멀어지는 차를 보았다. 희한하게도 여성분의 머리가 보이지 않았다. 몸을 옆으로 완전히 꺾은 채 차를 모는 듯했다. 아주 멀어졌을 때, 일개 엽사가 아니라 사격 선수만이 실력 발휘를 할 수 있을 만큼 멀어졌을 때에야 뒤통수가 가물가물 올라왔다.

"나 너무 속상했잖아."

고모가 그 여성분이기라도 한 듯 빨간 남방이 고모에게 입을 삐죽대며 말했다.

"여자가 나를 못 믿었다는 거잖아. 암만 화가 나도 내가 자기를 쏘겠어? 남자는 말이야."

빨간 남방이 이번에는 자매를 보며 말했다.

"믿어주는 대로 행동하게 되어 있어. 저 인간이 나를 쏘겠구나, 하면 결국 쏘게 돼. 개를 풀 걸 그랬어. 해코지를 기대하셨으니 조금은 해코지해드렸어야 하는 거 아닌가, 기대에 부응했어야 하는 거 아닌가 싶어. 그리고 신뢰 얘기가 나와서 말인데, 돌아와보니 쓸개를 빼갔더라고."

두 사람은 다시 도랑으로 돌아왔다. 멧돼지 눈알은 까마귀가 파먹고 없었다. 그건 괜찮았다. 그러나 쓸개는 백만원을 호가했다.

"웬 꼬마가 도랑 주변을 얼쩡거렸대. 겁도 없이. 우리 계좌에서 백만원을 인출해간 거지. 오늘 나 너무 재수 사납잖아. 여자한테 엿 먹고 애한테 엿 먹고. 그래서 주신 것 같아."

봉분에 만든 두꺼비집 아래—목경은 지금도 헷갈린다. 손을 덮은 흙무덤은 두꺼비의 헌 집인가, 새집인가—, 쓸개가 개미떼에 뜯기며 부패중이었다. 목경은 쓸개를 훔쳐간 범인이 아까 자신과 놀아주었던 키 작은 오빠임을 알았다. 목경은 빨간 남방에게 말하고 싶었다. '그 오빠, 꼬마 아니에요, 중학생이에요.' 그러나 무언가가 목경을 가로막았다. 빨간 티코 여자가 몸을 꺾고 위태롭게 운전하며 느낀 감각. 고모가 고개를 끄덕이며 느끼는 감각. 목경은 사람을 얼어붙게 하는 공포의 감각을 배우고 있었다.

"그래서 주께서 당신을 주셨나봐." 빨간 남방이 수줍게 말했다. "오늘 주께서 나한테 너무하셨잖아. 그래서 좋은 몫을 주신 거지. 사냥하는 여자라니. 자기 멧돼지 잡아봤어? 자기 총 뭐 써?"

고모가 모델명을 말하자 빨간 남방이 박수 치며 웃었다.

"우리 자기 허세가 장난이 아니네. 덕배라니!"

"우리 고모 총 이름 그거 아닌데요? '츄츄'인데요?"

목경이 쏘아붙였다.

목경은 왠지 부아가 났다. 공포에 통달하기에 목경은 인내심이 부족했다. 짜증스러운 공포를 아이의 천진한 비현실감으로 밀어냈고 그러다 짜증이 좀 샜다. 목경은 덕배가 더블 배럴 샷건, 총의 종류를 의미한다는 것을 몰랐다. 생소한 외국어 낱말을 구수한 한국어로 바꾸어 은어로 삼는 사냥꾼의 문화도. 어쨌든 목경 때문에 '츄츄'가 발각되었다. '츄츄'는 사적인 것이었다. 고모가 내보이고 있는 딱딱한 가면 안의 것이었다. 빨간 남방도 그것을 알아차렸다. 그는 수색견이 실종자의 티셔츠 냄새를 맡듯 '츄츄'라는 고모의 사생활에 코를 박고 킁킁댔다.

"귀여워 돌아버리겠네. 총에 이름을 다 붙였어? '츄츄'가 무슨 뜻이야? 말해봐. 에이, 말해봐요. 무슨 뜻이냐니까?"

고모는 침묵했다. 기분 나쁜 티가 났다. 시시덕대던 빨간 남방의 표정이 바뀌었다. 어느덧 멧돼지는 네모가 되어 있었다. 각 뜬 고기는 파출소 사람들에게 전달될 것이다. 그들은 침묵에 빠져

모닥불에 시선을 고정했다. 불과 마주한 얼굴은 뜨겁다못해 따갑고 추위에 노출된 등은 무감각했다. 무경은 등이 뜨겁고 얼굴이 차가울 터였다. 무경은 모닥불을 등지고 어둠을 보며 앉아 있었다.

"떫어? 떫음, 가."

파란 남방이 고모에게 말했다.

"야, 왜 또 그래."

빨간 남방이 자신의 총을 쓰다듬으며 파란 남방을 말렸다. 파란 남방은 흥분을 가라앉힐 의향이 없어 보였다. 사실 빨간 남방도 친구를 말릴지 부추길지는 너 하는 거 봐서, 하는 얼굴로 고모를 뚫어지게 보고 있었다.

"아줌마, 안 말려. 가. 애들 데리고 가서 총 찾아. 왜 여기서 이러고 있어? 남의 불 쬐고 남의 호의 바라면서 왜 여기 이러고 앉았어?"

"아니, 그게 아니고요."

고모가 머리를 조아리며 말했다.

"할 수 있잖아."

파란 남방이 말했다.

"할 수 있는데 하기 싫은 거잖아. 만약 당신이 다리가 부러져서 걸을 수 없고, 산을 오를 수 없고, 총을 찾으러 갈 수 없다면 나는 목숨을 바쳐서라도 도와줄 거야. 그런데 아니잖아. 할 순 있는데 하기 싫은 거잖아. 그런데 내가 왜 당신을 도와야 해? 더군다나 당신이 우리에게 작은 기쁨도 주지 않는다면."

"그거네!"

빨간 남방이 외쳤다.

빨간 남방이 사타구니께에서 까닥이던 총을 멈췄다. 페니스의 연장인 듯 개머리판이 귀두 끝에 닿은 총이 허공에 약간 들린 위치에서 정지했다.

"나 알았어! '츄츄'의 비밀! 츄! 츄! 츄츄! 총이 당신의 서방이구나!"

빨간 남방이 웃으며 총을 위아래로 막 흔들어댔다.

총포·도검·화약류 등의 안전 관리에 관한 법률에 따르면 총포의 소지 허가를 받은 자는 그 총포를 총집에 넣거나 포장하여 보관·휴대 또는 운반하여야 하며, 보관·휴대 또는 운반시 그 총포에 실탄이나 공포탄을 장전하여서는 아니 된다. 2021년 12월 18일 낮 열두시 삼십분께 제주시 노형동 월산정수장 입구 교차로에서 육십대 수렵인 A씨가 신호 대기로 정차중이던 자신의 차량 안에서 총기 반납을 위해 엽탄을 제거하려다 총을 놓쳐 운전석 창문을 향해 엽탄을 발사했다. 「대낮에 빵, 계속되는 총기 오발 사고, 엽사들 왜 이러나」.

뭘 모르고 하는 소리다, 그것이 빨간 남방의 지론이었다. 책상물림의 한심한 탁상공론이다. 멧돼지는 설맞으면 내장을 줄줄 흘리면서도 사람에게 달려드는 동물이다. 돌진하는 동물이다. 그런데도 법을 지킨답시고, 총을 '휴대'중이라고, 실탄을 빼놓아야 할까?

멧비둘기가 총소리에 날아갔다.

총소리가 마을까지 들렸을까. 축사의 소는 유산하고 주민들은 몽둥이를 들고 달려오고 있을까. 무경이 사라진 걸 깨달은 건 총이 발사되고 한참 뒤였다. 남자들은 두번째 수색에 나서야 했다. 개들은 생뚱맞게도 또 한 마리의 멧돼지를 도랑에 몰아넣었다. 그들은 그렇게 훈련받았다.

3

고모는 연고가 없는 지역의 작은 종교 공동체에서 죽었다. 목경은 구글에 해당 종교 공동체를 검색해봤다. 나오는 게 없었다. 고모의 사인도 단순 병사였다. 실제 그곳은 종교 집단보다 세속적인 생활 공동체에 가까웠다. 의지가지없는 사람들이 모여 낮동안 각자 일하고 밤에 같이 부침개를 해먹는 곳이었다. 교주도, 의식도 없었다. 그러나 공동체 앞에 붙은 '종교' 자가 가족들을 수치스럽게 만들었고 죽음을 쉬쉬하게 했다. 그래서였을까. 목경이 장례식에서 가장 자주 들은 단어가 '기본'이었다. 어른들은 모두 '기본'으로 하라고 했다.

"큰아버지, 불러드릴게요. 수의 1호, 면 74퍼센트, 폴리 26퍼센트, 이십오만원. 수의 2호, 면 100퍼센트, 사십오만원. 수의 3호, 대마 100퍼센트, 백오십만원. 어떻게 할까요?"

"기본으로 하렴."

장례에서 기본은 최저가를 의미했다.

고모의 장례식에 무경은 오지 않았다. 무경은 집밖에 나가지 않는 사람이 된 지 오래였다. 목경에게 언니의 몫까지 하려는 강박관념이 있었을까. 가끔 자신이 가족 행사에 지나치게 열성적이라고 느낄 때 목경은 언니가 집에서 자신을 조종하고 있는 듯한 느낌을 받았다. 목경은 기둥에 기대 사람들이 하는 이야기를 들었다. 이따금 기둥에서 몸을 떼고 상조회사 직원의 속을 뒤집으며.

"아니요, 방울토마토와 귤요, 기본요. 그거면 충분해요."

"……기억나요? 필리핀에서 전화 왔었잖아요. 애들 고모가 다쳤다고."

"기억나요. 필리핀 사람들이 돈을 부치라고 했었죠? 얼마였죠?"

"이백요."

"피싱이었나요?"

"모르죠. 어쨌든 돈은 부쳤어요."

"대단하세요."

"애들 아빠는 보내지 말라고 했어요. 그 사람, 자기 동생을 끝까지 용서 못했어요. 고모가 그 사람이 들어준 실비 보험을 날렸거든요. 애아빠가 십 년을 붓다가 책임감을 키워주려고 고모더러 내라고 했던 건데 안 냈죠. 한 달에 만육천원만 내면 되었는데. 자기 인생을 방치하는 사람에게 가장 맡기지 말아야 할 게 뭔지 알아요? 보험료예요. 무경이 건 우리가 평생 낼 거예요."

목경도 그날을 기억했다. 필리핀에서 전화가 왔던 날. 고모가 가족과 연락을 끊은 지 삼사 년이 지났을 무렵이었다. 수화기 너머로 사람들이 웃고 떠드는 소리가 들렸다. 파티중인 듯했다. 타갈로그어, 펑글리시Phinglish, 한국어가 뒤섞여 있었다. 어떤 사람이 서툰 한국말로 고모가 총에 맞았다고 했다. 치료비로 이백만 원이 필요하다고. 목경의 아버지가 고모를 바꿔달라고 하자 아파서 못 받는다고 했다. 뜨문뜨문—목경과 부모는 거실에 있었고, 무경은 방에 있었다—코이카, 선생님, 디어dear 또는 디어deer, 이머전시emergency 같은 말이 들렸다. 목경의 아버지가 전화를 끊자 전화벨이 계속 울렸다.

목경의 아버지는 끝까지 전화를 받지 않았다. 대신 그는 화를 냈다. 화로 불안을 밀어냈다. 그는 고모의 무책임에 대해, 보험을 날린 것에 대해, 그래놓고 자신에게 미래에 MRI 촬영비와 방사선 치료비를 청구할 것에 대해, 돈을 주든 안 주든 괴로울 수밖에 없는 자신의 무력감에 대해 미리 분통을 터뜨렸다.

보이스 피싱 가능성을 제기한 사람은 엄마였다. 두 사람은 웅크린 채 필리핀 보이스 피싱, 필리핀 국제번호, 필리핀 총기 사고 등을 찾아봤다. 목경은 무경이 이 모든 소동을 듣고 있을지 궁금했다. '언니는 알잖아.' 당장 언니의 방으로 뛰어들어가 이 일에 대해, 오래전 겨울 여행에 대해 말하고 싶었다. '언니, 고모는 필리핀에서 사슴 사냥을 하나봐. 총에 맞았나봐.'

목경은 언니의 방으로 가는 대신 자신의 방에서 통장을 가지고 나왔다.

무경이 발견된 곳은 아파트 단지였다. 다음날 아침이었고, 빨간 남방과 파란 남방이 흥미를 잃고 돌아간 지 오래였다. 그들이 헤매고 다녔던 산의 끝자락에 있는 아파트였다. 목경과 고모는 언 계곡을 따라 아래로 내려왔다. 하류에 다다르자 건너편으로 아파트가 보였다.

밤에 눈이 왔었다. 눈이 녹은 아파트 정문 쪽과 달리 뒤쪽은 여전히 눈밭이었다. 무경은 거기 있었다. 산에 면한 아파트 뒤편. 영구 임대 아파트 구역. 아파트 관리소 직원이 창고에서 염화칼슘을 꺼내려다 눈 쌓인 비닐 아래 '츄츄'를 안고 있는 무경을 발견했다. 총은 경찰서에 갇히고 무경은 고모에게 인계되었다. 멧돼지 고기를 받았는지 경찰은 고모를 그냥 보내줬다.

세 사람은 올 때 그랬던 것처럼 갈 때도 많이 걷고 택시를 타고 기차를 타고 그러고도 또 걸었다. 세 사람은 집에 올 때까지 말이 없었다. 목경이 한번 꾸우꾸, 했다가 다시 조용히 했을 뿐이다. 집에 오자 무경은 곧장 자기 방으로 갔다. 긴장이 풀린 목경이 슬슬 울음을 터뜨리려는데 고모가 무경을 쫓아갔다. 하는 수 없이 목경도 따라 들어갔다. 언니는 맞을 터였다. 그런 사고를 치다니 맞아도 쌌다. 그러나 고모는 무경을 때리지 않았다. 안아주지도 않았다. 둘은 대치하듯 멀리 떨어져 서로를 뚫어지게 보았다. 그런 두 사람을 목경은 침대에서 내려다보았다. 침대에서 뛰어봤지만 소용없었다.

목경은 그 순간을 오래 기억했다. 고모와 무경 사이에 피어나던 묘한 거리 감각. 두 사람은 친하지 않았다. 앞으로도 가까워지지 않을 것이었다. 두 사람이 손을 잡거나 살을 비비거나 땀방울을 빨아먹는 일 따위 없을 것이었다. 그러나 서로를 못박힌 듯 강렬히 보는 눈빛에서 목경이 영원히 따라잡을 수 없을 원감遠感이, 깊은 이해가 일어나고 있었다.

"왜 그랬니?"

고모가 물었다.

"나도 해봤어요."

무경이 말했다.

"할 순 있지만 정말 하기 싫은 일. 고모의 그 일을, 내가 했어요."

고모는 만화에 나오는 사람처럼 웃었다. 그러더니 이런 소릴—목경은 억장이 무너졌다—하는 게 아닌가.

"너는 내 딸이구나."

"고모, 나 열나요."

목경이 말했다. 그날이 목경이 고모에게 처음으로 존댓말을 쓴 날이었다.

4

물론 무경이 고모의 진짜 딸은 아니다. 너는 내 딸이구나. 그 말은 고모의 귀족 의식을 보여준다. 고모가 그 말을 했을 때 목경은 자신이 대관식을 보고 있음을 알았다. 누구도 모르는 고모의 비밀 원칙을 언니가 알아차렸다. 그리하여 고모는 자신이 아니라 언니에게 왕관을 수여한 것이다. 내적 기준이라고도 부를 수 있을, 고모의 비밀스러운 원칙을 알고 보면 고모의 가출은 다르게 보인다. 무경은 고작 열두 살의 나이에 그것을 알았을 뿐 아니라 더없이 간명하게 표현했다. 할 순 있지만 정말 하기 싫은 일.

그것은 할 수 없는 일과 다르다. 할 수는 있다. 할 수는 있는데 정말 하기 싫다. 때려죽여도 하기 싫다. 그러나 정말 때려죽이려고 달려들면 할 수는 있는 일이다. 그것은 가능이 아니라 선택의 영역에 속하는 일이다.

그 일을 대신 해준다는 것이 고모에게 어떤 의미였을까. 목경과 무경의 부모가 밖으로 돌았을 때, 자식을 굶겨 죽일 만큼 정신이 나가지는 않았지만 애들을 돌보기가 죽기보다 싫었을 때, 놓아지지 않는 정신이, 최소한의 양심이 저주처럼 느껴졌을 때, 차라리 불능이길 바랐을 때, 그럴 때 나타난다는 것이, 게다가 아무 설명 없이 생색 없이 철없는 가출의 형식으로 나타나 상대가 가장 바라는 것을 해준다는 것이 고모에게는 어떤 의미였을까.

좋은 마음만은 아니었을 거라고, 목경은 생각했다. 메리 포핀스처럼 날아다니며 '할 순 있지만 정말 하기 싫은 일'에 빠진 사람들 앞에 짠, 나타나는 고모에게는 오만한 고약함도 있었다. 그러나 목경은 무수한 의도 중에서 실오라기 같은 악의를 건져올리려는 결벽증을 버린 지 오래였다. 고모의 의도가 무엇이었든 사람들은 시간을 벌었다. 할 순 있지만 정말 하기 싫은 일이 (결코 하고 싶어지지는 않겠지만) 그럭저럭 하기 싫은 일로 바뀔 때까지 숨 돌릴 틈을 얻었다.

목경의 마음을 아프게 한 것은 언니가 너무 어린 나이에 그것을 알았다는 사실이었다. 겨울의 산에서 고모는 남방들의 어떠한 공격에도 웃으며 그들 너머의 어둠을 흘금거렸을 것이다. 산에서 얼어죽을 수도 있지만, 복수심에 불타는 멧돼지들의 송곳니에 치일 수도 있지만, 그래도 다리가 부러지지는 않았으니까, 말 그대로 발을 움직여 갈 수는 있으니까…… 고모는 몇 번이나 조카들과 모닥불가를 박차고 나와 숲을 헤매는 상상을 했다. 할 순 있지만 정말 하기 싫은 일. 때려죽여도 하기 싫은 일. 실은 너무 두려운 일. 왜 할 수 없는 일보다 할 수 있다고 믿는 일이 사람에게 더욱 수치심을 안겨주는 것일까. 무경은 고모의 그 일을 해주었다. 고모는 무경이 그 일을 해주었을 때 자기 안에 있는 구원을 바라는 마음을 보았다. 대체 언니는 어떤 눈을 지녔기에 그 나이에 그 마음을 봤을까, 목경은 아찔해지곤 했다.

"실뜨기에서 실을 꼬집어 올리는 것처럼요, 이렇게."

동생이 손집게를 우아하게 올리며 말했다.

두 사람은 아직도 카페에서 집에 간 친구, 세번째 여자를 기다리고 있었다.

"단편소설에서 결정적인 순간을 만든다는 것은 어떤 한 포인트를 융기시킨다는 것을 의미해요. 그 불쑥 솟은 한순간 아래 모든 문장과 장면이 깔리게 되는 거죠. 좀 비민주적이지 않아요?"

"너를 어쩌면 좋니." 언니가 웃으며 말했다. "그나저나 얘는 왜 이렇게 안 와? 맡아봐. 쉬었니?"

"완전 갔어요."

동생이 머그잔을 치우며 말했다.

목경의 자리까지 생고기 쉰내가 풍겼다.

동생은 소설에 대해 말하고 있었지만, 목경은 동생의 말을 따다 자기 상황에 대입해보았다. 특히 불쑥 솟은 한순간과, 그 아래 깔린 시시한 것들에 대해. '한 방'이 지닌 특권에 대해.

고모가 언니를 딸로 임명했을 때 목경은 무엇보다 분했다. 고모를 사랑한 것은 자신이었다. 고모와 시간을 보낸 것은 자신이었다. 고모와 살을 비비고 땀을 핥은 것은 언니가 아니라 자신이었다. 그러나 두 사람은 한순간 깊이 닿았고, 고모가 죽기 직전 떠올릴 한순간을 골라야 했다면 언니와의 기억을 택했을 것이다. 이 얼마나 분한가!

그러나 목경은 또한 알고 있었다. 어떤 기억은 통으로 온다. 가슴을 빠개며 기억의 방이 통째로 들어온다. 장의사가 고모의 발에 씌운 삼베 버선 끝에 맺힌 기억도 그랬다.

오래전 어느 날, 모래 고모와 목경과 무경은 목욕탕에 갔다. 세 사람이 들어간 탕은 수온이 적당해 사람이 많았다. 어떤 엄마와 아이가 탕에 들어왔다. 처음에 목경은 아이가 버르장머리 없이 자란 아이인 줄 알았다. 아이는 손으로 코를 풀어 탕 속에서 비볐다. 그 짓을 계속했다. 아이의 콧물로 물이 더러워졌다. 아이 엄마는 고개를 외로 꼬고 못 본 체했다. 장애가 있는 아이였다.

사람들이 다른 탕으로 가기 시작했다. 거리낌없이 일어나 엉덩이 주변으로 물을 튀기며 하나둘 열탕으로 옮겨갔다. 목경도 사람들을 따라 일어섰다. 마침내 탕에서 빠져나왔을 때, 목경은 뒤에 아무도 없다는 것을 알았다.

목경은 사람들이 모인 열탕을 지나 그대로 샤워부스로 갔다. 샤워기 옆 거울에 기증 단체명이 적혀 있었다. (증)둥지협동조합. 거울이 수증기에 젖어 흐렸다. 목경이 팔로 거울을 문질렀다. 짧은 순간, 뒤가 비쳤다. 고모와 언니가 보였다. 아이와 아이 엄마도. 그들은 그대로 탕 안에 있었다. 수증기가 밀려왔다. 고모와 언니는 (증)둥지협동조합과 함께 다시 흐려졌다.

| 작가노트 |

일기 같은 소설, 일기에 가까워지려는 소설 —증거 제출 가능합니다

비공개로 방치해둔 블로그에 오랜만에 들어가보았습니다. 2013년 8월 28일에 작성된 마지막 게시글을 이곳에 조금 옮겨봅니다.

> 내일 일도 많은데.
> 요즘 바쁜 일이 끝나
> (……)

당시 제가 쓴 글은 일기라고 할 수 있습니다. 일기의 기본 요소가 무엇일까요. 시간, 자극, 글이 아닐까요. 하루 동안 나의 몸과 머리로 흘러들어온 자극을 재구성해 글이라는 형태로 산출한 것이 일기라고 생각합니다. 소설에는 '하루'라는 시간 대신 허구가 들어갈 수 있겠지요. 역시 쓰는 사람 안으로 들어온, 또는 안에서 자가 생성된 자극을 이리저리 엮어 글로 쓰되—여기까지는 일기와 비슷합니다—보다 자유로운 상상을 더할 수 있을 겁니다. '보다'라는 부사를 통해 일기와 소설을 단절시키지 않고 비교해본 까닭은 사실을 기록한다고 여겨지는 일기에도 허구가 많이 들어가기 때문입니다. 이는 인간 기억력의 한계 때문이기도 하겠지요.

여하튼, 2013년 8월 28일 일기를 여는 ①'내일 일도 많은데'와 ②'요즘 바쁜 일이 끝나' 두 문장이 조금은 마음에 듭니다. 십 년 전에 쓴 글을 칭찬하자니 부끄럽습니다. 사실 각 문장의 뜻이야 보잘것없지만 이어 읽었을 때의 밋밋한 의외성이랄까요, 흐름이 괜찮았습니다. 내일 일이 많다고 푸념했으니 다음으로 바쁜 일상의 예들이 거론될 줄 알았는데 갑자기 요즘 바쁜 일이 끝나, 하며 여유를 부리다니요. 살짝 멈칫하게 하는 포인트를 느꼈습니다. 이야기를 거칠게 꺾는 것이 아니라 끝만 살짝 구부린 느낌. 아마 별생각 없이 썼기 때문에 생겨난 느낌일 것입니다. 무심코 꺾은 병뚜껑 철사를 계속 보다보면 심오해지는 것과 비슷하지요.

어떤 효과를 내기 위하여 악착같이 글을 오리고 붙이고 배치하는 소설에 비해 일기는 떠오르는 대로 가볍게 쓰지요. 말이 될 듯 안 되고 안 될 듯 되는, 그 아슬아슬하면서도 우리 사고가 진행되는 자연스러운 흐름을 꼭 닮은 일기. 저는 일기의 문체도 좋아합니다. 약간은 헐렁하다고 할까요. 가끔 소설을 읽다가 작가들 각자의 가치관에 따라 엄선했을 단어들의 연쇄를 보면 빡빡한 박음질이 떠오릅니다. 징그럽다, 질린다, 싶지요. 그럴 때 인터넷에 돌아다니는 수많은 일기 중 몇 개를 골라잡아 읽으면 마음이 편해집니다. 일기의 문장은 자연스럽고 좀 바보 같고 인간적이고 무엇보다 읽는 사람의 마음을 편하게 해주지요. 훅 뜯어낼 수 있는 시침질처럼 말입니다.

'일기 같은 소설'과 '일기에 가까워지려는 소설'에 대해 생각해봅니다. 전자가 작가와 글 사이 거리가 지나치게 가까운 소설을 의미한다면, 후자는 일기의 특성을 도입하려는 소설을 의미하겠지요. 소설에 도입할 수 있는 일기의 특성으로 다음과 같은 걸 생각해볼 수 있습니다. 시침질-틱한 문장. 시간을 가지고 노는 픽션의 특권 말고 하루라는 시간에 종속되는 일기의 겸손. 서사를 오르락내리락하게 만듦으로써 얻을 수 있는 극적인 재미의 포기.

'한 방'이 없는 작가는 일기에 가까운 소설을 추구하는 작가일 것입니다. 만일 「모래 고모와 목경과 무경의 모험」(이하, '모목무')의 도입부에 등장하는 동생 작가가 '모목무'를 썼다면 일기에 가깝게 다소 밋밋하지만 티 없이 자연스럽게 썼을 것이고, 아마도 이 소설이 제시하는 주제에 걸맞은 방식으로 썼을 것입니다. 저는 그러지 못해 아쉽습니다. 그런 아쉬움을 달래고자 '모목무'를 쓰기도 했습니다. 소설쓰기뿐 아니라 많은 일에서 우리는 '하고 싶지만 할 수 없는 일'에 부딪히고 좌절감까지는 아니어도 크고 작은 아쉬움을 느끼는 듯합니다. '모목무'는 자기 한계라고 부를 수 있을 그 아쉬움을 담아 쓴 소설이기도 합니다. 그러나 한 사람이 모든 일을 할 수 없듯 한 소설 안에서 모든 가능성이 실현될 수 없으므로 다음번에 또다시 도전해봐야 하겠지요. 한계가 곧

개성이다, 언제나 힘이 되는 주문입니다.

너무 멀리 왔습니다. 다시 2013년의 일기로 돌아가보겠습니다. '요즘 바쁜 일이 끝나' 이후부터 시작하겠습니다.

> 매일 밤 소설을 읽고 있다.
>
> 예전에 사놨다가 읽지 않았던 수전 최의 소설이랄지, 요즘 핫한 트루먼 커포티 전집과 제임스 설터의 소설도 샀다.

이후 책에 대한 단상이 짧게 이어집니다. 커포티의 『인 콜드 블러드』(박현주 옮김, 시공사, 2013)에서 가슴 뭉클하게 느꼈던, 살인자들이 가난한 소년을 차에 태웠다가 헤어지는 장면에 대해, 수전 최의 『미국 여자』(유정화 옮김, 문학세계사, 2005)의 모티프가 된 패티 허스트 납치 사건에 대해 쓰여 있습니다. 그리고 훅 넘어가 일기의 마지막 부분은 이렇습니다. 내용은 축약하되 문장은 전혀 바꾸지 않고 옮겨보겠습니다.

> (……) 몸을 움직여 노동하고 돈을 받는 것이 거의 전부인 실용이라는 시기에 턱 걸려 있다.
>
> (……) 어쨌든 이야기는 나아간다. 그게 중요하다. 어떤 내용이든, 결론까지 훅 내지르든 우회하든, 명확한 선을 긋든 선을 지우며 나아가든 첫 페이지를 필사하여 첫 페이지만 반복되는 소설은 없으니.
>
> (……) 멈춘 곳에서 다시 흘러가는 서사가 요즘 나에게는

밤의 의식ritual이 되어 덩달아 내 삶도 흐르게 해주고 있다.

일상적인 날들을, 그 일상이 아무리 세밀하고 아름답게 묘사될지라도! 줄지어 가는 개미들을 엄지로 꾹꾹 눌러 죽이듯 압축시켜 굵직한 줄거리에 복무시킨다. 책 속의 거대한 이야기에서는.

지금 이 순간도 책 속에서라면 눌러 죽일 그런 시간이겠지. 근데 지금의 이 소리, 바람은 아깝다 그러기엔. 행복이란 것 자체가 원래 김샌 상태인 것 같다.

제가 왜 이 일기를 작가노트에 소개하기로 마음먹었는지 아시겠지요. '조·온·습'*보다는 덜 문학적(?)이지만 만만치 않게 느끼한 '지금의 이 소리, 바람'을 공개하면서까지 이 일기를 가져온 까닭은 '모목무'의 씨앗이 이미 십 년 전 일기 속에 있었기 때문입니다. 글을 읽기 전까지 저도 몰랐습니다. 읽고 나서는 제 생각이 예전이나 지금이나 거기서 거기라는 생각에 좌절하기도 했습니다. 또한 진작 읽었다면 다음의 문장을 소설에 써먹었겠지요. '줄지어 가는 개미들을 엄지로 꾹꾹 눌러 죽이듯 압축시켜 굵직한 줄거리에 복무시킨다'……

제가 처음으로 소설을 쓰기 시작한 것이 2014년이니 한 해 전에 쓴 일기입니다. 언제나 글을 끼고 살았던 저로서는 쓰기의 형

* "이 조명, 온도, 습도"의 약자이자 인터넷 유명 밈으로, 한 남자 배우가 예능 프로그램 〈삼시세끼〉에 나와서 한 말. 낭만적인 분위기를 표현할 때 쓰인다.

식이 소설로 넘어갔기 때문에 그즈음에서 일기가 멈춘 듯합니다. 잘 기억나지는 않지만 당시의 저는 '책 속에서라면 눌러 죽일' 시간, 일상의 시간, 고여 있는 시간, 한 방이 없는 시간, 목경의 시간을 살고 있다고 느꼈던 것 같고 돌파구로서 소설을 쓰기 시작했던 것 같습니다. 글을 쓰는 일은 즐겁습니다. 비록 마감일이 가까워 애를 쓰다보면 글쓰기가 건강을 갉아먹겠구나 느끼지만 그래도 즐겁습니다. 일기든 소설이든 상관없습니다. 언제까지나 그러고 싶습니다. 작가노트 부제를 '증거 제출 가능합니다'라고 한 까닭은 정말 저런 일기를 썼느냐, 십 년으로 딱 떨어지는 간격도 그렇고 내용의 아귀도 그렇고 '주작' 아니냐고 누군가 말한다면 캡처를 떠서 증거를 제출할 수 있기 때문입니다.

| 해설 |

모험으로 전복하기

소유정

여기, 모험하는 세 여자가 있다. 형제들 사이의 "출생 순서와 가치"(15쪽)를 따져보자면 쌀은 물론 보리에도 미치지 못해 스스로를 모래쯤이라 자조하는 고모, 그리고 그의 조카인 목경과 무경 자매다. 두 아이는 아직 부모의 사랑을 필요로 하는 나이이나 돌봄의 영역 바깥에 있다. 때문에 이들이 전적으로 의지할 수밖에 없는 건 자신들의 집으로 가출해 온 모래 고모다. 사회가 기대하는 정상 가족의 영역에서 어딘가 조금 비껴 있는 것처럼 보이는 세 사람의 모험담을 담은 이 소설은 서사 구조부터 흥미롭다. 목경이 현재 고모의 상중에 들른 카페에서 과거의 이야기를 반추하는 액자식 구성으로 읽는 이를 그들의 모험에 가담하게 하는 효과를 불러오니 말이다. 그렇게 들어간 액자 안쪽에서 펼쳐지는 모래 고모와 목경과 무경의 모험은 오래전 세 사람이 함께 겪은 일이지만, 이를 모험 서사로 읽을 때 그들에게 모두 같은 의미로 적용되지는 않는다. 예컨대 우리를 모험으로 이끄는 안내자이자 소설의 초점 화자인 유년의 목경에게 이 모험은 낭만적 사랑의 탐색 로맨스다. 목경을 늘 흥분시키는 놀이 상대일 뿐만 아니라 어쩐지 성애적 감정까지 느끼게 하는 고모("고모의 몸에 맺힌 고모의 것인지 자신의 것인지 모를 짭조름한 땀방울을 빨아먹던 감각")와 "어딘가로 떠내려가 둘만의 생활을 꾸리길"(22쪽) 바란 모험이었으니 말이다. 낭만적 사랑에 대한 목경의 환상은 자신을 그 안에 적용시키는 것에만 그치지 않는다. 한밤중에 마주친 남자들에 의해 남성 권력의 위협을 느끼는 순간에도 "고모와 빨간 남방이 결혼하는 그림"(28쪽)을 상상하며 공포스러운 상황을 모면하고 싶은 마음을 내비치기도 한다. 이와 같이 목경의 모험이 사랑 안에 귀속되는 근대적인 방식의 탐색 로맨스였다면, 무경과 고모의 모험은 자아 탐색의 길 끝에서 자기 구원을 발견하기 위한 것에 가깝다. 또한 모험의 끝자락에서 두 사람이 "대관식"(40쪽)으로 여겨질 만한 감정적 공유를 한다는 점에서 직계친족은 아닌 여성 간에 계승되는 일종의 영웅 서사로도 읽어볼 수 있을 것 같다.

신화학자 조지프 캠벨은 여러 문화권의 신화를 총망라하여 영웅들의 모험을 세 단계로 분석했다. 모험에의 소명을 가지고 현실을 떠나는 출발 단계, 시련을 맞이하지만 극복하는 입문 단계, 마지막으로 모험을 통해 구원의 힘을 얻어 돌아오는 귀환 단계이다.[1] 기본적으로 「모래 고모와 목경과 무경의 모험」은 이 과정을 모두 따르는 듯하다. 집을 떠나 작은 시골 마을로 여행을 가고(출발), 고모의 총인 '츄츄'를 잃어버려 빨간 남방과 파란 남방을 입은 남자에게 도움을 청했으나 도리어 위협을 당하는 밤을 건너(입문), '츄츄'를 되찾고 집으로 돌아가는 여정(귀환)이 이들의 모험에 대한 요약이라 할 수 있을 테니 말이다. 하지만 이미상은 고모와 무경의 모험을 통해 모든 신화는 남성의 경험에서 비롯되었다는 캠벨의 주장을 뛰어넘고, 남성 영웅의 모험을 돕는 조력자 또는 방해꾼으로 축소되었던 여성의 성역할을 완전히 전복시킨다. 모래 고모의 돌봄 노동을 정당화하기 위해 할머니가 "남성의 '성욕 배출 신화'를 여성의 '모성 배출 신화'"(18쪽)로 탈바꿈하였듯 이미상은 고모에서 무경으로 이어지는 여성의 계보를 그려냄으로써 영웅 신화적인 요소를 남성만이 아닌 여성의 것으로 취득한다.

소설 속에서 이러한 전복이 발생하는 건 여행의 시작에서부터다. 사냥을 하기 위해 고모가 흔히 남근에 비유되며 남성의 전유물로 여겨지는 총을 쥐는 순간부터 말이다. 그런데 꿩 사냥을 나갔던 고모가 '츄츄'를 잃어버리는 바람에 총으로 취득했던 유사권력은 사라지고 동시에 시련 또한 시작된다. 산에서 만난 두 남자에게 모래 고모는 총을 같이 찾아달라 도움을 청하지만, 이들은 고모의 요청에 "주시면?"(27쪽) 하고 응당 대가를 바라는 뉘앙스로 되묻는다. 또, 날이 밝으면 함께 총을 찾아주겠다며 모닥

1) 조지프 캠벨, 『천의 얼굴을 가진 영웅』, 이윤기 옮김, 민음사, 2018, 42~53쪽.

불을 쬐게 해주는 등의 선의를 베푸는 듯하나 목경과 무경에게 노래를 시키고 "작은 기쁨"(33쪽)을 강요하는 식이다. 깊어가는 밤, 공포에 휩싸인 세 사람은 사냥개에게 몰린 멧돼지와 다르지 않아 보인다. 총을 지닌 두 남자와 총을 잃어버린 세 여자(중 둘은 아이). 후자의 입장에서 오갈 데 없이 몰아붙여진 상황을 극복할 수 있었던 건 빨간 남방의 총이 발사됨과 함께 셋 중 한 사람, 무경의 모험이 시작되면서부터다.

무경의 모험이 모래 고모, 목경과 출발 시점이 같지 않다는 점은 단연 주목할 만하다. 집을 떠나 시골로 함께 여행을 왔다는 점에서는 동일하나 무경에게 이는 모험의 시작으로 충분하지 않다. 모험은 현실 바깥의 세계로 가는 것에서 시작되므로, 과연 무경이 어떤 세계를 현실로 여기는지, 어떤 시점부터 현실 바깥의 세계로 가고 있는지를 파악한다면 그의 모험의 시작점을 가늠할 수 있다. 가령 고모가 두 자매에게 『버섯 도감』을 남기고 사냥을 떠난 장면이 그렇다. 목경이 "버섯 그림을 참고삼아 진짜 버섯을 찾아다닌 것과 달리" 무경은 "버섯 그림에 만족"했고 오히려 "책에서 얼굴을 떼고 허공을 볼 때, 거기서 진짜 버섯이 생겨나는 듯했다"(23쪽). 다시 말해 무경에게는 "그림과 사진이 실물, 현실 그 자체"(같은 쪽)였다. 그렇기에 두 남자에게 뺏긴 도감이 모닥불에 던져진 그 순간, 무경은 자신의 현실로부터 눈을 떼고 모험해야 할 경이의 세계를 마주한다. 캄캄한 주위를 밝히고, 유일한 온기를 주는 불길을 등지고 뚫어져라 어둠을 응시하며 무경은 제 앞에 놓인 모험의 길을 살폈을지도 모른다. 어둠 속으로 뛰어든 무경의 모험과 시련의 경험은 서술로써 모두 공유되지는 않는다. 다만 다음날 아침, 사라졌던 무경이 '츄츄'를 안고 산 끝자락에 위치한 아파트 단지에서 발견된 장면에서 무경은 "개인 남성의 선택 의지와 남성적 특권이 결합된 신화화된 남성"[2]이라는 영웅의 성취를 여성의 이름으로 이루고 남성적 권력으로 표상되는 전리품을 손에 쥐는 것으로 모험에서의 승리를 알린다. "너는 내 딸이구나."(39쪽) 고모의 간결한 공표로 이들의 대관식은 끝이 난다.

고모와의 감정적 유대는 단연 목경이 더 깊었을지언정 무경이 '고모의 딸'로 인정받게 된 건 "할 순 있지만 정말 하기 싫은 일"(39쪽)을 고모 대신 수행했기 때문이다. 그것은 무경이 고모의 "비밀스러운 원칙"인 "내적 기준"(40쪽)을 이해하고, 그에 부합하는 선택을 했다는 뜻이기도 하다. 우선, 어떠한 일의 수행성을 따질 때 두 가지 준거를 세울 수가 있다. 하나는 그것을 할 수 있는가, 할 수 없는가 하는 (불)가능성의 문제이고, 또하나는 하고 싶은가, 하고 싶지 않은 가에 따른 의지의 문제이다. 이 소설에서는 가능성과 의지에 따라 다음과 같이 세 가지의 수행 명제를 도출해낼 수 있다.[3]

2) 이정옥, 『로맨스라는 환상』, 문학과지성사, 2022, 294쪽.

3) 이 글에서는 바깥(현재)과 안쪽(과거) 서사를 연결할 수 있는 세 개의 명제만을 도출했으나 이미상의 『이중 작가 초롱』(문학동네, 2022) 해설 「혁명의 투시도」에서 전승민은 모래 고모의 '원칙'이 "여성의 선택이 욕망과 능력을 변수로 갖는 부등식 안에서 산출"(319쪽)되었다고 보며 '하기'와 '하지 않기'라는 선택에 따른 여섯 개의 명제를 제시하고 있다.

① 할 수 없고 하고 싶지도 않음(불가능-무의)
② 할 순 있지만 하기 싫음(가능-무의)
③ 할 수 있으니 해야 함(가능-유의)

첫번째로 할 수 없고 하고 싶지도 않다는 태도는 가능성과 의지의 영역이 모두 '없음'으로 일치한다. 이는 세 사람 중 목경에 해당한다. 그도 그럴 것이 목경은 어떤 가능성 자체를 두려워하는 모습을 보이곤 하는데 예를 들어 천장에 적힌 "무경의 비밀 리스트"에 "공포"(19쪽)를 느끼는 장면이 대표적이다. 시간이 지나고 나서야 목경은 "그건 천장의 리스트가 무한한 가능성을 지녔기 때문"(같은 쪽)이라 이해한다. 비밀 리스트에 적힌 책들은 아직 번역되지 않은 것들이고, 그러므로 그 안에 어떤 세계가 있을지는 오직 "상상"(같은 쪽)에 기대어 가늠해야만 했다. 그것은 "너무 많은 여지를 제공"(같은 쪽)한다는 점에서 목경으로 하여금 두려움을 갖게 했다. 이러한 목경의 태도는 산에서 만난 두 남자 앞에서도 동일하다. 어른 노래를 부른 무경보다 〈아빠의 얼굴〉을 부른 "자신이 선택되었다"(28쪽)는 사실에 뿌듯해하는 목경은 '선택되는' 지금의 현실에 만족할 뿐 무엇이 있을지 모를 어둠 너머를 모험하고 싶은 생각은 없어 보인다.

그렇다면 두번째 명제, 할 순 있지만 하기 싫다는 태도는 "가능이 아니라 선택의 영역에 속하는 일"(40쪽)이라는 말처럼 '하기 싫다'는 의지에 따른 선택으로 결정되는 것이다. 이는 앞서 이야기한 바와 같이 두 남자의 "어떠한 공격에도 웃으며 그들 너머의 어둠을 흘금거"(41쪽)리던 모래 고모에 해당한다. 하지만 이것이 고모의 일상에도 적용되는 수행 태도라고 볼 수 있을까? 모험중에 예상하지 못한 고난을 맞이한 겨울밤의 산이 아니라, 지긋지긋한 집이라면. 아픈 부모와 어린 조카들을 살피는 등 집안의 모든 돌봄 노동을 책임져온 평소의 고모라면. 이때에도 모래 고모는 "할 순 있지만 하기 싫은 일"을 하고 있다고 말할 수 있을까? "환영받지 못한 막내딸" "처지는 자식"(15쪽)일 때 고모의 수행성은 오직 가능-불가능의 여부로만—사실 불가능에 대한 여지는 거의 남지 않은 채—판단된다. "무상으로 가사와 돌봄과 간병 노동을 제공"(같은 쪽)하는 데 있어 하고 싶다거나 하고 싶지 않다는 고모의 의지는 개입조차 되지 않은 채 그저 소거되는 것이다. 때문에 간혹 '하기 싫다'는 의지의 발현은 언어적 표현이 아닌 수행의 장소를 탈주하는 가출로 나타난다. 그러나 고모의 가출은 가족들에게 그의 의지를 대변하는 행위로 읽히는 것이 아니라 아이러니하게도 또다른 돌봄 노동을 떠넘길 수 있는 구실로 작용한다. 두 자매의 집으로의 가출은 고모의 의지에 따른 자발적인 선택이므로, 그러한 형식에는 어떤 의미를 부여해도 좋을 것이었다. 부모로서의 의무를 다하지 않는다는 죄책감에서 벗어날 수 있고, 생색을 감당하지 않아도 괜찮으며, "갈급한 모성 배출 욕구 때문"(18쪽)이라 우길 수도 있는. 그렇기에 가능이 아닌 선택의 영역에서 갈팡질팡하는 고모를 두고 '하기 싫은 일'을 기꺼이 선택한 무경은 전前 세대에 해당하는 고모보다 능동적인 수행성을 지녔다는 점에서 여성의 계보를 이어받고 더블 배럴 샷건을 쥘 만하다. 이 소설에서 무경은 의지를 선택의 영역에 두지 않는다. 세번째 명제와 같이 그에게 '할 수 있는 일'은 곧 '해야 하는 일'이며 따라서 가능과 의지는 긍정적인 방향으로 일치한다. 당연하지만 무경의 선택은 의지가 소거된 고모의 지난날과 같지 않다. 모래 고모의 "비밀스러운 원칙"(40쪽)을 완벽히 이해하면서도 자신만의 기준에 따라 상상의 세계를 모험하는 무경의 선택은 그 자체로 의지가 된다.

귀환의 길에서 다시금 되새겨야 할 것은 이들의 모험이 수십 년 전의 일이라는 것이다. 오랜 시간이 지나 그날을 돌아보는 목경은 시기와 질투로 점철되었던 감정을 덜어내며 그때는 몰랐고 지금은 조금 알 것도 같은 것들을 어렴풋이 감각한다. 모래 고모와 무경은 어땠을까. 뜨거운 눈빛을 주고받던 대관식 이후 아무 말 없이 집으로 돌아오는 길에서 그들이 얻게 된 건 무엇이었을까. 앞서 모험의 과정을 구분하며 귀환 단계에서 영웅이 취득하는 것은 구원의 힘이라 말한 바 있다. 캠벨에 따르면 이는 (정말 영웅스럽게도) 세상을 구원하는 힘이다. 「모래 고모와 목경과 무경의 모험」에서 얻게 되는 구원의 힘이 있다면 그것은 자기 구원에 관한 것일 테다. 고모에게는 가족 내 독박 노동에서 해방되어 또다른 생활 공동체를 꾸리고 살아갈 수 있는 힘, 그리고 무경에게는 의지 없이 하는 일들에 속박되지 않고 오직 자신이 믿는 현실을 따를 수 있게 하는 힘 말이다. 이것이야말로 그들에게는 명백한 구원이리라.

“어떤 기억은 통으로 온다”(42쪽)는 목경의 말처럼 소설의 말미에서는 오래전 어느 날의 기억이 통째로 환기된다. 모래 고모와 목경과 무경, 세 사람이 함께 목욕탕에 갔던 날, 장애가 있는 아이가 탕 안에서 코를 풀어 물이 더러워지고, 사람들을 따라 목경이 자리를 피해 일어났던 그때, (증)둥지협동조합이라는 글자가 적힌 거울을 통해 고모와 무경, 아이와 아이 엄마가 그대로 탕 안에 앉아 있는 것을 보았던 기억이다. 목경은 비로소 깨닫는다. 고모의 삶에 남은 ‘한 방’은 무경이 ‘츄츄’를 찾아와 고모에게 인정받았던 그날의 기억처럼 날카로운 한 부분이 아니라, 할 수 있다면 해야 하는 선택이 그대로 의지가 되어 하나의 둥지를 이룬 듯한 그들의 모습처럼 아주 커다랗고 해칠 수 없는 무언가일 거라는 걸.

흥미롭게도 이 마지막 장면은 이미상이 세 사람의 모험담이라는 이야기 바깥에 겹쳐둔 소설론과도 연결된다. 목경의 옆 테이블에 앉아 있는 소설가 동생에 따르면 단편소설에는 “에피파니”랄지, “와우 포인트”랄지 싶은 결정적인 “한 방”(10쪽)이 있어야 한다. 그리고 그것은 “어떤 한 포인트를 융기시킨다”(41쪽)는 의미다. 소설가 동생은 자신은 “‘한 방’을 못 치기도 하지만 안 치고 싶기도”(11쪽) 하다며 “핑계”일지 또는 “자존심을 건져보려는 가여운 시도”(10쪽)일지 모를 말을 한다. 이는 어쩌면 소설가의 목소리를 직접적으로 내세우고 있다는 점에서 작가의 솔직한 자기 고백일 수 있다. 하지만 생각해보면 이 소설에서 이미상이 자신의 소설론을 담아 경유하는 목소리는 동생의 것만은 아니다. 근본적으로 그의 소설론에 가깝다고 여겨지는 건 "영원히 일회용 비닐봉지와 용기를 쓰지 않겠다" "'되도록'은 안 된다"(13쪽)며 온몸으로 짐을 잔뜩 안고 떠난 세번째 여자의 목소리다. 그 안에는 할 수 있는 것을 하겠다는 마음이 있다. 바꾸어 말하면 쓸 수 있는 것을 쓰겠다는 마음이다. 그 마음이 있어 「모래 고모와 목경과 무경의 모험」은 단편소설이 터뜨릴 수 있는 강력한 '한 방'은 물론이거니와 '통으로 오는' 묵직한 기억 모두를 성취한다. 남성중심적인 신화를 전복시키는, 모험하는 여성의 계보를 잇는 한 페이지로서 이 소설은 쉽게 내려놓을 수 없는 무게를 갖는다.

소유정
2018년 조선일보 신춘문예를 통해 평론을 발표하기 시작했다. 산문집 『세 개의 바늘』이 있다.

김멜라

제 꿈 꾸세요

작가노트

펜, 깃털, 그리고 환영 인사

해설 전승민

커피포리의 물질계

©온점

김멜라

2014년 『자음과모음』 신인문학상을 수상하며 작품활동을 시작했다. 소설집 『적어도 두 번』 『제 꿈 꾸세요』가 있다. 문지문학상, 이효석문학상, 2021년, 2022년 젊은작가상을 수상했다.

제 꿈 꾸세요

학교 음악 시간에 〈메기의 추억〉을 부르면 늘 같은 대목에서 궁금증이 일었다. 옛날에 금잔디 동산에

메기

왜 메기일까. 넓적한 입에 수염이 난 물고기 메기는 아닐 텐데. 볕이 들지 않는 음악실, 수명을 다해가는 형광등 아래 앉아 나는 입을 벌려 노래 불렀다. 물레방아 소리 그쳤다

메기

높은 벼랑에서 별안간 훅 떨어지는 듯한 노래의 낙차에 나는 매

번 가슴이 울렁였다. 메기는 미국 이름 'Maggie'를 소리 나는 대로 옮긴 것이었지만 음악책에는 원곡의 가사가 없어 메기가 누구인지, 누가 메기를 그리워하는지 알 수 없었다. 나는 메기라는 이름의 수수께끼를 누군가에게 묻거나 찾아보지 않고 풀리지 않는 매듭 그대로 두었다. 외국 민요를 부를 때 떠오르는 의문은 〈오! 수재나〉에도 있었다.

멀고먼 앨라배마 나의 고향은 그곳. 밴조를 메고 나는 너를 찾아왔노라.

수재나를 찾아온 사람이 메고 온 밴조. 밴조가 뭘까. 뭔지는 몰라도 어딘가 녹슨 쇠 냄새를 풍기고, 열기 힘든 경첩이 달린 단어 같았다. 잠결에 언뜻 들은 누군가의 고해성사처럼 밴조나 메기에는 비밀스러운 그림자가 드리워 있었고, 나는 노래가 불러일으키는 미궁을 마음껏 헤맸다. 내 고향은 대한민국 무슨 시 무슨 구가 아니라 맑은 시냇물이 넘쳐흐르고 새빨간 알핀로제가 피어 있는 베르네가 아닐까. 다스 오버랜야 오버랜. 뜻도 모르는 이국 말을 흥얼대며 메기와 수재나가 '아름다운 베르네'로 떠나는 상상을 했다. 내 상상 속에서 메기는 다른 노래에 사는 수재나를 만나 밴조를 메고 알핀로제가 만발한 베르네로 향했다.

"그런데 당신이 온 거죠."

나는 종아리까지 눈이 쌓인 길에서 균형을 잡으려고 애쓰는 챔바에게 말했다. 챔바는 언제까지 이런 날씨에 이런 길을 걷게 할 거냐는 듯 내키지 않는 표정으로 웃었다. 굵고 탐스러운 눈이

퍼-엉-퍼-엉 쏟아지고 있었다. 챔바와 나는 '커피포리'를 찾기 위해 남산길을 걷고 또 걸었다. 마지막으로 그 커피우유를 마셨던 곳을 기억해내 남산길 마지막 슈퍼로 향했다. 남산길 마지막 슈퍼, 그게 슈퍼 이름이었다. 둥근 플라스틱 컵이나 사각 종이팩에 담긴 건 흔했지만, 나는 꼭 삼각 비닐팩에 담긴 커피우유여야 했다.

"굴러가면 굴러갔지 난 더 못 걸어요."

커피우유를 마시고 슈퍼를 나와 챔바가 차양막 아래 서서 말했다. 올라올 때 우리가 만든 발자국이 벌써 눈에 덮여 보이지 않았다. 벽을 따라 고정된 양철 홈통에서 무게를 이기지 못한 눈이 후드득 쏟아졌다. 나는 눈송이가 떨어지는 산잔등을 올려다봤다. 하늘은 파랗고 바람 없이 잔잔했다. 먼 곳의 파랑이 지상으로 내려오며 조금씩 그 농도가 묽어지다 눈 쌓인 산 등마루에 다다라 완전히 희게 바뀌었다. 얕은 파도가 해변으로 밀려오는 듯했다. 먼 땅도 가까운 땅도 흰 눈이 덮어버렸고 도로의 아스팔트와 가로수 가지에도 소오복히 눈이 쌓였다. 배기가스와 꺼지지 않는 네온사인에 지친 나무들이 흰 눈을 덮어쓰고 쉬는 듯했다. 죽은 나도 저렇게 쉬고 있을까. 나는 챔바에게 내가 먼저 시작하겠다고 하고 이렇게 덧붙였다.

"오익오익, 잘 따라와요."

돼지 울음소리를 내며 나는 두 손을 가슴에 포갰다. 돌이킬 수 없는 바람에 관통당한 낙엽처럼 나는 눈밭으로 쓰러졌다.

*

챔바는 내가 죽어갈 때 나타나 노래를 불렀다. 기타와 비슷하게 생겼지만 기타는 아니고, 기타의 육촌 고조할머니뻘 되는 듯한 악기를 들고서 〈오! 수재나〉를 불렀다.

"멀고먼 앨라배마 나의 고향은 그곳. 밴조를 메고 나는 너를 찾아왔노라."

이마의 제비초리가 두드러질 만큼 짧은 머리를 가지런히 뒤로 넘긴 챔바는 감색 차이나 재킷에 행커치프까지 한 맵시 있는 차림새였지만 지독한 음치에다 한눈에도 악기 연주법을 모르는 것 같았다. 둥근 울림통에 구리색 후크가 달린 현악기의 쇠줄을 위아래로 쓸 뿐 음정도 박자도 맞지 않았다.

"계속 나만 볼 거예요?"

챔바가 말했다. 우리는 바닥에서 발을 뗀 채 천장 가까이 떠 있었고, 챔바와 나 사이 아래에 의식을 잃은 내가 쓰러져 있었다. 어느 순간 나는 내 몸에서 빠져나왔는데, 그건 마치 옛날에 금잔디 동산에

메기

로 이어지는 노래처럼, 마디 바꿈도 없이 나를 둘러싼 리듬이 일시에 다른 흐름으로 전환되는 느낌이었다. 리시브 다음 토스, 스파이크로 이어지는 단계를 건너뛰어 변칙 속공으로 네트를 넘어

간 공의 기분이랄까. 무섭거나 아프지는 않았다. 다만 빠져나온 나와 쓰러져 있는 나 사이에서 희미한 캐러멜 향이 났는데, 그건 아마도 의식을 잃기 직전 내가 캐러멜 향이 첨가된 아몬드크런치 크랜베리초코바를 먹었기 때문인 듯했다. 아몬드와 잘게 부서진 과자, 말린 크랜베리로 토핑된 딱딱하게 굳은 초콜릿 덩어리가 인후부의 길을 잘못 든 순간, 내 숨구멍의 마디들이 생장점을 뚫고 나가는 식물처럼 몸이라는 외피를 뚫고 나갈 듯 팽창했다. 메모리폼 매트에 엎드려 캑캑거리면서도 나는 이 상황이 죽음으로 끝날 수 있음을 인식했다. 그렇다면 내 사망 확인서에 적힐 사망 원인은 이런 건가. 이물질에 의한 기도 폐쇄와 호흡곤란. 하지만 그보다 먼저 시도했던 약물 과용은? 켜켜이 쌓인 삶의 질곡들과 내가 나를 찢어 소각해버리고 싶게 만드는 과거의 크고 작은 수치심은? 한마디로, 여름이 다르고 겨울이 다른 내 바이오리듬과 양극성 심리는? 수면장애와 토막잠, 그것들을 불러일으킨 바닥난 의지력, 그리고 압력솥의 추처럼 옆으로 누운 팔자를 그리며 요동친 인간관계는?

관계, 그러니까 이 사건의 인과관계를 밝히시오, 라고 할 때의 인因은?

혼자 사는 삼십대 무직 여성이 된 이유를, 단단히 준비한 끝에 모아 놓은 수면제를 삼키고 사흘 만에 깨어나 이렇게 끝낼 수는 없다며(어떻게 생과 사를 오간 사흘 동안 카드 회사에서 보낸 이벤트 문자 외에 단 한 명의 연락도 못 받은 거지?) 그 누구도 나의 안녕을 궁금해하지 않는 세상, 이 악물고 살아주마, 그렇게 결심하고 급히 먹은 원 플러스원 초코바에 목이 막혀 죽는 이 블랙코미디. 누구의 삶도, 어떤 죽음도, 다른 이에게 웃음을 불러일으킬 목적으로 존재하는 건 아니건만, 어째서 당사자인 나부터 쓴웃음이 나는 이 뒤엉킨 인과관계의 인을

설명할 도리 없이 내 몸은 마치 튜브에 든 물감이 짜여 나오는 것처럼 한 지점에서 다른 지점으로 빠져나왔다. 곧이어 챔바가 나타나 노래를 불렀다.

"실례지만, 천사?"

혼란스러운 상황에서도 나는 예의를 갖춰 물었다. 이런 순간에 나타났으니 천사나 그 비슷한 존재가 아닐까 생각했다.

"내 소개는 나중에 하고, 삼십 초 남았네요. 심장박동이 멈추고 그다음 뇌에 산소 공급이 끊기면 당신은 길손이 되어 떠날 거예요."

챔바가 공중에 뜬 두 발을 천천히 움직이며 말했다. 내 발도 물살에 흔들리는 해초처럼 흐느적거렸다. 그 아래 청색증으로 얼굴이 파랗게 된 내가 쓰러져 있고, 핫소스 얼룩이 묻은 메모리폼 매트 위에는 수년에 걸쳐 모아온 여러 조제 일자의 약 봉투와 굵은 실로 제본한 정사각형 무지 노트가 펼쳐져 있었다. 아, 저걸 저기에 그냥 뒀네. 유서라고 생각하면 어쩌지. 이건 엄연히 사고사인데. 나는 크라프트지에 굵은 펜촉으로 쓴 내 흔적('내 플러그는 내가 뽑고 싶어요')을 없애기 위해 팔을 뻗었다. 그때 챔바가 오페라핑크색 행커치프를 펼쳐 내 얼굴에 덮었다. 그러니까 죽어가는 내 육신에. 그러자 죽은 몸을 빠져나와 있는 내 눈앞이 밝아지

더니 출퇴근 시간 지하철 환승역에서 떠밀리는 승객처럼 방밖으로 밀려나가 그대로 콘크리트 벽을 통과했다.

나

고소공포증 있는데

그렇게 생각했지만, 불안이나 공포를 느낄 새도 없이 나는 상승하고 또 상승했다. 태양열을 받아 대기로 올라가는 지상의 액체가 된 듯했다. 사람이나 덩어리진 물질이 아니라 빠르게 움직이는 하나의 흐름이 된 것 같았다. 입자. 그 와중에도 나는 내 상태를 설명할 단어를 떠올렸다. 쪼개고 쪼개고 쪼개 더는 쪼갤 수 없는 근본적이고 단순한 왜

왜 그랬어 왜 그랬어 왜 그랬어

왜 그랬어

일 년 전 첫번째 시도를 했을 때 응급실로 찾아온 엄마가 내 팔뚝 살을 비틀며 했던 말. 이번에도 엄마일까. 엄마여야 할까. 나는 세상으로부터 고립됐고 받아야 할 우편물도 없으며 공과금은 통장에서 빠져나가게 자동이체 해놨는데. 앞집에 사는 유일한 이웃도 이사간 지 몇 달째. 모르겠다, 이렇게 된 마당에 평생 뽑지 못할 못 하나를 더 박는 게 뭐 대수겠나 싶으면서도 최악은 피하자는 마음에 죽은 나를 발견할 (엄마 아닌) 다른 사람을 떠올렸다. 그러자 곡류에 휘말리는 물살처럼 나는 급히 꺾였다가 무언가를 둥실 타넘었다가 차고 따듯한 기류를 넘나들며 밑으로 밑으로 하강했다. 벌써 내 육신의 세포들이 부패하기 시작한 것이다.

*

쏟아지는 눈발 속에서도 한낮의 태양이 높게 떠 있었다. 눈송이가 녹지 않을 정도의 온기와 눈의 결정들이 엉겨붙지 않을 정도의 냉기가 적절하게 배합된 기후 안에서 나와 챔바는 반걸음 정도의 거리를 두고 걸었다. 죽기 전 공중에 떠 있던 순간은 첫 주문시 할인 쿠폰을 쓸 수 있는 신규 가입자의 혜택 같은 것이었는지 나는 방한 부츠를 신은 두 발로 걷고 또 걸었다. 북극의 얼음덩어리 같은 교차로를 보니 스키와 체인이 달린 스노모빌이 떠올랐다. 이런 길은 스노모빌을 타고 활강해야 제격인데. 하지만 내 상상력의 도시에서는 엔진 동력으로 움직이는 이동 수단은 그 무엇도 작동하지 않았다. 챔바의 영향인 것 같았다. 자기의 차 안에서 스스로 플러그를 뽑았다는 챔바는 자동차를 싫어했다. 버스나 오토바이도 거부했고 오직 두 발로 걸어가길 원했다. 어떻게 저런 사람이 나 같은 길손을 안내하는 가이드가 된 건지 의문이었다.

"나 같은 사람이 많아요?"

발을 뻗으면 부츠가 금세 눈에 파묻히는 땅을 보며 내가 물었다. 챔바는 밑창에 아이젠을 단 워커를 신고 내 앞에서 걷고 있었다.

"어떤?"

"죽은."

나처럼 죽은, 그러니까 죽으려다 못 죽고 예기치 못하게 죽은. 자의로 계획했지만 타의의 습격을 받아 애매하게 그 사이에 낀.

칸과 칸 사이에 절취선이 그어진 휴지처럼 자의/타의로 말끔하게 끊어지지 않고 불규칙한 선으로 찢겨나간.

"여기선 깨어났다고 해요. 우리 친구 라자로가 잠들었도다. 그러나 내가 깨우러 가노라."

챔바가 고글을 고쳐 쓰며 말했다. 라자로가 누구더라. 어디서 들어본 이름 같은데. 스페인 영화에서 봤었나. 라자로 디에고 가르시아? 내가 속으로 중얼거리자 챔바가 장갑 낀 손을 앞으로 뻗었다.

"라자로야, 나오너라! 몰라요? 예루살렘의 라자로."

나는 모른다고 했다.

"예루살렘은 알죠. 이스라엘, 종교, 타지마할."

그러다 타지마할은 다른 쪽인 것 같아 나는 챔바의 가슴 주머니로 시선을 피했다. 처음 봤을 때와 달리 챔바는 위아래가 하나로 이어진 두툼한 스즈키복을 입고 있었다. 가슴 주머니에 노란 실로 '챔바챔바'라는 글자가 박음질돼 있어 볼 때마다 속으로 챔바, 라고 발음하게 됐다.

"성경을 인용한 거예요. 교회 다녔다고 해서."

"예전에, 몇 번."

내가 말하자 챔바는 걸음을 멈추고 오픈 핑거형 장갑을 벗었다.

"특정 단어로 말하지 않고 괄호로 두기도 해요. 깨어난 사람, 혹은 괄호."

"괄호?"

"비난도 칭찬도 아닌, 괄호. 판단 이전의 괄호."

손가락 끝마디 부분이 뚫린 장갑으로 고글 렌즈를 닦으며 챔바가 말했다. 그사이 나는 챔바의 얼굴을 자세히 보았다. 자기와 눈을 마주쳐서 좋을 게 없다는 듯한 무심한 눈빛, 그 아래 눈 밑을 따라 난 고글 자국과 좁지도 넓지도 않은 뺨, 말년 운이 좋은 하관의 예시로 관상 책에 나올 법한 턱. 나이는 몇 살쯤일까. 성별은? 목소리만 들으면 중년 남자 같은데 옷을 따라 꺾인 상체의 희미한 굴곡을 봐선 여자 같은, 어느 쪽이든 이차성징의 호르몬을 폭포수처럼 뒤집어쓴 타입은 아닌, 한마디로 모터사이클 레이싱 슈트인 스즈키복이 잘 어울리는 챔바였다.

"뭐요."

챔바가 나를 보았다. 나는 고개를 돌렸다.

"알고 싶어요?"

챔바가 고글의 밴드를 머리 뒤로 넘기며 말했다. 나는 어깻짓을 했다. 그러면서도 호기심을 누를 수 없어 챔바의 옷에 달린 흰색 지퍼 재봉선을 훑었다. 상하의가 일체형으로 된 챔바의 옷에는 지퍼가 여러 개 있었고(가랑이와 엉덩이골에도 있는 듯했는데 그건 아마도 화장실 갈 때 편하게 옷을 벗는 용도 같았다) 가슴과 양 허벅지에 각각 오페라핑크색 띠가 세 줄씩 들어가 있어 흰 눈밭에서도 선명하게 눈에 띄었다.

"소괄호예요? 아니면 뾰족 괄호?"

나는 화제를 돌리기 위해 물었다. 내겐 당신의 성별이 중요한 요소가 아니라는 듯. 하지만 우리 사이가 좀더 가까워지길 원한다면 그 머플러를 내려 울대뼈가 튀어나왔는지 확인시켜주면 된다는 듯, 조금 웃었다.

"빈 괄호, 비워두는 거예요."

챔바가 두 손을 가슴 높이로 올려 괄호를 만들었다. 그러고는 보송한 털 방울이 달린 모자를 고쳐 쓰고 다시 걷기 시작했다. 나도 챔바를 따라 걸었다. 눈 덮인 가로등 위로 날개가 작은 새들이 날아갔다. 나는 챔바가 내 생각을 느끼고 헤아릴 수 있다는 것을 자꾸 잊었다. 내 모든 생각이 유리컵 속의 물처럼 투명하게 드러나는 건 아니지만 가이드가 알아야 할 길손의 상태가 전해진다고 했다. '나'라는 사이트에 동시 접속한 상태라고 생각하면 이해하기 쉬울 거라고 했지만, 정작 챔바도 그 이상은 설명하지 못했다. 내 생각이 영화의 내레이션처럼 귀에 들리느냐고, 아니면 책 속의 활자처럼 눈앞에 보이느냐고 물었더니, 챔바는 누가 생각을 그렇게 해요? 라고 되물으며 마치 발을 내디디면 몸이 앞으로 나아가는 것처럼 의식하지 못한 채 자연스럽게 생각이 전해지는 거라고 했다. 그 설명이 나는 더 어려웠다. 어떻게 서로 다른 개체의 뇌신경 활동이 하나로 연동될 수 있을까. 공식만 달달 외워 응용문제가 나오면 번번이 틀리는 수학 시험처럼, 나는 내 생각이 챔바와 이어져 있고 내 상상력 안에서 다른 사람의 꿈으로 갈 수 있다는 길손의 원리를 쉽게 납득하지 못했다. 첫번째 꿈의 목적지가 가까워질수록 내 선택이 틀렸을지도 모른다는 불안이 커졌다.

나는 규희의 꿈으로 갈 생각이었다. 그애라면 내 시신을 발견하고도 지울 수 없는 트라우마로 고통받지 않을 것 같았다. 같은 중학교에 다니며 점심시간이면 서로의 반찬이 얼마쯤 남았나 흘깃거리며 밥을 먹던 내 친구. 토요일 오후가 되면 학생회 예배에 참석하자며 우리집 앞으로 날 데리러 오던 목사님 딸 최규희.

꼭 내 시신을 발견해달라는 부탁을 해야 해서가 아니라 규희와 나는 십대 무렵 돈독한 우정을 나누던 사이였다. 둘 중 한 명이 '동백떡볶이'에 가고 싶으면 생리 둘째 날이라도, 삼 일간 머리를 안 감았어도, 오버나이트 패드를 팬티에 붙이거나 모자를 뒤집어 쓰고 꼭 같이 가주던 떡볶이 메이트였으니까. 삼겹살은 혼자 구워먹어도 즉석떡볶이는 둘이서 2인 세트에 볶음밥을 볶아 먹어야 제맛이라는 걸 아는 최규희니까. 비록 그애가 찾아온 어느 토요일, 교회에 가기 싫어 벨소리를 듣고도 문을 열어주지 않은 적 있지만 그건 규희가 또래 애들에게 전도하면서 으레 한 번씩 겪던 일이었다. 규희와 나는 다른 고등학교에 배정받으며 자연스럽게 멀어졌다가 대학 입학 후에는 성인으로서 맺는 사교 관계에 지칠 때면 서로를 불러내 떡볶이 국물에 김말이를 푹 적셔 먹었다. 규희가 회사를 그만두고 제빵 기술을 배워 디저트가게를 차리겠다고 했을 때나 만나다 헤어지기를 반복한 첫사랑과의 결혼을 고민할 때도 우리는 동백떡볶이에서 당면 사리를 추가해 먹으며 함께 고민했다. 덜 손해보는 선택지보다 손해보더라도 해봐야 직성이 풀리는 일에 마음을 모았다. 규희는 고민을 털어놓는 쪽이었고 나는 들어주는 쪽이었지만, 규희는 내가 던진 테스트 질문(내가 쫄딱 망해서 노숙자 돼도 친구해줄 수 있어? 내가 억울한 누명을 쓰고 쫓기면? 내가 빨주노초로 머리를 염색하고 내가 양팔에

용 문신을 하고 내가⋯⋯ 내가 여자를 좋아한다고 하면 넌 그래도 똑같이 날 친구로 대해줄 수 있어?)에 뭘 그렇게 쉬운 문제를 내느냐는 듯 대출받는데 보증서달라고만 안 하면 자신이 죽어 납골당에 갈 때까지 친구가 되겠다고 했다.

"나한테 발가락 하나 정도는 줄 수 있다고 하더라고요. 발 한쪽을 다 주진 못해도 자기 발가락 하나로 내 생명을 구할 수 있다면, 까짓거 준다고."

나는 등받이 없는 의자에 앉아 동백떡볶이집을 둘러보았다. 동백여중 건너편 골목에 있는 떡볶이가게는 예전과 그리 달라지지 않은 듯했다. 벽 없이 트인 일층 실내와 손글씨가 어지럽게 적힌 석고 벽, 바둑판무늬 식탁보와 테이블마다 올려져 있는 가스버너까지. 변한 게 있다면 사계절 내내 녹색 낚시 조끼를 입고 주문을 받던 사장 아저씨가 보이지 않고 입구의 무인 주문 기계에서 메뉴를 선택해야 한다는 것이었다.

"오랜만에 친구랑 만나서 추억 쌓는 거죠. 규희는 김말이 두 개 주면 착해지거든요."

나는 허벅지 사이에 손을 넣고 고추장 양념 냄새가 풍겨오는 주방 쪽을 보았다. 떡볶이 맛이 달라졌을까 걱정됐지만, 정작 전에 먹었던 맛이 기억나지 않았다.

"먹는 게 좋다고 했죠? 같이 먹던 음식을 꿈에서 먹는 게."

나는 챔바에게 물었다. 챔바는 올리브색 밴조 케이스를 빈 의자에 올려놓고 그 위에 털 방울이 달린 모자를 벗어놓았다.

"성공 확률이 높죠."

그렇게 말하고서 챔바는 앞치마? 하고 물었다. 반대편 벽에 고추장색 앞치마가 겹겹이 못에 걸려 있었다. 나는 버너에서 솟아나는 푸른 불꽃을 보며 생각했다. 어떻게 말해야 할까. 사실대로 털어놓고 애절한 표정으로 부탁할까. 규희야, 와줘, 도와줘. 아니면 악몽을 만들어 놀라게 할까. 열두 시간 안에 날 찾아오지 않으면 너희 가족 중 한 사람이 죽는다! 떡볶이를 먹다 이가 몽땅 빠지거나 가스불이 앞치마로 옮겨붙거나 가게에 사나운 짐승이 들이닥치는 꿈을 만들까. 어떻게 말해야 할까. 보글보글 끓는 떡볶이를 먹으며.

"성령 충만한 애라 괜찮을 거예요. 모태 신앙이니까."

나는 스테인리스 컵에 물을 따르는 챔바에게 말했다. 챔바는 나에게 물컵을 건넨 뒤 흰 단무지를 접시에 담아 가져왔다. 멜라민 접시 테두리가 불에 그을려 검게 이지러져 있었다.

"걔가 술도 좀 하거든요. 아버지 몰래 책상 서랍에 소주 숨겨두고 생라면 부숴서 같이 먹고 그랬어요. 취하면 회개도 잘된다고. 나 때문에 놀라더라도 술 마시고 기도하면 괜찮아질 거예요."

자꾸 날 발견할 규희의 모습이 떠올랐다. 아무리 믿음이 신실한 애라도 죽은 사람을 보면 충격받지 않을까. 규희는 죽은 사람을 본 적 있을까. 어머니 아버지는 무탈하신가. 지난 명절 때 어머니가 무릎 수술 받으셔서 혼자 화장실도 못 가신다고 했는데. 문득 중학교 때 화장실 변기에 새끼 쥐가 죽어 있는 걸 보고 비명을 질렀던 기억이 떠올랐다. 쥐를 발견한 사람은 나였고 규희는 옆 칸에서 볼일을 보다 내 비명소리에 놀라 교복 치마 끝단이 속바지에 말려 올라간 것도 모른 채 경비실로 뛰어갔다. 몸이 아프거나 마음이 어지러우면 그때 변기 속에 두 눈을 감고 죽어 있던 쥐가 꿈에 나왔다. 깨끗한 양변기를 찾아 학교 계단을 수없이 오르내리는 꿈을 꿨다. 규희도 그런 꿈을 꿀까. 슬프거나 아플 때 그애는 인생의 어떤 기억으로 돌아갈까.

"된 것 같은데요?"

챔바가 불 세기를 조절하려고 냄비 밑으로 고개를 비스듬히 꺾었다. 잘 익은 떡이 매실액을 넣은 국물과 함께 끓고 있었다.

"예전에 규희한테 물어본 적 있어요. 너 진심으로 마리아가 혼자 임신해서 아기 낳은 거 믿느냐고."

나는 젓가락으로 당면을 휘젓는 챔바에게 말했다.

"그래서요?"

"자긴 임신 안 해봐서 모르겠대요."

챔바가 접시에 떡과 김말이를 담아 건네주었다. 나는 김이 피어오르는 접시를 내려다보았다. 이제 규희는 알까. 다섯 살 된 아들과 세 살 된 딸을 키우는 규희는, 내가 펜으로 자기 등을 찌르며 묻던 질문을 기억할까. 자율 학습 시간, 공부는 하기 싫고 다른 애들은 방해할 수 없을 때 목사님 딸 최규희를 건드려 성경 얘길 하자고 귀찮게 굴곤 했다. 하루는 내가 등을 찌르자 흰 종이가 까맣게 되도록 영어 단어를 외우던 규희가 나를 돌아보며 말했다. 대충 믿어, 뭐가 궁금한데? 나는 폐기 자료로 분류돼 커다란 포대에 담겨 있던 학교 도서관 책(『성경은 없다』)에서 본 내용으로 규희를 시험했다. 성경에서 말이지, 생리할 때 남자랑 그거 하면 남자

여자 둘 다 제거해버리래. 교회에서 여자는 입다물고 남자한테 복종하라는데? 그리고 저번에 전도사님이 했던 말, 자살하면 지옥 간다고. 넌 그 말이 옳다고 생각해? 힘들어서 죽은 사람한테는 더 잘해줘야 하는 거 아냐? 그때 규희는 뭐라고 했더라. 웃었나. 화를 냈나. 입다물고 영어 단어나 외우라고 했나.

"문제는……"

챔바가 떡 두 개를 한 번에 입에 넣은 뒤 뜨거운지 흰 단무지를 베어먹고 그래도 뜨거운지 물을 조금 삼킨 후 말했다.

"이걸 다 먹어야 볶음밥을 먹을 수 있다는 거예요."

나는 탱탱 불은 김말이를 숟가락으로 두 동강 내고 세 동강 냈다. 그게 힘든 일일까. 날 위해 발가락 하나 정도는 줄 수 있다고 했는데. 발가락을 자르는 것보다 훨씬 쉬운 일이잖아. 택배 상자에 붙은 스티커를 떼고 버려달라는 정도? 내 이름과 주소가 적힌 종이가 사방으로 쏘다니는 게 싫어 운송장 스티커를 떼어달라는 당부 정도로 여겨달라면 무리일까. 사람의 육체는, 시신은, 신상 정보보다 중요하니까. 썩어 부패하기 전에 훼손되기 전에 날 발견해 이 세상에서 조용히 물러나게 해달라는 부탁은 누구에게, 어떤 말로 해야 할까.

"생각났어요, 왜 규희한테 가면 안 되는지."

나는 냄비 열기에 두 볼이 달아오른 챔바를 보며 말했다.

"걔가 키가 컸거든요. 그래서 음악 선생님이 규희한테 형광등 좀 안 깜박거리게 돌려보라고 했더니 규희가 그랬어요. 여기 의자 밟고 올라서면 다 자기처럼 키 커질 거라고. 그러니 꼭 자기가 아니어도 된다고."

*

오가는 차는 없었지만 우리는 건널목에 서서 녹색불이 켜지길 기다렸다. 신호등 옆에 선 주목의 가는 나뭇잎에 눈이 쌓여 있었다. 어디서부터 굴러온 건지 모를 플라타너스 낙엽 위에도, 밟고 올라서기 위해 전봇대에 박은 굵은 쇠못, 그 작은 못 머리에도 눈이 내려앉아 있었다. 자동차들은 유리나 합금 소재 같은 겉모습이 눈에 덮여서 지붕과 보닛으로 이어지는 형체만 알아볼 수 있었다. 차바퀴 고무에 팬 빗살무늬를 따라 눈송이들이 착지했다. 그 옆으로 허리가 길어진 챔바와 나의 그림자가 비스듬히 누워 있었다.

"다른 괄호들은 어땠어요? 한 번에 다른 사람 꿈으로 갔어요?"

눈에 덮여 차선이 사라진 도로를 건너며 나는 챔바에게 물었다. 규희 다음으로 나는 세모를 생각하고 있었다. 일 년에 서너 번, 계절이 바뀔 때나 안부를 묻던 친구보다 서로의 벗은 몸을 본 연인이 나을 듯했다. 싸우면 경쟁하듯 저주를 퍼붓던 애인이 아무래도 덜 미안하겠지. 좀 아프게 해도 괜찮은 사람, 서로에게 준 상처보다 사랑했던 기억이 큰 사람, 그런 사람이라면 세모밖에 떠오르지 않았다.

"여든이 넘은 할머니가 있었는데 조카에게 갔어요. 같이 바나나빵을 먹던 기억으로. 할머니 기억이 흐릿해 한참 돌아다녔죠."

"붕어빵 같은 건가요?"

"좀 달라요. 붕어빵은 팥이나 크림이 들어가는데 바나나빵은 바나나 모양에 속 없이 반죽만. 지금 그 조카는 바나나빵을 파는 시장 근처에 살아요."

"좋은 예시네요. 그 할머니도 혼자였나요?"

"혼자였고, 깨어났죠."

깨어났다는 건 스스로 플러그를 뽑았다는 뜻이었다. 아닌가, 죽을 때 혼자여서 세상에 그 죽음을 알릴 사람이 없는 경우인가. 그것도 아니면 혹시 누구나 죽으면 길손이 되나.

"기준이 있어요."

챔바가 말했다. 나는 무슨 기준이냐고 물었다.

"정확히는 모르고 짐작만 할 뿐인데, 어떤 가이드는 빛이 필요한 사람이 길손이 된다고 해요. 어떤 가이드는 세상의 빛이 된 사람이 길손이 된다고 하고."

확실히 나는 후자 쪽은 아니었다.

"챔바는 어떻게 생각해요?"

내가 묻자 챔바는 걸음을 멈추고 길의 먼 지점을 보았다. 사방이 알비노 토끼의 털처럼 하얬다. 도시의 번잡한 풍경을 단순하게 흰빛으로 덮어버린 길에 서서 챔바가 나를 돌아보지 않고 말했다.

"슬퍼한 사람."

그렇게 말한 뒤 챔바는 다시 움직였다. 유난히 눈이 많이 쌓인 곳을 지나며 나는 다리에 부목을 댄 사람처럼 큰 각도로 몸을 비틀며 걸었다. 여든이 넘은 그 할머니는 왜 길손이 되었을까. 빚이 필요했을까. 슬퍼했을까. 죽으면 함께 걸어줄 누군가가 필요했을까. 그래도 뭐, 그 정도면 살 만큼 살았으니. 그렇게 생각하며 걷는데 누군가 천장의 무대조명을 바꾼 것처럼 내 머리 위로 짙은 그림자가 드리웠다. 우리를 따라오던 볕이 높은 필로티를 세운 건물에 가려 보이지 않았다. 가스 배관 위에 쌓여 있던 눈이 종이 구겨지는 소리를 내며 챔바의 머리 위로 떨어졌다.

"세상 어디에도 살 만큼 살았다고 말하는 사람은 없어요."

챔바가 말했다. 그러고는 물기를 터는 동물처럼 머리를 크게 흔들었다.

건물과 건물 사이의 굽잇길을 지나자 익숙한 소공동 풍경이 펼쳐졌다. 대형 광고판이 올라선 거리에 호텔과 대기업의 사옥들이 보였다. 엇비슷하게 생긴 유리벽 빌딩들에는 눈보다 밝은 조명이 켜져 있었다. 나는 헬기 착륙장이 있는 고층 빌딩 앞에 서서 맨 위층부터 한 층씩 아래로 내려가며 세모의 사무실이 있던 층을 헤아려보았다. 어쩌면 세모는 내가 알던 때보다 더 높은 곳으로 올라갔을지 몰랐다. 가장 높은 층까지 올라 아무도 침범하지 못할 힘을 갖는 것. 그게 세모가 원하는 삶이었다.

세모와 만났을 때만 해도 나는 까다로운 심사 과정 없이 새 신용카드를 발급받던 정규직 사원이었다. 이따금 불면증 증세로 병원을 찾아 수면제를 처방받긴 했지만 그 정도는 해열제나 진통제처럼 집에 두는 비상약쯤으로 여겼다. 세모는 내가 다니던 회사를 인수하기로 한 모 기업의 컨설턴트였고, 내가 테이블을 정리하고 음료를 준비하는 정기 회의의 참석자였다. 무채색 정장 차림에 회색 백팩을 멘 세모는 언제나 제일 이른 시간에 나타나 회의실 모퉁이에 서 있는 나에게 조용히 말을 건넸다. 필요한 게 있으면 부르겠죠. 서 있지 말고 앉아서 기다려요.

세모는 회의 때나 티타임 때나 좀처럼 목소리의 톤을 바꾸지 않던 사람이었지만 나와 있을 때면 표정이 많아지며 감정을 드러냈다. 내게 토라지면 눈꺼풀이 한껏 올라가 눈꼬리에 모서리가 생기던 모습. 난 그걸 보는 게 좋았다. 나보다 열네 살이나 많고 특허권 수익 같은 복잡한 서류를 검토하지만 내가 굽 높은 구두 때문에 발이 붓거나 내 팔을 잡고 말하는 임원을 웃는 얼굴로 응대하면 눈을 세모나게 뜨고 싫은 걸 드러내던 사람. 세모는 아랫배가 볼록했고 같은 디자인의 안경 여러 개를 번갈아 꼈으며 키스할 때 가끔 사랑니 썩은 냄새가 났다. 나는 그 냄새도 좋았다. 나밖에 맡지 못하는 냄새니까. 세모의 왼쪽 뺨에 난 손톱자국과 오른쪽 아래에 눕듯이 난 이도 좋았다. 웃는 입처럼 생긴 그 흉터를 나는 '웃는 아이'라고 불렀다. 비뚤게 난 아랫니는 '누운 아이'라고 이름 붙였다. 세모가 나를 서운하게 할 때면 나는 세모에게 아이들을 보여달라고 졸랐다. 웃는 아이 보여줘. 누운 아이 보여줘. 이건 나밖에 모르지? 나한테밖에 안 보여주지?

그 시절, 나는 세모를 기다리며 소공동 주변을 걸었다. 한 시간 내로 정리하고 나오겠다는 세모의 말에 나는 세모가 있는 빌딩에서 시청까지 걸어가 길 건너에 있는 덕수궁 앞을 배회했다. 언제 세모가 나올지 몰라 궁 안으로 들어가지 않고 고궁 맞은편 미술관 뜰로 가서 바닥 조명이 켜지는 야외 조형물을 구경했다. 그래도 세모에게 연락이 오지 않으면 정동길을 걸어 연극 포스터가 붙어 있는 극장 앞을 서성였다. 미국대사관저 쪽으로 이어지는 오르막을 걸어 구세군교회가 있는 돌담길을 오가기도 했다. 퇴근 시간에 맞춰 나왔는데도 걷다보면 캄캄한 밤이 되었고 나는 지치고 허기져 세모가 나타나면 쉽게 용서해주지 않으리라 마음먹었다. 웃는 아이 보여줘도, 누운 아이 보여줘도 화 안 풀 거야. 그렇게 다짐해도 막상 세모가 나타나면 세모가 내게 왔다는 그 이유만으로 미움은 사라졌고, 세모는 내가 기다린 시간보다 더 짧은 시간을 나와 보낸 후 노트북을 켜고 일했다.

내가 기억하는 세모, 기대어 누우면 푹신하던 어깨, 코를 맞대고 숨쉬면 잘 여문 단감에서 나는 것 같던 냄새, 가늘어서 끊어지기 쉬운 머리카락과 엎드린 숫자 3 같은 윗입술 선, 내가 입으로 해줄 때 내지르던 소리(시조새의 울음 같은). 무리해 일하면 개구리 발처럼 관절이 퉁퉁 붓던 손과 그 손으로 집어먹던 피클, 커플로 맞춰 입은 키스 해링 그림의 수면 바지, 둘 중 한 명이 어린애처럼 떼쓰고 싶을 때 주문처럼 외우던 『어린 왕자』 속 구절. 양 한 마리만 그려줘, 양 한 마리만 내게 그려줘! 그리고 또, 세모는 어떤 사람이었나.

귀밑머리에 새치가 보이는 걸 싫어하고 치과에 가서 입을 벌리고 눕는 걸 무서워하던 겁보. 아버지가 죽으면 엄마한테는 말할 수 있을지도 모르지만, 공적 영역에서는 철저히 숨길 거라던 벽장. 이혼녀. 정체성이란 스스로 밝히는 게 아니라 말하지 않아도 알게 하는 것이라고, 안다는 것을 알아챌까 오히려 눈치보게 하는 강한 힘이라고 말하던 사람. 힘이 정체성이라니. 세렝게티에 사는 초식동물도 아니고 왜 세상을 온통 적으로 보느냐고 내가 물으면, 세모는 그 경계심이 자신의 유일한 방어 수단이라고 했다. 잡아먹히기 전에 들이받을 수 있는 뿔 하나쯤은 있어야 하지 않겠느냐고 했다.

세모는 치과에 갔을까. 사랑니를 뽑았을까.

내가 꿈에 나타나면 세모는 어떤 반응을 보일까.

"문자로 시작해야겠어요."

나는 챔바에게 말했다. 우리의 옆으로 목덜미에서 흰 김이 나는 사람이 제설 삽을 밀며 지나갔다. 그 뒤로 또다른 인부가 자루에서 염화칼슘을 퍼서 길에 뿌렸다. 챔바는 희고 딱딱한 알갱이가 뿌려진 쪽으로 가 잰걸음으로 그 위를 돌았다.

"꿈에서 알람이 울리는 거예요. 그리고 내가 보낸 문자가 뜨는 거죠."

너도 잘 자.

두번째 데이트 후, 세모가 내게 보낸 문자처럼. 마치 내가 먼저 밤 인사를 한 듯, 너도 잘 자.

"나는 잘 있다고 말해주려고요. 걱정하지 말라고. 난 천사랑 천국에 있으니까……"

"어디에 있다고요?"

발밑으로 오도독오도독 소리를 내던 챔바가 말했다.

"천국에 있는 거 아니에요?"

"여긴 시청 앞인데요."

챔바가 내 시선을 잡아끌듯 높은 곳으로 고개를 들었다. 중앙 지붕이 돔 모양인 옛 시청 건물이 우리 앞에 서 있었다. 석벽 건물을 따라 얇게 펴 바른 크림처럼 눈이 쌓였고 그 아래 두꺼운 나무문이 닫혀 있었다. 눈 맞은 돌계단에는 누군가 장난을 쳐놓은 것처럼 잔디 보호, 마음 정원, 음악 분수라는 나무 팻말이 기대어 있었다. 나무에 새긴 궁서체의 글자를 따라 눈이 내려앉았다. 언제 여기까지 온 걸까. 세모와 먹었던 시금치커리를 떠올리고 있었는데. 세모가 좋아했던 갈릭난과 걸쭉한 라씨를 생각하고 있었는데.

나는 뒤돌아 우리가 걸어온 길을 보았다. 눈을 치우던 인부들은 사라지고 없었다. 그들이 지나간 길을 따라 측백나무 화분들이 반원을 만들며 서 있었다. 원 끄트머리의 화분에서 마치 흰 눈을 찢고 나온 듯한 짙은 핑크색 조명이 빛났다. 챔바는 어느새 그 조명 앞에 가 있었다.

이런 색감은 내 상상 어디에서 나온 걸까. 색소 넣은 사탕 같고 크레파스로 그린 고무장갑 같은, 촌스럽고 조화롭지 않은 무지막지한 오페라핑크빛. 그 사이사이로 눈송이가 내렸다. 착지하자마자 꽃잎 모양을 한 조명 열에 녹아 사라졌다. 그 빛은, 빛이 만드는 색 번짐은, 아크릴 통에 담긴 주크박스에서 흘러나오는 노래는, 나와 상관없이 아름다웠다.

새빨간 알핀로제. 이슬 먹고 피어 있는 꽃. 다스 오버랜야 오버랜. 베르네 산골 아름답구나.

한 소절을 들으면 뒤이은 가사와 멜로디가 떠오르는 건 내 상상이 아닌 습관이었다. 삼십여 년간 살아온 내가 익숙하게 다니던 생각의 길. 나는 여전히 다스 오버랜의 뜻을 모르고 베르네 산골의 정확한 위치도 모르지만, 노래 속 새빨간 알핀로제가 알프스철쭉이란 것을 죽고 나서야 알았다. 핑크색 조명 아래 꽂힌 나무 팻말. 알프스철쭉Alpenrose. 진달랫과에 속한 꽃으로 고산지대에서 자라며 페루기네움철쭉 혹은 스노로즈라고도 불리며……

나는 몰랐는데 내 상상은 어떻게 아는 걸까. 난 끝났는데 지금 여기서 뭘 하는 걸까. 죽었는데 아직도 뭐가 두려운 걸까. 죽어서도 죽지 않는 감정이 있다면 노래가 끝나도 혀끝에 맴도는 멜로디가 있다면 누군가의 꿈에 찾아가 어떤 말을 해야 한다면.

나는 챔바를 보았다. 챔바가 고글을 이마 위로 올린 채 내 곁에서 있었다.

"내가 자기 때문에 죽었다고 생각하면 어떡하죠. 자기 탓이라고, 자기랑 내가 이런 사람이라, 이런 성향의 사람은 결국 이렇게 끝날 수밖에 없다고 여기면."

나는 장갑을 벗고 눈가를 닦았다. 탁 트인 광장에서 부는 바람이 옛 시청 건물의 석조 벽에 막혀 우리가 서 있는 측백나무 화분

위에서 회오리쳤다. 제비초리를 따라 한 방향으로 누운 챔바의 머리카락이 바람에 흐트러졌다.

"가서 내가 죽었다고 말해줄래요? 경찰서에 전화 한 통만."

나는 눈을 비비며 말했다. 손등으로 비빌수록 시야가 더 흐려져 알프스철쭉의 핑크색이 노랑, 초록, 파랑으로 스펙트럼을 만들었다.

"난 가이드예요. 푹 자고 숙면해서 꿈도 안 꿔요."

챔바가 말했다. 나는 눈을 뜨지 못한 채 요들의 꺾인 음처럼 목소리를 높였다.

"그래요, 챔바품바씨, 혼자만 기능성 옷 입고, 난 엉덩이도 안 덮이는 이 누비 점퍼만 입었는데! 내가 떡에 목이 메든 말든 혼자 김가루 뿌려 볶음밥 먹었죠!"

현기증이 날 정도로 눈앞의 색이 와글거렸다. 나는 챔바의 팔을 붙잡았다.

"팔에 지퍼 달린 주머니도 있고, 이 옷 어디서 샀어요?"

잠시 말없이 서 있던 챔바가 가까이 다가와 내 얼굴에 묻은 눈가루를 불어주었다.

"미안하지만, 나 밴조를 두고 왔어요. 아까 그 떡볶이집에."

*

챔바는 길손이 자신의 상상력에서 길을 잃지 않도록 돕는 것이 가이드가 맡은 일이라 했다. 하지만 가이드가 되기 전 챔바도 길손이었으며, 그때 챔바는 장마철을 앞둔 푹푹 찌는 날씨에 시와 도의 경계를 걸어 한 사람에게 갔다고 했다.

"고추밭에 갔어요. 해거리로 고추랑 양파 심는 엄마 밭에. 여름이라 흙이 붉고 기름졌는데 엄마가 꽃무늬 차양 모자를 쓰고 잡초를 뽑고 있었어요. 고무장화를 신고 허리를 굽힌 채 호미로 흙을 긁으면서. 나도 엄마 뒤에서 고랑 하나를 맡아 풀을 뽑았어요. 벌레가 윙윙거리고 땀이 줄줄 흘렀죠. 그러다 엄마가 밥 먹고 하자길래 집에서 가져온 아이스 백에서 얼린 보리차랑 현미밥이랑 전날 만든 임연수구이를 꺼내 상추에 싸서 먹었어요. 방금 딴 고추랑 같이. 한참을 먹는데 밭고랑 끝에서 오익오익오익 하는 소리가 나더니 검은 새끼 돼지 한 마리가 달려오는 거예요. 발굽으로 막 흙을 튀기면서. 돼지가 엄마한테 와락 안겨서 납작하고 축축한 코를 얼굴에 문질렀어요. 키스를 퍼붓듯이. 그다음 엄마가 잠에서 깼죠."

챔바가 말했다. 우리는 시청에서 다시 소공동을 지나 남산으로 가고 있었다. 챔바와 나는 여전히 반걸음 정도 떨어져 걸으며 각자의 발자국을 만들었다.

"로또 살 꿈이네요. 돼지꿈."

"맞아요. 엄만 그 꿈을 꾸고 복권가게에 갔어요. 자동으로 할까, 반자동으로 할까? 나한테 물어보려고 전화했는데 내가 안 받았죠. 나는 좋은 꿈을 만들어주고 싶었어요. 일어났을 때 웃게 되는 꿈. 복권을 사야 할 것 같은 꿈. 내가 돼지띠거든요."

눈 덮인 숭례문의 이층 기와지붕이 가까이 보였다. 다섯 갈래

길로 움직이던 차들은 사라지고, 그 가운데 누각을 올린 석축이 섬처럼 외떨어져 있었다. 돌과 돌 사이의 틈을 흰 줄로 메운 눈을 보며 나는 챔바에게 물었다.

"다른 사람 꿈에 가고 나면 그다음엔 뭘 하죠?"

"뭘 하고 싶어요?"

"다른 길손은 뭘 했나요?"

"대부분, 하던 걸 계속했죠."

챔바가 말했다. 그러면서 이 정도는 말해줘도 괜찮겠다는 듯 말을 이었다.

"잘 아는 사람을 예로 들자면, 고흐는 그림을 그렸다고 하더군요. 버지니아 울프, 전혜린은 글을 썼어요. 들뢰즈는 책을 읽고, 장국영은 영화를 봤죠."

"누구요?"

"유명한, 알 만한 사람들."

"난 몰라요. 고흐랑 장국영은 알죠."

고개를 돌리지 않았지만 날 보는 챔바의 시선이 느껴졌다.

"가수는 깨어나서도 노래 부르고 춤춰요. 그걸 제일 좋아하니까. 농부는 작물을 심고 상인은 물건을 팔죠. 깨어나기 전 펀드매니저였던 길손이 있었는데 그 사람은 책상 앞에 앉아 컴퓨터를 보며 전화했어요."

"그 사람은 왜 길손이 됐을까요? 펀드매니저."

"괄호."

챔바가 말했다. 우리는 숭례문의 측벽 길을 따라 걸었다. 맞은편에 남대문시장의 아치형 안내판이 보였다. 저 너머 어딘가에 물건을 팔고 상점을 구경하고 도넛이나 어묵을 먹는 사람이 있을 테지만 그런 북적거림이 내게는 오래전 일처럼 느껴졌다. 길이 좁아지면서 산의 오르막이 시작되자 챔바가 나를 돌아보며 물었다.

"저 위에 있는 거 맞죠?"

나는 어느 가을날 은행잎이 떨어진 남산길을 걷다 엄마와 슈퍼에 들어가 커피우유를 마셨던 기억을 말해주었다. 엄마가 즐겨 먹던 커피포리를 엄마의 방식대로 마셔보고 싶었다.

남산길 마지막 슈퍼라는 이름답게 슈퍼는 소월길 언덕 끄트머리에 있었다. 성에 낀 유리문을 밀자 문에 달아놓은 녹슨 종이 울렸다. 빛바랜 담요를 덮고 앉은 주인이 우리를 보고 화면이 불룩한 티브이에서 나오는 소리를 줄였다. 우리가 삼각 비닐팩에 담긴 커피우유를 찾는다고 하자 주인은 펩시콜라 스티커가 붙은 냉장고를 가리켰다. 과자와 초콜릿, 빵이 올려진 낮은 나무 진열대를 지나 나는 녹슨 종이 달린 냉장고 문을 열었다. 그리고 커피우유를 꺼내든 순간, 나는 어떻게 내가 다른 사람의 꿈에 갈 수 있는지 깨달았다. 꿈을 꾸는 엄마의 마음과 그 꿈으로 간 내 마음, 그리고 우리 두 사람을 이어주는 챔바의 마음이 삼각뿔의 세 직선처럼 하나의 꼭짓점에서 만나고 있었다. 세 방향으로 뻗은 마음의 면들이 커피우유의 모습을 하고 내 손 위에 올려져 있었다. 그리고 나를 이곳까지 오게 한 마음, 나보다 어둡고 나보다 빛나는 슬픔이 삼각뿔 커피우유의 밑면처럼 우리를 떠받치고 있었다.

"여기, 빨대."

챔바가 내 어깨를 톡톡 건드려 슈퍼 주인에게서 건네받은 빨대를 내밀었다.

"잘 봐요. 이거 아무나 못하는 거예요."

나는 진열대 앞에 쪼그려앉아 빨대 껍질을 이로 물어 벗겼다. 빨대의 뾰족한 부분이 아래로 가게 손에 쥐고서 커피우유가 담긴 폴리에틸렌 필름의 빗면을 조준했다. 단번에, 강하게, 눈 깜짝할 사이에, 비닐을 뚫고 빨대를 꽂던 엄마처럼!

"안 되네요. 엄만 잘했는데."

구부러진 빨대를 펴고 다시 시도했지만 빨대 모양만 더 망가졌다. 옆에서 보던 챔바가 우유팩 모서리를 가위로 잘랐다.

"쉽게 갑시다. 도구를 써요."

챔바는 빨대를 꽂지 않은 채 입을 대고 마셨다. 챔바가 팔을 들고 고개를 꺾자 옷에서 바스락 소리가 났다. 검은색 워커 주변에 눈 녹은 물이 고였다. 챔바의 뒤로 무릎 높이의 등유 난로가 열을 뿜었고 철판 위에서 바닥이 찌그러진 놋 주전자가 김을 피워 올렸다.

"이제 눈 좀 그만 내리게 해요."

밖으로 나온 챔바가 말했다. 우리가 서 있는 차양막은 눈이 쌓여 아래로 불룩했다. 챔바는 올라올 때 만든 우리의 발자국이 벌써 눈으로 덮였다고 했다. 차라리 눈덩이처럼 굴러가면 모를까 더는 걸을 수 없다고 했다.

“춥지는 않잖아요. 우리 눈싸움할까요?”

나는 주저앉아 눈을 뭉쳤다.

“나 옷 젖는 거 제일 싫어……”

말이 끝나기도 전에 내가 던진 눈덩이가 챔바의 목덜미에 닿아 부서졌다. 상처받았지만 화는 내지 않겠다는 듯한 표정으로, 챔바가 회색 점무늬 머플러를 벗었다. 나는 챔바의 목을 보았다. 울대뼈가 튀어나왔는지 안 튀어나왔는지 확인했다. 하지만 그보다 먼저 본 것은 챔바의 상처였다. 챔바의 목에는 스스로 플러그를 뽑을 때 생긴 흉터들이 있었다. 차 안에서, 혼자, 다신 깨어날 수 없게. 한 소절을 들으면 저절로 다음 소절이 떠오르는 노래처럼 챔바의 시간이 나에게 흘러왔다. 나는 머플러를 터는 챔바에게 물었다.

“궁금한 게 있어요.”

“옷이요? 가이드 시작할 때 받은 거예요. 어디서 샀는지 나도 몰라요.”

“아뇨, 내가 꿈에 가고 나면 챔바는 뭘 해요?”

“하다뇨. 안 해야죠. 난 쉴 거예요.”

나는 떡볶이집으로 가 밴조를 가져오자고 했지만, 챔바는 연주법도 모르고 노래에 소질도 없으니 그냥 두자고 했다.

“그럼 나도 쉴래요.”

그렇게 말하고 나는 구부려 앉아 세수하듯 얼굴에 눈을 문질렀다. 찬 눈에서 녹슨 쇠 냄새가 났다. 목부터 정수리까지 쨍한 냉기가 퍼졌다. 그대로 내가 눈에 파묻혀 단숨에 지워질 수 있을 것 같았다. 그러고 보니 나는 죽어서도 쉬지 못했다. 이유를 찾느라, 인과관계의 인因에 매달리느라 죽음의 효과를 충분히 누리지 못했다. 나는 나라는 존재를 빈 괄호로 두고 싶었다. 이제 죽은 나를 발견해주길 원하지 않았다. 내 죽음의 경위와 삶의 이력들을 오해 없이 완결하고 싶지도 않았다. 대신 나는 나와 이어진 사람의 꿈으로 가 그들을 즐겁게 해주고 싶었다. 세모의 꿈으로 가서 웃는 아이를 보고 싶었고 입술을 벌려 누운 아이를 보고 싶었다. 그다음 세모를 치과에 데리고 가서 조금도 아프지 않게 사랑니를 뽑게 해줘야지. 세모의 부은 뺨을 차가운 얼음으로 찜질해주고 얼어붙은 뺨을 내 뺨으로 녹여줘야지. 언젠가 오래 기다린 나에게 달려와 얼어붙은 내 뺨에 자기의 뺨을 대고 녹여주던 세모처럼. 규희와 동백떡볶이에서 만나 스위트콘을 넣고 떡볶이 국물에 밥을 볶아 먹어야지. 규희의 아이들을 위해 어린이용 의자와 키즈 메뉴를 만들어볼까. 내 상상력의 힘으로, 내가 기억하는 기쁨을 위해. 벌써 그 꿈들이 도착해 나와 꿈꿀 사람을 기다리고 있는 듯했다. 어쩌면 그 꿈들이 나보다 오래 머물며 사람들 마음을 떠다닐지도 몰랐다.

그런 꿈을 나 혼자 만들 수 있을까. 스즈키복을 입은 챔바가 핑크색 줄무늬로 내가 있는 곳을 표시해줘야 하지 않을까. 내 방한부츠는 다 젖어버렸고 양말까지 축축해 더는 걷고 싶지 않은데.

그리하여 나와 챔바는 굴러서 눈밭을 내려갔다. 눈덩이처럼 데구루루 굴러서 갔다. 바람이 무섭지 않은 낙엽처럼, 떨어진 이후를 걱정하지 않는 눈송이처럼 데구루루 데구루루 굴러 비탈길을 내려갔다. 내가 먼저 구르고 챔바가 날 따라왔다. 우리는 눈에 눈을 더하며 둥글게 부풀어가는 돼지 두 마리였다.

그러니

당신은 기쁘게 내 꿈을 꿔주길.

오늘밤은 엄마, 엄마의 꿈으로.

커피우유 가지고 갈게요. 멋지게 빨대 꽂아줘요.

| 작가노트 |

펜, 깃털 그리고 환영 인사

밤마다 저는 악몽을 꿉니다.

숲길을 걷습니다. 꽃과 열매가 거의 없는 시기라 마른 나뭇가지만 보입니다. 낙엽이 코코아색 머플러처럼 땅을 덮고 있습니다. 그 낙엽을 발로 헤치며 걸으면 파도가 철썩이는 소리가 납니다. 모래주머니를 흔드는 소리 같기도 합니다. 안쪽부터 썩어들어간 그루터기와 솔방울, 잘린 머리카락 같은 솔잎들 그리고 겨우내 굶주릴 새들을 위해 누군가 무더기로 던지고 간 땅콩이 보입니다. 그렇게 아래를 보며 걷다가 깃털 하나를 발견합니다. 전체는 검은색이고 끄트머리만 살짝 우유에 적신 듯한 흑백의 깃털입니다. 예전에는 이런 깃털의 깃대 끝에 잉크를 묻혀 글을 썼다고 하지요. 그 시절의 작가들은 주머니칼로 직접 깃펜을 깎았다고 합니다. 깃펜을 깎느라 정작 글을 쓸 시간이 없다고 불만을 털어놓기도 했죠. 우리가 칼로 연필심을 깎듯 그들은 써야 할 문장을 떠올리며 거위 깃털의 끝을 세심하게 다듬었을 겁니다.

종이가 없던 시절도 있었습니다. 과거엔 양이나 송아지의 가죽에 글자를 썼지요. 뭔가를 기록하려면 살아 있는 존재의 몸이 필요했습니다. 그러니 꼭 남겨야 할 글만 공들여 썼을 겁니다. 나무나 돌에 글자를 새길 때도 그만큼 정성을 쏟았을 테지요. 나무의 일생과 바위의 풍모를 망치지 않으려면, 여러 사람이, 여러 날의 밤을 새우며 글자를 쓰는 데 매달려야 했을 겁니다.

펜이라는 말은 깃털을 뜻하는 라틴어 펜나penna에서 왔다고 합니다.* 그러고 보면 저는 산책길에 펜을 주운 것입니다. 이 펜은 누군가의 몸이었습니다. 손 크기만한 길이로 보아선 날개깃이나 꽁지깃이었을 테죠. 이 펜은 바람에 수없이 흔들리며 하늘을 날고 비가 오는 날엔 빗방울을 튕겨냈을 겁니다. 경쟁자 앞에선 과시용으로 한껏 부풀려졌겠지요. 추운 날엔 우리가 주머니에 손을 넣듯 새는 깃털 속에 부리를 넣으며 몸을 움츠렸을 겁니다. 펜이란 말이 깃털에서 왔다면, 우리의 펜은 날개에서 온 것입니다. 날개의 일부, 바람과 맞닿은 살이었습니다. 그러니 누구나 글을 쓰는 동안엔 날고 있다고 생각해도 될까요. 하늘을 날듯 문장을 쓸 수 있을까요.

---

* 소어 핸슨, 『깃털』, 하윤숙 옮김, 에이도스, 2013, 303쪽.

*

오랫동안 꽤 자주 해오던 놀이인데, 이제야 그 뜻을 알았습니다.

"저기요, 저기요."

글을 쓰다가 지쳐서 침대에 엎드리면 애인이 다가와 저에게 노크합니다. 주먹 쥔 손으로 제 팔이나 등을 가볍게 두드립니다. 똑똑똑, 입으로는 노크 소리를 냅니다. 때론 안마를 해주는 것처럼 힘을 줘 때리기도 합니다.

"저기요, 저기요."

하지만 저는 뭐라 대답할 힘도 없이 탈진한 상태일 때가 많습니다. 제가 꼼짝하지 않으면 애인의 손이 더 빨라집니다. 마치 사냥꾼을 피해 오두막으로 온 토끼나 사슴처럼 목소리가 다급해집니다.

"저기요, 계세요? 똑똑똑, 저기요."

"열렸어요. 들어오세요."

저는 마지못해 대답합니다. 심드렁한 저의 반응에 애인은 잠시 말이 없습니다. 제가 한번 더 "열렸다니까요"라고 말하자 애인은 작게 대꾸합니다.

"알아요."

"안다고요?"

"열어달라고 두들긴 거 아니에요."

"그럼요?"

애인은 또 잠시 말이 없습니다. 그 순간 저는 감겨 있던 눈이 뜨이는 것 같습니다. 그동안 여러 번 해온 놀이인데, 저는 그 연극을 이해하지 못했습니다. 문은 열려 있습니다. 문밖에 있는 손님도 그걸 압니다. 그런데도 왜 계속 문을 두드린 걸까요.

"제가 열어줘야 하는 건가요?"

저의 질문에 애인은 "맞아요"라고 말합니다.

"연 다음엔 어떻게 해야 하나요?"

애인은 마중이 필요하다고 합니다. 왔구나, 잘 왔어, 그런 인사와 함께 손님을 맞이해줘야 한다고. 그 말을 들으니 흐리고 침침하던 제 마음에 빛이 들어오는 것 같습니다. 그랬구나. 이제껏 사람들이 내 문을 두드린 건 문이 닫혀 있어서가 아니라 내 마중을 바랐던 거였어. 환영 인사가 필요했던 거야.

저는 '연다'는 말의 숨은 뜻을 처음으로 알게 됩니다. 그리고 어쩌면 「제 꿈 꾸세요」라는 소설은 그렇게 환영 인사가 필요한 사람들의 이야기가 아닐까 생각합니다.

잘 가, 라는 작별인사와 함께

어서 와, 라는 환영 인사를 하고 싶은 마음, 할 수 있는 용기가 저에게 필요했습니다. 돌아간 존재가 빙 돌아 다시 오는 이야기를 쓰고 싶었습니다. 그런 믿음의 통로, 재회의 장소가 꿈이면 좋겠다고 생각했습니다. 저라는 사람은 문마다 창문마다 잠가놓기 일쑤지만, 소설은 그런 저를 끝없이 두드리며 제가 열어야 할 덧문들을 알려줍니다. 저보다 앞서가며 제가 노크해야 할 다른 이의 문을 보여줍니다. 소설을 쓰면서 저는 헤어진 존재와 다시 만

나는 순간을 상상하고, 누군가를 사랑하면서 그 순간이 멀리 있지 않다는 걸 깨닫습니다.

그 순간이 오면 저는 하던 일을 멈추고 자리에서 일어나 마중을 나갑니다. 오시는 길목에 카펫을 깔고, 반짝이는 종이꽃도 뿌립니다. 애인은 뿔 나팔을 불어달라고 합니다. 저는 손을 모아 입에 대고 부부— 나팔을 붑니다. 떠나간 존재가 언제든 다시 올 수 있도록 손님맞이를 연습합니다. 열기 위해 닫고, 환영하기 위해 작별합니다. 바람과 맞닿은 살, 깃털이었던 펜을 만지작거립니다.

거듭 헤어질지라도 다시 만나고 싶은 존재들

영영 나타나지 말라고 깊숙이 매장한 공포들

그 두 개가 하나로 이어져 있다는 것을 알기 위해 글을 씁니다. 완벽하게 끌려갈 수밖에 없는 꿈의 힘을 날마다 체험합니다. 지독한 잠꼬대 끝에 젖은 얼굴로 깨어나면 죽음의 얼굴을 마주하고 돌아온 기분입니다. 그러던 어느 새벽, 저는 알았습니다. 나쁜 꿈이 저를 살리고 있었다는 것을요. 더러운 물이 모이는 제일 낮은 자리의 수챗구멍처럼 꿈은 저를 위해 온갖 두려움과 슬픔을 자신의 통로로 받아들이고 있었습니다. 꿈에서 죽고 나면 저는 다시 태어났고, 꿈에서 슬퍼하면 현실에서 울지 못했던 울음을 마음껏 풀어놓을 수 있었습니다. 비록 악몽이었지만 그 꿈의 숨은 뜻은 이해와 보호였습니다.

숲길을 걷습니다.

꽃이나 열매가 없는 시기엔 수피를 더 자세히 들여다보게 됩니다. 이마의 주름처럼 가로선이 층층이 팬 것도 있고, 코끼리나 거북이의 발처럼 코르크의 음각이 두터운 것도 있습니다. 어떤 나무는 갈라진 껍질의 골마다 흰 버섯이 돋아 있습니다. 잎이 무성했더라면 보이지 않았을 새들의 움직임이 보입니다. 어떻게 저렇게 날 수 있을까요. 날면서 울고 날면서 싸고 양쪽 덮깃을 날렵하게 오므렸다가 떼 지어 솟구칩니다. 추락과 급선회, 민첩한 공중회전이 눈부시게 자유롭습니다. 틀림없습니다. 우리에게 영혼이란 것이 있다면 새의 나는 모습과 비슷할 겁니다. 공기의 움직임은 물의 움직임과 같은 원리라고 하니 영혼의 모습은 물고기의 헤엄과도 닮았을 겁니다. 그런 생각을 할 때면 저는 꿈속에 있는 것 같습니다. 꿈의 몸이 되어 누군가를 찾아가 문을 두드리고 싶어집니다. 꿈꾸는 모든 존재가 폭 잠들기를 바랍니다.

| 해설 |

커피포리의 물질계

전승민

1. 물질적인, 너무나 물질적인

자살한 귀신들의 모임이 있다. 이광훈 감독의 1999년작 영화 〈자귀모〉에는 저승 세계의 이적 단체인 '자'살한 '귀'신들의 '모'임이 나온다. 자귀모 회원들은 이승과 저승을 오가며 인간들을 자살하도록 부추겨 모임에 가입시키고, 현생에서 미처 풀지 못한 억울함과 오해를 이유 삼아 인간에게 물리적인 유형력을 행사해 복수하기도 한다. '자귀모'의 영업 전략이 보여주는 것처럼 자살은 사실상 자의 반, 타의 반으로 선택되는 역설의 죽음이다. 귀신들은 원한을 품은 혼으로 이승에 재등장하고 해원解冤한 후 조용히 모습을 감춘다. 전통적으로 한국에서 귀신을 귀신이도록 하는 것은 원한이다. 반면, 김멜라의 「제 꿈 꾸세요」에 나오는 귀신들은 원한이 아니라 오직 사랑만을 실존 조건으로 삼는다. 자귀모 회원들이 저승의 아늑한 '삶'을 누리지 못하는 이유는 원한 때문이지만 「제 꿈 꾸세요」에서 귀신들이 이승을 떠나지 못하는 이유는 다만 해야 할 어떤 말을 아직 하지 못했기 때문이다. 죽은 자가 사랑만을 남겨두는 이 마음은 언뜻 보기에 순하고 연한 것처럼 보이지만 이는 원한과 미련을 승화시킨 뒤에만 지닐 수 있는 성숙한 마음이다.

소설에서 귀신과 산 자는 이항 대립이 아니다. 다만 '플러그'가 빠졌을 뿐인 길손은 기억과 인격을 유지한, 살아 있는 육체와 영혼의 중간 상태의 존재다(스스로 플러그를 뽑는 일은 단지 접속과 해제의 상태변화를 야기할 뿐, 본체의 손상이나 파괴를 일으키지 않는다). 지하철 벽을 그대로 통과하고 지상에서 두 발을 뗄 수 있는 그들은 마치 고체와 액체의 중간 상태인 겔gell처럼 유동성이 극대화된 콜로이드 형태다.[1] 외피를 뚫고 나가는 식물, 캐러멜 향, 흔들리는 해초, 대기로 기화하는 액체 등의 상태 묘사는 세계의 경계를 흘러다니는 몸 도식이다. 아직 그녀의 혼은 신체와 완전히 분리되지 않고 긴밀하게 동기화되어 있다. 요컨대 그는 물질로 가득찬 귀신이다. 김멜라의 소설에서 인간은 영혼마저도 물질적인, 너무나 물질적인 존재다.[2]

물질성은 텍스트의 질감으로도 부조된다. 음악 〈메기의 추억〉

1) 콜로이드(colloid)는 일 나노미터에서 일 마이크로미터 사이의 크기를 갖는 여러 종류의 입자들이 물 등에 분산되어 있는 혼합물을 말한다. 가령, 우유는 콜로이드다.

2) 니체의 『인간적인, 너무나 인간적인』(1878)의 제목에서 따온 표현이다.

에서 반복되는 '메기'는 단지 가사의 기표가 아니라 실제로 부르는 노래의 음률, 멜로디와 육성까지 포함한다. 단락의 구분 후 작아지는 포인트의 크기는 자칫 기표가 갈취할 수 있는 물질성을 최대한으로 살려낸다. 이것은 화자 '나'가 독자를 상정하고 발화하는 목소리와 구별되는 그녀 내면의 목소리다. 기표의 기계적인 크기는 줄어들지만 의식의 부피는 반대로 증가하는 텍스트의 질감은 '나'의 실존 감각으로 곧장 연결된다. 그가 '길손'으로 거듭난 후부터는, 즉 육체가 심장박동을 멈춘 후에는 그의 내면이 서술될 때도 포인트가 작아지지 않는다("나/고소공포증 있는데", 69쪽). 텍스트와 인물이 가진 물질성은 흐름으로 운동하는 물질이라는 점에서 중요하고 특별하다.

> 불안이나 공포를 느낄 새도 없이 나는 상승하고 또 상승했다. 지상의 액체가 태양열을 받아 대기로 올라가는 듯했다. 사람이나 덩어리진 물질이 아니라 빠르게 움직이는 하나의 흐름이 된 것 같았다. 입자. 그 와중에도 나는 내 상태를 설명할 단어를 떠올렸다. 쪼개고 쪼개고 쪼개 더는 쪼갤 수 없는 근본적이고 단순한 왜
>
> 왜 그랬어 왜 그랬어 왜 그랬어
> 왜 그랬어(69쪽)

인물이 느끼는 자기 실존의 감각은 흐름과 입자—'나'가 극복해야 하는 입자인 '인因'과의 대립 속에서 발견된다. 위의 인용문에서 줄어드는 포인트는 그가 아직 입자와 흐름의 사이에서 갈피

를 잡지 못하는 상황을 보여준다('왜 그랬어'라는 울분 가득한 원망의 말은 현재 '나'가 붙들고 있는 말이 아닌, 일 년 전 첫번째 자살 시도가 실패로 끝났을 때 엄마가 그에게 외친 말이다). 「제 꿈 꾸세요」는 인물이 '왜'라는 단 하나의 입자와 대결하며 그것의 파편적이고 분열적 상태로부터 벗어나 사랑이라는 흐름 안으로 자기 실존을 용해시키는 데에 성공하는, 말하자면 영혼이 물질적으로 해탈에 이르는 소설이다. '왜'로 대변되는 인과에 대한 집착은 죽은 자가 산 자를 놓지 못하게 하고 산 자 역시도 죽은 자에 대한 상실을 받아들이지 못하게 함으로써 각자의 현재를 과거로 소급시킨다. 애도 불능의 상태는 '인'에 대한 강박에서 비롯한다는 것을 소설은 알고 있다.

2. 가로지르는 빈 괄호

귀신에 가깝게 그려지는 실존의 양태는 물질적이기에 육체와 완벽하게 분리된 '정신'이라고 하기 어렵다. 게다가 그들끼리 내면의 공유와 접속이 가능하다는 설정("'나'라는 사이트에 동시 접속한 상태", 73쪽)은 이미 '나'가 '나'로써 하나의 독립적인 세계를 구성함을 보여준다. 이승에서의 죽음이 그들의 세계에서는 '깨어 있음'으로 간주되는 점과 '나'가 하나의 인격적 실존이자 동시에 하나의 세계일 수도 있다는 점은 소설이 횡단성을 표방한다는 증거다.[3] 세계의 본질적 경계는 없으며 이때 '나'의 신체는 세

계의 일부 또는 세계 자체로써 구성되는 시공간 다양체space-time manifold다.[4]

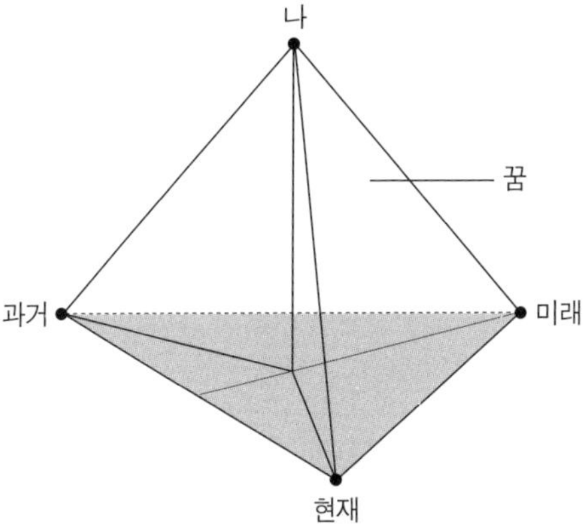

그림 1. '나'가 구성하는 횡단적 시공간의 정사면체

흐름이면서 동시에 입자인 양자적인 물질성은 소설의 처음부터 끝까지 내리고 있는 눈雪으로 표상된다. 눈을 내리게 하는 힘은 오롯이 '나'의 상상력에서 비롯하므로 눈의 기후 또한 횡단적이다. "쏟아지는 눈발 속에서도 한낮의 태양이 높게 떠 있"고 "눈

---

3) 횡단성(transversality)은 말 그대로 가로지르기를 말한다. 가령, 회안하는 정신과 신체는 대립하거나 한쪽으로 수렴하지 않는다. 이때 둘은 '사이'의 위치성을 가지며 운동을 통해 언제나 생성중인 상태에 놓인다. 그러므로 횡단적인 물질은 물질화(mattering) 작용까지 포섭한다.

4) Barad, Karen Michelle, *Meeting the Universe Halfway: Quantum Physics and the Entanglement of Matter and Meaning*, Duke University Press, 2007, p. 181. 이하 번역은 필자.

송이가 녹지 않을 정도의 온기와 눈의 결정들이 엉겨붙지 않을 정도의 냉기가 적절하게 배합된 기후"(70쪽)는 공존하는 이항 대립적 가치들이 적절히 배합된 텍스트의 기후다. 눈송이-입자들의 집합인 눈은 물론 덩어리진 물질이지만 동시에 현재진행형으로 내리고 쌓이는 흐름이기도 하다. 횡단적 물질은 변증법적 종합과 이분법적 수렴을 배격하는 운동으로서의 입자-흐름이다. '나'의 죽음 역시 횡단적으로 발생한다("죽으려다 못 죽고 예기치 못하게 죽은, 자의로 계획했지만 타의의 습격을 받아 애매하게 그 사이에 낀", 같은 쪽). 소설은, 횡단적 주체인 인물의 실존과 내면을 생동하는 물질계로 가시화한다. 가령, '나'가 저도 모르게 시종일관 내리게 하는 눈은 인과에 대한 강박을 은유하는 동시에 삶에서 죽음으로 이행하는 운동성을 의미한다. 무릎까지 쌓인 눈 속에서 힘겹게 걸음을 떼던 처음의 모습과는 달리 제 스스로 눈이 되어 하나의 눈덩이처럼 즐겁게 눈 위를 구르며 비탈을 내려가는 '나'와 챔바의 모습은, 주체가 눈을 맞는 객체가 아니라 그 눈의 일부가 됨으로써 자신의 실존을 새로운 생성의 힘으로 이행시키는 즐거운 풍경이다.

'왜'라는 입자, 그러니까 '인'으로부터의 해방을 이해하면서 '나'는 비로소 자신의 상상력과 꿈의 생성 원리를 알게 된다. 그것은 판단중지, 즉 "존재를 빈 괄호로 두"(93쪽)는 일이다. "죽음의 효과"(같은 쪽)는 우리를 현세의 인과로부터 해방시킨다. 죽음으로써 "죽음의 경위와 삶의 이력들을 오해 없이 완결"(같은 쪽)해야 한다는 당위에 대한 욕망을 버리게 된다. 오해는 억울함과 부착되어 있다. 그러나 살면서 맞닥뜨리는 모든 오해를 일일이 풀기란 불가능하다. 동일한 상황과 사건은 그에 연루된 상대방의 해석에 의해 '너'의 또다른 세계에서 다시 태어나기 때문이다. 오해를 풀고 그 자리에 합당한 서사를 기입하고 싶은 욕망은 '내'가 '너'의 세계를 통제하고 조절하려는 욕망일 수 있다. 생의 역동적인 파도타기를 위해 필요한 자세는 이미 지나간 일을 순수 '나'의 의지로 객관화하려는 태도가 아니라 다만 그것을 '빈 괄호'로 두는 일, 그 어떤 것도 한 가지 의미 층위에 배타적으로 귀속되지 않으며 최소한 두 개 이상의 다면성을 가질 수밖에 없다는 진실을 납득하는 태도다. '나'와 '나'의 세계, 그리고 '너'와 '너'의 세계 역시 모두 복수의 상호 연관자들이 역동적으로 구성하는, 언제나 현재진행형인 벡터로 만들어지기 때문이다. 요컨대 소설이 그려내는 세계의 모습은 결코 종합되지 않으면서 계속해서 운동하는 물질로서의 세계다.

세계가 그렇다면 그 안에서 움직이는 인물 또한 마찬가지일 테다. 가령, '나'는 빈 괄호를 "판단 이전의 괄호"(71쪽)라고 부연한 직후 챔바의 외양을 떠올린다. 그가 여자인지 남자인지 어느 쪽도 확신할 수 없는 '나'는 생물학적 성별이나 젠더를 획정하지 않고 단지 자신이 눈으로 보는 그의 표면에 대해서만 서술한다. '노숙자와 염색, 문신, 누명' 등 수많은 가정 사이에 "내가 여자를 좋아한다고 하면 넌 그래도 똑같이 날 친구로 대해줄 수 있어?"(75쪽)라는 질문을 슬쩍 끼워넣어 규희에게 자신의 성 지향성을 넌지시 밝히는 '나'는 아마도 레즈비언인 듯하다. 퀴어가 다른 퀴어를 처음 만날 때 정체성이나 이름, 표지의 범주에 그를 섣불리 끼워넣지 않으려는 판단중지의 자세는 존재의 비결정성을 최대치로 인화하는 존재-인식론적onto-epistem-ological 태도다.[5] 존재를 알아가는 과정, 그 행위를 미시적으로 관찰하는 일은 관찰자에게 윤리적인 의무를 자동 부과하는데, 왜냐하면 이러한 존재-인식론적 관점에서 윤리는 책임에 의해 생겨나는 반응이라기보다 물질들의 얽힘, 그 내부에서 창발하는 얽힘의 생성을 질문하는 일이기 때문이다.[6] 언제나 얽히고 있는 과정 중의 존재들에 대하여 기표와 개념, 규범은 빈 괄호로 묶어두고 다만 자신의 시야에서 구성되는 퀴어성을 현상적으로 인식할 때, 퀴어는 객체로 재현되지 않고 고유한 비결정성을 품은 채로 역동할 수 있다. 정신과 육체, 인간과 비인간(길손), 그리고 퀴어와 비퀴어의 경계는 분리된 이항 대립이 아니라 각각의 타자성이 물질적으로 얽히는 상호 연결의 관계망 안에 있다. 경계는 구성되고 해체되고 변형되는 무한한 재구성 속에서 현상적으로 인식될 뿐이다. 마치, 대기 중에서 응결되어 하강하고 지면에서 녹고 그러나 쌓이기를 반복하는 눈처럼 말이다. 「제 꿈 꾸세요」의 퀴어성은 끊임없이 얽히고 상호 구성되는 현상으로서의 물질이다.

---

5) Ibid., p. 185.

6) Ibid., p. 160.

3. 정사면체의 우주에서 만나기

'나'가 현상에 대한 판단중지를 체득하고, 눈 속을 방황하는 '길손'에 머무르지 않고 눈의 일부가 되는 계기는 사랑하는 사람들에 관한 기억이다. 특히, 그가 친구 규희나 전 애인 세모가 아니라 엄마에게 가기로 결정하는 이유는 엄마와의 기억 속에서 '꿈'의 생성 원리를 깨닫기 때문이다. 이것이 바로 커피포리의 원리다. 다시 말해, 그는 이승과 저승, 산 자와 죽은 자의 이질적인 세계가 어떻게 상호 교차할 수 있는지를 커피포리를 통해 알게 된다. 앞서 나온 그림 1. 횡단적인 시공간의 사면체가 이제는 '나'의 마음의 사면체로 재등장한다.

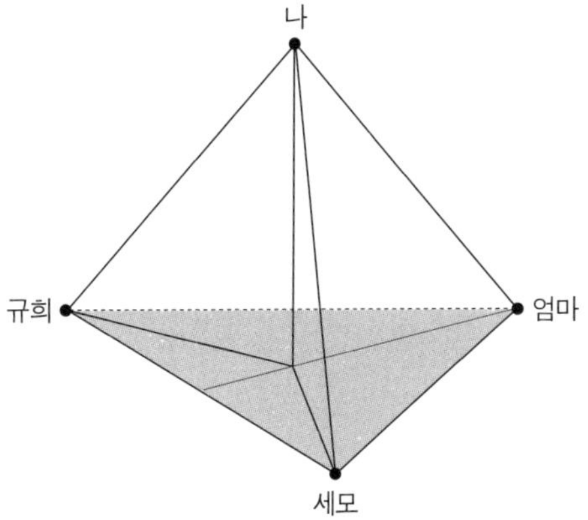

그림 2. '나'가 말하는 커피포리의 원리

「제 꿈 꾸세요」는 판단중지, 빈 괄호의 부피감을 정사면체로 물질화한다. 정사면체는 A와 B의 일대일대응 관계와 완벽한 기승전결의 인생 서사, 요컨대 '인'에 대한 집착으로부터 해방될 수 있는 횡단적 물질성이 체현된 형상이다. 기억은 규희와 세모, 엄마를 고정된 객체의 자리에서 재현하지 않고 오히려 '나'가 그들의 마음 안으로 스며들어 바로 그들의 자리에서 그들을 이해하게 만든다. 그는 가령, 규희의 방어적인 성격을 존중하며 발걸음을 돌리고, 세모를 떠올리다가 퀴어의 생애 주기에 작용하는 구조화된 죽음의 장력이 그녀에게 죄책감의 전가로 다가갈까봐 단념한다("내가 자기 때문에 죽었다고 생각하면 어떡하죠. 자기 탓이라고, 자기랑 내가 이런 사람이라, 이런 성향의 사람은 결국 이렇게 끝날 수밖에 없다고 여기면", 86쪽). '나'는 엄마에게로 기억의 화살표를 돌려 타자의 주체성을 직접 수행하는 과정에서 '꿈'의 원리를 깨닫는다("엄마가 즐겨 먹던 커피포리를 엄마의 방식대로 마셔보고 싶었다", 90쪽). 이승의 세 사람과 저승으로 가는 한 사람이 만드는 서로 다른 두 세계의 연접은 횡단적이다. 그래서 그들이 만드는 관계성은 2차원 평면이 아니라 3차원의 입체구조로 부조된다. 부피의 공간성은 좌표들 간의 이산적 종합이나 환원의 위험을 넘어서 평등한 타자들의 차이를 구성해낸다. '나'의 꼭짓점에서 '규희'의 꼭짓점으로 이동하는 동안 거쳐가는 공간에서 획정적인 경계는 없다. 그러므로 '나'의 이러한 횡단적 운동-기억은 경계를 무화하면서 계속적인 운동을 하기 위해 그것의 구성과 해체를 반복하고, 그렇게 모아지는 마음의 부피가 바로 커피포리, 그들 마음의 입체도형이 된다.

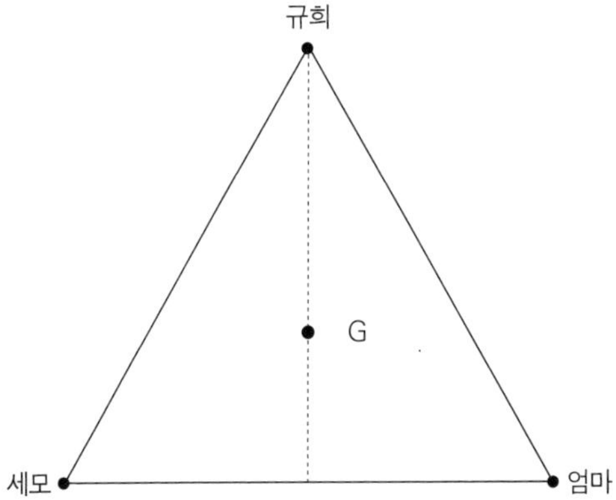

그림 3. 네 사람이 만드는 삼각형의 무게중심

커피포리에 빨대를 꽂는 일은 알다시피 쉽지 않지만 누군가는 쉽게 해낸다. '나'도 엄마가 하던 것처럼 "커피우유가 담긴 폴리에틸렌 필름의 빗면을 조준"(91쪽)하지만 쉽게 성공하지 못한다. 커피우유의 비닐을 뚫으려면 정삼각형의 무게중심에 빨대를 꽂으면 되는데, 그 무게중심의 좌표 G는 꼭짓점 '나'를 '슬픔의 밑면'에 투사한 점과 일치한다.[7] 요컨대, '나'를 규희-세모-엄마가

7) 삼각형의 한 꼭짓점에서 밑면에 수선의 발을 그리는 정사영을 만들 수 있다. 이 경우 한 꼭짓점 A에서 밑면에 대한 정사영을 그리는 것은 그 점을 밑면에 투사(projection)하는 것과 같다. 정삼각뿔의 한 꼭짓점에서 마주보는 평면으로 정사영을 만들면 반드시 그 밑면의 무게중심에 정사영이 떨어진다. 정삼각형의 무게중심은 위의 꼭짓점에서 밑변으로 그은 수직선을 2대 1로 내분하는 점이므로 커피포리에 한 번에 빨대를 꽂아넣기 위해서는 그 지점을 어림잡아 겨냥하면 된다.

만드는 평면에 투사하는 작업은 그들이 만드는 관계성의 장 안으로 '나'를 기입하는 일, 판단중지의 상태로 타자의 슬픔과 그것의 공간 좌표에 들어서는 일이다. 빨대는 그때 생겨나는 무게중심 위에서만 성공적으로 꽂힌다. 엄마는 그 '원리'를 이미 아는 사람이었던 것이다.

타자들 간의 차이는 주체에게 "극단적 외부성이 아니라 다만 행위자로서 구별될 가능성을 함축"[8]할 따름이다. 그러므로 차이는 타자를 객체화하거나 '나'와 단절시키지 않고 오히려 '나'와 '너'를 연결시키며 서로를 구성한다. 이러한 존재-인식론적 관점에서 윤리는 기존의 지식이나 규범, 의지와 계몽의 차원에서가 아니라 물질적으로 얽힌 구체적 관계로부터 자연 도출된다. 그렇기에 김멜라의 물질계[9]에서 윤리는 "타자를 타자화하는 반응이 아닌, 우리가 그 타자의 부분으로서 생동하는 관계성을 구성해낼 때"[10] 발생하는 책임에 관한 물질적인 사안으로 거듭난다. 물질 속에서 우리는 존재한다는 사실 그 자체만으로 서로에 대한 가시적인 책임성을 지닌 존재자가 된다. 더불어, 윤리가 관통하는 시공간과 기억, 과거-현재-미래는 선형적인 구도 혹은 마음의 문제가 아니라 구성중에 있는 신체에 각인된 여러 역사성, 다시 말해 미래가 과거에 작용하고 과거가 현재를 형성하는 발생 작용이

---

8) Ibid., p. 392.

9) 김멜라의 다른 소설 「물질계」(『적어도 두 번』, 자음과모음, 2020)의 제목에서 가져왔다.

10) Ibid., p. 393.

된다.[11] 그래서 '나'와 챔바는 서로의 기억에 접속할 수 있고 '나'는 상상력으로 규희와 세모, 엄마의 꿈에 나타나볼 수도 있는 것이다. 세계는 물질이다. 우리의 구체적인 관계의 양상을 실재하게 하는 것은 믿음이나 관념이 아니라 다만 우리의 목전에서 벌어지고 있는 현상, 주체와 세계 내부에서 작용하는 상호 구성적 과정이다.[12] 그렇게 우리는 이 "우주의 한가운데서 만난"[13]다.

'나'가 엄마가 좋아하던 커피포리를 엄마의 방식대로 마셔보기로 하는 순간, 세계는 변화한다. 챔바와 눈싸움하며 눈을 만지고 눈 속으로 뛰어드는 '나'는 눈의 부분이 된다. 흐르는 물질 속의 주체가 세계를 흐르기 시작한다. 마찬가지로 '나'는 챔바의 성별을 더는 궁금해하지 않는다. 그의 목에 있는 흉터를 보자마자 그의 시간이 노래처럼 재생되며 '나'에게 흘러들어오기 때문이다. '인'에 대한 강박은 이제 눈 녹듯 사라진다. 그리하여 세계의 일부가 된 자, 눈이자 커피우유이자 챔바이자 엄마가 된 '나'는 엄마에게 가기로 한다. '나'에게 현실과 꿈을 횡단하는 원리를 알려주는 이는 오직 사랑하는 이뿐일 것이므로, 방어적인 수동성이나 원망이나 오해를 불식하고 '나'의 죽음을 슬퍼하며 애도할 사람이므로. 그리고 우리에게는 못다 한 말을 반드시 전해야 할 윤리적 책임이 있으므로. 우리의 기억과 상상 속에서 구성되는 물질, 없음에 반하는 실존으로서의 비인간이 '없음'으로 곧장 환원될 수 없

---

11) Ibid., pp. 179~181.

12) Ibid., p. 353.

13) 앞서 인용한 *Meeting the Universe Halfway*의 제목에서 가져왔다.

다는 방증 속에서 그들은 실재한다. 운명-타자가 주체를 구성하고 주체가 타자를 구성할 때 우리가 존재할 수 있다는 절대적 사실은 인과의 강박을 초월한다. 물질계로 접속한 우리에게 남은 말은 이제 다만, 사랑한다는 말뿐이다.

그러니
당신은 기쁘게 내 꿈을 꿔주길.(94쪽)

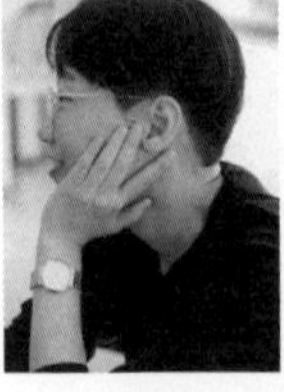

전승민
2020년 대산대학문학상, 2021년 서울신문 신춘문예를 통해 평론을 발표하기 시작했다.

성혜령

버섯 농장

작가노트

여기서 시작하겠습니다

해설 전청림

책임은 법보다 강하다

성혜령
2021년 단편소설 「윤 소 정」으로 창비신인소설상을 수상하며 작품활동을 시작했다.

버섯 농장

한동안 연락이 없던 진화에게서 전화가 왔다. 화면에 뜬 진화의 이름을 보고 기진은 잠시 어리둥절했다. 진화라는 사람을 까맣게 잊고 있던 것처럼. 기진은 밤사이 업데이트된 유튜브 영상을 보려던 참이었다. 방은 한낮임에도 어두웠다. 암막 커튼 사이로 얇게 스며든 빛이 침대를 칼날처럼 가로질렀다. 기진이 구독 중인 유튜버는 목에 상처를 입은 채 버려져 있던 고양이를 구조하고 입양한 뒤 일주일에 한두 번씩 영상을 업로드했다. 고양이의 정기검진차 동물병원에 다녀온 에피소드가 새로 올라와 있었다. 영상을 막 재생했을 때 전화가 왔고 기진은 실수로 통화 거부를 눌렀다. 진화는 기진이 그럴 리 없다는 듯 곧바로 다시 전화를 걸어왔다. 그리고 운전 좀 해주라, 라고 말했다. 부탁인지 명령인지 애매한 말투였다. 서울 근교에 있는 요양 병원에 갈 일이 생졌는데 교통편이 나쁘니 기진이 차로 데려가주면 좋겠다고 했다. 기진은 장거리 운전을 좋아하지 않았지만 알겠다고 답했다. 고마워, 그럴 줄 알았어. 진화가 말했다.

그럴 줄 알았다니. 진화는 물론 기진이 지금 일을 쉬고 있는 것을 뻔히 알고 있었다. 기진이 밖에 잘 나가지 않는다는 것과 병균, 연쇄 살인마, 교통사고를 무서워한다는 것도 알았다. 하지만 진짜 뻔한 사람은 진화였다.

진화는 중국 저가 의류를 비싸게 파는 인터넷 쇼핑몰에서 거의 십 년째 일하고 있었다. 쇼핑몰 매출은 매해 크게 올랐는데 진화의 연봉은 그다지 오르지 않았고 일은 계속 늘어갔다. 진화는 기진과 만날 때마다, 부모 잘 만나서 스무 살에 쇼핑몰을 시작해 실무는 아랫사람들한테 다 맡기고 내킬 때마다 해외로 여행이나 다니는 어린 사장에 대해 온갖 저주와 욕을 퍼부었다. 진화의 증오는 너무 전형적이어서 기진은 가끔 진화에게 진심인지 묻고 싶었다. 정말 사장이 그렇게까지 싫은 거냐고. 회사를 나오면 다시 보지 않아도 될 사람을 어떻게 그렇게까지 싫어할 수 있냐고. 정말 증오해야 할 대상은 그런 회사에서 십 년간 나오지 못한 너 자신이 아니냐고. 물론 기진은 말하지 않았다. 이런 말을 하면 진화는 쉽게 회사를 그만둘 수 있는 기진이 아무것도 모른다고 생각할 것이므로.

돌아오는 주말에 기진은 차를 몰고 진화의 집으로 갔다. 진화는 대학가 오피스텔에 살고 있었다. 졸업 전에 취직했는데 일이 바쁘다보니 이사갈 시기를 놓쳤다고 했다. 기진이 진화의 집에 들를 때마다 진화는 불평했다. 옆집에서 오줌 싸는 소리도 들린다고, 계단에서는 썩은 계란 냄새가 난다고. 이사가면 안 돼? 기진이 대꾸하면 진화는 어디든 똑같다고 말했다. 실은 월세가 몇 년 동안 동결되었기 때문이라는 것을 기진도 알았다. 건물이 복잡한 상속 소송에 걸려 있다고 했다. 건물 가치가 높게 평가되지 않는 게 건물주 입장에서 유리한 모양이었다. 건물은 거의 방치된 상태였다.

진화의 오피스텔이 있는 골목에 접어들자 눈에 익은 세탁소가 보였다. 세탁소의 전면 유리창에는 항상 같은 검은색 모피 코트가 걸려 있었다. 지나가다 언뜻 보면 사람이 매달려 있는 것처럼 보였다. 전리품 같은 걸지도 몰라. 진화는 말하곤 했다. 연쇄 살인마들이 자기가 죽인 사람들 머리카락이나 손톱 같은 거 뽑아서 기념으로 챙기는 것처럼. 세탁소 주인한테는 그게 옷인 거지. 어쩌면 그걸 은폐하려고 세탁소를 하고 있는지도 몰라. 세탁소 주인이 한번 진화를 '처녀'라고 부른 후부터 진화는 그가 변태라고 믿었다. 세탁해야 할 옷이 있으면 다른 동네에 있는 체인 세탁소까지 갔다. 기진은 세탁소 앞에 차를 세웠다. 곧 진화가 골목으로 걸어나왔다.

흰 민소매 원피스를 입은 진화가 차에 올라탔다. 치마가 접혀 올라가 뼈만 남은 듯 보이는 허벅지가 드러났다. 진화는 오랫동안 체중 관리를 하고 있었다. 쇼핑몰 모델로 촬영을 하러 오는 어린 여자애들한테 일을 시키려면 자기도 어느 정도 모델처럼 보여야 한다고 했다. 오랜만인가? 진화가 말했다. 기진은 잠시 진화와 마지막으로 봤던 날을 생각해봤다. 어디서 만났는지, 무슨 이야기를 했는지, 날씨가 어땠는지, 어느 계절이었는지조차 전혀 떠오르지 않았는데 한 가지만 기억났다. 그날 기진이 진화에게 한 번도 질문을 하지 않았다는 것. 그래? 정말? 같은 추임새를 습관처럼 넣으면서도 진화가 하는 이야기에서 궁금한 점이 없었다.

진화는 내비게이션에 주소를 입력하며 중얼거렸다. 선샤인노인전문병원, 병원 이름을 왜 이렇게 지었을까. 이런 병원에 자기 부모를 입원시키는 사람들도 어딘가 이상한 인간들일 거야. 아, 됐다. 진화가 말했다. 안내를 시작하겠습니다, 라는 소리가 너무 크게 들렸다.

고속도로에 접어들고 나서 진화는 기진에게 물었다. 여기 왜 가는지 안 물어봐? 기진이 대답하기 전에 진화는 이야기를 시작했다.

기진에게 말은 안 했지만, 진화에게는 일 년 정도 만났던 남자가 있었다. 왜 말 안 했는데? 기진이 묻자 진화는 그냥, 이라고 했다. 기진은 자기가 연애를 해본 적이 없기 때문일 거라고 생각했다. 전 남자친구는 진화보다 두 살 어렸고 졸업 후 대기업 하청 마케팅 회사에서 일하고 있었다. 일 년을 만나는 동안 진화와 남자친구 사이엔 별문제가 없었다. 문제는 휴대폰이었다. 어느 날부턴가 진화의 휴대폰이 갑자기 꺼지는 일이 잦아졌다. 남자친구는 진화에게 휴대폰을 살 거면 자기가 아는 사람에게 가자고 했다. 군대에서 알게 된 동생이 통신사 대리점에서 일한다고, 거기서

사면 직원 할인가로 싸게 살 수 있다고 했다. 진화는 살던 곳에서 꽤 먼 동네의 대리점까지 가 새로 휴대폰을 개통했다. 그리고 얼마 안 되어서 남자친구와 헤어졌다. 왜? 기진이 묻자 진화는 짧게 웃었다.

"전화를 안 받아서."

"전화?"

"새벽에 위경련이 나서 응급실에 간 적 있었거든. 그때 전화를 했는데 안 받았어. 자느라 못 받았대. 그럴 수 있지. 원래 잠들면 잘 안 깨거든. 근데 그냥 그다음부터 보기가 싫어졌어."

기진은 운전할 때 한눈을 팔지 않으려고 노력했지만 잠깐 고개를 틀어 진화를 쳐다봤다. 진화는 자기가 운전하는 것처럼 허리를 곧게 펴고 전방을 똑바로 바라보고 있었다.

그 남자와 헤어지고 일 년이 지났고 진화는 그동안 짧은 연애를 두 번 정도 더 했다. 두 번 정도? 연애라고 하기 애매한 관계도 좀 있었어. 진화가 말했다. 그리고 삼 주 전, 진화는 서울보증보험이라는 곳에서 독촉 전화를 받았다. 갚지 않은 부채가 있다고 했다. 부채는 총 육백오십삼만 팔천이백칠원이었고 15.7퍼센트의 이자가 다달이 붙고 있었다. 알아보니 진화 명의로 휴대폰이 하나 더 개통되어 있었고, 그 휴대폰의 할부 원금과 일 년 치 이용 요금, 그리고 게임 아이템 결제액까지 하나도 납부되지 않아서 관리가 채권 추심 업체로 넘어갔다고 했다. 그 휴대폰이 개통된 곳이 진화가 전 남자친구와 함께 갔던 대리점이었다. 진화는 그날 남자친구가 소개해줬던 아는 동생의 얼굴도 기억나지 않았다. 평범한 얼굴이었겠지, 굳이 기억할 이유가 없는. 진화는 말했다. 다만 그날 어떤 실수가 있어서 그 남자애가 사인을 한번 더 요청했다는 것은 기억난다고 했다. 진화는 일처리를 못하는 사람을 보면 언제나 화가 났지만 남자친구가 옆에 있어서 더 묻지 않고 그가 요청한 대로 모든 서류에 사인을 했다.

진화는 빚 독촉 전화를 끊자마자 곧바로 전 남자친구에게 전화를 걸었다. 그는 전화를 받지 않았고 대신 메시지를 남겼다. 문자로 해. 진화가 대리점 동생에게 사기를 당한 것 같다고 긴 문자를 보냈다. 전 남자친구는 다른 말 없이 그 동생의 연락처만 보내왔다.

경찰에 명의 도용으로 신고를 했지만 일단 빚을 갚지 않으면 신용 등급에 문제가 생길 수밖에 없었다. 진화에겐 아직 갚아야 할 학자금 대출이 남아 있었고 이사를 가기 위해 무리해서 적금을 붓는 중이었다. 적금을 깨면서까지 남이 진 빚을 갚고 싶지는 않았다. 진화는 전 남자친구가 준 번호로 전화를 걸었다. 신호는 갔지만 연결되지 않았다. 그래도 진화는 계속 전화를 걸었다. 신호음을 듣는 짧은 시간 동안 모든 생각이 잠시 사라지고 단조로운 소리만 남았다. 그때만은 상대방이 전화를 받을지 받지 않을지, 그 절반의 확률에 온 신경을 집중할 수 있었다. 하루는 아무것도 하지 않고 앉아서 전화를 걸었다가 신호음을 다 들은 뒤 끊고 또다시 걸었다. 상대의 전화가 꺼져 있다는 안내가 나올 때까지 멈추지 않았다. 진화는 꺼진 휴대폰에 문자를 남기기로 했다. 얼굴도 기억나지 않는 그 남자애에게 인생을 그렇게 살면 안 된다고 적었다. 자기는 아버지가 사업에 실패하고 방안에서 술만 마시고 있어도 막 살아본 적 없다고, 누구에게도 손 벌리지 않고 혼자 벌어서 집세도 통신비도 휴대폰 할부 원금도 꼬박꼬박 밀리지 않고 내면서 살아왔고, 아버지가 간 수술을 했을 때 돈을 보태기까지 했다고, 남의 돈으로 게임하는 동안 얼마나 즐거웠을지 모르겠지만 이미 네 인생은 시궁창이라고.

긴 문자를 쓰고 나니 그애를 기분 나쁘게 해서 좋을 게 없다는 생각이 들었다. 결국 진화는 돈을 갚아주면 고소를 취하해주겠다고, 아직 어리니까 기록 같은 게 남으면 안 되지 않겠냐고 마치 그애를 오랫동안 알아온 사람처럼 문자를 보냈다. 며칠 후에 답장이 왔다. 그 남자애는 아니었고 남자애의 아버지였다. 어떻게 된 영문인지는 모르겠지만 이 번호는 아들의 번호가 아니라 자신의 번호라고 했다. 아들과는 자신도 연락이 되지 않으며, 자신은 노모가 위독해서 낮부터 밤까지 요양 병원에 있다고, 자기가 지금 할 수 있는 게 아무것도 없으니 더는 연락하지 말아달라고 적혀 있었다. 진화는 그에게 요양 병원의 이름을 물었다. 만약 정말로 그 남자애의 할머니가 위독하다면, 그러다 혹시 죽기라도 한다면 남자애도 거기에 나타나지 않을까 하는 생각이 들었다. 또 당장 할머니가 죽지 않더라도 그애 아버지를 한번 만나보면 좋을 것 같았다. 그에게 자식이 저지른 일의 책임을 상기시켜줄 필요가 있어 보였다. 그는 순순히 병원 이름을 알려주었다. 검색해보니 병원은 진화의 예상보다 먼 곳에 있었다.

그들은 강을 지났다. 진화는 창밖을 보면서 소나기가 올 것 같다고 말했다. 가뭄이 지속되고 있다는데, 하늘에 구름 한 점 없는데 무슨 소리야. 기진은 말하려다 말았다. 산이 높아지고 녹색이 짙어졌다. 차 안의 공기는 계속 뜨거워졌으나 에어컨의 바람은 약한 세기로 고정되어 있었다.

기진은 진화를 기숙형 고등학교에서 만났다. 이십사 시간 공부할 수 있는 환경을 제공해서 명문대 진학률이 높기로 유명한 학교였다. 기진과 진화는 같은 반이었다. 어느 날 점심을 먹던 중 진화가 사실은 자신의 부모님이 서로를 혐오하고 있다고 고백하듯 말했다. 같이 밥을 먹던 다른 아이들은 혐오라는 단어의 무게를 알아차리지 못한 것 같았다. 기진은 아니었다. 진화의 말을 듣자 모든 게 명확해지는 느낌이었다. 기진의 부모님도 서로를 혐오하고 있었다. 단지 기진의 집은 진화네와 다르게 돈 문제가 불거질 일이 거의 없어서 분명히 드러나지 않았을 뿐이었다.

기진이 스무 살이 되던 해, 기진의 부모님은 친척 결혼식에 다녀오던 길에 교통사고로 죽었다. 고속도로에서 발생한 삼십 중 연쇄 추돌 사고에 열여섯번째로 휘말렸고, 하필 앞뒤 차가 트럭이어서 즉시 사망했다고 했다. 기진은 한동안 집에서 나오지 않았는데, 유일하게 기진의 집 현관 비밀번호를 알고 있던 사람이 진화였다. 기숙사가 소등한 뒤 서로의 침대를 찾아가 부모의 끔찍함을 조용히 속삭이던 기억 때문인지 진화는 기진에게 혹은 기진 부모님의 죽음에 책임감을 느끼는 듯했다. 기진은 약간의 죄책감과 당혹감, 돌이켜보니 엄마와 아빠가 나쁜 부모는 전혀 아니었다는 뒤늦은 깨달음으로 잠을 못 자고 먹지 못했다. 진화가 기진을 돌봤다. 음식을 사다 나르고, 대학교 수업이 없는 날에는 장을 봐온 재료들로 밥을 차려주겠다며 주방에서 몇 시간이나 부산을 떨기도 했다.

물론 그런 시기는 지나갔다. 기진은 부모님과 살던 집에 계속 살면서 잠을 자고 밥을 먹었다. 산책도 가고 쇼핑도 했다. 엄마가 타던 차를 몰기 위해 면허도 따고 연수도 받고 가끔 내키면 차를 끌고 마트에 가기도 했다. 직장을 열심히 구하지는 않았다. 부모님이 가지고 있던 오피스텔에서 월세가 들어왔고 보험금도 꽤 되었다. 반면에 진화는 일을 쉰 적이 없었다.

강을 따라 달리는 동안 내비게이션 속 도착지까지 남은 거리가 한 자릿수로 바뀌었다. 강변도로에서 빠져나와 굴다리를 지났고 시내 쪽으로 접어들었다. 진화가 갑자기 차를 세우라고 말했다.

"병원에는 빈손으로 가는 거 아니야."

기진은 급하게 갓길에 차를 세웠다. 진화는 어린애처럼 뛰어가판대로 가더니 참외를 봉지 한가득 사왔다. 진화는 까만 봉지를 발밑에 내려놓고 안전벨트를 매면서, 복숭아도 있었는데 아줌마가 아직 맛이 안 들었다고 해서 참외를 사왔다고 말했다. 그리고 찢어질까봐 봉지를 하나 덧씌워주었다며 감탄했다. 세상에 저렇게 착한 사람들만 있으면 좋을 텐데. 진화가 말했다. 기진은 진화를 낯선 사람처럼 한번 쳐다보고 다시 차를 출발시켰다. 그들은 낮고 낡은 건물이 늘어선 시내를 지나쳤다. 봤어? 진화는 창밖을 보며 말했다. 엄청 큰 새가 있었어. 못 봤는데. 기진이 말했다. 진짜 컸는데. 진화가 말했다. 그들은 단층 시골집 몇 채와 목줄에

묶인 개들과 무성한 무덤들을 지나쳐 병원에 도착했다.

병원은 생각보다 규모가 컸다. 세 동의 건물이 나란히 서 있었고, 주차 공간도 넓었다. 일층 로비에는 호텔처럼 넓은 소파와 테이블이 충분한 간격을 유지하며 놓여 있었고 통유리창에서 햇빛이 들어와 광택이 도는 대리석 바닥을 비췄다. 진화는 창에서 가까운 자리에 앉았다. 참외 봉지는 옆 의자에 놓았다. 여기 좀 비쌀 것 같다. 진화가 말했다. 기진이 참외 봉지를 사이에 두고 앉으면서 고개를 끄덕였다. 곳곳에 혼자 있거나 가족과 함께 앉아서 무언가를 먹는 노인들이 보였다. 큰 목소리를 내는 사람이 없었다. 말소리는 사람들 주위를 조금씩 넘실거렸다. 진화는 휴대폰을 계속 보고 있었다. 잠깐 봤으면 한다고, 내려오시라고 했는데 답이 없어. 진화가 말했다. 테이블에 교회에서 만든 전단지가 놓여 있었다. 기진은 지루함을 견디려고 거기 적힌 글자들을 읽었다. 가까운 테이블에서 어떤 남자의 목소리가 갑자기 크게 들려왔다. 엄마, 딴건 다 까먹어도 이것만 기억해. 형이란 새끼는 정말 나쁜 놈이야.

기진과 진화는 빛이 더 깊숙이 들어올 때까지 가만히 앉아 있었다. 진화가 자리에서 일어나 안내 데스크로 가서 남자애 이름을 대고 병실 호수를 물어봤지만 아무런 답을 듣지 못했다. 기진은 그새 새로 올라온 고양이 영상을 볼까 말까 잠깐 망설였지만, 진화가 손톱을 깨물기 시작해서 휴대폰은 집어넣고 전단지를 다시 처음부터 읽기 시작했다. '하나님의 품안에서 아름다운 마무리를……'

테이블에 그림자가 졌다. 기진과 진화는 햇빛을 등지고 서 있는 남자를 올려다보았다. 남자는 키가 커 보였다. 짧은 머리를 하고 몸에 달라붙는 티셔츠를 입고 있었다. 혹시, 나한테 전화한 아가씨예요? 남자가 말했다. 진화가 의자에서 일어났다. 안녕하세요. 진화가 고개를 숙였다. 남자가 진화를 마주보고 앉더니, 다리를 꼬고 얼굴을 쓸었다. 얼굴도 눈도 벌겠다. 내가 요새 잠을 좀 못 잤어요. 진화는 고개를 끄덕였다. 기진은 진화의 긴 머리카락이 갈라지면서 드러난 흰 목덜미에 솜털이 바싹 서 있는 것을 보았다.

진화가 먼저 말을 꺼냈다.

"갑자기 찾아와서 놀라셨죠."

"이 나이쯤 되면 별로 놀랄 일이 없어."

"말씀드렸다시피, 아드님께서 불법으로 제 명의를 도용해서 휴대폰을 개통했거든요. 백오십만원 정도 되는 휴대폰값에 매달 십만원 가까이 되는 무제한 요금제에, 거기다가 소액 결제로 게임 아이템을 엄청 샀더라고요. 저도 게임 좋아하지만 게임에 만원 이상 써본 적이 없는데, 아버님께서도 아실지 모르겠지만 한 달에도 막 삼십만원, 어떤 달에는 팔십만원 넘게 결제한 적도 있고요. 물론 자기 명의의 폰이 아니니까 그랬겠죠. 그게 다 제 빚이 됐어요…… 일단 그 빚을 조금이라도 갚아놓아야 할 것 같은데, 제가 그럴 수가 없는 게 현재 여윳돈도 거의 없고……"

진화의 목소리가 떨렸다. 진화가 잠시 숨을 골랐다.

"아가씨, 얘기 다 끝났어요?"

"아…… 그게……"

남자는 진화의 대답을 기다리지 않고 자연스럽게 이야기를 이어갔다.

"내가 아가씨한테 할말이 없는 게, 우리 애가 지금 나랑 연락도 안 되고, 참. 걔가 나타나야 고소도 효력이 있을 텐데. 나는 아가씨, 지금 우리 어머니 여기 좋은 병원에 모시려고 집까지 판 사람이에요. 내가, 그거 때문에 내 새끼 엄마랑 이혼도 하고. 나는 내가 해요. 누구 안 시켜. 내가 효도하고, 내가 책임지는데, 내 손 떠난 자식새끼 인생까지 내가 책임져야 하나? 날 길러준 우리 어머니한테 내 몫은 다하고 있고, 또 내 자식 성인 될 때까지 안 굶기고 입히고 키워놨지. 난 진짜 떳떳해. 내 책임을 다하고도 남았지. 난 그 새끼한테 효도 받는 것도 안 바라. 바라는 거 하나도 없어. 어떤 부모도 자식을 끝까지 책임질 순 없는 거 아냐. 자식이 해야지. 주고받고, 그게 순리 아닌가? 내가 지금 내 자식한테 계속 줄 때는 지났지. 나는 우리 어머니한테 갚을 때고, 그걸 하려고 여기 있는 거고. 우리 엄마가 지금 오늘내일하는 마당에, 내가 지금 아가씨 억울한 이야기를 들어줄 여력이 없어요. 아가씨도 이해하죠? 아가씨도 딱 보니까 착하게 생겨가지고, 내 말 이해하죠?"

진화가 말없이 고개를 끄덕였다. 기진은 교회 전단지를 조금씩 찢어서 한 손에 모아두었다. 남자의 말은 계속되었다.

"내가 집 살 때 얻은 대출 갚는 데 이십 년이 걸렸어요. 내가 자동차 공장에서 일했거든. 노조 위원장도 한 사람이야, 내가. 성실하게 살았다고. 그게 당시에 일억 오천짜리 집이었어, 이십 년 전에. 그때도 서울 땅에 있다 하면 뭐든 비쌌거든. 그리고 그걸 내가 삼 년 전에 세금 떼고 십오억에 팔았다고. 거기서 반 딱 떼서 마누라 줬어. 이 병원이 웃긴 게 보증금을 받아요. 보증금이 이억 오천이야. 그리고 한 달 병원비 요양비 다 하면 오백씩 나와. 왜 그렇게 비싼지 나도 몰라. 근데 보니까 건물이 좋고 간호사들이 화를 안 내더라고. 뭐 생일 파티도 해주고 행사도 많고, 우리 노인네한테 매일매일 말도 걸어주고 손도 잡아주고 마사지도 해주고 하더라고. 그런 거 하나하나 다 계산하면 그렇게 된다네. 그러면 나도 계산을 해야지. 마누라 주고 남은 칠억 오천에서 이억 오천 보증금 내면 오억이 남잖아? 근데 우리 엄마가 일 년을 병원에서 버틴다고 계산하면 육천이야, 삼 년이면 일억 팔천이야. 의사가 그래. 우리 엄마 뇌가 까맣대. 길어야 삼 개월일 거래. 근데 지금 벌써 삼 년째 누워 계셔. 그럼 우리 엄마가 이대로 삼 년 더 사시면, 그 돈 거의 없어지겠네? 나는 이 근처에 작은 땅뙈기 하나 사서 내 먹을 거 내가 심고 거두면서 살고 있어요. 내가 아가씨 사정이 어떤지 자세히는 모르지만 아가씨도 억울하겠지. 내 자식이 나쁜 놈이야. 걔가 그렇게 스트레스를 받더라고. 실적이 안 나온다고. 사람들이 휴대폰을 일이 년씩 쓰는데 위에서 기대하는 것만큼 그렇게 많은 휴대폰이 팔리겠냐고. 아가씨, 내가 미안합니다. 내가 미안해요."

남자가 고개를 숙인 채 진화의 손을 잡고 여러 번 흔들었다. 진화는 어색한 자세로 손을 빼냈다. 기진은 주먹을 꽉 쥐었다. 잘게 찢긴 종잇조각들이 한 줌도 안 되게 뭉쳐졌다. 남자의 휴대폰이 울렸다. 남자는 전화를 받으면서 진화를 향해 손을 흔들어 보이고 엘리베이터 쪽으로 걸어갔다. 진화는 남자의 뒷모습을 보고 있었다. 남자가 엘리베이터에 타고 문이 닫히기 전까지 잠시 동안 진화는 남자의 얼굴을 처음으로 똑바로 보는 것 같았다. 진화는 허리를 곧게 편 자세로 계속 닫힌 엘리베이터 문을 보고 있다가 가방에서 화장품 파우치를 꺼냈다. 진화의 손거울에서 빛이 튀었다. 진화는 천천히 화장을 고쳤다. 가방에서 여행용 티슈를 꺼낸 뒤 입술을 닦아내고 립스틱을 다시 발랐다. 한 번도 입술 선을 벗어나지 않고 깨끗하게. 이제 됐어? 기진이 물었다. 되긴 뭐가 돼. 진화가 말했다. 기진은 남은 종이를 계속 찢어서 테이블에 놓았다. 그리고 흩뿌려놓은 종잇조각들을 후후 불었다. 진화가 기진을 혐오하는 듯한 얼굴로 바라보았다.

주차장으로 가는 길에 진화가 말했다. 참외가 너무 무거워. 진화가 들고 있는 참외 봉지 주위로 초파리가 날아들었다. 기진은 차 문을 열면서 진화에게 무슨 말이든 해야 한다고 생각했다. 차에 시동을 걸고 계기판의 눈금이 내려가기를 기다리는 동안 기진은 남자가 주차장으로 걸어오는 것을 발견했다. 남자는 주차장 끝 쪽에 세워진 승용차에 탔다. 저 차, 비싼 거잖아. 새 모델 같은데. 기진이 말했다. 얼마나 비싼데? 진화가 물었다. 기진은 휴대폰으로 검색해본 가격을 진화에게 말해주었다. 출시한 지 일 년도 되지 않은 차였고 남자가 말했던 자기 재산의 반이 넘는 가격이었다. 남자가 차를 능숙하게 빼서 주차장을 가로질러갔다. 기진도 주차장을 빠져나갔다. 남자의 차는 병원 진입로에서 좌회

전 신호를 기다리고 있었다. 기진은 우회전을 해야 했지만 남자의 차 뒤에 섰다. 남자의 차에서 차창이 열리고 담배 연기가 새어나왔다. 기진은 연기가 흩어지는 모습을 지켜보다가 남자의 차를 따라가기 시작했다.

남자는 차를 거칠게 몰았다. 좁은 이차선 도로에서 중앙선을 침범하며 과속했고, 굽은 길에서도 속도를 줄이지 않았다. 남자의 차는 시내를 지나 다른 마을로 접어들었다. 계곡 위를 가로지르는 다리를 지났다. 피서객들이 보였다. 펜션들이 늘어선 경사로를 따라 오르막길은 산까지 이어졌고 차 한 대가 겨우 올라갈 수 있는 좁은 길이 산기슭을 타고 뻗어 있었다. 기진은 망설였다. 진화는 지금까지 보인 집들이 전부 유럽식으로 지은 펜션이었으니 저 남자도 틀림없이 산속에 좋은 집을 지어두었을 게 분명하다고 말했다. 그것으로 남자가 한 말이 거짓임을 증명할 수 있을 거라고, 그러면 자기가 유리해지는 거라고도 말했다. 기진은 어떤 경우라도 진화가 유리해질 수는 없을 거라고 생각했지만 차를 돌리지 못했다.

그들은 소나무숲과 가족묘인 듯 보이는 무덤 여러 개를 지났다. 젖어서 미끄러운 길이 끝나자 잔디가 무성하고 넓게 트인 산중턱이 나타났다. 시야에서 나무가 사라지고 빛이 들어왔다. 검은 비닐하우스 한 채를 밑동만 남은 나무들이 둘러싸고 있었다. 그들은 비닐하우스 옆에 세워진 남자의 차를 발견했다.

기진은 내려가는 방향으로 차머리를 돌려서 주차하느라 여러 번 핸들을 감았다 풀고 기어를 조작하며 전진과 후진을 반복해야 했다. 어느새 남자가 비닐하우스에서 나와 그들을 지켜보고 있었다. 차바퀴가 헛돌았다. 남자가 차창을 두드렸다. 아가씨, 나와봐. 기진이 진화를 쳐다봤다. 진화는 안전벨트를 풀고 흰 원피스를 툭툭 털고 있었다. 기진이 차 키를 두고 내렸다. 남자는 능숙하게 차를 돌려서 자기 차 옆에 주차했다.

시동을 끄고 차에서 내린 남자가 지켜보고 있던 기진에게 다가와서 말했다. 좁은 데서 차를 돌릴 때는 핸들을 차가 가려는 방향대로 끝까지 감는 거야. 그다음에 후진하고 다시 반대쪽으로 끝까지 풀어서 전진해가면서 조절하는 거야. 오케이? 남자는 차 키가 달린 열쇠고리를 엄지손가락에 걸고 허공에 핸들을 감는 시늉을 해 보였다. 열쇠고리가 남자의 손에서 쇳소리를 내며 헛돌았다. 기진은 열쇠가 그대로 날아갈까봐 남자의 손에서 눈을 떼지 못했다. 남자가 기진에게 열쇠를 던지려는 듯 폼을 잡았다. 기진이 받으려고 손을 뻗자 남자가 웃었다.

진화는 참외 봉지를 두 손으로 받쳐들고 그 속을 들여다보고 있었다. 남자가 진화와 기진을 훑어보다가 말했다. 근데, 여기가 내 집인데, 나 사는 꼴이 궁금해서 따라왔어? 남자가 검은 비닐하우스를 눈짓으로 가리켰다. 진화는 참외 봉지를 내밀었다. 이거 아까 드리려고 했는데 못 드렸어요. 진화가 말했다. 그래? 그럼 여기까지 온 김에 참외나 먹고 가요. 남자가 진화에게서 참외 봉지를 가볍게 받아들고 검은 비닐하우스 안으로 들어갔다.

남자를 따라 안으로 들어서자 단단한 벽에 부딪힌 것처럼 가장 먼저 냄새가 선명하게 느껴졌다. 눅눅한 먼지와 합성 목재의 냄새에 오랫동안 많은 것이 섞여들어가 단단하고 끈끈한 입자가 되어 벽과 바닥에 달라붙어 있는 것 같았다. 햇볕을 받지 못해 모든 것이 축축하게, 은밀히 부패해가고 있는 듯했다. 위를 향해 비스듬히 열린 창문으로 햇빛이 조금 들어왔지만 시야를 밝혀줄 만큼 충분하지는 않았다. 진화는 희미한 빛 속에서 비닐하우스 안을 유심히 살폈다.

비닐하우스 안은 생각보다 넓었다. 컨테이너 하나가 통째로 들어가고도 자리가 남았다. 반대쪽 끝의 출입문 옆에는 실내용 미니 골프대가 놓여 있었다. 골프채 하나가 공이 들어가야 할 구멍에 깃대처럼 꽂혀 있었다. 컨테이너 밖으로 빨래 건조대, 세탁기, 플라스틱 간이 테이블과 의자, 공구 박스 등이 산만히 늘어서 있었다. 열린 컨테이너 문 안쪽으로 그대로 깔려 있는 이부자리가 보였다. 문을 마주한 안쪽 벽에는 달마도가 걸려 있었다. 잠깐이지만 기진은 그림의 먹색 선들을 벽에 붙은 벌레로 착각했다.

남자는 컨테이너로 곧장 들어갔다. 진화와 기진은 밖에 서 있었다. 안에 싱크대가 있는 듯했다. 물이 쏟아지는 소리가 짧게 들리더니 남자가 쟁반에 참외와 과도를 담아 컨테이너 밖으로 나왔다. 그리고 간이 테이블에 쟁반을 내려놓고 진화와 기진을 불렀다. 그들은 테이블에 남자와 마주보고 앉았다. 흙바닥에서 의자가 불안하게 뒤뚱거렸다.

남자는 참외를 깎아 길게 썰었다. 포크가 없다며 젓가락을 하나씩 집어가라고 말했다. 젓가락도 여분이 없어서…… 남자는 손으로 참외를 집었다. 진화와 기진은 젓가락 하나로 참외를 찍어서 불편하게 먹기 시작했다. 내가 이렇게 살아요. 남자가 말하며 손가락으로 참외 씨가 박힌 속을 긁어냈다. 포크도 없고, 뭐 있는 게 없지. 어, 참외가 참 달다. 남자는 미지근한 참외를 잘 먹었다.

"원래 여기가 버섯 농장이었거든. 내가 잘 아는 분의 형님이 은퇴 자금 투자해서 시작한 건데, 뭐가 잘 안됐는지 자살을 하셔가지고 내가 싸게 넘겨받았어."

"얼마예요?"

진화가 물었다.

"뭐, 얼만지 알면 세금 떼게? 이 근처가 최근에 펜션 같은 게 생기면서 땅값이 좀 오르긴 했는데, 이쪽은 주거지로 받은 땅이 아니라서 비싸지가 않아요. 특수 임지거든, 엄밀히 따지면."

"그럼 거주하면 불법이에요?"

"뭐, 굳이 따지자면 그렇지."

"아드님이랑 연락은 언제부터 안 되셨어요?"

"애엄마랑 이혼하고부터는 거의 못했지. 내 엄마 챙기려다가 내 가정이 깨지다니, 참 인생이 그래. 아이러니지."

진화는 고개를 끄덕이며 남자의 말을 듣고 있었다. 기진은 말없이 참외를 먹었고 배가 아파졌다. 남자가 화장실은 주차장 반대쪽에 있다고 했다. 주차장 반대편 마당에는 나무판자나 밑동만 남은 나무, 썩은 나뭇가지 들이 웅덩이에 어지럽게 널려 있어서 발이 걸려 넘어지지 않게 조심해야 했다. 옥외 화장실은 다행히 재래식이 아니었다.

화장실에서 기진은 새로 올라온 고양이 영상을 봤다. 유튜버는 고양이 목에 나 있던 상처가 아문 자리를 클로즈업해 보여주었다. 그러면서 목에 이렇게 깊은 상처를 낸 것은 살인미수다, 라고 말했다. 엄밀히 말하면 살인은 아니지. 기진은 중얼거렸다. 그리고 혹시 유튜버가 고양이에게 일부러 상처를 내고 구조하는 영상을 찍어 유튜버가 된 것은 아닌가 잠시 생각했다. 그날따라 고양이가 유튜버의 품안에서 계속 울었다. 새끼 고양이가 우는 소리를 듣고 있으니 초조해졌다. 기진은 늘 고양이를 키우고 싶어했지만 매번 마지막 순간에 결정을 미뤘다. 기진은 집으로 돌아가고 싶었다. 집에 가면 이번에는 꼭 유기묘 보호소에 가서 가장 가까운 날에 안락사가 예정되어 있는 아이를 데려오자. 기진은 생각했다. 이번에는 꼭.

다시 비닐하우스 안으로 들어갔을 때 테이블에는 아무도 없었다. 진화도 남자도 보이지 않았고 접시에 참외만 두 조각 남아 있었다. 컨테이너 문이 아까와 달리 닫혀 있었다. 기진은 그 문을 열어보고 싶지 않았다. 그대로 이 어둡고 습하고 냄새나는 비닐하우스에서 나가고 싶었다. 기진은 잠시 망설이다 문을 열었다. 먹으로 찍은 달마의 눈동자가 우주로 향하는 구멍처럼 보였다. 기진의 집에도 금박 액자에 든 달마도가 있었다. 아빠가 어디선가 비싸게 주고 사온 것이었다. 아빠는 그 그림을 현관문을 들어서면 바로 보이는 곳에 놓았다. 그래야 집안에 들어오는 액운을 막는다고 했다. 달마는 언젠가부터 사라졌다. 기진은 엄마가 버렸을 것이라고 짐작했다. 엄마는 못생긴 것들을 참을 수 없어했다. 사람이든, 사물이든, 그림이든.

달마를 버렸기 때문에 부모님이 돌아가신 걸까? 남자의 달마는 남자를 지켜줄까? 기진은 문을 열 때부터 그럴 리 없다는 것을 알고 있었다. 남자는 바닥에 모로 쓰러져 있었다. 몸이 둥글게 말려 있고 손은 다리 사이에 끼여 있어서 마치 보이지 않는 줄에 포박당한 것처럼 보였다. 드러난 팔다리에는 아무런 상처도 없었고 피도 흐르지 않았지만 기진은 바로 남자가 죽었다는 것을 알았다.

기진이 컨테이너 문 앞에 굳어 있는 사이 진화가 뒤에서 다가왔다. 협심증, 심근경색, 뇌경색 뭐 그런 건가봐? 진화는 골프채를 들고 있었다.

"참외 더 가져오겠다고 들어가서는 너무 오래 안 나오길래 골프 좀 치고 있었어. 공 하나가 바깥까지 굴러가서 주우러 나갔다 왔더니 이게 무슨 일이래. 우리 아빠가 옛날에 사업했던 거 알지? 사무실이 엄청 높은 빌딩에 있었어. 무슨 섬유 수입 그런 거였는데, IMF 때 망했지만. 사장실에 가죽 소파랑 저런 미니 골프대가 있었는데 어릴 때 자주 가지고 놀았거든. 아빠가 나보고 골프 하라고 했는데. 열 번 치면 진짜 아홉 번은 들어갔어. 지금 하니까 예전만 못하다."

기진은 혼자 말하고 있는 진화를 바라봤다. 진화는 기진을 보지 않고 줄곧 남자를 보고 있었다. 진화가 골프채를 들고 남자에게 다가갔다. 그리고 폼을 잡더니 남자의 머리를 가볍게 쳤다. 스윙이 크지도 않았는데 퍽, 하고 무언가 꺼지는 듯한 둔탁한 소리가 났다. 피는 튀지 않았다. 한번, 쳐보고 싶었어. 진화가 말했다.

진화는 남자를 훌쩍 건너뛰어서 싱크대로 가 손과 골프채를 씻었다. 진화의 머리카락은 흐트러짐이 없었고 흰 원피스에도 얼룩 하나 묻어 있지 않았다. 물이 싱크대에 쏟아지는 소리가 그치고 고인 물이 깊은 곳으로 빨려들어가는 소리가 한동안 울렸다. 그리고 아무 소리도 들리지 않았다. 진화가 물이 뚝뚝 떨어지는 골프채를 들고 남자의 머리맡에 섰다. 파리한 형광등 빛 아래서도 진화는 여전히 아름다웠다.

"근데 쓰러진 폼이 꼭 자위하려던 거 같지 않아?"

진화가 말했다.

경찰은 부모님의 시체를 찌그러진 자동차 안에서 꺼낼 때 어쩔 수 없이 약간의 훼손이 생겼다고 했다. 기진은 진화와 함께 병원의 영안실로 갔다. 자주 싸우고, 그보다 더 자주 서로를 무시하면서 살던 부모님이 같은 날 함께 죽었다는 사실이 기이하게 느껴졌다. 기진의 곁에서 진화도 두개골이 패고 눈이 꺼진 기진 부모님의 시신을 봤다. 그런 장면을 봐버려서 오늘 진화가 이렇게 된 것이 아닌가, 기진은 생각했다. 기진은 처음부터 진화에게 영안실까지 따라올 필요가 없다고 말해야 했다. 그때 기진에게 진화는 모든 것을 나누어도 괜찮은 사람이었다. 그런 게 있을 리 없다는 걸 일찍 알았어야 했다.

여기 봐봐. 진화가 남자의 콧구멍을 가리켰다. 너무 지저분해. 기진이 허리를 숙여서 피딱지가 앉은 남자의 콧구멍을 들여다보는 동안 진화는 얼굴에 달라붙은 머리카락을 떼어내며 말했다. 묻어야 될 것 같아. 진화가 남자를 건너서 기진에게 다가왔다.

왜? 우리가 죽인 것도 아닌데. 기진이 말했다. 멍청하게 굴지 마. 이미 우리는 시체를 훼손한 거야. 진화가 말했다. 우리가 아니라 네가 한 거지. 기진이 말했다. 진화는 잠시 말없이 기진을 쳐다봤다. 내가 억울한 빚이 생겼다고 말했을 때 너는 단 한 번도 나를 도와주겠다는 말을 안 했어. 너 어딘가 잘못된 거 아냐?

비닐하우스 주변에는 버려진 나무판자들이 많았다. 대부분은 썩어가는 중이었다. 몇몇 판자 위에 본 적 없는 버섯들이 자라고 있었다. 진화가 휴대폰으로 불빛을 비췄고 기진이 손으로 만져가면서 튼튼한 판자를 골라 들었다. 진화와 기진은 번갈아가며 땅을 파기 시작했다. 커다란 날벌레들이 휴대폰 불빛으로 날아들었다. 기진과 진화는 벌레들이 그들을 향해 달려들 때마다 짤막한 비명을 질렀고 서로에게 달려드는 벌레들을 쫓아주었다. 구멍은 깊고 좁게 파졌다. 그들은 구멍에 남자를 넣고 묻었다. 진화는 가방에서 담배를 꺼냈다. 언제부터 피웠어? 기진이 물었다. 얼마 안 됐어. 진화는 한 번에 불을 붙이지 못했다. 라이터에서 빛이 튀어오를 때마다 얕고 짧은 열기가 기진에게도 느껴졌다. 달다. 진화가 연기를 뱉으며 말했다. 이제 갈까? 진화가 가방에 담뱃갑을 집어넣고 주머니에서 기진의 차 키를 꺼냈다. 기진이 화장실에 갈 때 바닥에 떨어뜨린 것을 주웠다고 했다. 기진은 아무것도 묻지 않고 열쇠를 받았다. 진화의 손은 차가웠다. 그들은 아무런 어려움 없이 농장에서 빠져나왔다.

| **작가노트** |

여기서 시작하겠습니다

오랫동안 저는 누군가와 아무리 가까워져도 다가갈 수 없는 영역이 있다고 생각했습니다. 고통처럼요. 청소년기에 암에 걸렸던 경험 때문인지 저는 고집스럽게 믿었습니다. 어떤 아픔은 나눠지지 않는다고, 어떤 경험은 공유할 수 없다고요.

저는 지금도 저의 고통을 통해서만 타인의 고통을 들여다볼 수 있습니다. 고통으로 고립된 마음을 치유나 위로로 열 수 있다고 믿지 않습니다. 어떤 실패나 실수가 사람을 영원히 망가뜨릴 수도 있다는 것을 압니다. 어려움을 극복하여 더 강해졌다는 성공 신화에 공감하지 못합니다.

다만, 이 막다른 길 끝에서 이야기가 끝나는 것이 아니라 시작되어야 한다는 것을 소설을 읽고 쓰며 알게 되었습니다. 완전히 이해하거나 이해받는 것이 불가능하더라도, 타인의 고통을 듣고,

그 고통을 이야기하는 사람이 되고 싶다고 생각하게 되었습니다. 계속 실패하더라도, 계속 말을 걸어보자고 다짐합니다.

읽고 쓰는 것만이 제 고집과 고립을, 이 불가능성을 잠시라도 넘어서게 해주기 때문입니다.

병과 관련된 기억과 감정들은 여전히 저의 내면 한구석에 뿌리박고 있고 저는 자주 그리로 되돌아갑니다. 병에 걸린 몸의 고통과 고독을 잊지 않아야 또 아프게 되었을 때 조금이나마 태연한 척할 수 있을 테니까요. 하지만, 이야기를 읽는 동안 때때로 저는 멀리 달아납니다. 저에게서 벗어나는 듯한 느낌이 듭니다. 그것이 순간의 착각일지라도, 결국 같은 문제로 돌아오게 되고 현실은 변하지 않을지라도, 여러 번 당겨서 느슨해진 고무줄처럼 제 마음도 조금씩 고집스러운 탄력을 잃어가며 확장되고 있다고 믿고 싶습니다.

혹시나 여러분도 잠시나마 기진과 진화를 따라 어둡고 축축한 버섯 농장 안으로 들어갔다 나오셨다면, 이 이상한 이야기를 어리둥절한 채나마 끝까지 읽어주셨다면 정말 기쁘겠습니다.

읽어주셔서 감사합니다.

| 해설 |

책임은 법보다 강하다

전청림

죽음과 삶이 공모하는 기이한 야생성. 버섯 농장의 음습함은 나무 밑동에서 시작된 생의 순환이 끈적한 포자를 타고 잘린 단면을 뒤덮으며 풍기는 비밀스러움에서 나온다. 태양을 향해 활짝 열린 대지와 달리 그늘져 은밀한 비닐하우스. 그곳에서 부풀어 나가는 포자와 균류. 무슨 일이 일어나도 제어할 수 없을 것 같은 음산함은 버섯 농장이라는 밀폐된 공간을 축축하게 적신다.

오피스텔에서 출발해 요양 병원을 거쳐 버섯 농장이라는 삶의 구석에 이르는 동안 진화와 기진은 점차 죽음에 깊숙이 잠식된다. 주목할 것은 이 소설에서 죽음은 단순히 생명이 없어짐을 뜻하는 것이 아니라는 사실이다. 진화와 기진 앞에 가로놓인 기진 부모의 죽음은 두 사람의 계급을 엄격하게 나누는 실마리가 되고, 노모에게 드리운 죽음의 그림자는 남자가 평생 모은 재산을 부양에 헌납하게 만들며, 남자의 죽은 몸에 대범하게 손을 대는 과정에서 진화와 기진의 삶은 이전과 아주 다른 범주로 전환된다. 다시 말해, 이 소설에서 죽음은 모든 이를 특정한 상황에 연루되게 하고 책임의 무게로 묶어놓는다. 죽은 자리에서 은밀하게 번지는 균사체처럼.

「버섯 농장」의 구조적 단아함은 이와 같은 책임의 문제를 신자유주의적 기틀 아래에 두는 방식에서 확보된다. 개인의 책임이 언제나 자본의 문제와 단단히 결속되어 있다는 사실을 명징하게 밝힘으로써 책임의 불평등을 고발하는 셈. 그러나 소설은 여기에서 멈추지 않는다. 고발은 피해자의 언어이기에 이를 넘어서야 한다는 것.

그러므로 진화와 기진이 물컹한 시체를 짓누르며 적법한 지점을 넘어서버릴 때, 그 안에는 감동적일 만큼 역겨운 설렘이 들어서게 된다. 쩔쩔매면서도 자신만만하게, 아주 잠시 동안 두 사람은 약자에서 강자로 우뚝 서는 전환을 맞이한다. 기이하게도 소설의 시작점이 이곳이라는 느낌이 드는 건, 서사 전체의 안정성을 뒤흔드는 격렬한 정동이 바로 이 결말에 내장되어 있기 때문일 테다. 이 경악스러운 매장 행위에는 책임의 불평등성이라는 처량함을 타개하겠다는 청년세대의 강인한 원한이 꿈틀거리고 있다.

선택적 책임을 심문하기

진화와 기진은 홀로 살아가는 청년들이다. 그러나 이들의 홀로 살기 경험에는 함정이 있다. 부모에게 물려받은 재산의 유무가 그들 생계의 범위를 정하고 있기 때문이다. 동결된 월세가 아쉬워 지저분한 오피스텔을 벗어나지 못하는 진화, 돌아가신 부모님의 재산이 있어 "직장을 열심히 구하지는 않"(125쪽)는 기진. 손바닥에 새겨진 손금처럼, 혈관에 흐르는 피처럼 부모의 흔적이 생을 장악할 때 두 사람은 자신의 행동을 책임지는 주체가 아니라 외부의 조건에 복종하는 삶을 살아가는 것에 더 가깝다.

남이 쥐여준 밥통을 든 이들이 삶에서 무엇을 감당할 수 있을까. 소설에서 인물들이 덜고 담는 책임은 다소 시혜적이고 자의적이다. 윤리적 책임을 지기도, 주권적 책임을 지기도 버거운 이들이 삶의 균형에 위해가 가지 않는 선에서 선택적으로 책임을 맞이하기 때문이다. 유기묘 보호소에서 고양이를 데려오고자 하지만 정작 진화를 돕는 일에는 무관심한 기진, 노모를 부양하며 혈연적 책임 의식을 강조하면서도 아들의 일은 외면하는 남자. 이들은 마치 백화점에서 책임을 고르듯 편안하다. 원하는 상황에만 연루되고자 하는 이들의 태도는 오히려 타인과 결속되지 않으려는 노력에 가까워진다. 이때의 책임은 단절에 가깝다. 다시 말해, 책임의 제스처가 타인의 고통을 외면하는 알리바이가 되는 셈이다.

한편, 진화의 상황은 다르다. 선택의 범위를 넘어선 책임을 지고 살아가며 그녀는 독해진다. 책임의 무게를 안다는 뜻이다. 태생과 출신이라는 제 몸뚱이의 의무를 뒤집어쓰고 거주지와 근로소득의 불안을 감당할 때, 진화는 불평등으로 짜여진 신자유주의적 세계를 온몸으로 승인해야 하는 상황에 놓인다. 그 세계란 모두가 서로에 대한 책임을 나눠 가지며 살아가는 세계, 한 개인이 시민 주체로서 책임의 한계를 그을 수 없는 세계, 부의 분배가 책임의 상한선을 정하는 세계이다. 이 세계에서 타율적 복종을 넘어선 적극적 복종으로 책임에 응답할 때 그녀는 기이한 방식으로 주권을 획득한다. 자기에게 주어진 조건을 재배치하며 삶을 발명하고 있는 이 독종은 세계를 인정하면서도 용서하고 있는 것이다.

개인이 감당할 수 없는 문제를 떠안으면서도 "누구에게도 손 벌리지 않고 혼자 벌어서"(123쪽) 살고 있다는 자긍심을 가진 진화는 자신의 존엄을 당당하게 세계에 요구한다. 그리고 자신의 자긍심을 무너뜨릴 만한 작은 자극도 참을 수 없어하는 열패감 또한 안고 산다. 진화가 참을 수 없는 것은 악조건을 이겨낸 자신을 대접하지 않는 세계이다. 십 년간 헌신해도 인정을 해주지 않는 회사, 자신을 '처녀'라 부른 세탁소 주인, 그녀가 응급실에 있을 때 전화를 받지 않은 남자친구는 진화가 이루어낸 기적적인 생존을 망각했기에 비난의 표적이 된다.

책임의 한계를 이미 넘어본 주체인 진화는 책임에 선을 긋는 사람들을 참아줄 수 없다. 늘 한 발짝 물러서는 기진에게 "너는 단 한 번도 나를 도와주겠다는 말을 안 했어. 너 어딘가 잘못된 거 아냐?"(138쪽)라고 따지고, 남자가 쓰러진 폼을 보고 "꼭 자위하려던 거 같지 않아?"(137쪽)라며 경멸적으로 말하는 진화는 그들이 책임을 지는 대신 베푼 비겁한 선의를 심문하고 있는 셈이다. 노모에게 헌신하면서도 아들의 빚은 모른 체하며 "그게 순리 아닌가?"(128쪽)라고 말하는 남자는 핏줄에도 차등을 두는 혈연적 모순성으로 가득차 있다. 또한 진화의 일에 적극적으로 연루되려 하지 않으면서도 먼 거리까지 동행하고, 사건의 정점에서 유기묘를 입양하려고 마음먹는 기진의 태도는 사뭇 무기력해 보일 만큼 비겁하다. 실로 기진은 (어쩌면 남자보다 더) 온 마음을 다해 진화의 선택들을 경계하고 있기 때문이다. 그러므로 "유튜버가 고양이에게 일부러 상처를 내고 구조하는 영상을 찍어 유튜버가 된 것은 아닌가"(135쪽) 의심하는 기진은 사실 자기 자신의 시혜적 태도를 되비추는 거울을 마주한 셈이다. 유튜버가 선의를 가장해 고양이의 상처를 고의로 만들 수 있다면, 기진은 도움을 가장해 진화의 불행을 무시할 수 있는 것이다. 모두가 타인에게 연루되어 있는, 거대할 정도로 과잉된 세계 속에서 자신의 책임에 선을 긋는 행위는 자기만족을 위해 시혜의 대상과 범위를 선별하는 일일 뿐이라는 것, 그것은 그냥 자위를 하다 쓰러지는 모양새처럼 아주 볼품이 없다.

툭툭 내뱉는 진화의 말투와 직선적 행동이 남자와 기진에게 섬뜩하게 다가오는 건, 침엽수처럼 날카롭고 푸르게 뻗은 진화의 속이 그들의 부끄러움을 찌르기 때문이다. 진화가 "부탁인지 명령인지 애매한 말투"(117쪽)로 기진에게 당당히 연대를 요청할 때, 그 단호한 태도에는 진화가 도의적으로 기진과 맺었던 유대가 기저에 깔려 있다. 진화는 "기진에게 혹은 기진 부모의 죽음에 책임감"(124쪽)을 느끼고 기진을 돌보던 순간부터, 그러니까 이미 아주 오래전부터 선택적 책임의 한계를 넘어 기진과 깊이 연루되어 있었던 것이다.

세대적 갈등과 계급적 갈등의 교차

명의 도용으로 억울하게 채무가 생긴 진화는 기진과 함께 남자를 찾아간다. 이때 진화와 기진, 남자 간의 묘한 긴장 관계에는 밀도 높은 소란이 자리한다. 나이, 소득, 재산, 직업, 지역, 젠더 등의 다양한 생애사가 갈등의 판세를 좌우하고, 그 흐름은 '계급'과 '세대'라는 기표로 찢기고 주름 잡혀 적대의 단위를 만든다. 세 사람(그리고 유령처럼 숨은 남자의 아들)의 싸움이 전개될 때 소설은 역동적이고 다층적인 감정의 풍경을 선연히도 보여준다.

먼저 진화와 기진의 문제. 두 사람은 "명문대 진학률이 높기로 유명"(124쪽)한 기숙형 고등학교에서 만나, 부모님이 서로를 '혐오'한다는 비밀을 공유하며 가까워진다. 가혹한 입시 경쟁과 진학열, 고립된 기숙학교 등 여러 조건 아래에서 축조된 미성년의 관계는 의외로 단단했다. 그러나 기진 부모의 죽음 이후 이 모든 장벽이 녹아내리고, 두 사람의 계급 격차가 서서히 모습을 드러낼 때 관계는 변한다. 자가 보유자와 월세 거주자, 임대 소득자와 근로 노동자, 부자와 빈민. 이 다중적이고 역동적인 격차를 지나며

"돌이켜보니 엄마와 아빠가 나쁜 부모는 전혀 아니었다는 뒤늦은 깨달음"(124~125쪽)을 얻은 기진은 진화와 더이상 공유할 치부가 없다. '가진 자'로서 상위 계급에 있는 기진에게 도움을 요청하는 가난한 진화는 고양이보다 하찮고 미성숙한 존재이다. 기진에게 진화는 "진짜 뻔한 사람"(118쪽)이고 "궁금한 점이 없"(120쪽)는 사람인지라, 그녀의 증오조차 기진에게는 "너무 전형적"(118쪽)이어 보일 뿐이다.

채무의 책임을 넘기고 받는 겨루기가 계속되는 동안 기진은 진화와 최대한 객관적 거리를 유지한다. "어떤 경우라도 진화가 유리해질 수는 없"(131쪽)다고 생각하는 기진은 이미 스스로를 판관의 위치에 정박시킨 후다. 그래서 기진은 장거리 운전으로 병원에 데려가달라는 진화의 요구를 표면상 수행하면서도 어떠한 사건에도 절대로 연루되지 않겠다는 의지를 표출한다. 그런 기진을 진화는 "혐오하는 듯한 얼굴로 바라"(130쪽)볼 수밖에.

진화와 남자 사이의 갈등은 더욱 묘하다. 진화는 유령이 된 남자의 아들, 그러니까 자신의 명의를 도용해 빚을 진 인물을 찾기 위해 요양 병원으로 남자를 찾아간다. 남자를 찾아가는 진화의 행동에는 억울하게 진 채무를 상환받고, 적법한 시민 주체로서 신용을 회복하려는 의지가 담겨 있다(물론 여기에는 상처 입은 그녀의 '자긍심' 또한 포함된다). 실로 진화가 진정 겨루고자 했던 상대는 남자가 아니라 사라진 그의 아들과 빚이다. 그런데 진화에게 대응하는 남자의 태도는 대체로 중년 남성의 훈계와 같이 위압적이어서, 교묘히도 이 사건의 시점을 단숨에 세대 갈등의 문제로 펼쳐놓는다.

기득권 기성세대로서 남자의 언어는 아주 손쉽게 희생자 청년 세대에 위치한 진화를 자극한다. "나는 내가 해요. 누구 안 시켜. 내가 효도하고, 내가 책임지는데, 내 손 떠난 자식새끼 인생까지 내가 책임져야 하나? (……) 난 진짜 떳떳해. 내 책임을 다하고도 남았지. (……) 내가 지금 내 자식한테 계속 줄 때는 지났지." (128쪽) 남자의 발화는 다른 집단에 대한 배제를 통해 불평등으로 인한 격차와 갈등을 용인하겠다는 무능력의 고백이다. 그러니 남자의 궤변은 책임 회피에 대한 알리바이가 되어주지 못한다. 오히려 격차와 차별을 경험한 진화를 자극하고 약을 올리며, 그녀가 '혐오'를 더욱 강렬하게 실감하도록 만들고 있기 때문이다.

독이 바짝 오른 진화는 기진과 함께 남자를 은밀하게 미행하며 자신의 유리함을 점쳐본다. 고급 승용차를 타고 호텔 같은 요양병원을 유유히 빠져나간 남자는 "산속에 좋은 집"(131쪽)을 지어놓고 살 것이라고. 그러므로 그는 무능력하지 않을 것이며 분명 거짓말을 하고 있을 것이라고. 그러나 버섯 농장을 불법으로 개조한 남자의 "검은 비닐하우스 한 채"(같은 쪽)에 도달했을 때 진화는 다시 한번 배신당하고 뼈저리게 깨닫는다. 기성세대의 무능력과 오만함은 진실이었고 허약한 청년인 자신에게 구원이란 없을 것이라는 걸.

공정성의 요구가 만들어낸 무중력의 살인

인물들이 모두 버섯 농장에 다다랐을 때, 사건은 젖은 땅과 끈끈한 공기를 한 바퀴 휘돌며 기이하게 왜곡된다. 서로를 관찰하고 진실을 가려내려는 집요함, 남자의 홈그라운드가 뿜어내는 스산함, 낯선 공간에서 무방비한 상태를 견디려는 자들의 긴장과 고요함. 미지근한 참외를 나눠 먹는 동안, 빚이라는 물적 문제는 인간 사이에 움직이는 감정의 문제와 맞물리며 변질된다. 말이 품은 칼로 상대를 깨뜨리려는 동물적인 기민함은 계급적 · 세대적 원한과 공모하며 갈등을 심화시킨다.

이와 같은 굴레에서 "찢어질까봐 봉지를 하나 덧씌"(125쪽)운 진화의 참외는 더이상 순수한 선물일 수 없다. 봉지 두 겹에 싸여 다소곳하게 진화와 동행하던 참외는 어느 순간 남자의 집을 방문하는 구실이 되고, 남자의 손에서 미지근하게 깎여 접대용 음식이 된다. 한갓 과일이 불신과 심문, 대접과 처세, 예의와 눈치의 가교가 되어 뇌물처럼 판을 움직이고 있고, '선의'로 포장했을지언정 참외를 구매하는 시점에서부터 진화는 이미 이 전투에 참여하고 있었다.

그러므로 버섯 농장이라는 공간 안에서 이 소설의 인물과 사건은 다시 번역된다. 서로를 향한 전투 의지가 껍질을 벗고 날것으로 태어나고 있기 때문이다. 제집에서 까닭 없이 여유로워 보이는 남자는 달마라는 두툼한 남성상이 보여주는 위압감과 신비로움으로 진화와 기진을 농락하고, 두 사람은 맹꽁이처럼 어리숙하다.

남자는 기진의 차창을 두드리며 "아가씨, 나와봐"(132쪽)라고 명령하고, 그들이 타고 온 차를 능숙하게 몰며, 차 키가 달린 열쇠고리로 기진을 놀린다. 이 짧은 삽화에서 남자는 진화와 기진의 미숙함을 조롱하고 골려먹으면서도, 그들을 배척하며 좌절시킨다.

나를 무너뜨려보라고, 감당해보라고 약올리는 남자의 태도에는 오만함과 권위주의로 자신에게 부여된 책임과 의무를 교묘히 회피하는 기성세대의 비겁함이 숨어 있다. 미성숙의 기표로 진화와 기진을 한데 묶은 남자의 행동은 두 사람이 각자 지니고 있는 부정적인 감정을 자극한다. 남자의 희롱으로 일그러지는 동안, 자신을 진화와 다른 어른이라고 착각했던 기진은 새삼스럽게 진화와 공모하는 위치에 서게 된다. 이때 진화와 기진이 함께 선 지점은 아주 묘하다. 두 사람의 고등학교 시절로 되돌아가보자. 진화와 기진은 부모에 대한 혐오, 즉 위 세대를 향한 부정적 감정으로 뭉쳤고, 부모의 죽음으로 죄의식과 책임감을 나눠 가졌다. 비록 죽음은 기진의 부모에게 닥친 사건이었지만 두 사람 모두에게 영향을 끼쳤다. "기진의 곁에서 진화도 두개골이 패고 눈이 꺼진 기진 부모님의 시신을 봤다. 그런 장면을 봐버려서 오늘 진화가 이렇게 된 것이 아닌가, 기진은 생각했다."(137쪽) 다시 말해 훼손된 기진 부모의 시신을 마주하는 과정에서 두 사람은 각자의 방식으로 성장했다. 아니, 성장했다고 '착각'했다. 그러니 죽음을 목격한 두 청년이 자신의 삶에 주권을 가지지는 못했었다고 말해야 할 것이다. 부모의 죽음이 외부적으로 주어졌기에, 스스로 부모를 넘어서는 완벽한 전복의 경험을 가지지 못했기 때문이다.

성장의 경험이라고 착각했던 것이 좌절의 비애가 되는 순간 두 사람이 공유하던 동지애는 무너진다. "그때 기진에게 진화는 모든 것을 나누어도 괜찮은 사람이었다. 그런 게 있을 리 없다는 걸 일찍 알았어야 했다."(같은 쪽)

그러므로 남자의 죽음을 목격했을 때, 진화와 기진은 눈앞에 일어난 이 죽음이 자신들에게 기회임을 직감한다. 이제 부모를 잃은 고등학생이 아니라 기성세대의 죽음을 목전에 둔 청년세대로서 남자의 죽음에 아주 적극적으로 연루되고자 한다. 골프채와 판자때기를 손에 쥔 기진과 진화는 기꺼이 죄를 뒤집어쓴다. 선택적 책임을 넘어선 책임, 죄 없는 책임을 인위적으로 짊어짐으로써 주인 의식을 온전히 획득하겠다는 시도이다.

신의 법과 인간의 법이 절묘하게 동거하며 만들어낸 주체의 드라마 속에서 그들의 매장 행위는 잠시나마 허구적으로 느껴질 만큼 현실과 유리된 상황에 들어선다. 이 무중력의 공간에서 두 사람은 살덩이와 채무를 교환하는 유대인 고리대금업자처럼 악독해지는 동시에 법을 모르는 늑대 소년처럼 순진무구해지고, 죄 있는 인간을 죽인 천사와 죄 없는 인간을 죽인 악마 사이를 오가며 몰락하면서도 성장한다. 남자의 상징적 죽음에 깊숙이 연루되고, 기성세대의 폐허에 들러붙어 자신들의 책임을 온몸에 묻혀가며, 이 청년세대는 남자가 보여준 선택적 책임의 비겁함을 갱신하면서도 기성세대의 오만함을 재판하고 복수한다. 빚과 시체가 교환되는 착시를 불러일으키는 이 소설의 결말은 아이러니하게도 그 둘의 낙차를 신속하게 벌려놓으며, 모든 맥락과 가치를 화폐단위로 치환해 양적으로 균질화하는 신자유주의적 불공정성에 정면으로 도전한다. 신을 때려죽인 인간처럼 표독스러워진 기진과 진화는 아름다운 꽃이 아닌 균이 득실거리는 버섯처럼 의뭉스럽고, 남자는 균을 배양하는 두꺼운 나무 밑동으로 전락한다. 기성세대를 향한 부양의 의지도 연민의 시선도 없는 이들의 매장 행위에는 선대의 죽음에 기생해 삶을 개척하려는 절실한 의지가 숨어 있다. 사기를 당해도 털어낼 수 없고, 가난을 당해도 속수무책인 부조리한 현실 앞에 합법적이고 건강한 시정 요구는 받아들여지지 않은 지 오래이기에 이들의 매장 행위는 실로 공정성을 향한 열망이 발명해낸 섬뜩한 상징적 의례다. 인물이 감당할 수 없는 서사의 빈 공간으로 서늘함을 주조해내는 성혜령의 특장이 시대를 향한 공정성의 요구와 맞물렸을 때, 「버섯 농장」이 주조해낸 서스펜스는 빚을 못 갚느니 죽고 빚을 안 갚으니 죽이겠다는 누아르의 문법을 넘어 기묘한 울림을 선사한다. 그 울림은 섬뜩할 정도로 선언적이고 정치적이다.

전청림

2022년 문화일보 신춘문예를 통해 평론을 발표하기 시작했다.

이서수

젊은 근희의 행진

작가노트

동생을 이해하기 위하여

해설 김보경

관종의 시대를 살아가는
우리 공동의 행진

이서수

2014년 동아일보 신춘문예를 통해 작품활동을 시작했다. 장편소설 『당신의 4분 33초』 『헬프 미 시스터』, 중편소설 『몸과 여자들』이 있다. 황산벌청년문학상, 이효석문학상을 수상했다.

젊은 근희의 행진

가슴이 답답하다며 동네 의원에 갔던 엄마는 영양 주사를 맞고 돌아왔다. 벌써 세번째였다. 나는 엄마에게 비싼 주사를 왜 자꾸 맞는 거냐고 물었다. 엄마는 토라진 표정으로, 너와 같이 사는 게 불편하고 눈치가 보여서 자주 아픈 거라고 말했다. 우리는 함께 분갈이를 하다 말고 말다툼을 했다. 엄마가 방으로 들어간 뒤에 나는 강하에게 말했다.

우리 엄마, 뮌하우젠 증후군인지도 몰라.

그게 뭔데?

실제론 아픈 곳이 없는데 병에 걸렸다고 하면서 계속 병원에 가는 거야.

……왜 그러시지?

왜겠어. 관심 끌려고 그러는 거지.

그 말을 하며 나는 내 입이 얄미워 한 대 때리고 싶었다. 엄마에 대해 그런 식으로 말하는 딸은 나밖에 없을 것이다. 하지만 엄마가 삼십 년 가까이 뮌하우젠 증후군 환자처럼 살아가고 있는 건 사실이었다. 엄마는 툭하면 아프다고 했다. 심장이 너무 빨리 뛴다고, 변비가 심하다고, 반대로 설사를 자주 한다고, 자다가 가슴이 갑갑해 여러 번 깬다고 했다. 나는 그런 증상들은 며칠 지나면 사라질 것임을 알기에 건성으로 대꾸했다. 잘 먹고, 잘 쉬고, 잘 자면 낫는다고. 엄마는 맞아, 그럴 거야, 하면서도 다음날이면 병원으로 달려갔다.

강하는 분갈이한 화초에 물을 듬뿍 주며 말했다.

화초도 눈길과 손길이 필요한데, 사람은 더하지 않겠어? 좀더 잘해드리자.

나랑 같이 사는 게 눈치 보이고 불편하다잖아. 나는 뭐 편한 줄 알아?

그래도 나랑 사는 게 불편하다고 하시진 않잖아.

나는 아무런 대꾸도 하지 못했다. 사실이었으니까. 엄마는 강하에겐 잘해주었다. 원생들에게 편지 쓰는 걸 좋아하는 강하를 위해 가끔 편지지를 사다줄 정도였다. 엄마는 오로지 나에게만 심통을 부렸다.

강하와 나는 홍대 근처의 십오 평짜리 빌라를 매수해 함께 살고 있었다. 집이 좀 낡고, 유흥가 소음이 크게 들리긴 해도 우리는 우리의 보금자리에 만족했다. 엄마와 함께 살기 전엔 방 하나는 침실, 다른 방은 서재 겸 영화 감상실로 쓰면서 말다툼 한번 없이 지냈다. 그런데 엄마가 오고 나선 내 신경이 종일 곤두섰다. 엄마가 옆방에 있으니 말도 가려 하게 되었고, 혀짤배기소리도 못 냈다. 우리는 애교가 휘발된 커플이 되었다. 스킨십도 밖에서만 할 정도였다. 그럼에도 강하는 불편한 기색을 조금도 내비치지 않았다.

반년만 참아봐.

너는 네 엄마랑 일주일도 같이 못 살잖아.

맞아. 그건 그래.

강하는 선뜻 인정했다.

엄마가 매수한 집은 젊은이들이 많이 몰리는 연남동의 반지하층이었다. 엄마는 생애 첫 집을 사면서도 그다지 망설이지 않았다. 예산에 맞는 집은 그곳밖에 없으니 그 집을 사라는 계시인가 보다고 말하더니 서슴없이 계약서에 도장을 찍었다. 지은 지 삼십 년이 넘은 빌라였고, 창문은 땅바닥에 딱 붙어 있었다.

두더지도 아닌데 저런 곳에서 어떻게 평생 살 수가 있나. 그 집을 보자마자 그런 생각부터 들었지만 엄마에게 말하진 않았다. 나 역시 이십대 시절의 절반을 반지하방에서 살았다. 바닥 습기와 누수 때문에 마음고생이 심했다. 그때를 떠올리며 엄마에게 성능 좋은 제습기를 선물해야겠다는 생각을 했다. 전셋집 계약 만료일에 맞춰 이사를 준비하던 엄마는 어느 날 다 쓰러져가는 집이어도 좋으니 자가가 아니면 절대로 살지 않겠다고 선언했다. 그리고 반드시 홍대여야만 한다고도 말했다. 이제 환갑인데 더이상 셋집에 살고 싶지 않고, 큰딸과 가까운 곳에 살다가 죽는 게 자신의 유일한 목표라면서. 나는 그런 엄마가 무서웠다.

엄마가 매수한 연남동 집은 세입자의 계약 기간이 남아 있었기에 엄마는 일 년 뒤에나 그 집에 입주할 수 있었다. 엄마는 당연하다는 듯 오근희의 집이 아닌 강하와 나의 집으로 짐을 싸들고 왔다. 나는 엄마가 홀로 나이들고 있는 걸 알면서도 엄마의 노후에 대해 마음의 준비를 해놓지 않은 나 자신을 탓하는 대신, 동생 오근희를 매우 탓했다.

내가 왜 이 모든 짐을 짊어져야 하나. 오근희는 왜 엄마 딸이 아니라 이웃집 딸처럼 행동하는가. 어떻게 죄책감이 일 그램도 없을 수가 있나(비결이 뭔가). 혹시 오근희는 다리 밑에서 주워온 딸인데 나만 모르고 있는 것인가. 나는 강하에게 미안했고, 오근희가 한없이 얄미웠다.

엄마는 내 속을 아는지 모르는지 내게 걱정하지 말라고 당부했다.

너한테 짐 되기 싫어서 내가 공부를 철저히 했어.

무슨 공부를 했는데?

부동산.

돈도 없으면서 웬 부동산?

문희야, 서울에 있는 부동산은 똥이 없어. 어떤 걸 사든지 언젠가 땅값이 오르고 마니까 똥은 아니야.

평생 부동산 투자라는 걸 해본 적이 없는 엄마는 부동산 하락기가 올 것이라는 기사가 쏟아져나오는 시기에 반지하층 빌라를 덜컥 샀다. 이건 똥이 아니라는 확신이 든다며.

강하는 엄마가 '똥'이라고 말할 때마다 웃음을 터뜨렸다. 강하는 엄마의 직설적인 표현을 재미있어했다. 그러나 나는 아니었다. 엄마가 똥이라고 말할 때마다 엄마의 품위와 나의 근본이 시궁창 밑바닥으로 떨어지는 기분이었다. 강하에게 숨기고 싶은 것들이 자꾸만 드러나는 것 같았다.

강하는 나와 달리 부모의 그늘에서 일찍부터 벗어났다. 학교 선배와 태권도 학원을 운영하며 자기 삶을 오롯이 책임지고 있는 강하가 내 눈엔 참 멋져 보였다. 원생들에게 손편지를 써주는 자상함도 마음에 들었다. 그래서 강하와 계속 잘 살고 싶었는데, 오근희 때문에 어쩔 수 없이 엄마를 우리집으로 데려와야만 했다.

오근희는 현재 북튜버이며, 방화동 투 룸짜리 빌라에서 내가 빌려준 보증금으로 살고 있다. 오근희는 상당히 이기적이고 생각이 깊지가 않다. 엄마와 함께 사느니 차라리 머리 깎고 절에 들어가겠다고 해서 나를 매우 열받게 했다. 내가 뭘 기대한 걸까 싶었지만 막상 저항에 부딪히니 견딜 수 없이 화가 났다.

저녁을 굶고 방안에만 틀어박혀 있던 엄마는 이른새벽 방문을 몇 번이나 열고 닫았다. 나는 문을 여닫는 소리가 날 때마다 뒤척이다 결국 잠이 완전히 달아나 거실로 나갔다. 안 그래도 화해를 못하고 자서 심란하던 차였다.

엄마, 안 자고 뭐해?

나를 돌아보는 엄마의 얼굴엔 근심이 가득했다.

문희야, 근희가 전화를 안 받는다.

지금 새벽 네시야. 자느라 못 받을 수도 있지.

어제저녁부터 계속 안 받아. 근희한테 무슨 일이 생긴 건 아니겠지?

나는 걱정하지 말라며 엄마를 방으로 들여보낸 뒤 곧바로 근희에게 전화를 걸었다. 엄마의 말대로 근희는 전화를 받지 않았다. 마지막으로 통화한 때가 언제인지 기록을 살펴보았다. 세 달 전이었다. 이렇게 시간이 많이 지났나…… 나는 다시 근희에게 전화를 걸었고, 계속되는 신호음을 초조하게 듣고 있다가 결국 택시를 호출했다.

*

세 달 전, 우리가 나눈 마지막 대화는 오근희의 유튜브 방송에 대한 것이었다.

그때 나는 오근희에게 화가 많이 나 있었다. 서른 가까운 나이에도 실용적인 생각이라곤 할 줄 모르는 그애가 머잖아 나의 짐이 될 것이라는 확신에 그랬던 것 같다. 나는 강하와 사이가 너무 좋아 우리의 미래는 장밋빛으로 가득할 것이라고 예감했고, 그럴수록 인기 유튜버가 되겠다는 동생의 미래가 암울해 보였으며 때론 우스꽝스러워 보이기까지 했다.

내가 왜 그랬을까.

왜 그랬긴. 근거가 다 있다.

오근희는 어릴 때부터 사방에 강한 자신감을 드러내고 다녔다. 예쁜 옷이나 신발, 가방을 발견하면 며칠 동안 드러눕고 떼를 쓴 끝에 결국 얻어냈고, 그렇게 쟁취한 걸 온몸에 두르고 다녔다. 오근희와 함께 등교할 때마다 나는 그애의 고집 때문에 늘 질렸고, 지쳤다. 오근희는 반장 선거에 매번 나갔고, 부반장으로도 뽑히지 못했으며, 그런 날이면 집으로 돌아와 엉엉 울며 우리집이 가난하다는 걸 반 아이들이 다 알아서 뽑히지 않은 거라고 주장했다. 아파트 천지인 이 동네에서 왜 우리만 아파트에 안 사느냐고 소리를 내지르며. 그때마다 엄마는 같은 말을 했다.

근희야, 사람은 땅에서 떨어져 살면 몸이 아픈 거야. 엄마가 말했잖아. 엄마는 땅이랑 떨어져 있으면 몸이 아프다고. 엄마가 시골에서 뛰어다닐 땐 아픈 데가 하나도 없었어. 그런데 서울 오니까 계속 아파서 왜 아픈가 봤더니, 높은 데 살아서 그랬던 거야. 엄마도 옛날에 아파트 살아봤어. 높은 허공에서 살아봤어.

근희는 거짓말하지 말라며 화를 냈지만, 나는 엄마의 말을 묵묵히 들었다. 엄마는 할아버지가 땅을 무척 좋아했지만 평생 한 평의 땅도 갖지 못했던 사람이라고 안쓰러워하는 얼굴로 말하기도 했다.

그런 엄마가 환갑이 될 때까지 평생 일해 모은 돈은 일억 사천만원 남짓. 크다면 아주 크다고 할 수 있는 그 돈으로 서울에서 살 수 있는 집은 두더지가 사는 집인가 싶을 정도로 땅 밑으로 깊게 파고들어간 공간에 지어진 청수빌라 B101호뿐이었다. 망설임 없이 계약서에 도장을 찍는 엄마를 보며, 땅에서 멀어지면 아프다던 엄마의 말이 진심인가 싶었다.

엄마는 공인중개사에게 웃으며 말했다. 서울에 반지하가 많은

게 북한 때문이라죠? 공습이 있을 때 그 안으로 대피해서 숨으라고요. 그러니 반지하가 어떻게 보면 참 안전한 집인 거죠. 중개인은 처음 들어보는 얘기라는 듯 두 눈을 크게 뜨다가 아 예…… 하면서 말끝을 흐렸다. 그는 계약서 조항에 자꾸만 오타를 냈고, 심지어 엄마 이름까지 틀려서 내가 성질을 내며 지적해야 했다. 그는 긴장한 얼굴로 키보드를 두드리다가 한참 뒤에 입을 열었다. 아주머니, 반지하 집은 공습을 피하려고 만든 게 아니라 국군의 참호로 쓰려고 만든 겁니다. 그 안에 숨어서 적군에게 총을 쏘라고요. 엄마는 어머나 세상에, 하며 혀를 차더니 전쟁이 이 나라 주택의 형태도 바꿨다면서 한숨을 내쉬었다.

평생 동안 쉬지 않고 일한 엄마와 달리 오근희는 어떤 일이든지 진득하게 붙잡고 있지 못했다. 회사에 들어가도 반년을 버티지 못해서 단기 아르바이트생으로 보낸 기간이 더 길었다. 그렇게 자신의 인생을 불성실하게 대하던 오근희는 직장에서 만난 김호균 때문에 바람이 들었고, 급기야 모든 일을 접고 유튜버가 되었다.

오근희가 그 사람과 사귀었는지는 모르겠다. 아마도 아닐 것이다. 오근희의 말에 의하면 김호균은 음침한 성격이고, 회식 자리에서 아무도 자기 잔에 술을 따라주지 않는다고 불같이 화를 낸 적이 있으며, 그런 분위기가 불편해 밖으로 나와 담배를 피우고 있는 오근희에게 이렇게 말했다고 한다.

근희씨, 제가 곧 유튜브 방송을 시작할 건데 언제 한번 출연하실래요?

무슨 방송인데요?

그냥 수다떠는 방송이에요.

아, 별론데.

오근희는 김호균이 자신에게 작업을 건다고 생각해 완곡하게 거절하지 않고 딱 잘라 말했다. 김호균은 그뒤에도 오근희와 단둘이 있을 때마다 유튜브 이야기를 했다. 먹방도 하고 술방도 하다가 아무 일에나 도전해보는 방송을 하게 됐다고. 언젠가 김오리와 함께 방송을 해보고 싶다고도 했다.

김오리가 누군데요?

김오리는 만날 수 없는 존재죠.

김호균은 그렇게만 말했고, 오근희는 곧바로 김오리가 누군지 검색해보았다. 포털 사이트엔 정보가 거의 없었고, 인스타그램에 계정이 있었다. 김오리는 특별한 직업이 없는 인플루언서인 것 같았다. 캠핑 가서 사진 찍고, 전시회 가서 사진 찍고, 양양에서 서핑하면서 사진 찍고…… 죄다 그런 사진들뿐이었다. 직업은 오리무중이었다. 그래서 김오리인가? 자세히 보니 팔뚝에 귀여운 오리 타투가 있었다. 아, 이래서 김오리인가보네.

나중에 탕비실에서 마주친 김호균에게 김오리에 대해 말하던 오근희는 내가 이 사람과 왜 이렇게 길게 얘기하는 걸까, 어차피 때려치울 직장 이제부터 아무하고도 말하지 않더라도 손해볼 것 하나 없는데, 말하면 말할수록 별로인 사람으로 느껴지는 김호균과 왜 자꾸 수다를 떨고 있나, 하면서도 입으론 계속 김오리에 대해 말했다.

김오리를 만나는 게 왜 불가능해요? 팬클럽이라도 만들어보세요.

그럴까요?

김호균은 어쩐지 빙글거리는 표정으로 오근희를 쳐다보았고, 오근희는 정말 싫다, 느끼한 눈빛이다, 그렇게 생각하면서도 자기도 모르게 김오리를 만나러 같이 가자고 말했다. 김오리가 어떤 행사에 참가할지 알고 있다면서.

디저트 뷔페 콜라보 행사 말이죠?

김호균은 김오리의 스케줄을 모두 꿰고 있는 것 같았다. 그런데 거기 가도 김오리는 못 만나요. 그렇게 말하고 돌아서는 김호균이 어쩐지 자신을 놀려먹는 것 같았고, 오근희는 집으로 돌아와서도 그게 무척 마음에 걸리더라고 했다.

언니, 설마 내가 그 사람을 좋아하나?

나는 오근희가 회사를 그만두지 못하게 하려는 속셈으로 어머, 너 정말 그런 거 아니니? 좋아하는 거 아니야? 하고 맞장구를 쳐주었다. 내가 그렇게 반응하면 오근희는 언제나 반박자 늦게 들떴다. 언니도 그렇게 생각해? 내가 어쩌다가 김호균을 좋아하게 됐을까. 말도 안 돼. 그 사람 실제로 보면 얼마나 나이들어 보이는데. 나는 김호균의 나이를 물었고, 돌아오는 답변을 듣고 나선 좋은 궁합이라 생각했으며, 오근희가 그 사람과 결혼하는 것도 나쁘지 않겠다고 생각했다. 결혼한 뒤엔 유튜버나 인플루언서가 되겠다고 설치더라도 하등 걱정할 것이 없다고도 생각했다. 오근희의 미래에 대한 걱정은 결혼에 목매지 않고 독립적인 여성이 되어야 한다는 나의 신념까지 뒤흔들 정도였다.

오근희는 자신에 대한 김호균의 마음을 적극적으로 탐색해보기 시작했다. 김오리를 만나러 가자고 말하면서 김호균이 자신과 데이트할 마음이 있는지를 살폈다. 그러나 김호균은 좀처럼 시원스레 답하지 않았다. 같이 가자, 가기 싫다, 그 어느 쪽도 아니었다. 그저 빙그레 웃으며 오근희의 얼굴을 쳐다볼 뿐이었다. 그러던 어느 날 회식 자리에서 갑자기 사라진 김호균을 찾아 술집 밖으로 나간 오근희는 건물 뒤편에서 뜻밖의 광경을 목격했다. 김호균이 익숙한 실루엣의 누군가를 이끌더니 입을 맞추는 장면이었다.

이튿날, 김호균은 무단결근했고, 김호균과 입맞춘 동료는 팀장과 함께 전무실로 들어가서 오랫동안 나오지 않았다. 사내엔 흉흉한 소문이 돌았다. 오근희는 김호균을 기다리다가 톡을 보냈다. 김호균은 곧바로 톡을 읽긴 했으나 아무런 답장도 하지 않았다. 며칠 뒤 김호균은 유튜브 방송에서 직장 동료가 자신을 성추행범으로 몰고 있다며 울음을 터뜨렸다. 오근희는 그 방송을 실시간으로 보았고, 너무나 깊은 피로감이 몰려와 회사에 출근할 수 없겠다고 생각했다. 그리고 얼마 후 사직서를 제출했다.

언니, 김호균은 관종한테 잘못 걸린 거야.

나는 내가 무슨 말을 들은 건가 싶어서 곧바로 물었다.

관종이라니 그게 무슨 말이야?

내가 다 봤어. 둘이 자연스럽게 그렇게 된 거야. 그 여자가 관심 끌고 싶어서 거짓말하는 거라고.

나는 그런 종류의 관심을 끌고 싶어하는 인간이 어디 있느냐고 말하고 싶었지만, 하지 않았다. 오근희의 말에 공감해서가 아니라 오근희의 태도가 익숙해서였다. 나 역시 아무한테나 관종이라는 말을 쉽게 내뱉었다. 관종이 뭔지 깊게 생각해보지도 않고 그랬다. 다들 관종이 되려는 목표로 살아가는 것처럼 보였다. 이 세상이 관종 천국처럼 보였다. 하지만 오근희의 말은 명백히 잘못되었다. 피해자한테 관종이라고 말하다니. 정신 차려, 오근희. 네가 좋아하는 김호균은 결국 그런 놈이었어. 그리고 너도 지금 단단히 미친 거 같아. 나는 그렇게 말해 오근희를 울렸다.

회사를 그만둔 뒤 방황하던 오근희는 김호균의 방송에 출연하는 대신 자신의 유튜브 채널을 개설했고, 먹방, 술방을 거쳐 북튜버로 정착했다. 동시에 점점 이해할 수 없는 방향으로 변하기 시작했다. 책을 읽어주고, 책에 대해 말하는 방송에서 왜 오프숄더 클리비지 룩만 고수하는가. 어깨를 훤히 드러내고 가슴이 푹 파인 옷을 입은 오근희가 허리를 숙일 때마다 당장 화면 속으로 들어가 터틀넥을 입히고 싶은 충동이 들었다. 강하에게 그런 고민을 털어놓았더니 뜻밖에도 진지한 물음이 돌아왔다.

근희가 만일 노브라로 방송했다면 그래도 반대했을까?

당연하지.

근희에게 사상이 있었다면?

강하는 '프리 더 니플 운동' '토플리스 운동'에 대해 말해주었다. 나는 그런 문제가 아니라고 말했다. 강하도 오근희의 행동이 그런 운동과 연결되어 있다고 생각하진 않는 것 같았다. 오근희의 행동은 해방운동과 거리가 멀었다. 산업과 연결되어 있는 해방운동은 없다. 있다고 하더라도 그것은 진정한 해방이 아닐 것이다. 강하가 말했다.

그래도 근희가 관종인 게 다행이야. 관종이 아니었으면 걔가 어떻게 돈을 벌었겠어.

나는 강하에게 화를 냈다. 내 동생이 다른 일로 돈을 벌 수 없을 거라고 단정짓는 태도가 싫었다.

문희야, 나는 근희를 무시하는 게 아니야. 사실 나도 학원에서 유튜브 방송 하는 원생들한테 함부로 못하는 게 있어. 우리 학원에 대해 안 좋은 말을 할까봐.

네가 그런다고?

나뿐만이 아니야. 다들 이런 문제 때문에 고민해.

나는 강하의 말을 듣고 나서도 오근희에 대한 걱정을 멈출 수가 없었다. 강하의 말과 달리 오근희의 방송을 본 사람들은 다 그 애에게 함부로 치근댈 것 같았다. 그런 나의 걱정과는 별개로 구독자 수는 빠르게 늘어갔다.

어느 날 오근희는 방송에서 서점 데이트를 걸고 후원금을 받았고, 어느 열혈 구독자가 오백만원을 선뜻 보냈다. 내게 빌려간 월세 보증금 절반을 갚을 수 있는 돈이었다. 나는 드디어 돈을 갚는 거냐고 기뻐하는 대신, 후원금 돌려주고 그 자리에 나가지 말라고 오근희를 길게 설득했다. 평범한 직장인으로 사는 게 제일이라고, 월급 꼬박꼬박 나오고 퇴직연금도 받을 수 있는 직장에 쥐 죽은듯 다니면서 네가 좋아하는 관종 콘텐츠나 잔뜩 소비하며 살라고 입이 닳도록 말했다. 잠자코 듣기만 하던 오근희가 말했다.

언니, 나는 타고난 관종인가봐. 사람들이 나를 봐주는 게 너무 짜릿해. 이제 인스타에도 진출하려고.

오근희, 정신 좀 차려. 너 연애도 하고, 결혼도 하고 그래야지. 도대체 방송에서 이상한 옷 입고 뭘 하고 있는 건데?

내가 벗방을 한 것도 아니고 왜 그래 언니는?

벗방 하기만 해봐. 내 손에 죽을 줄 알아.

벗방 해서 일억 벌면?

나는 오근희의 순진함을 비웃었다. 벗방씩이나 해놓고 고작 일억? 나는 그걸로 너의 인생은 조금도 바뀌지 않는다고 말하려다가 참았다. 그걸론 연남동 반지하 집도 못 사. 그걸론 네가 좋아하는 신축 풀 옵션 빌라 전세금도 못 내. 나는 그런 말들을 떠올리다가 결국 이렇게 말하고 말았다. 계속 그런 식으로 살 거면 나, 너랑 절연할 거야.

오근희는 충격을 받은 듯 말이 없더니 한참 뒤에 대꾸했다.

그럼 어쩔 수 없지, 뭐. 절연해.

그게 우리의 세 달 전 마지막 통화였다.

*

혹시 구독자가 다 떨어져나가서 자살이라도 한 건 아니겠지…… 나는 오만 가지 비관적인 생각을 물리치며 일층 공동 현관의 비번을 빠르게 눌렀다.

오근희가 집을 구하자마자 나는 핸드폰 메모장에 비번을 저장

해놓았다. 이런 나의 태도 때문에 오근희가 대놓고 나에게 의지하는 게 분명했다. 언니는 우리집 비번도 자기 집 비번처럼 생각하니까 나는 비번 같은 건 잊어도 되겠구나, 그렇게 생각하며 아메바처럼 사는 건지도 모른다. 사층까지 걸어올라가며, 앞으로 오근희가 어떤 집을 구하든지 간에 자력으로 구하게 하겠다고 결심했다.

친구들과 어울려 술을 마실 때, 어쩌다가 동생들에 대한 이야기가 나오면 우리는 너나없이 이렇게 말하며 눈물을 내비쳤다. 내가 걔를 너무 챙겨줬어. 걔가 그렇게 된 건 다 내 탓이야. 다들 첫째였기에 대놓고 동생들을 아메바로 취급했다. 그날 그 자리에 모인 첫째들의 동생 중 가장 상태가 심각한 것은 오근희였다. 어머머, 근희 가슴이 왜 이렇게 커? 친구들은 오근희의 방송을 보고 나서 나의 상반신을 보더니 다들 고개를 갸웃거렸다. 나는 벌컥 소리를 내질렀다. 저급한 것들아, 내 동생 가슴 그만 봐! 나는 친구들을 향해 외쳤지만, 사실 세상을 향해 외친 것이나 다름없었다. 내 동생 가슴 그만 봐!

그것은 내가 그토록 싫어하는 유교걸의 현현이었을 것이다. 뒤늦게 나의 모순을 간파했지만 어쩔 수 없었다. 오근희를 천으로 꽁꽁 싸서 음험한 것들의 시선이 닿지 않는 곳에 놓아두고 싶었으니까. 엄마는 오근희를 통제하지 못하니 나라도 그렇게 해야 할 것 같았으니까.

오근희는 나를 좋아하지도 않으면서 현관문 비번을 내 생일로 설정해놓았다. 나는 오근희의 그런 행동에서 나를 애틋하게 생각하는 마음 같은 건 전혀 읽을 수 없었다. 오근희가 내 생일을 기억하고 챙겨준 적은 딱 한 번밖에 없었다. 내가 수능 시험을 망치고 방황하던 시기에 오근희는 갑자기 코엑스몰에 가자고 하더니, 나를 이리저리 한참 동안 끌고 다니다가 밋밋하고 멋없는 태도로 귀걸이를 사주었다. 자기가 곰곰이 생각해보니 내 생일을 챙겨준 적이 한 번도 없더란다. 나는 쥐똥만한 큐빅 귀걸이를 내려다보며 이걸 고맙다고 해야 하나 고민하다가, 수능을 망쳐서 기분도 너무 안 좋고 바다에 빠져 죽고 싶은 마음뿐이어서 결국 고맙다는 말은 하지 않았다.

거실로 들어서니 냉기가 발바닥을 찔렀다. 늘 보일러를 빵빵하게 틀어놓고 사는 애가 이런 냉기를 견디고 있을 리 없었다. 나는 오근희가 없다는 것을 방과 욕실을 확인해보기도 전에 알았다. 새벽 네시 오십분, 집에 없는 오근희라……

낙관적인 사람이라면 친구 집에서 자고 오나 생각했겠지만 나는 오근희에게 친구가 없다는 걸 잘 알고 있었다. 그애의 교우 관계는 깊지 않았다. 그 때문에 나는 내가 오근희의 유일한 친구일지도 모른다는 압박감을 항상 느껴야만 했다. 문득 오근희와의 마지막 통화가 떠올라 몹시 불안해졌다. 혹시 또 서점 데이트를 걸고 후원금을 받았나? 오근희의 방송에 들어가보니 최근 방송 날짜가 삼 주 전이었다. 대이변이었다.

곧바로 집안을 살펴보았다. 노트북과 촬영 장비 위엔 먼지가 쌓여 있었고, 욕실 비누와 싱크대 배수구는 바싹 말라 있었다. 집을 비운 지 한참 된 것 같았지만, 캐리어는 옷장 속에 얌전히 놓여 있었다. 나는 오근희에게 다시 전화를 걸었다. 어디선가 진동음이 울렸다. 잠시 후, 화장대 서랍 안에서 오근희의 핸드폰을 찾아냈다.

화면 잠금 암호는 쉽게 풀렸다. 오근희는 언제나 'ㄱ' 아니면 'ㄴ' 모양으로 설정해두곤 했으니까. 잠금 화면을 해제한 뒤 통화 내역부터 쭉 훑었다. 낯선 번호가 연속으로 보이길래 전화를 걸어보았더니, 뜻밖에도 지역구 경찰서로 연결되었다. 나는 심장이 철렁 내려앉아 전화를 끊어버렸다. 왜 경찰서로 연결되지? 마음을 굳게 먹고 다시 전화를 걸었다. 오근희의 신상에 무슨 일이 생긴 것 같다는 불안감은 신호음이 가는 동안 내 안에서 기정사실로 변해갔다. 나는 엄마에게 비극적인 소식을 전하는 광경을 상상했다. 엄마, 근희가 관종으로 살다가 살해당했어.

경찰은 나의 신원을 자세히 묻고, 오근희를 왜 그렇게 찾아다니는지도 묻고 하더니, 오근희가 인스타 사기 피해자라고 짧게 말해주었다. 자세한 것을 알고 싶으면 경찰서에 방문하라고 했지만, 나는 오근희가 자신을 구독하던 범죄자에게 살해당하지 않은 것만으로도 안심하며 전화를 끊었다. 그러고 나서야 뒤늦게 화가 뻗쳤다.

도대체 왜 사기를 당하나. 내가 그렇게 신신당부를 했건만 왜 사기를 당하고 다니느냔 말이야. 어쩌면 오근희는 나에게 맞아 죽을까봐 도망친 건지도 몰랐다.

짧은 고민 끝에 자동 로그인으로 설정되어 있는 오근희의 인스타그램에 접속했다. 여러 통의 디엠 가운데 수상한 장문의 디엠

이 눈에 띄었다.

—저는 분당에 살면서 아이를 키우는 엄마예요. 부업으로 이걸 시작했다가 나만 너무 잘되는 거 같아서 괜히 사람들한테 미안해지더라고요. 이렇게 쉽게 돈을 벌 수 있는데 다들 너무 고생하고 있잖아요. 제 인스타를 보면 아시겠지만, 저는 교회도 열심히 다니거든요. 언제나 봉사하고 싶다, 기부해야 한다, 그런 마음을 갖고 살았어요. 그런데 이렇게 사람들을 돕는 게 봉사이고, 기부인 것 같다는 생각이 들어요. 수수료는 십오 프로예요. 수익금 세 배는 최소 금액이고요. 저는 허황된 말은 못해요. 원래부터 그런 성격이 아니어서요. 네 배 이상 수익이 나기도 하는데, 그랬다가 세 배밖에 안 나면 실망하실까봐 냉정하게 말씀드리는 거예요. 천만원을 투자하시면 삼천만원은 보장해드려요. 과장 없이 드리는 말씀이에요. 작업 시간은 길어야 삼십분이에요. 머리 감고 말리시면 작업 다 끝나 있어요. 디엠 주시면 자세히 알려드릴게요.

오근희는 곧바로 답장을 보냈다.

—언니, 정말이에요?

이 기집애야, 정말일 리가 없잖아!
이런 사기에 속는 사람은 아메바 오근희뿐일 것이다.

*

집으로 돌아오니 강하가 소파에 앉아 누군가와 통화하고 있었다. 표정이 좋지 않았다. 나는 혹시 오근희가 나에게 맞아 죽지 않게 도와달라는 연락을 한 건가 싶어서 강하의 옆에 앉았다. 그러나 강하의 통화 상대는 오근희가 아니었다. 강하는 상대에게 쩔쩔매는 태도로 말했다.

어머님, 제가 시우랑 유나를 잘 아는데, 원래 둘이 장난도 잘 치고 친한 사이예요. 절대로 그런 짓 할 애가 아니에요.

원생 부모가 아침부터 항의 전화를 한 모양이었다. 강하는 한참을 듣고만 있더니 자기가 시우를 잘 타일러보겠다며 전화를 끊었다.

무슨 일이야?

어제 학원에서 애들끼리 다툼이 있었거든. 근데 시우가 유나를 협박했대. 저격 영상을 올리겠다고.

저격 영상? 그게 뭔데?

말 그대로, 사람 매장시키려고 올리는 영상.

……시우가 몇 살인데?

열한 살.

우리는 동시에 한숨을 내쉬었다. 강하는 시우라는 아이에 대해 자세히 말해주었다. 평소엔 친구들과 잘 어울리고 활달한 아이인데, 한번 화가 나면 참지를 못한다고. 자기 의견이 무시당하면 늘 그런 반응을 보인다고. 작년부터 시작한 유튜브 방송으로 구독자를 꽤 모은 것 같고, 그걸 자랑하고 다니더니 이젠 친구와 싸울 때마다 저격 영상을 올리겠다는 협박을 한다고, 그런 협박을 들은 아이는 심각한 패닉 상태에 빠지고 만다고 했다. 유나도 자신을 저격하는 영상이 유튜브에 올라올까봐 밤새 울었고, 아침이 되자 유튜브에 이미 영상이 올라갔으며 반 친구들이 모두 그 영상을 보았을 게 틀림없다고 생각해 등교를 재촉하는 부모에게 퉁퉁 부은 눈으로 이렇게 말했다고 했다. 엄마, 이제 내 인생은 끝났어.

말을 마친 강하의 시선이 거실 테이블 위에 있는 알록달록한 편지지에 닿았다.

손편지를 써주면 뭐하나. 아이들은 이미 이 시대의 충실한 구독자가 되어버렸는데. 어른들을 훨씬 앞질러가버렸는데. 구독자 수가 권력이 된다는 걸 알고 있고, 그 권력을 어떻게 이용해야 하는지도 어른보다 잘 아는데.

강하는 편지지를 집어들더니 종이배를 접기 시작했다. 손편지 따윈 아무런 도움이 되지 못한다는 걸 깨달은 얼굴이었다. 이런 상황에서 오근희 이야기를 하려니 좀 미안했지만 그래도 강하의 조언이 필요했다. 강하는 종이접기를 멈추지 않으며 내 말을 듣더니 이윽고 말했다.

핸드폰을 두고 간 걸 보니 자길 찾지 말라는 의미 같은데.

혹시 납치된 건 아니겠지? 오근희가 아메바라는 걸 알고서 유인한 걸 수도 있잖아.

강하는 나를 빤히 쳐다보더니 말했다.

너는 동생한테 아메바가 뭐니?

나는 머쓱해져서 화제를 돌렸다.

어떤 방식으로 투자금을 불려준다는 건지 알아봤거든. 불법 도박 사이트를 운영하는 거 같아. 피해자가 수익금을 출금하려고 하면, 사이트 오류로 출금이 안 된다고 돈을 더 넣으라고 권하는 수법이래.

곰곰이 생각하던 강하는 갑자기 크게 웃더니 말했다.

문희야, 근희가 누굴 닮아 그렇게 순진한지 알겠다.

누굴 닮았는데?

너.

그게 무슨 소리야?

처음부터 도박 사이트를 만들 필요가 없지. 뭐하러 그런 노동을 하겠어. 나라면, 짜장면 한 그릇 시켜 먹고 놀다가 연락할걸. 작업 끝났고, 투자금 세 배로 불었다고. 그렇게 말만 해도 상대가 믿을 거 아니야.

……맞네.

*

일이 손에 잡힐 리가 없었다. 회사에서도 나는 오근희 생각만 했다.

도대체 어쩌다가 그런 사기를 당했을까 싶어서 속에서 천불이 났다. 얼마나 날린 걸까. 그게 가장 궁금했지만 경찰은 내가 오근희의 친언니여도 자세한 것은 알려줄 수 없다고 잘라 말했다. 오근희 같은 피해자가 많다는 말만 했다. 주로 아이를 키우며 부업거리를 찾는 엄마들이 타깃이 된다고 했다. 오근희는 방송 만드느라 부업할 겨를도 없을 텐데 왜 그런 사기에 걸려들었나 싶었다. 인스타로 진출하겠다더니, 진출하자마자 사기만 당했다.

점심을 먹는 둥 마는 둥 하다가 회사로 돌아와 처음으로 오근희의 방송에 달린 댓글을 읽었다. 예상대로 악플이 있었다. 그중 하나가 눈에 들어왔다.

―노출 관종이네. 가족들이 모르나? 알면 좀 말리지.

나는 곧바로 핸드폰을 내려놓았다. 이럴 줄 알았다. 가족까지 욕먹게 할 줄 알았어!

오후 업무를 어떻게 해냈는지도 모르겠다. 퇴근 시각이 되자마자 자리에서 벌떡 일어나 사무실을 빠져나왔다. 처음엔 악플에 휘둘려 오근희를 끝까지 말리지 않은 나를 탓했다. 그러나 시간이 흐를수록 지가 뭔데 남의 가정에 참견인가 싶은 마음이 절로 들었다. 속이 터질 듯 갑갑해서 회사에서 멀리 떨어진 편의점으로 뛰어들어가 캔맥주를 사서 원샷했다. 식도를 훑고 내려가는 거칠고 시원한 느낌이 나를 다시 살게 했다.

지들이 뭔데 내 동생을 욕해?

아무리 생각해도 그럴 수 있는 권한은 나한테밖에 없었다.

*

중국집에서 볶음밥 세 개를 시켰다. 엄마는 아무거나 상관없다고 말하더니 볶음밥을 보자마자 소화 안 되게 기름진 걸 왜 시켰느냐고, 역류성 식도염이 재발할 것 같다고 상세하게 불평했다. 나는 이런 상황에선 쌀죽을 먹어도 소화가 안 될 거라고 차갑게 말하며 묵묵히 볶음밥을 떠먹었다.

그릇을 비닐에 싸서 밖에 내놓고 돌아오니 강하가 거실 테이블 앞에 앉아 편지를 쓰고 있었다. 아직도 손편지의 힘을 굳게 믿는 걸까. 나는 곁에 앉아 강하가 쓰고 있는 편지를 들여다보았다. 한 문장이 눈에 들어왔다.

—시우야, 우리가 살아가고 있는 이 세상은 사실 잘못된 세상이야. 참 이상한 세상이야.

나는 강하의 얼굴을 쳐다보았다. 드디어 아이들에게 진실을 알려줄 생각인 걸까. 강하는 늘 편지에 밝고 희망찬 이야기만 담았는데 이제부턴 그러지 않기로 결심한 모양이었다. 그다음 문장을 읽으려는데, 강하가 나를 올려다보더니 대뜸 오근희에게 편지를 쓰라고 말했다.

내가 왜 걔한테 편지를 써?

편지 쓰면 화가 좀 가라앉아.

뜻밖에도 엄마가 테이블에 다가와 앉았다. 엄마는 허리 보호대를 꽉 조이더니 강하가 건넨 편지지를 받아들었다. 그리고 고심 끝에 첫 문장을 쓰기 시작했다. 나는 엄마가 쓰는 편지를 대놓고 들여다보았다.

작은딸에게.

근희야, 날도 추운데 옷은 따듯하게 입고 나간 거니? 밥은 잘 먹고 다니는 거야? 엄마는 우리 막내를 믿어. 엄마가 이제까지 살아 있는 것도 너랑 언니 덕분이야. 너희 아니었으면 엄마는 살아갈 이유가 없었을 거야. 진작에 죽었을 거야.

근희야, 엄마는 너무 속상해. 돈은 아무것도 아니야. 벌기도 하고 잃기도 하는 게 돈이야. 그렇지만 가족 간의 신뢰는 달라. 신뢰는 얻기 힘들지만, 잃는 건 너무 쉬워. 지금 너는 문희한테 신뢰를 잃었어. 절대로 용서해주지 않을 기세야. 하지만 근희야, 너도 알겠지만 문희는 우리 중 가장 착하잖아. ("엄마, 나 안 착해.") 다행이지 않니? 문희가 착한 게. 착하지 않았으면 너랑 나는 어떻게 됐겠니. 개차반이 되지 않았겠니? 아주 똥같이 살지 않았겠니? 그러니까 근희야, 언니한테 연락해. 연락해서 용서를 빌어. 문희가 좋은 점이 뒤끝이 없다는 거잖아. 문희한테 용서를 빌면 문희가 다 해결해줄 거야. ("엄마, 이 문장 지워.")

문희는 니 방송도 얼마나 열심히 보는지 몰라. 사실 나도 자주 봐. 근희야, 사람들이 뭐라고 하든 너는 너대로 살아. 떳떳하게, 하고 싶은 거 다 하면서 살아. 인생은 짧지 않아. 인생은 길어. 엄마는 평생 일만 하며 살았는데 아직 환갑밖에 안 됐어. 얼마나 긴지 몰라. 그러니까 하고 싶은 거 다 해보고 살 수 있어.

사기당한 일은 지나고 보면 아주 작은 일이야. 웃으면서 말할 수 있는 일이야. 엄마도 사기당한 적 있어. 그래도 툭툭 털고 다시 돈 벌러 나갔어. ("엄마, 사기당한 적 있어? 언제?") 그러니까 너도 그렇게 해. 범인 잡겠다고 설치면 화병 걸려 죽어. 그냥 기도해. 대대손손 죽지 않을 만큼만 불행하게 해달라고 기도해. 엄마는 자기 전에 아직도 기도하고 자. 명성식당 집안 삼대가 죽지 않을 만큼 불행하게 해달라고. 너도 알다시피 그 여편네가 곗돈 들고 날랐잖니. ("계도 했었어?") 우리 나이에 그런 일은 너무 흔해. 같이 계 들었던 다른 언니는 그 일 때문에 위암, 자궁암 세트로 걸려서 일찍 죽었어. 그러니까 근희야, 너도 엄마처럼 기도하며 평온하게 잊어. 그게 어떻게 되나 싶을 거야. 근데 해보면 돼.

추우니까 따듯하게 입고, 밥 굶지 말고, 적당히 바람 쐬다가 언니한테 연락해. 문희가 니 연락 기다리느라 눈이 벌겋게 충혈됐어. 불쌍해서 못 보겠다.

엄마, 내 눈 멀쩡하거든?

엄마는 펜을 내려놓고 편지지를 두 번 접더니 그대로 테이블 위에 올려놓고 방으로 들어갔다. 편지 한 장으로 두 딸한테 하고 싶은 말 다 한 엄마. 나는 그런 엄마가 못내 얄미웠다.

*

오근희는 낡은 빗자루를 타고 나타났다. 검은색 원피스를 입고 커다란 빨간색 리본을 머리에 매단 오근희를 보며, 나는 이게 꿈이라는 것을 깨달았다.

이상하게도 꿈이라는 걸 알고 나서도 깨어나지 않고 꿈속에 머무는 때가 있는데, 바로 그날 밤이 그랬다. 나는 오근희에게 도대체 어디서 무얼 하고 있는 거냐고 물었다. 오근희가 〈마녀 배달부 키키〉 속 키키의 복장을 하고 내 앞에 서 있음에도 그렇게 물었다. 오근희는 아무런 대답 없이 내 얼굴을 빗자루 끄트머리로 살살 쓸어내렸다. 나는 잠에서 깼고, 오근희를 걱정하느라 뒤척이다가 〈마녀 배달부 키키〉를 함께 보았던 날을 떠올렸다.

언니, 키키가 비 맞고 배달하다가 감기 걸려서 앓아눕는 장면 있잖아. 그때 키키가 빵집 아주머니한테 '나는 죽는 걸까요?'라고 말하는데, 나 그 장면에서 울 뻔했잖아. 타지에서 혼자 얼마나 외롭겠어. 그 마음이 뭔지 너무 잘 알지.

야, 너도 외롭니?

나는 왜 그딴 식으로 말했을까. 외롭냐니. 인간은 다 외로운 법인데, 오근희가 마치 인간이 아닌 것처럼 너도 외롭냐니. 나는 그날의 대화를 떠올리며 타지에서 혼자 외롭게 있을지도 모를 오근희를 떠올렸다.

언제쯤 돌아오려나. 언제쯤 이 사건을 수습해달라고 연락하려나…… 핸드폰을 손에 쥐고 까무룩 잠이 들 무렵, 오근희가 했던 말들이 두서없게, 아무런 맥락 없이 떠올랐다.

언니, 있는 집 자식들이 잘되는 건 왜 그렇게 뻔해 보일까.

언니, 언니는 무너지다를 무'노'지다로 발음하는 거 알아?

언니, 이 술집 선불이야.

언니, 어묵탕에 청양고추를 넣어야지 오이고추를 넣는 사람이 어디 있어?

언니, 나 오늘 돈이 없어서 고깃집 앞을 지나다가 울 뻔했어.

언니, 오늘 목사님의 설교 주제는, '우리는 왜 일하고 있는가'야.

언니, 맛동산을 물에 불리면 개똥처럼 보이는 거 알아?

……

그 밖에 그 아이가 했던 많은 말들이 밤새 내 머릿속을 맴돌았다.

*

식탁 앞에 앉아 산더미처럼 쌓여 있는 노지 귤의 껍질을 하나씩 벗겼다. 엄마가 트럭에서 떨이로 사온 귤은 지나치게 신맛이 강해서 잼으로 만드는 게 나을 것 같았다. 강하가 곁으로 다가와 귤을 집어들더니 위로 던졌다 받기를 반복하며 내 눈치를 살폈다.

나한테 할말 있어?

바빠? 우편함에 뭐 온 거 같던데……

강하는 귤을 까서 통째로 입에 넣더니 갑자기 운동을 하고 오겠다며 밖으로 나갔다. 나는 강하가 나를 위해 깜짝 선물이라도 준비했나 싶어서 손을 대충 닦은 뒤 우편함을 확인하러 일층 공동 현관으로 내려갔다.

깜짝 선물일 거라는 생각은 절반쯤 맞았다. 우편함엔 오근희에게서 온 편지가 버젓이 들어 있었다. 손편지라니. 빼도 박도 못한다. 강하 짓이 분명했다. 나 몰래 서로 연락하고 있었던 것이다. 나는 절대로 마음 약해지지 않겠다고 다짐하며 방으로 들어와 편지 봉투를 뜯었다. 아메바가 편지를 쓰다니, 놀랍긴 했지만.

언니에게.

언니, 지금쯤 나를 찾아 난리가 났을 우리 언니.

나는 잘 지내고 있어. 밥도 잘 먹고, 잠도 잘 자. 나도 내가 이럴 줄 몰랐어. 어쩌면 낙산사의 정기가 좋아서 그런 건지도 몰라. 나 지금 템플스테이 왔는데, 여기 공기 참 좋다.

언니는 나에 대해 잘 모르는 것 같아. 나 북튜버 하면서 약간 똑똑해졌어. 책을 소개하려면 읽어야 하잖아. 그러니까 지식이 늘지 않을 수가 없어. 하루는 책을 읽다가 매력 자본이란 단어를 알게 됐어. 나에게 매력 자본이 있다는 걸 그때 처음 깨달았어. 화폐 자본은 없지만, 매력 자본은 있는 거지. 하지만 언니, 나는 가끔 두려워. 언제까지 나의 매력 자본이 유지될까? 나 이제 더이상 이십대가 아니잖아. 내년부터 언니 말대로 진짜 어른이잖아.

원래 언니한테 빌린 돈부터 갚으려고 했어. 그런데 그 돈을 투자하면 언니한테 이자를 넉넉히 주고, 김호균한테 빌린 돈도 갚을 수 있을 것 같았어. 나 유튜브 시작할 때 장비 산 돈, 다 김호균이 빌려준 거야. 김호균은 요즘 방송 접었어. 내가 김호균을 협박했거든. 방송에서 진실을 폭로하겠다고 했어.

내가 관종이라고 말했던 직장 동료가 내 방송에 댓글을 남겼어. 내가 화면발을 너무 잘 받고, 방송도 재미있고, 내가 추천한 책을 많이 읽었대. 그걸 보니 내가 잘못 생각한 거 같았어. 사실 그날 나는 질투심에 눈이 멀어서 김호균이 그 동료를 힘으로 끌어당기는 걸 봐놓고도 그 동료도 좋아서 응한 걸 거라고 생각했어. 내가 김호균에게 호감이 있으니 다들 김호균을 좋아할 거라고 착각했나봐. 언니, 사랑은 정신병이야.

김호균이 왜 김오리를 만날 수 없다고 했는지도 알았어. 언니, 김오리는 진짜 사람이 아니야. 김오리의 미소, 눈빛, 땀, 눈물은 모두 현실에 존재하지 않아. 그렇지만 김오리의 팔로어는 나보다 오백 배나 더 많아. 김오리는 그새 더 유명해져서 이젠 온갖 광고를 찍고 다녀. 김오리가 버추얼 인플루언서라는 게 알려진 뒤에도 팔로어는 줄지 않고 오히려 늘었어. 이게 무슨 의미일까?

언니, 김오리는 늙지 않잖아. 이십 년 뒤에도 그 얼굴이고, 삼십 년 뒤에도 그 얼굴이잖아. 내가 환갑이 되어도 김오리는 지금 그 얼굴이야. 김오리의 매력 자본은 사라지지 않는 거야. 김오리는 나와 다르게 늙지 않고 썩지 않는 거야. 하지만 그런 김오리도 언젠가 결국 잊히겠지. 그렇더라도 진짜가 아닌데 잊힌다는 게 무슨 의미가 있을까. 김오리는 상처받지도 않을 거야. 상처받을 줄 모르는 존재이니까. 그건 너무 부러워.

언니, 어쩌면 이 세계에선 진짜와 가짜의 구별이 의미 없는지도 몰라. 순간만 존재하고, 모두가 비트bit 위를 가볍게 흘러다니는 건지도 몰라. 그게 좋은 걸까? 나도 종이 신문을 보던 시절에는 내가 신문 한 면을 차지하는 유명인이 될 거란 상상은 안 해봤어. 나는 누구나 유명해질 수 있는 시대에 나도 같이 유명해지고 싶었던 것뿐이야. 특별한 사람만 유명해질 수 있다고 하면 나는 진즉에 포기했을 거야. 그러니까 언니, 내 인생이 이렇게 된 것은 내 탓이 아니야. 누구나 유명해질 수 있는 시대 탓이야. 사소한 나를 구독해주는 구독자 탓이야.

언니, 관종이 되려면 관종으로 불리는 걸 참고 견뎌야 해. 그게 얼마나 힘든 일인지 언니는 모르지? 한 가지 더 언니가 모르는 게 있어. 관종도 직업이 될 수 있다는 거야. 그걸 왜 모를까. 왜겠어. 언니가 꼰대라서 그런 거지.

언니, 나는 언니가 그리 많지 않은 나이에 꼰대가 되어버린 게 슬퍼. 혹시 우리 가족이 언니를 그렇게 만든 걸까. 나는 맨날 부동산 얘기, 연금 얘기만 하는 언니가 차라리 대놓고 자긴 꼰대라고 말했으면 좋겠어. 정색하면서 안 그런 척해서 얼마나 꼴 보기 싫은지 몰라. 언니는 자기가 지성인이라고 생각하지? 다른 사람을 깎아내릴 때 쾌감을 느끼는 언니를 볼 때마다 참 속물적이라는 생각이 들어. 그런 걸 스노비즘이라고 한대. 책에서 봤어. 나 북튜버 하면서 많이 똑똑해지고 있어. 사기를 당한 이유도 똑똑해져서인 것 같아. 옛날 같았으면 사기꾼이 설명하는 수익 구조가 알아듣기 힘들고 귀찮아서 하지 않았을 거야. 그런데 지금은 진지하게 수익을 따져본다니까. 그래서 내가 사기를 당한 것 같아.

언니는 내가 참 모순되는 말만 한다고 생각할 거야. 하지만 나는 언니가 가장 모순적인 사람 같아. 특히 내게 결혼을 권할 때마다 뭐 이렇게 모순적인 사람이 다 있나 싶어. 언니도 결혼할 생각 없잖아. 커밍아웃을 하고도 가족들에게 변함없이 신뢰받는 언니를 보면 이게 첫째의 대단함인가 싶어. 혹시 그냥 언니가 대단한 사람인 걸까? 우리는 사람들이 말하는 '정상' 가족이 아니었지만 그걸로 싸우거나 누굴 원망한 적은 없잖아. 그래서인지 언니의 사랑도 우리에겐 싸우거나 뜯어말리고 할 만한 게 아니었어. 하지만 언니, 언니가 모르는 게 한 가지 있어. 우리는 언니가 남의 집으로 시집가는 일이 없을 거라는 게 좋은 것뿐이야. 우리는 언니가 필요하고, 언제나 언니를 우리 곁에 두고 싶으니까. 아마도 우리는 언니의 사랑을 제대로 이해하지 못하고 있는 건지도 몰라. 그 점은 미안하게 생각해.

언니, 언니는 어떤 존재일까. 나와 비슷한 유전자를 갖고 나보다 먼저 살아본 사람일까. 언니가 성공한 일을 나도 성공할 수 있을까. 내가 성공한 일을 언니는 아무리 해도 실패하지 않을까.

언니, 나를 좀 믿어주면 안 될까. 약속할게. 절대로 벗방 안 할게. 하지만 언니가 말했듯 '걸레들이나 입는 옷'을 입고 방송은 계속할 거야. 나는 내 몸이 아름답다고 생각하니까.

책도 아름답지만 내 몸도 아름다워. 문장도 아름답지만 내 가슴도 아름다워. 적절하게 찍힌 마침표도 아름답지만 함몰 유두인 내 젖꼭지도 아름다워. 이렇게 생각하는 게 잘못은 아니잖아. 오히려 감추라는 언니가 이상한 거야. 언니는 왜 우리의 몸을 핍박하는 거야? 언니의 몸은 언니의 식민지야? 언니는 왜 우리 몸을 강탈의 대상으로만 봐?

나는 언니가 좋고, 언니도 속으론 나를 좋아할 텐데 우리를 갈라놓는 것이 편견이라는 게 너무 슬퍼. 언니, 사람한테 걸레라고 하는 거 아니야. 나는 언니가 그런 말 할 때마다 누가 들을까봐 무서워. 언니가 사람들한테 미움받는 게 싫거든. 내 언니니까 나만 미워할 수 있어.

템플스테이 끝나면 돌아갈게. 사기당한 건 정말 미안해.

나는 오근희의 편지를 끝까지 다 읽었다. 그리고…… 이건 절대로 아메바가 쓸 수 없는 글이라는 결론을 내렸다.

그런데 어쩌면 가장 진화한 형태의 생물은 아메바인지도 모른다. 모든 거추장스러운 것들을 벗어던진 존재, 핍박과 식민지가 무언지 모르는 존재, 생을 가장 단순하고 솔직하게 설계한 존재, 그게 아메바인지도 모른다. 하지만 그런 상태로 이 세계에서 균형 감각을 유지하며 살아가기는 쉽지 않을 것이다.

나는 침대에 모로 누워 근희의 방송에 달린 악플을 모조리 다 읽기 시작했다. 읽는 내내 손이 떨리고 심장이 내려앉았다. 근희는 이걸 다 봤겠지. 다 보고도 아무런 내색도 하지 않았겠지…… 악플을 하나도 빠짐없이 다 읽고 나니 심신이 너덜너덜해져 있었다. 근희의 얼굴이 계속 떠올랐고, 오래전 함께 코엑스몰에 갔던 날도 떠올랐다. 나에게 생일 선물로 귀걸이를 사준 뒤 근희는 나를 따라 말없이 걷기만 했다. 내가 집에 가지 않겠다고 우겨서 우리는 여덟 시간 동안 지하상가를 계속 걸었다. 그때 근희는 무슨 생각을 했을까. 언니의 실패가 자신의 실패는 아닐 거라는 생각? 언니의 실패는 자신의 실패이기도 하다는 생각? 한 가지는 알 것 같았다. 근희의 행진은 나의 행진과 명백히 다를 것이란 걸.

나는 손가락을 움직여 댓글을 달았다. 처음엔 악플러 못지않게 지저분한 욕을 쓰다가, 너는 도대체 뭐하는 놈이냐고 묻다가, 너를 낳고 너희 엄마도 미역국을 드셨냐고 모욕하다가 결국 다 지우고 한참을 고심했다. 이걸 근희가 볼 수도 있다. 나는 뺨으로 흘러내리는 눈물을 닦고, 콧물을 훌쩍이며 천천히 손가락을 움직였다. 어쩐지 졌다는 심정으로. 나의 동생 근희와 관종 오근희를 바라보는 이 세상을 향해.

—나의 동생 많관부.

나의 동생, 많은 관심 부탁드립니다.

| 작가노트 |

동생을 이해하기 위하여

동생의 직업은 비트 메이커다. 어떤 일인지 짐작하기 어렵다면 오디션 프로그램 〈쇼 미 더 머니〉에 나오는 장면을 떠올리면 된다. 래퍼인 참가자가 "Drop the beat!"라고 외치면 곧 멋진 비트가 시작되는데, 동생이 하는 일이 바로 그런 비트를 만드는 것이다.

동생은 비트 메이커인 동시에 유튜버다. 몇 년 전 유튜브 채널을 개설해 비트를 올리기 시작했고, 점차 구독자 수를 늘려가고 있으며, 유튜브를 통해 가끔 일거리도 얻는다.

지금은 이렇게 담담한 어조로 동생의 직업에 대해 설명할 수 있지만, 과거에 우리는 이 문제를 놓고 깊은 갈등에 빠진 적이 있었다. 나는 불안정한 수입을 감내하며 소설가라는 직업을 택했지만, 동생은 안정적인 직업을 갖길 바랐다. 내가 그런 생각을 드러낼 때마다 동생은 적극적으로 자신의 세계를 옹호했다.

"그런 말은 그만하고 누나도 유튜브나 해. 요즘 유튜브를 안 하는 사람은 명함이 없는 것이나 마찬가지라는 거 몰라?"

우리는 서로를 이해하지 못했다.

동생의 미래에 대해 틈틈이 잔소리하던 어느 날 동생이 더이상 간섭받고 싶지 않다는 의지를 크게 내비쳤다. 지금 생각해보면 그 마음이 충분히 이해되지만 그땐 한숨만 나왔고 서운함이 가시지 않았다. 나는 동생을 이해하기 위하여 글을 쓰기 시작했다.

「젊은 근희의 행진」은 그렇게 시작된 소설이다.

동생은 등단작을 제외하곤 내 소설을 읽어본 적이 없다. 간혹 서점에서 내 책을 보더라도 잠깐 관심을 보이다가 그냥 지나간다(절대로 사지 않는다). 우리집에 놀러오면 괜히 책장 앞을 어슬렁거리다 내 책을 집어들고 알은체를 하지만, 가만히 들어보면 아는 게 거의 없다. 읽지 않았으니까.

나는 소설을 쓰며 동생이 만든 비트를 듣다가 결국 정신이 사나워져서 잔잔한 음악이 나오는 채널로 바꾼다. 가끔 동생이 만든 비트를 출처 없이 가져다 쓴 사람을 발견하면 즉시 동생에게 알린다. 내가 수선을 피우며 무단 도용에 대해 상세히 말해도 동생은 달랑 한 줄의 답장만 보낸다.

—알았어.

어느 날은 이런 생각이 들었다. 동생이 비트 메이커니까 나도 비트를 잘 만들 수 있지 않을까, 하는 엉뚱한 생각. 그래서 동생에게 비트를 만들어보고 싶다고 용기 있게 말했다. 동생은 미간에 깊은 주름을 만들며 고심하더니 이윽고 말했다.

"차라리 랩을 해보는 게 어때?"

동생이 무슨 의미로 그런 말을 했는지 나는 아직도 모르겠다.

이 글을 쓰는 동안 동생이 쓴 일기를 몰래 훔쳐봤던 기억이 떠올랐다. 우리 둘 다 십대였던 시절이다. 동생은 고전적이게도 침대 밑에 일기장을 숨겼고, 나는 잠깐 망설이다가 노트를 활짝 펼쳤다. 동생의 일기는 시에 가까웠고, 그걸 읽는 동안 내 얼굴에선 웃음기가 점점 사라졌다. 동생은 이 세상을 너무 어둡고 비감하게 바라보고 있었다. 나는 안쓰러운 마음이 들었지만 이내 코웃음을 쳤다.

'흥, 맨날 게임만 하는 주제에!'

동생은 전반적으로 나에게 관심이 없지만, 내가 조금이라도 나이든 사람처럼 행동하면 기함하며 도대체 왜 그러는 거냐고 따져 묻는다. 내가 늙어서 그래, 라고 멋쩍게 웃으며 말해도 동생은 조금도 웃지 않는다. 정색한 표정으로 나를 빤히 쳐다보며 정말로 늙어서 그런 것인가 곰곰이 생각한다. 나는 그런 동생을 볼 때마다 궁금해진다. 우리는 연년생이라서 나이 차이가 한 살밖에 나지 않는데, 설마 그걸 모르는 걸까?

*

동생의 선택은 멀리 떨어져서 보면 이 시대를 사는 젊은이들의 행진처럼 보였다. 반면에 나의 선택은 그런 행진과 거리가 먼 것처럼 보였다. 동생은 시대에 발맞춰 걷지만 나는 시대 밖으로 걸어나와 주위를 두리번거리다가 다시 대열 속으로 합류하길 반복하는 것 같았다. 가끔은 시대에 납치된 기분이 들 때도 있었다. 지금은 시대가 나를 납치하기 전에 내가 먼저 시대를 납치하겠다는 자세로 살아가고 있다. 물론 상당히 피곤한 일이다.

젊은이는 늘 있었다. 1920년대에도, 1950년대에도 어김없이 젊은이는 나타났다. 시대가 변하며 사람들의 직업과 생각이 조금씩 바뀌어도 '젊은이'는 늘 그대로인 것 같다. 마치 공공선을 위해 존재하는 인류의 유전자처럼.

사실 동생과 나는 둘 다 젊은이라고 할 만한 나이가 아니다. 어쩌면 '젊음'은 상대를 바라보며 느끼는 '감정'에 가까운 것인지도 모르겠다. 나는 동생을 바라보며 젊음을 느끼고, 동생은 다른 청년을 보며 그렇게 느끼는 것 같다.

슬픔과 기쁨처럼 젊음 역시 감정이 될 수 있다면, 그것은 어느 시기에든 가질 수 있는 것이 아닐까. 그렇게 생각하면 안도감이 들고 더 살아볼 만하다는 생각도 든다.

| 해설 |

관종의 시대를 살아가는 우리 공동의 행진

김보경

「젊은 근희의 행진」은 문학잡지 『악스트』에서 '관심 종자'라는 키워드를 주제로 기획해 쓰인 릴레이 연재 소설 중 한 편이다. '관심 종자', 줄여서 '관종'은 보통 지나치게 타인의 관심을 갈구하는 사람을 뜻한다. 처음에는 그러한 사람을 비하하는 뉘앙스가 담겨 있었지만 점차 부정적인 뉘앙스는 옅어지고 있는 듯하다. SNS를 통해 자기 자신을 전시하거나 타인의 전시된 일상을 봄으로써 타인과 촘촘히 연결되는 것을 그 어느 때보다 보편적인 일로 받아들이는 시대에 누군가의 관심을 바란다는 것이 더이상 별난 욕망으로 느껴지지 않기 때문일 것이다. 소설에 등장하는 근희의 경우도 마찬가지다. "사람들이 나를 봐주는 게 너무 짜릿"하다며 자기가 "타고난 관종"(168쪽)이라고 생각하는 근희는 "노출 관종"(176쪽)이라는 말을 들으면서도 개의치 않는 듯한 모습을 보인다. 그간에 청년 여성 노동자의 노동문제를 묵직하면서도 위트 있게 다뤄왔던 이서수는 이 소설에서 전작들에서의 주제 의식에 관종이라는 키워드를 더해 근희의 이야기를 그려낸다.

십오 평짜리 빌라를 보금자리 삼은 화자 문희와 연인 강하의 집에 문희의 엄마가 함께 살고 있다. 평생 셋집에 살다 환갑이 되어서야 자가를 장만하고 싶어진 문희의 엄마는 반지하 집을 계약하게 되는데, 입주일이 일 년이나 남아 있어 문희네에서 잠시 살게 된 것이다. 문희가 이를 탐탁지 않아한 것은 강하와의 둘만의 시간을 누리지 못하고 시시각각 엄마의 눈치를 봐야 하는 상황에 놓이게 되었기 때문이기도 하지만, 무엇보다 자기가 빌려준 보증금으로 투 룸 빌라에서 혼자 살고 있으면서도 엄마와 함께 지내달라는 제안을 어떤 죄책감도 없이 단칼에 거절하는 동생 근희와 장녀로서 이 모든 짐을 짊어지지 않을 수 없는 자기의 모습이 비교되었기 때문이다.

장녀이자 "유교걸"(169쪽)인 문희와 동생 근희 간 애증의 골은 꽤 깊다. 문희가 보기에 근희는 가족 일에 책임을 다하지 않을 뿐더러 자기 삶을 안정적으로 꾸려나갈 자립심조차 없어 보이는 "이기적이고 생각이 깊지가 않"(159쪽)은 사람이다. 근희는 직장에서 만난 남자 김호균의 영향으로 다니던 직장마저 그만두고 갑자기 유튜버가 되었다. 김호균은 근희에게 곧 유튜브 방송을 시작하려 하는데 출연해보지 않겠냐고 제안한 적이 있는데, 이후 근희는 그에게 뜻밖에 호감을 느낀다. 그러던 어느 날 근희는 회식 자리에서 김호균과 회사 동료가 입을 맞추는 광경을 보게 된다. 이 일로 회사가 시끄러워지자 김호균은 유튜브 방송에서 "직장 동료가 자신을 성추행범으로 몰고 있다"(165쪽)며 호소한다. 이를 본 근희는 피로감에 회사를 그만두었고 김호균이 "관종"(같은 쪽)에게 잘못 걸려 이런 상황에 이르렀다고 문희에게 말하기도 한다. 문희는 "가슴이 푹 파인 옷"(166쪽)을 입고 방송을 하며 돈을 버는 근희가 탐탁지 않고 걱정스럽기만 하다.

문희의 걱정은 방송을 본 사람들이 근희를 함부로 대할 것 같다는 생각에서 비롯된 것으로, 근희를 통제하고 싶어하는 문희는 자기의 이러한 모습이 "내가 그토록 싫어하는 유교걸의 현현"(169쪽)이라는 것을 알고 있다. 문희의 성적 보수주의는 근희를 폭력으로부터 보호해야 한다는 명분으로 합리화되고 있지만, 실상 이는 그 폭력의 원인이나 구조를 문제삼는 것이 아니다. 문희의 태도는 여성의 신체를 통제하에 두어야 한다고 생각하고, 자기 몸을 이용해 돈을 버는 여성들의 노동에 대한 가치를 폄하하는 뿌리깊은 여성 혐오적 사고와 연동되어 있다. 근희의 유튜브 채널에 달린 "가족들이 모르나? 알면 좀 말리지"라는 댓글에 "가족까지 욕먹게 할 줄 알았"다며 근희에 대해 분노하지만 곧 "지들이 뭔데 내 동생을 욕"(176쪽)하냐며 악플을 단 사람에게 분노하는 분열적인 감정을 오가는 문희의 모습은 근희에 대한 문희의 태도를 잘 보여준다. 문희는 근희를 탓하다가도 잘못한 사람이 있다면 그것은 근희가 아니라 폭력을 가한 사람이라는 생각 사이를 오간다. 그리고 그러한 폭력의 구조에서 문희 역시 자유롭지 못한데, 왜냐하면 문희가 가진 여성 혐오적 관념 역시 이러한 구조를 은연중에 재생산하는 데 일조하는 것일 수 있기 때문이다.

소설에서는 근희가 갑자기 연락이 끊기고 사라지는 사건이 발생한다. 근희를 찾아 나선 문희는 근희가 인스타그램으로 사기를 당했다는 것을 알게 되는데, 근희가 당한 사기는 주로 부업거리를 찾는 기혼 여성을 표적으로 한 범죄다. 한편, 강하가 운영하는 태권도 학원에서 한 원생이 유튜브에 저격 영상을 올리겠다며 다른 원생을 협박하는 사건도 벌어진다. 이러한 사건의 공통점은 SNS상에서 일어나는 새로운 형태의 비윤리적 행위라는 점이기도 하지만, 더 취약한 존재일수록 폭력에 노출되기 쉽다는 구조적 폭력의 특징을 보여주기도 한다는 것이다. 강하는 다른 원생을 협박했던 원생 시우에게 손편지를 쓴다. "시우야, 우리가 살아가고 있는 이 세상은 사실 잘못된 세상이야. 참 이상한 세상이야."(177쪽) 아이를 탓하기보다 잘못된 세상을 탓하는 강하의 문장은 개인에게는 아무 잘못이 없다는 무책임을 가르치는 것이 아니라 이러한 세상에 사는 우리 모두가 짊어져야 하는 공동의 책임이 얼마나 무거운지를 일깨운다.

이 공동의 책임은 엄마가 근희에게 쓴 편지에서도 확인된다. 세상 사람들이 모두 근희를 탓하더라도 자기는 근희가 하는 일을 응원하고 근희가 그 일을 계속 이어가길 바란다는 말은 단지 근희를 집으로 돌아오게 하려는 번지르르한 회유의 말로 읽히지는 않는다. 편지의 중간중간 옥신거리는 모녀의 대화가 괄호 속 문장을 통해 인용되는 대목("엄마, 나 안 착해" "엄마, 이 문장 지워", 178쪽) 등을 비롯해 능청스러운 엄마의 태도가 드러나는 말투와 문장("문희가 (……) 착하지 않았으면 너랑 나는 어떻게 됐겠니. 개차반이 되지 않았겠니? 아주 똥같이 살지 않았겠니?", 같은 쪽)들은 세 모녀 관계 특유의 성격을 생생히 전달해낸다. 딸들에게 의지하고 싶어하는 다소 철없는 엄마, 사기를 당하고 무책임하게 연락이 두절된 근희, 이들을 책임져야 한다는 의무를 혼자만이 감당하고 있다고 생각하는 문희. 엄마는 근희에게 "사람들이 뭐라고 하든 너는 너대로"(같은 쪽) 살라고 쓰면서도 언니 문희의 신뢰를 저버리지 말 것을 당부한다. 그리고 문희는 엄마의 편지를 읽고 난 이후 그간 근희가 혼자 감당해야 했던 외로움을, 자기가 그간 근희에게 얼마나 모질었으며 왜 근희가 짊어진 짐을 나눌 생각을 하지 못했는지를 돌아보게 된다.

그리고 문희 모르게 근희와 연락하고 지내온 강하를 통해 근희의 편지가 도착한다. 편지에서 근희는 이렇게 말한다. "언니는 나에 대해 잘 모르는 것 같아. (……) 언니, 관종이 되려면 관종으로 불리는 걸 참고 견뎌야 해. 그게 얼마나 힘든 일인지 언니는 모르지? 한 가지 더 언니가 모르는 게 있어. 관종도 직업이 될 수 있다는 거야. 그걸 왜 모를까. 왜겠어. 언니가 꼰대라서 그런 거지." (182~184쪽) 근희는 문희 안에 자리하고 있는 완고한 보수성과 여성 혐오, 편견과 무지를 일깨운다. 이 편지는 꼰대인 언니를 탓하기보다는 "우리를 갈라놓는 것이 편견"(186쪽)이라는 것을 일깨우기 위해, 서로의 차이가 적대나 혐오의 근거가 되도록 만드는 사회적 편견에서부터 서로를 자유로워지게 하기 위해 쓰인다. 또한 이 편지에서 근희는 자기 자신조차 '관종'에 대한 편견을 가지고 있었으며, 특히 김호균을 향한 호감에 판단력을 잃고 성추행 장면을 부인하고 되레 피해자를 '관종'이라 치부했던 과거의 잘못을 밝히며 그러한 편견에서 자유로워지는 일이 왜 공동의 과제가 될 수밖에 없는지를 보여준다.

이서수는 청년 여성 노동자의 이야기를 다룬 또다른 소설 「미조의 시대」에서 여성에 대한 가학적인 성행위가 담긴 성인 웹툰을 그리는 인물 수영의 괴로움을 조명한 바 있다. 이러한 점에서 「젊은 근희의 행진」은 여성 혐오적 문화 산업에 종사하는 여성 노동자들을 조명하는 이서수 작품세계의 연장선상에서 읽히기도 한다. 이서수는 그러한 산업구조 속에서도 여성 노동자들의 행위성이 어떻게 발휘되는지 주목해왔다. 근희는 언니 문희와 신뢰를 회복하기 위해 방송에서 옷을 벗지 않겠다고 약속하지만 동시에 "언니가 말했듯 '걸레들이나 입는 옷'을 입고 방송은 계속 할 거"라고, "내 몸이 아름답다고 생각"(185쪽)한다고도 말한다. 여성의 몸에 대한 "핍박"(같은 쪽)의 역사를 근절하는 것은 필요하지만, 그러한 근절의 의지만큼이나 여성의 몸에서 더 많은 긍지와 아름다움을 발견하고 일깨우는 일도 중요하다. "우리를 갈라놓는 것이 편견"이라면, 우리가 근절해야 하는 것은 바로 그 편견이지 긍지와 아름다움을 누리는 경험일 필요는 없을 것이다.

이 편지를 통해 문희는 근희에 대한 편견을 깨고 근희가 만들어내는 노동의 의미, 근희의 입장과 경험을 조금 더 이해할 수 있게 된다. 이전에는 악플을 보며 왜 가족까지 욕을 먹게 하느냐고 근희를 원망했던 문희는, 이제 근희가 이 모든 악플들을 보고도 아무런 내색을 하지 않고 홀로 감당했을 고충을 생각한다. 1970~80년대 노동 소설이 주로 노동자인 주인공이 계급적 각성에 이르며 변혁의 주체로 성장하는 서사를 취했다면, 이 소설은 문희라는 인물을 통해 각성의 구도 전환을 보여준다. 이러한 형식은 사회적 속박과 폭력에서 벗어나기 위해 '각성'해야 하는 것은 노동자만이 아니라 우리 모두라는 사실을 되새기게 한다. 소설의 마지막 대목에서 문희는 근희를 바라보는 세상을 향해 "나의 동생 많관부"(187쪽)라고 말하며 근희의 행진을 응원한다. 이처럼 우리에게 필요한 것은 잘못되고 이상한 세상이 만든 편견에 굴하지 않는 용기, 세상과 연루된 존재로서의 자기 인식과 공동의 책임 의식, 적대를 연대의 의지로 전환하는 각성, 그리고 이 모두를 가능케 하는 서로에 대한 더 많은 '관심'일지 모른다.

김보경
2020년 문학과사회 신인문학상을 수상하며 평론을 발표하기 시작했다.

정선임

요카타

작가노트

소설을 써서, 다행이야

해설 박서양

발화의 시차로 다시 쓰는 해방의 역사

정선임
2018년 중앙신인문학상을 수상하며 작품활동을 시작했다. 소설집 『고양이는 사라지지 않는다』가 있다.

요카타

다다미 두 장 반짜리 방 구석구석 아슴푸레한 새벽빛이 스민다. 눈을 뜨자마자 보이는 것은 진이 선물해준 달력. 한 장 한 장 뜯어 쓰는 일력이다. 한 면을 가득 채운 '8'이라는 숫자와 '金'이라는 한자 아래 '라디오 생방송 전화 인터뷰, 오후 5시 35분'이라고 적혀 있다. 실제로 읽을 수 있는 글자는 '라디오'와 숫자뿐이지만.

"옛날에는 이런 거 많이 썼죠? 요즘 다시 유행이래요."

새해 첫날, 진은 직접 벽에 못을 박고 일력을 걸어줬다. 진은 자신도 똑같은 것을 샀다며 한 장씩 뜯어내는 순간이 기다려진다고 했다. 심지어 뜯는 일이 즐거워 날짜가 며칠씩 앞서갈 때도 있다며 해맑게 웃었다. 그날, 진은 또 라면이냐며 핀잔을 주면서도 떡라면 한 그릇을 비우고 국물에 찬밥까지 말아 먹고 돌아갔다. 며칠은 진이 시키는 대로 잠들기 전에 혹은 잠에서 깨어 한 장을 뜯어냈다. 그러다 떼지 않고 그대로 두는 날들이 쌓이기 시작했다. 진에게는 잊어버렸다고 했지만 하루가 뜯겨나갈 때마다 나는 소리에 매번 가슴이 철렁했다. 고작 습자지 한 장인데 말이다. 매주 목요일 집에 들르는 진은 어제도 그대로 있는 일력을 보고 한숨을 쉬더니 한꺼번에 잡아 뜯어냈다. 일주일이 한순간에 사라지며 남긴 자국은 개펄에서 바지락을 캐려고 헤집어놓은 자리와 닮았다.

"잊으시면 안 돼요."

진은 버릇처럼 오른손 검지로 자신의 이마를 가볍게 톡톡 두드렸다. 일력을 뜯어내는 일을 잊지 말라는 건지, 인터뷰를 잊지 말라는 건지 헷갈렸지만 고개를 끄덕였다.

머리맡을 더듬어 트랜지스터라디오를 찾아 켠다. 오전 중에는 서해상을 중심으로 해무가 짙게 끼는 곳이 있으니 항해나 조업중인 선박은 주의하라는 기상정보를 듣다 볼륨을 낮춘다. 음력 날짜를 헤아려 물때를 짐작해본다. 사리가 끝나고 조금이 가까워지고 있다.

지난주 목요일, 진에게 한글을 배우고 있는데 전화가 걸려왔다.

"서연화 할머니, 맞으세요? 할머니, 이제 만으로 백 살 맞으시죠?"

익숙한 라디오 프로그램 제목을 말하며 담당 작가라고 자신을 소개한 목소리는 예의를 갖췄지만 호기심을 숨기지는 않았다.

"그런데 할머니 성함이 너무 예쁘세요."

서연화, 이름을 말하면 언젠가부터 항상 듣는 소리다. 백 살 할머니치고 이름이 세련됐다는 뜻이겠지. 어린 시절 이웃에 살던 순덕이도 정순이도 이 이름을 부러워했다. 목포미역국집 고씨도 말순이라는 자신의 이름을 싫어한다. 일 년 전 세례를 받더니 신이 나서 '안나'라고 불러달라고 부탁하는 말순을 보며 난 속으로 혀를 찼다. 어차피 우리 나이쯤 되면 이름으로 불릴 일이 없다. 이름이 말순이든 연화든 할머니다. 시장에서 말순은 목포 할머니, 난 요카타 할머니로 불린다. 이유는 단순하다. 그저 내가 입버릇처럼 말끝마다 '요카타'라는 말을 덧붙이기 때문이다. 요카타의 '요'를 발음한 후 한숨을 한번 쉬고 '카'를 발음할 때는 'ㅏ' 모음을 길게 끈다. 중요한 이야기는 아니다. 나이가 들면 이렇다. 대화를 하다가 혹은 생각을 하다가도 자주 길을 잃는다. 중요한 사실은 백세 살 미소횟집 이씨가 몇 달 전 잠을 자다 죽은 뒤 내가 이 시장 골목에서 제일 늙은이가 됐다는 거다. 올해 공식적으로, 공식적이라는 표현이 어울리지 않을지도 모르지만, 백번째 생일을 앞두고 많은 이들이 나를 찾아냈다.

새해 첫날에는 구청장과 노인복지과 직원들이 진과 함께 찾아와 사진을 찍고 갔다. 설날을 앞두고는 지역 신문사에서 찾아왔다. 기자는 사진을 여러 장 찍더니 평소에 무슨 음식을 즐겨 먹느냐고 물었다. 난 싱크대 옆에 잔뜩 쌓아놓은 상자를 가리켰다.

"햇반이랑 라면."

기자는 곤란한 듯 머리를 긁적이더니 이번에는 해산물도 많이 드시죠? 라고 물었다.

"생선이라면 지긋지긋해서."

미간을 찌푸린 기자가 돌아가고 며칠 뒤 기사가 났다. 진이 신문을 한 부 가져다 읽어주었다. 젊은이들이 떠나고 노인만 남아 평균수명이 높은 우리 동네는 장수 마을로 둔갑했고, '싱싱한 해산물을 매일 먹어요, 100세 장수의 비결'이라는 기사 제목 아래 내가 웃고 있었다.

"할머니, 아무리 봐도 백 살처럼은 안 나왔어요."

진은 몇 번이고 같은 얘기를 하며 기사를 곱게 잘라내 일력 옆에 나란히 붙였다. 작은 지역신문이었지만 그 기사를 본 이가 꽤 많았다. 성당에 가면 알아보고 인사를 하는 사람이 늘었고, 계단이라도 오를라치면 부축해주는 손이 많아졌다. 기사를 본 시장은 내 생일이 3월 1일이라는 것을 알고, 삼일절 행사에 초대해 생일 잔치까지 열어주었다.

전화를 걸어온 라디오 작가도 그 기사를 봤다고 했다. 작가는 3·1운동 백 주년을 맞은 올해, 여성의 날인 3월 8일에 생방송 라디오 인터뷰를 하고 싶어서 전화드렸다고 차분하게 설명했다. 3·1운동, 여성, 인터뷰. 이중에 나와 연관이 있어 보이는 단어는 없었다. 진이 그동안 누누이 주의를 줬던 보이스 피싱인가라는 의심까지 들었다. 옆에서 궁금해하며 손을 내미는 진에게 나는 전화를 넘겼다.

"저는 서연화 할머니 담당 사회복지사 유진입니다. 무슨 일이시죠?"

이제 일곱시쯤 되었을까, 라는 생각이 들 무렵 라디오에서 시보를 전한다. 다시 눈을 감는다. 졸려서가 아니다. 그러니까 눈을 감는다는 것은 눈꺼풀 안을 들여다보는 일이다. 검붉은 배경 위로 흑점이 떠다닌다. 눈을 뜨고 있을 때도 날파리처럼 아른거리던 흑점들은 눈을 감으니 더 선명해진다. 나이가 들면서 흑점의 개수도 늘고 있다. 눈을 감고 있어도 주위가 차츰 환해지고 있음을 알 수 있다. 흑점의 배경이 검붉은 빛에서 노을빛으로, 그리고 복숭앗빛으로 점차 옅어진다.

외출복을 입은 채 이부자리도 없이 누워 있다. 두 시간 전 일어나 집에서 십 분 거리에 있는 성당에 다녀왔다. 미사를 빼놓지 않고, 기도를 오래 드리는 내가 다들 신심이 깊다고 생각하겠지만 엘리사벳 수녀의 끈질긴 권유에도 세례는 받지 않았다. 깨어 있어도 눈을 감을 수 있는 곳이어서 성당을 좋아한다. 이렇게 눈꺼풀 안쪽을 들여다보다 설핏 잠이 들기도 한다. 낱말 공부를 하다가도 앉은 채 눈을 감고 있으면 진이 나를 흔들어 깨우곤 한다. 눈꺼풀 안쪽의 색은 모든 사람이 다 똑같을까. 궁금하지만 물어본 적은 없다. 아버지, 순덕이와 정순이, 남편들, 그리고 진에게도. 동이 완전히 트자 흑점은 더 선명해진다. 가만히 들여다보고 있으면 점에서 시작되어 길게 늘어진 검은 실처럼 움직인다. 마치 붉게 물든 하늘을 향해 걸어가는 누군가의 그림자 같다.

엔진 소리에 눈을 뜬다. 집 앞에 잠시 멈춘 트럭이 시동을 걸어둔 채 상자를 털썩 내려놓는 소리에 몸을 일으킨다. 현관문 겸 방문을 열고 나가면 바로 시장이다. 집은, 아니 이 방은 상가들이 다

닥다닥 붙어 미로처럼 이어지는 시장 골목길 어귀에 있다. 문을 열고 나가 파라솔을 펼치고 목욕탕 의자와 커다란 고무 대야를 갖다놓으면 바로 일터가 된다. 트럭이 내려놓고 간 상자 안에는 손질하지 않은 미역 이십 킬로그램이 담겨 있다. 들고 나온 라디오의 주파수를 돌려 흘러간 노래가 나오는 채널에 고정시키고 볼륨을 올린다.

본격적으로 목욕탕 의자에 앉아 미역 줄기를 찢어 고무 대야에 옮겨 담는다. 겨울에는 방안에서 하다가 기온이 올라 며칠 전부터 다시 밖에서 작업하고 있다. 미역을 찢고 다듬어 목포미역국집 사장 고말순에게 넘기면 하루에 만오천원을 벌 수 있다. 기초생활수급비와 기초연금이 나오니 더 욕심낼 이유는 없다.

미역 줄기를 찢을 때마다 스웨터 앞주머니에 접어서 넣어놓은 종이가 사각사각 소리를 낸다.

작가는 자세한 질문지를 보내준다며 주소를 알려달라고 했다. 내가 '인천광역시 남동구 논현동 31번지'라고 주소를 불러주자 당황한 작가는 진을 바꿔달라 했다. 진은 골뱅이를 찾으면서 알아들을 수 없는 꼬부랑말을 전하더니, 다음날 작가에게 받은 질문지를 가져왔다.

거의 일주일째 주머니에 넣고 다녔더니 가운데 접힌 부분에 작은 구멍이 나고 구깃구깃하다. 종이를 살살 펼쳐본다. 본래 숫자는 알았지만 진에게 한글을 배우기 시작한 건 지난가을부터다. 띄엄띄엄 아는 글자만으로는 내용을 파악하기 어렵다. 그래서 진이 몇 번이고 읽어줬던 것을 외우고 있다.

"할머니, 지금까지와는 세상이 다르게 보일 거예요."

진은 한글을 가르쳐주며 종종 말했다. 진은 이전에 찾아오던 사회복지사들과는 달랐다. 친절하지만 지쳐 보이는 얼굴이던 그들의 목표이자 업무는 장례를 치를 때까지 나의 변함없는 생활이 유지되게끔 만들어주는 것이었다. 그러나 올해 스물네 살이라는 진은 이제 막 사회생활을 시작해서인지 의욕에 차 있었다. 내가 한글을 모른다는 사실을 알아챈 진은 한글 책과 낱말 카드를 들고 왔다. 귀찮았지만 얼마나 가겠냐는 생각에 순순히 따르고 있다. 기름한 얼굴에 화장기 없이도 뽀얀 피부의 진은 웃을 때면 눈이 둥글게 휘어진다. 진은 내가 일부러 기운 없는 척하면 옆에 쪼그리고 앉아 미역 줄기를 같이 찢어줄 정도로 살가운 성격이다. 글자를 배우니 '고씨네 목포미역국' '미소횟집' '소래슈퍼'와 같은 시장 골목에 걸린 간판들을 조금씩 읽을 수 있게 되었다. 하지만 그전에 글자를 모를 때도 가게 이름은 알았고, 그리 불편하지 않았으니 세상이 달라질 정도의 큰 변화는 아니다. 그래도 진이 찾아오면서 달라진 것이 있긴 했다. 낱말 카드 대신 진의 곱게 묶어 넘긴 머리카락을 보며 내 나이에서 진의 나이를 빼보기도 하고, 진의 나이 때 내가 무엇을 하고 있었는지 헤아려보는 일이 잦아진 것이다.

질문지를 다시 접어 주머니에 넣는다. 오전 중에 고말순에게 넘길 만큼 미역의 양을 확보했으니 이제 아침 겸 점심을 해결해야 한다. 냄비에 물을 담아 불에 올려놓고, 싱크대 아래 서랍장에서 라면 하나를 꺼낸다. 라디오를 들으며 라면을 먹는 일은 눈꺼풀 안쪽을 들여다보는 것만큼 좋아하는 일과다. 물이 보글보글 끓기 시작한다. 봉지에서 라면을 꺼내 반으로 쪼개넣은 다음 수프를 넣고, 계란을 깨서 노른자가 풀어지지 않도록 조심하며 통째로 국물에 빠뜨린다. 또 라면이냐며 고개를 가로젓는 진의 모습이 보이는 듯하다. 몇 년 전부터 나는 요리를 그만두고 데우면 바로 먹을 수 있는 즉석식품과 라면만으로 끼니를 때우고 있다. 전자레인지에 햇반을 넣고 일 분 삼십 초가 지나가기를 기다리다 건강을 생각하란 진의 말이 떠올라 다듬어놓은 미역 몇 줄기를 라면에 넣는다.

고개를 돌리다 진이 벽에 오려붙여놓은 신문 기사를 본다. 모르는 글자를 건너뛰어 '서연화' 이름 석 자를 찾는다. 이름 옆 괄호 안 '100'이라는 숫자를 쳐다본다. 나는 엄지손가락을 추켜올리며 웃고 있다. 방안에 거울을 두지 않은 지 오래다. 내 모습을 볼 기회가 없어서인지 사진은 볼 때마다 낯설다. 작은 사진인데도 눈가와 입가에 주름이 선명하다. 바닷바람을 맞아 까맣게 탄 얼굴은 검버섯으로 뒤덮였다. 하얗게 센 머리, 허리를 꼿꼿하게 세웠다고 생각했는데 굽은 등. 정말 영락없이 백 살의 노파다.

백 살이나 아흔여섯 살이나 그게 그거지.

무심코 혼잣말을 하다가 깜짝 놀라 주위를 둘러본다. 머릿속으로 생각만 했는데 어느새 소리 내어 말하고 있는 일이 요즘 들어 잦아졌다. 조용한 미사 시간 내내 중얼중얼하는 바람에 엘리사벳 수녀가 달려와 내 팔을 꽉 잡고 검지를 입에 갖다댔을 때야 비로소 깨달은 적도 있었다.

이삼 분 정도 지나면 라면이 알맞게 익을 것이다. 라디오 전화 인터뷰 시간은 약 칠 분이라고 했으니 이 기다림의 두 배 정도 되는 시간이다. 질문이 다섯 개니 일 분 정도씩 대답을 준비하면 된다고 했다.

작가는 다시 전화를 걸어와 연습 삼아 질문을 할 테니 대답해보라고 했다. 나는 내가 질문이 끝나면 바로 이어서 대답한 줄 알았는데 답을 말하기 전에 꽤 뜸을 들인 모양이었다. 라디오 작가는 난감한 목소리로 생방송인데 방송 사고가 날 수도 있다고 했다. 진은 걱정하는 작가를 안심시키며 얘기했다.

"할머니 요즘 한글 배우셔서 제법 읽을 줄 아세요. 귀도 잘 들리시고요."

'제법'이라는 표현이 걸렸다. 진이 읽어준 것을 그대로 외워서 그렇지 아는 글자는 몇 개 되지 않는다. 그러니까 '소'와 '슈', 두 글자만 알아도 '래'와 '퍼'를 짐작해 '소래슈퍼'라고 읽는 식이다. 선명하게 떠오르는 몇 장면으로 중간중간 기억나지 않는 과거를 유추하듯 말이다.

진도 걱정됐는지 인터뷰를 앞두고 매일 나를 찾아왔다. 그렇게 인터뷰 연습이 시작됐다. 진이 큰 소리로 질문지를 읽으면 내가 대답하는 식이었다.

"자, 전국 방방곡곡, 화제의 인물들을 만나보는 시간이죠. 올해는 3·1운동 백 주년이고 오늘은 3·8 여성의 날입니다. 1919년 3월 1일 태어나 올해 백 세가 되신 분입니다. 역사적인 날 만세 소리와 함께 태어나 여성으로서 굴곡의 현대사를 몸소 겪어낸 분이라고 할 수 있죠. 오늘 초대석 시간에는 인천 소래포구에 거주하고 계신 서연화 할머니 만나봅니다. 할머니, 안녕하세요?"

내가 멀뚱멀뚱 쳐다만 보고 있자 진이 채근했다.

"할머니도 얼른 인사해야죠."

"안녕하세요, 서연화입니다."

인사를 하며 얼떨결에 고개를 숙이자 진이 웃음을 터뜨렸다. 머리로는 알고 있는데 안녕하세요, 라고 인사하니 저절로 허공에 고개가 숙여졌다. 몸은 점점 마음대로 움직여주지 않는다. 하긴, 생각해보면 젊었을 때도 내 의지대로 몸을 움직인 적이 있긴 했던가.

냄비 뚜껑이 숨을 쉬듯 들썩거린다. 소반 위에 냄비를 올려놓고 냉장고에서 김치를 꺼냈다가 너무 쉰 것 같아 그냥 라면만 먹기로 한다.

"오늘의 난센스 퀴즈입니다. 모래는 어떻게 울까요?"

진행자는 일 년에 한 번씩 바뀌는 것 같지만 이 코너만은 그대로다. 말투가 장난스러운 출연자가 등장해 말도 안 되는 퀴즈를 낸다. 모래가 소리를 내고 울까. 모래의 울음소리는 어떨까. 파도 소리와 닮았을까. 정답을 생각하는 사이 출연자가 답을 말해버린다.

"흙흙."

어이없는 대답에 피식 웃으며 라면을 한 젓가락 입에 넣는다. 기억해두었다가 진에게 말해주어야겠다고 생각한다. 분명 진의 눈이 둥글게 휘어질 것이다. 문을 두드리는 소리가 들린다. 고말순이다. 신문 기사를 본 뒤부터 고말순은 나를 언니라고 부른다.

"난 처음 봤을 때 언니가 나보다 어린 줄 알았지. 왜 이리 동안이에요."

아흔여섯인 고말순이 언니라고 부를 때마다 난 고민에 빠진다. 사실 나는 만 백 살이 아니다. 주민등록상으로는 백 살이지만 실제로는 그렇지 않다. 그러니까 난 태어날 때부터 네 살이었다. 지금까지 밝힐 일도, 궁금해하는 사람도 없었다. 학교에 가지 않고, 취업도 하지 않고 살다보니 생년월일이 필요한 일이 많지 않았다. 노인복지 혜택을 더 일찍 받게 됐을 때는 일부러 말하지 않았다. 서연화, 그러니까 백 살치고 세련된 내 이름은 본래 언니 것이었다. 내가 태어나고 몇 달 뒤 죽었다는 언니, 서연화. 몸이 약했던 어머니도 일찍 돌아가셔서 홀로 나를 키웠던 아버지는 그 사실을 굳이 감추지 않았다. 그 사실을 알게 된 뒤로 몇 년간은 누군가가 내 이름을 부를 때면 본 적도 없는 언니를 떠올리곤 했다. 한동안 네, 라고 대답하면 누군가 같이 대답하는 소리가 들리는 듯했다. 나이가 들수록 이름으로 불릴 일이 많지 않았고, 살다보니 이름은 그리 중요한 것이 아니어서 언니의 나이에도, 이름에도 익숙해졌다.

"언니, 미역 줄기 한 거 얼마나 있어?"

고말순은 내 대답을 기다리지 않고 눈대중으로 미역의 양을 살핀다.

"됐네. 그 정도만 줘요. 그리고 이거 라면이랑 먹어요."

고말순이 들고 온 오이소박이를 접시에 덜어 상에 올린다. 향긋한 오이 향에 저절로 군침이 돈다.

"나도 라면 한 입만."

고말순이 작은 그릇과 젓가락까지 찾아 바싹 다가앉는다. 말순은 매번 내가 라면을 먹고 있을 때쯤 나타나 한 젓가락을 뺏어 먹곤 했다. 조금 얄밉지만 국자로 국물을 덜어준다.

"그나저나 언니 완전 스타네. 돈은 많이 준대요?"

진이 말하고 다녔는지 시장 일대에 소문이 퍼진 모양이다. 라디오에서 열두시를 알리는 시보를 들더니 말순은 그리운 듯 말을 이어간다.

"내가 살던 데는 오포라는 게 있었어요. 정오가 되면 대포를 쏘는 거예요. 펑 펑 이 소리가 들리면 오포 분다 하면서 밥 묵으러 집으로 갔죠."

하필이면 왜 사람을 죽이는 무기로 밥때를 알려줬을까. 이상하다는 생각이 들었지만 굳이 말하지 않고 아직 덜 익은 오이소박이를 부지런히 아삭아삭 씹는다.

"어느 순간 사이렌 소리로 바뀌었는데. 그게 그 오포까지 가져다가 전쟁에 써서 그랬대요. 나이가 드니 어릴 때 기억만 자꾸 나네. 이제 우리 고향에서 오포 분다는 말은 안 쓰겠죠?"

내가 알 리도 없지만 대답을 원하는 질문이 아니라는 것을 안다. 진이라면 대뜸 고향으로 왜 돌아가지 않았어요? 할머니, 하고 물었겠지. 나이가 들면 묻지 않아도 짐작되는 일들이 있다. 그저 고향과 닮아서 이 포구에 자리잡았다고 했던 고말순은 이곳에 간척지가 만들어지고 염전이 사라지는 것을 보면서 우리 고향도 그럴까요? 라고 묻곤 했다.

"바다는 똑같겠지. 바다는 변하질 않으니까. 그죠?"

이 말에도 굳이 대꾸하지 않는다. 라면을 다 먹고 고말순이 돌아간 뒤 다시 목욕탕 의자에 앉아 미역 줄기를 찢는다. 난센스 퀴즈 코너가 끝나면 진행자는 상식이나 역사 문제를 내곤 한다.

"3월 8일 여성의 날을 맞이해 준비한 퀴즈입니다. 대표적인 신여성이죠. 나혜석거리는 어디에 있을까요? 1번 수원, 2번 부산, 3번 인천, 4번 밀양. 정답을 아시는 분은 지금 문자를 보내주세요."

본래는 별 관심 없이 흘려듣지만 인천과 여성이라는 말에 귀를 기울인다. 정답은 1번 수원이었다. 진행자는 답에 대한 설명과 함께 나혜석의 생애를 들려준다. 나보다 먼저 태어난 나혜석은 행려병자로 죽었지만 파리며 독일이며 세계 곳곳을 자유롭게 다녔다.

후지타의 서재 한쪽 벽면에 붙어 있던, 다다미 넉 장 반 정도 크기의 커다란 세계지도가 떠오른다. 후지타는 자신의 고향 나가사키의 위치를 알려주며 붉은 동그라미를 그렸다. 그뒤로 나는 서재에 들어갈 때면 한반도와 나가사키 사이에 놓인 한 뼘 정도의 바다를 바라보곤 했다. 그리고 그 바다 너머의 끝도 없는 바다들을.

전화 인터뷰를 요청해온 라디오 작가는 백 년을 살아온 평범한 여성, 할머니의 목소리를 전하고 싶다고 했다. 그 많은 바다를 건넜을 나혜석의 삶은 분명 평범하지 않았다. 그렇다면 나는 지극히 평범한 여성이자 할머니가 맞을 것이다.

"슬하에 자녀는 어떻게 되시나요? 할머니, 이 질문 빼달라고 할까요?"

진은 질문을 크게 소리 내어 읽다가 내 눈치를 보며 물었다.

"아니야. 하나 있어. 아들이었어."

진이 놀랐는지 눈을 동그랗게 떴다.

"지금 어디 있어요?"

글쎄, 죽었을까. 어쨌든 하나였다. 죽지 않았대도, 죽었다 해도 하나가 있었다는 건 사실이다. 옛날에는 아이가 태어났다 죽는 일도 평범한 일에 속했으니까.

첫번째 남편은 후지타 도모히데. 아버지가 일하던 염전의 주인이었다. 아버지와 비슷한 나이로 보였다. 서연화의 나이로는 스무 살이었던 나는 막 초경을 한 열여섯 살이었다. 일본군들이 동네 소녀들을 잡아가고 있었다. 순덕이와 정순이도 하룻밤 사이 사라졌다. 아버지가 식도 올리지 않은 채 후지타 방에 나를 들여보냈다는 얘기를 들려주면 진은 뭐라고 할까.

진이 듣고 고개를 끄덕일 만한, 그리고 방송에서 원하는 평범한 여성의 삶은 무엇일까. 지금까지 들었던 라디오방송을 떠올려본다. 역시 첫번째 남편 얘기는 하지 않는 게 좋겠다. 질문지에는 생방송이라 진행자가 대화의 흐름에 따라 추가 질문을 할 수도 있다는 주의 사항이 적혀 있었다. 진은 돌발 상황을 대비해야 한다며 질문지에 없는 질문을 수시로 했다.

"왜 헤어졌어요?"

"바람을 피웠어. 남편이."

두번째 남편이 바람을 피운 건 거짓이 아닌데도 순간 거짓말을 한 기분이 들었다. 내가 웃으며 말해서인지 진이 백 살이 되면 원래 그렇게 담담해지는 거냐고 물었다.

"더이상 놀랄 일은 없지."

미역 줄기 이십 킬로그램을 다 찢으면 오후 네시가 된다. 일을 마치면 걸어서 이십 분쯤 되는 거리에 있는 카페로 원두커피 한 잔을 마시러 간다.

"할머니 멋있어요."

진은 내가 자기 할머니와 다르다며 멋있다고 했다. 후지타 덕분에 일찍이 원두커피 맛을 알게 됐다. 후지타는 점심을 먹은 뒤 직접 커피 한 잔을 내려주곤 했다. 처음에는 썼지만 그 맛에 익숙해졌다. 해방 이후에는 그 맛도 잊었다가 어느 날 익숙한 향기에 끌려 카페에 들어간 뒤로 매일 마시게 되었다.

카페로 가려면 바다를 가로지르는 보행로를 건너야 한다. 보행로는 본래 철교였다. 침목과 레일은 그대로 살리고 투명한 발판과 난간을 설치해 육교처럼 건널 수 있게 만들었다. 그 위를 오가며 소금을 항구로 실어나르던 기차는 운행을 멈추고 철교만 남은 것이다. 송도로 가서 개펄에서 캔 조개와 굴을 팔기 위해 그 기차를 자주 탔었다. 나를 비롯해 대부분의 승객에게서 비린내가 났다. 누구보다 강한 비린내를 풍기던 두번째 남편을 만난 것도 마주앉으면 무릎이 부딪히는 좁은 기차 안에서였다. 지금 건너편 철교에서는 날렵하게 생긴 현대식 전철이 지나가고 있다. 바다는 땅이 되어 아파트가 들어섰고, 염전은 생태공원이 되었다. 생태공원에서는 주로 가족 단위의 관광객들이 한가롭게 산책을 한다.

"아니야, 많이 변했어."

바다는 변함없이 똑같을 거라던 말순의 말을 떠올리며 혼잣말로 뒤늦은 반박을 하고 보행로를 건넌다. 카페에 들어가 메뉴판을 보니 확실히 아는 글자가 늘었다. 얼마 전 아이스 아메리카노는 '아아', 따뜻한 아메리카노는 '따아'라고 진이 가르쳐주었다. 고민 끝에 "따아 하나"라고 말하자 점원이 재밌어하며 웃는다. 반나절 꼬박 미역 줄기를 다듬고 찢어 번 돈 만오천원 중에 이천오백원으로 커피값을 계산한다. 커피를 받아들고 나와 벤치에 앉는다. 염전을, 아니 본래는 염전이었던 곳을 내려다볼 수 있는 곳이다.

물기를 잃은 마른땅 안에는 아직 소금기가 남아 있을까. 마른 흙에서도 비린내와 곰삭은 냄새가 날까. 뜨거운 커피를 후후 불어 마시며 "요카타, 요카타"라고 중얼거리다 버릇처럼 눈을 감는다. 공기 중의 짭짜름한 소금기와 비린내를 맡으며 눈꺼풀 안쪽에서 누군가의 뒷모습, 걸어가는 그림자 같은 흑점을 찾아낸다. 그 뒤를 따라가며 커피를 한 모금, 한 모금 아껴 마신다. 방안에 있을 때보다 자연광 아래서 눈을 감을 때 흑점은 더 선명하다. 흑점이, 그림자가 천천히 움직인다. 금방이라도 고개를 돌려 나를 쳐다볼 것만 같아 두려워진다.

"아무래도 광복절이 제일 기뻤겠죠?"

라디오 전화 인터뷰 약속이 잡힌 뒤로 진은 매일같이 찾아와 앞뒤 없이 불쑥 질문을 던졌다.

"기뻤지. 좋았어."

진은 내 대답이 만족스럽지 않은지 재차 물었지만 난 백 살이나 살면 생각이 잘 안 난다고 둘러댔다. 일본인과 살았고 아이까지 낳았다. 그리고 그 일본인은 소금을 약탈해 자신의 나라에 보냈다. 해방 후에도 소금 맛은 똑같았지만 모든 것이 달라졌다.

"얼마 안 돼서 전쟁이 일어나서 많이 안타까웠겠어요. 할머니 그때 몇 살이었죠?"

나는 연도를 계산해서 나이를 헤아렸다. 그러다 원래 내 나이와 언니의 나이가 헷갈리기도 했다. 어떤 날은 내가 잘못 말하면 진이 바로잡아줬다.

"할머니는 만으로 서른한 살이었잖아요. 할머니도 참."

그렇지, 라고 아무렇지 않다는 듯 고개를 끄덕였다. 나이가 많아지면 이렇다고 말하며 웃었다. 언니의 나이에 익숙해져 내 진짜 나이를 헤아리는 일을 잊은 지 오래였다. 그런데 진이 던지는 질문 때문에 자꾸만 내 나이를 생각하게 되었다. 해방이 되던 해, 난 언니의 나이로는 스물일곱, 내 나이로는 스물셋이었다. 아버지는 나를 방안에 숨겨두고 멀리 시집보낼 궁리를 하고 있었다.

"가장 슬펐을 때는 언제예요? 부모님이랑 헤어졌을 때 아니에요?"

그렇게 몇 해를 숨어살다 전쟁이 일어났다. 아버지는 해방 이후 황해도 연백군에 조성된 염전에서 일하느라 닷새마다 한 번씩 집으로 돌아왔다. 아버지는 그곳에서 만난 여자와 살림을 차렸고, 얼굴 한번 보지 못한 남동생이 태어난 뒤로는 집에 오지 않는 날이 점점 길어졌다. 전쟁이 일어나기 나흘 전, 오랜만에 집에 들른 아버지는 곧 나를 데리러 오겠다고 다짐하듯 말했다. 그리고 영영 돌아오지 못했다. 포성이 완전히 멈추고 땅과 바다가 반으로 나뉜 뒤에야 이제 정말 혼자라는 사실을 깨달았다. 두려움이 사라진 자리에 밀려들었던 그 해방감에 대해서 어떻게 설명해야 할지 몰라 난 그냥 진을 쳐다봤다.

미역을 다듬듯, 내 삶에서 불편한 부분을 걷어내고 보기 좋은 부분만 남도록 다듬어 들려주었다. 진은 내 얘기를 듣다 가끔 눈물을 흘렸다. 때때로 진의 눈물이 당황스러웠다. 대체 어디쯤에서, 무엇 때문에 운 건지 내가 했던 이야기를 되짚어볼 때도 있었다. 내 진짜 삶을 들으면 진은 어떤 반응을 보일까.

"남편이 후처한테서 애를 봤어."

"저런, 어떻게 하셨어요?"

"어떻게 하긴. 위자료 받고 내쫓았지."

"할머니, 멋있어요."

진이 오른손 엄지를 추켜올렸다. 엄지 하나를 들어 보이면 숫자 6을 뜻했다. 검지를 펴면 1, 주먹을 쥐면 10. 이 같은 수신호를 알려준 것은 두번째 남편이었다. 활어 위판장의 경매사였던 남편은 집으로 온갖 생선들을 가져왔다. 생선들은 눈을 홉뜬 채 죽어 있거나 아가미를 움직이며 가쁜 숨을 쉬고 있었다. 눈을 감을 수 없다는 건 얼마나 무서운 일인가. 나는 아직 숨이 끊어지지 않은 생선들의 눈을 상추나 미나리로 덮어주곤 했다. 남편은 같이 산 지 오 년이 지나도 아이가 생기지 않자 어딘가에서 아이를 데려왔다. 몇 해가 지나자 아이를 데리고 아이 엄마 집으로 가겠다고 했다. 이제 날 제법 따르게 된 아이와 헤어지는 일이 아쉬웠지만 홀가분하기도 했다. 진이 슬하의 자녀를 물었을 때 둘이라고 했어야 맞는 걸지도 모른다. 그 아이도 나를 엄마라 불렀으니까.

진에게는 이런 이야기들은 하지 않았다. 대신 그동안 라디오에서 들은 남의 인생들을 주워섬겼다. 진은 어디서 들어본 얘기 같다며 고개를 갸웃거렸다. 그럴 때면 난 아무렇지 않게 답했다.

"사람 사는 게 다 거기서 거기니까."

스웨터 주머니 안쪽에서 종이가 사각거리자 그제야 정신이 든다. 생방송 시간이 얼마 남지 않았다. 나이가 드니 아무리 기억하려 해도 무언가를 종종 잊는다.

잊으면 안 돼.

진이 하는 버릇처럼 검지로 이마를 톡톡 두드리고 보행로를 다시 건너 어시장 쪽으로 걸어간다. 그런데 이상하게도 또 카페가 나타난다. 수십 년을 오갔던 길인데 기억이 나질 않는다. 방향이 가물가물하다. 기우뚱 몸이 기운다. 재빨리 난간을 잡는다. 이상한 일이다. 나이가 드니 똑바로 걷고 있다고 생각해도 비틀거리는 일이 잦아진다. 마치 개펄 위를 걷는 것처럼 다리가 무겁다. 숨이 차고 무릎이 저려와 결국 주저앉는다. 맞은편에서 한 여자아이가 달려오고 있다. 보행로에 진입한 여자아이는 나를 지나쳐 달려가다 잠시 멈춰 뒤를 돌아보더니 다시 속도를 내어 뛰어간다. 두 갈래로 나눠 묶은 머리가 춤을 추듯 흔들거린다. 보행로 끝에는 부모가 손을 흔들며 기다리고 있다.

아주 오래전 어디선가 본 듯한 장면 같다. 철교의 침목 위를 아슬아슬하게 걸어가던 한 여자아이. 안전한 난간도 발판도 없었다. 만조여서 침목과 침목 사이로 바닷물이 닿을 듯 출렁거렸다. 아이는 아래를 보지 않았다. 어깨가 들썩였고, 볼에서 눈물이 반짝였다. 그 아이를 기억해내려고 애쓰자 몸이 와들와들 떨려온다. 두려움 때문이 아니다. 서러움과 분노의 감정이다. 철교 건너편에 그 아이를 기다리는 이는 아무도 없었는데 왜 굳이 그 위험한 철교를 건넜을까.

휴대전화가 울리고 있는 줄도 몰랐다. 전화를 받자 진이 소리친다.

"할머니, 어디예요? 어디 계세요?"

생방송 인터뷰 전에 진이 집으로 오기로 약속했던 걸 떠올렸다.

"십 분보다 더 걸려요?"

"그냥 여기서 할까?"

"안 돼요, 할머니. 조용한 데서 받아야 해요. 일단 어디든 조용한 데로 들어가세요."

난간을 잡고 몸을 일으켜 주위를 둘러보다 '소래역사관'이라고 쓰인 건물 안으로 들어간다. 폐관 시간이 다가오는 역사관에는 구경하는 사람이 많지 않다. 적당한 곳을 찾으려고 둘러보다 마주친 풍경에 머리끝이 쭈뼛 선다. 정말 치매에라도 걸린 걸까. 전쟁이 나기 직전 옛날 어시장과 포구, 염전의 모습이 있다. 소금 창고에서는 아버지가 동료와 얘기를 나누고, 후지타가 특유의 느린 걸음으로 나타날 것 같다. 피란 간 줄 알았던 사람들이 돌아와 좌판을 펼쳐놓고 젓갈과 새우, 건어물을 팔고 있다.

다들 여기 있었구나.

옛사람들 사이에 서서 잠시 눈을 감고 숨을 골랐다. 전쟁이 끝난 후 동인천 중앙시장에서 양키 물건을 팔며 지내다가 이 포구로 돌아왔을 때, 고향 사람들은 떠나고 피란민들이 모여들어 자리잡고 있었다. 나를 아는 사람도, 아버지의 소식을 아는 이도 없었다.

서둘러 시장을 빠져나오자 옛 기차역 대합실을 재현해놓은 공간이 나타난다. 기차 시간표와 매표소, 그리고 땔감을 넣어 불을 때던 난로. 그 앞에 놓인 긴 의자에 한 할머니 인형이 보따리를 옆에 두고 앉아 있다. 저고리와 치마를 입고 하얗게 센 머리를 틀어 올려 쪽을 찐 할머니 인형은 기차를 기다린 지 한참 되었는지 지쳐 보인다. 할머니 인형 옆에 앉는다. 휴대전화의 진동음이 울린다.

"할머니, 대체 어디 계셨어요?"

이번에는 라디오 작가가 다급한 말투로 묻는다. 진에게는 미처 하지 못했던 하소연을 하고 싶다.

"잠깐 나갔다 온다는 게, 자꾸 걸어도 도무지 집이 나오질 않고……"

그러나 작가는 상냥하지만 단호하게 말꼬리를 자르며 나를 달랜다.

"할머니, 오 분 뒤 생방송이에요. 지금 연결할 거니까 끊으시면 안 돼요."

작가는 몇 번이고 다짐을 받더니 전화를 연결한다. 흘러간 옛 노래가 들려온다.

"잘 들리세요? 노래 끝나면 할머니 차례예요. 부르면 대답하셔야 해요."

못 미더운지 작가는 몇 번이나 확인한다. 전화기를 꼭 쥔 손에 땀이 난다. 진행자가 소개 멘트를 끝낸 후 인사를 건넨다.

"서연화 할머니, 안녕하세요?"

나는 나도 모르게 또 고개를 숙여 인사를 한다. 곁에 앉아 있는 할머니 인형에게 인사한 모양새가 되었다. 진행자가 능숙하게 인터뷰를 이끌어가서 생각보다 편하게 얘기할 수 있다. 진과 연습한 대로 라디오에서 들어온 남의 인생들을 늘어놓자 진행자가 만족해한다.

"그런데 할머니 별명이 '요카타 할머니'라고요. 요카타는 일본어로 다행이다, 라는 뜻이죠? 뭐가 그렇게 다행이셨어요?"

요카타, 라고 말하면 마음이 놓였다. 요카타는 다행이다라는 말보다 더 다행 같았고 다행스러운 일이 아니어도 요카타라고 말하면 안심이 되었다. 어쩌면 내 의지와 상관없이 흘러가는 하루

하루를 요카타, 라는 말로 체념하고 요카타, 라는 말로 달래왔는지도 모른다. 그래야 오늘을, 다시 내일을 살아갈 수 있었으니까. 잠시 생각에 잠겼다가 나도 모르게 화들짝 놀랐다. 뜸을 들이지 말고 얼른 대답해야 한다.

"지금도 다행이죠. 전화가 무사히 연결됐잖아요."

진행자가 기분좋은 웃음을 터뜨린다.

"그렇군요. 역시 한 세기를 살아내셔서 그런지 삶의 지혜와 여유가 느껴지네요."

"백 년을 살았으니 말을 더 잘하겠죠."

진행자는 내 대답이 마음에 들었는지 웃음기가 담긴 어조로 묻는다.

"아쉽게도 마지막 질문입니다. 그 오랜 세월 사셨는데, 지금은 볼 수 없지만 제일 보고 싶은 사람이 계신가요?"

보고 싶은 사람? 나는 당황한다. 아버지, 후지타, 두번째 남편, 일본으로 간 아이를 차례로 떠올린다. 나는 아무 대답도 하지 못한다. 진행자의 목소리에서 처음으로 긴장감이 느껴진다.

"할머니, 보고 싶은 사람이 너무 많으신 거죠?"

옆에 있는 할머니 인형이 물끄러미 나를 쳐다보는 것 같아 나도 모르게 그 손을 잡는다. 차갑다. 하지만 놓지 않고 더 힘주어 잡는다.

"있어요. 동생이요. 네 살 터울인 여동생이 있었어요."

"동생분이 계셨군요. 서연화 할머니만큼 성함이 예쁜가요? 이름 한번 불러보세요."

"이름은 없어요. 태어나자마자 죽었거든요."

물 흐르듯 대화를 이어가던 진행자가 잠시 침묵한다. 침묵마저 대화의 흐름상 자연스러운 수순 같다. 곧이어 진행자가 말한다.

"죄송합니다."

내가 아무 말도 하지 않자 진행자는 더이상 묻지 않고 화제를 전환한다.

서연화. 언니의 사망신고도, 내 출생신고도 하지 않은 이유를 그저 아버지가 언니를 그리워해서라고 생각한 적도 있다. 점심 도시락을 싸서 염전에서 일하는 아버지를 찾아갔었다. 소금 창고에서 아버지는 동료와 이야기를 나누고 있었다.

"딸아이가 이제 열여섯이야."

"후지타는 스무 살로 알던데?"

"그거는 죽은 애 나이고. 호적이 지 언니 거야."

"왜 안 바꿨는데?"

"귀찮아서 그랬지. 사는 게 바빠서."

과거의 기억은 짙은 해무가 낀 것처럼 부옇다. 머릿속에서는 인화가 제대로 되지 않은 사진처럼 윤곽만이 희미하게 떠오르지만 촉감으로, 냄새로, 통증 같은 것으로 몸이 선명하게 기억하는 순간이 있다. 아버지에게 어떻게 도시락을 건네줬는지는 기억나지 않지만 부른 배를 안고 집으로 돌아가던 길, 발갛게 달아올라 있던 볼의 열기만은 또렷이 기억난다. 낮이었고 주위가 너무 환해 빨리 땅거미가 져 어두워졌으면 했던 마음도. 갑자기 뺨이 불타듯 뜨거워져 손을 대본다. 다듬지 않은 미역처럼 거칠고 해삼처럼 흐물흐물하다.

"시간이 얼마 남지 않아 인터뷰는 여기까지 하겠습니다. 감사합니다. 오래오래 사십시오."

그 말에도 난 대답하지 않는다. 진행자는 자연스럽게 말을 이어간다.

"평범한 삶이지만 이런 분들이 있기 때문에 우리가 이렇게……"

진행자의 목소리가 끊기고 작가의 목소리가 불쑥 튀어나온다.

"할머니, 고생 많으셨어요. 인터뷰 잘 끝났어요. 출연료는 세금 떼고 사만칠천원입니다. 계좌번호랑 주민등록번호 나중에 문자로 보내주세요."

통화가 끝난 후에도 휴대전화를 귀에서 떼지 못한다. 마치 할 말이라도 남아 있는 사람처럼, 할머니 인형의 손을 여전히 꼭 잡은 채로.

"오 분 후에 우리 역사관은 문을 닫습니다. 방문객 여러분은 관람을 마무리하시고 퇴장해주십시오."

안내 방송 소리에 꿈에서 깨어나듯 벌떡 일어난다. 그때 아이의 새된 목소리가 들린다.

"엄마, 할머니가 움직였어."

여덟 살 정도로 보이는 아이가 울먹인다. 엉거주춤 서 있던 내가 웃어 보이자 더 놀랐는지 본격적으로 울 기세다. 아이 엄마가 원망 섞인 눈으로 아이를 데리고 간다. 할머니 인형의 차가운 손을 한번 더 꼭 쥐었다 놓고 허겁지겁 역사관에서 걸어나오는데,

기차 모형이 눈에 들어온다. 들어갈 때는 미처 보지 못했다. 안내문에 적힌 글자를 띄엄띄엄 읽는다. 기차는 1927년에 제작됐고 1937년부터 철교 위를 달렸고 1995년에 운행을 멈췄다.

1927년이면 언니의 나이로는 만 여덟 살, 나는 네 살이던 때였다. 일본은 철도를 건설하는 동시에 바다를 막아 염전을 만들었고, 어부였던 아버지는 염전 인부가 되었다. 1937년에는 언니의 나이로 열여덟, 나는 열넷. 동네 친구들과 달리는 기차를 향해 손을 흔들기도 했다. 그렇게 연도와 나이를 헤아려보다 문득 깨닫는다. 기억 속에서 침목 위를 위태롭게 걸어가던 여자아이. 서러움과 분노로 몸이 기억하고 있는 그 여자아이가 누구였는지를. 아버지가 나를 후지타의 방으로 들여보내기로 한 날이었다. 염전에서 생산된 소금을 싣고 인천항으로 달려가는 기차를 하염없이 바라봤다. 기차를 타고 멀리 떠나고 싶었다. 바다를 건너고 싶었다. 하지만 어디에도 가지 못했다.

진에게서 전화가 오고 있지만 받지 않는다. 아마도 염전이었을 자리를 눈으로 더듬으며 걸어간다. 그 위에 기억하는 풍경을 덧입혀본다. 기차가 지나간 선로 위에서 아이들이 놀고 있었고, 너른 염전은 해질 무렵 붉게 물든 하늘을 거울처럼 그대로 담아냈다. 후지타는 염전을 바라보며 에도시대 시인의 하이쿠를 읽는 일을 즐겨 했다.

입하를 며칠 앞두고 있을 무렵, 후지타는 하이쿠 하나를 읽어 준 뒤 나가사키에 있는 본처가 아이를 보고 싶어한다며 초여름

소금 수확이 끝나는 대로 고향에 다녀오겠다고 했다. 돌아오면 나가사키에 같이 가자고 했다. 그리고 덧붙였다. 본처의 병세가 위중하다고. 나는 그때도 요카타, 라고 작게 중얼거렸다. 후지타가 아이를 데리고 간 뒤 얼마 되지 않아 히로시마와 나가사키에 원자폭탄이 투하되었다.

어느덧 햇빛이 이울고 있다. 후지타가 서 있었던 자리에는 망원경이 설치되어 있다. 오백원을 넣으면 작동된다. 아이 하나가 망원경을 들여다보고 있다.

"세상이 달라 보일 거예요."

진은 글자를 가르쳐주며 그렇게 말했었다. 다르게 본다는 것은 망원경처럼 멀리 있는 것을 확대해서 보는 것과 비슷한 의미일까. 그동안 보이지 않던 것까지 보게 된다는 뜻일까. 그렇다면 그대로 있고 싶다. 다르게 보고 싶지 않다.

"해방이 되던 날, 할머니는 어디 있었어요?"

진이 몇 번이나 했던 질문이지만 다행히 인터뷰에서는 물어오지 않았다. 나이가 들어 더이상 놀랄 일은 없다고 했지만 사실은 진이 말간 얼굴로 물어올 때마다, 습자지 한 장에 불과한 일력을 뜯어낼 때처럼 가슴이 철렁했다.

그날, 난 후지타의 서재를 뒤지고 있었다. 후지타는 장마가 끝나면 눅눅해진 책을 모두 마당에 꺼내놓고 바람과 햇볕에 말렸다. 그는 한 장 한 장 잘 말린 책들을 서가에 순서대로 다시 꽂아두었다. 난 가지런히 꽂혀 있는 책들 사이를 개펄을 파헤치듯 마구마구 헤집었다. 후지타가 읽어준 하이쿠를 내내 중얼거리며.

이상하다
이렇게 살아 있는 것

석 줄짜리 시였다. 가운데 부분이 기억나질 않았다. 유독 손때가 묻어 반질반질 닳아 있는 책 한 권을 찾아내 펼쳤다. 후지타가 자주 읽던 시집이었다. 종이 위 검은 점과 선의 행렬로만 보이는 그것들의 의미를 끝내 알지 못했다. 몰래 성경을 숨겨놨던 후지타는 전쟁이 길어질 무렵, 걱정스러운 얼굴로 자주 기도했다. 후지타가 재산을 처분하고 있다는 소문이 이미 동네에 퍼져 있었다. 그의 기도가 어떤 내용인지 모르면서 그를 따라 눈을 감았다.

그날은 조금이었고, 마침 낙지를 잡기에 좋은 물때였다. 서재를 엉망으로 만들어놓고 양동이를 들고 개펄로 나갔다. 개펄을 마구 헤집으며 바지락을 캤고, 낙지와 게와 같이 살아 있는 것들로 양동이를 가득 채웠다. 그러다 모두 쏟아버리고, 꿈틀거리는 낙지와 도망가는 게들을 지켜봤다.

이상했다. 살아서 자꾸만 움직이는 것이.

양동이를 던지고 개펄에 털썩 주저앉아 기도하듯 눈을 감았다. 노을빛을 닮은 눈꺼풀 안을 들여다보면서 흑점의 뒤를 쫓았다. 그러다 눈을 떠보니 어느새 물이 들어오고 있었다. 서둘러 개펄에서 걸어나오다 뒤를 돌아보니 푹푹 빠지며 걸어왔던 발자국도, 흉하게 파헤쳐진 자리와 들쑤셔진 자국도 사라져 있었다. 밀물이 밀려와 모든 것을 원래대로 되돌려놓았다. 죽은 것들도, 살아 있는 것들도 바다는 휩쓸어갔다. 서재에 있던 책들은 남김없이 내다팔았고, 그후로는 뒤를 돌아보지 않고 살았다. 바다가 데려간 것은 잊었고 내어준 것을 팔아 살았다. 가끔 이름이 불릴 때마다 구멍에 숨어 있다 잡혀 나온 게들처럼 당황했다. 하지만 또 다시 구멍 속으로 돌아갈 수 있었다. 아무도 나를 궁금해하지 않았으니까.

다행이었지. 요카타, 요카타.

만조다. 물이 들어오고 있다. 보행로 위에서 관광객 하나가 새우깡 봉지를 뜯어 마구 뿌리자 갈매기떼가 몰려온다. 새우깡은 바닷물로 낙하하기 전에 갈매기 입안으로 들어갈 것이다. 가벼운 습자지 한 장 같은 오늘을 서둘러 뜯어내고 아침을 기다리고 싶다. 내일이면 오이소박이는 좀더 익어 맛있을 것이다. 해가 지기 전에, 푸르스름한 어둠이 찾아오기 전에, 다시 눈을 감고 그림자를 쫓기 전에 집으로 돌아가야 하는데. 나는 지금 어디로 가야 하는지 모른다.

* 소설에 나오는 하이쿠는 고바야시 잇사의 작품이다.
* 인천 소래포구와 관련된 내용은 소래역사관 자료를 참고했다.

| 작가노트 |

소설을 써서, 다행이야

초고를 쓴 건 2019년 봄이었다. 소설에서처럼 요카타 할머니가 주민등록상 백 살이 되던 해. 소설을 발표한 건 2022년, 본래 1923년생인 요카타 할머니가 한국 나이로 백 살이 되던 해. 올해 만 나이가 적용된다고 하니 그럼 다시 백 살이 되시는 건가.

*

완성된 소설이 대부분 그렇듯 (적어도 내 경우에는) 본래 이런 이야기가 아니었다. 여든 살쯤 된 할머니가 어이없는 이유로 백십오 세로 호적이 잘못되어 있어 기네스북 최고령에 오르게 된다. 많은 방송국, 신문사에서 취재를 오고, 뉴스와 건강 프로그램에 출연도 하고 CF도 찍고. 나이 많음을 자랑하며 이를 즐기는 할머니의 우당탕탕 유쾌한 소동극.

그런데 백 년이라는 시간을 생각하니 전쟁과 일제강점기라는 역사에서 자유로울 수가 없었다. 연도에 할머니 나이를 대입하며 계산하다가 생각했다. 아, 어렵다.

후회 속에서 조금씩 다른 이야기가 되어갔다. 그래도 변하지 않은 설정은 혼자 사는 할머니라는 것. 그래서 라디오가 친구인 할머니. 하루하루 당신 손으로 벌어서 꾸려가는 할머니. 살아내려고 애쓰며 '요카타'라는 말을 주문처럼 중얼중얼하는 할머니. 그러다 할머니가 되어 있는 나를 상상했다. 이대로면 나도 혼자 살게 될 것 같은데. 왜 나이가 들수록 삶은 더 어려워지기만 할까. 아마 백 살이 가까워져도 비슷하지 않을까. 그렇게 소설은 삼인칭에서 일인칭이 되었다.

*

인천 소래포구에 다녀온 건 초고를 쓴 뒤였다. 그즈음 목포 여행을 갔다 와 배경을 바꿀까도 생각했지만 아예 모르는 곳보다는 태어나서 삼십 년 가까이 살았던 인천이 낫지 싶었다. 실은 인천에 살 때도 소래에 몇 번 가보진 못했다. 가족들과 회를 먹거나 해수탕에 갈 때도 연안부두에 더 자주 갔으니까. 어렴풋한 기억에 의존해서 소래포구의 모습과 철길을 건너는 장면을 썼고 자료를 찾아보다가 어시장 주변에 있는 역사관을 발견했다. 소래역사관이라는 곳이었는데, 언젠가 한번 가봐야지 하면서도 미루었다.

초고를 묵혀두고 있었는데 대학생 때부터 이어온 학보사 모임 때문에 송도에 가게 됐다. 단톡방 안에서는 매일 이야기를 나누지만 멀리 베트남에 살고 있는 Y가 귀국할 때나 종종 모일 수 있었다. 인천이 고향인 친구들이 대부분이어서 만나는 김에 송도에 가보자 했다. 낮에는 센트럴파크에서 배를 타고 놀며 예전과 달라진 모습에 감탄했다. 저녁에는 회를 먹자는 얘기가 나왔고 나는 마침 소래포구를 배경으로 소설을 쓰고 있으니 한번 가보자고 했다. 철길을 개조해 만든 보행교를 건너 어시장도 가고 사진도 찍었다. 역사관 안에는 들어가지 못했지만 소설에 썼던 포구의 모습과 비슷해 기분이 좋았다.

일주일 뒤 혼자서 한번 더 갔다. 역사관에 들어가 바다와 염전과 철길의 역사를 읽다가 나는 이곳에 대해 정말 몰랐다는 것을 깨달았다. 관광객처럼, 이방인처럼 포구로 들어오는 배와 꽃게 동상에 앉아 있는 갈매기를 한참 바라봤다. 할머니 걸음으로는 생태습지공원까지 걸어가기 무리이겠지, 생각하면서. 그 공원 근처에 외할머니가 살고 계신다.

*

외할머니는 올해 아흔두 살, 주민등록상으로 백 살이 되셨다. 전쟁 때 언니와 호적이 바뀌었다고 들었다. 이름까지도. 몇 년 전, 할머니가 병원에 입원했을 때 알았다. 침대 앞에 쓰인 숫자가 생소해 엄마에게 물었다. 할머니가 저렇게 나이가 많다고? 설명을 들어도 이해가 되지 않았다. 그런 일이 흔했다고 해도, 괜찮은 건가. 한두 살도 아닌데 학교를 다니거나 취직도 하지 않아 나이가 문제되는 일은 없었던 걸까.

*

그즈음 전국 방방곡곡의 소식을 전하는 라디오 프로그램의 구성 작가 일을 했다. 지역에서 화제가 되는 분들을 인터뷰하는 코너가 있었다. 사투리 경연대회 1등, 청년 농부 유튜버, 버려진 땅에 나무를 심어 오십 년 동안 가꾼 할아버지, 여든여덟 살에 초등학교에 입학한 할머니 등등. 평범하면서도 평범하지 않은 이분들은 인터뷰에 익숙한 출연자들과 달라 신경이 쓰였다. 너무 길게 말하거나 아주 짧게 말할 수도 있었고, 긴장해서 전화를 끊어버리기도 하고 사전에 대답했던 내용과는 전혀 다른 얘기를 생방송중에 해버릴 때도 있었다. 소설을 계속 쓸 수 있을까, 라는 불안을 간직한 채 매일매일 관성적으로 인터뷰 질문지를 쓰던 나는 어느 순간 난생처음 질문을 받은 사람들에 대해 생각했다. 질문지를 받고 어떤 생각을 했을까. 어떻게 십 분도 안 되는 시간 안에 자신의 삶을 요약했을까. 준비한 말을 모두 쏟아내고 인터뷰를 마쳤을까. 이제야 이야기를 시작하려고 하는데 끝나버린 건 아닐까. 진짜 말씀 잘하시네요, 감사합니다. 약소하지만 소정의 출연료가 있어요. 주민등록번호와 계좌번호를 불러주시겠어요? 나는 인터뷰가 끝나면 매번 서둘러 감사 인사를 하고 번호를 받아 적고 다음 출연자를 연결했다. 전화를 끊으면서 그들은 어떤 마음이었을까.

*

이 모든 것들이 뒤섞여 소설이 되었다.

*

첫 소설을 발표한 뒤 시간은 자꾸만 흘러갔다. 어떤 소설을 써야 할지 몰라 우왕좌왕 갈피를 잡지 못할 때였다. 스터디 모임 '자수정'(자, 이제 수정하자) 문우들에게 합평을 받을 때마다 흔들렸고 결국 초고가 더 나았다는 말도 들었다. 그래도 다행인 건 마감이 없어서 수정할 시간이 많다는 것이었다. 마지막 문장을 몇 번씩 고쳐썼고 결국 "나는 지금 어디로 가야 하는지 모른다"로 끝났다. 비겁한 문장으로 끝맺은 건 아닐까? 하지만 정말 모른다고 생각했다.

내가 소래포구를 잘 모른다고 했을 때 학보사 후배 S가 의아한 얼굴로 물었다.

잘 모르는데 소설로 쓴다고요?

나는 뜻밖의 질문에 답을 하지 못했다. 지금은 할 수 있을 것 같다.

잘 모르니까 쓰지.

나는 혼자 떠나는 여행을 좋아한다. 익숙한 장소에서도 방향을 헷갈릴 때가 많은데 혼자 여행을 간다는 건 당연히 길을 잃겠다는 전제에서 시작된다. 이야기를 시작할 때도 마찬가지다. 앞으로 또 어떤 소설을 쓰게 될지는 모르겠다. 우왕좌왕하다가 목적지가 아니었던 곳에 도착할 테니. 다만 알고 있는 것은 다음에도 기꺼이 길을 잃고 싶다는 거다. 쓰지 말걸 후회도 하다가 결국에는 소설을 써서 다행이야, 라고 중얼거리면서.

| 해설 |

발화의 시차로 다시 쓰는 해방의 역사

박서양

일찍이 바다 너머 프랑스로 유학을 갔고 남편과의 이혼을 선언했던, 가부장제라는 당대의 질서와 당당하게 맞선 여성 나혜석이 있었다. 바다 너머를 향해 가고 싶었지만 그러지 못한, 그 대신 바다와 접한 도시 인천을 평생 동안 삶의 터전으로 삼으며 살아온 여성 서연화가 있다. 역사 속 나혜석이 시대와 불화하며 주체적인 삶을 살고자 했던 여성으로 기억된다면, 서연화는 국가와 공적인 주체들에 의해 쓰인 공식 역사에서 누락되고 지워진 존재에 가깝다. 역사라는 기억의 장에서 주변화된 이들의 구체적이고 실제적인 삶은 어떻게 복원될 수 있을까. 거대 담론 중심의 공적 역사에 포함되지 못한, 그러나 치열하게 당대를 살아냈던 이들의 인생을 중심으로 역사를 다시 쓰는 일은 어떻게 가능한가. 그렇게 역사를 다시 쓰는 과정에서, 당사자들은 과연 발화의 주체가 되어 온전히 재현될 수 있는가. 정선임의 「요카타」는 역사적 재현의 가능성과 한계에 대한 이러한 질문으로부터 출발하는 소설이다.

소래포구 어시장의 골목 어귀에 거주하는 서연화 할머니는 만 백 세가 되면서 동네의 유명 인사로 등극한다. 지역 신문사는 장수의 비결을 취재하기 위해 연화의 집에 찾아오고, 시장은 그녀를 초대해 성대한 생일잔치까지 열어준다. 연화의 담당 사회복지사 진은 지역신문에 실린 그녀의 기사를 스크랩해 벽에 붙여두지만, 정작 연화는 기사 속 자신을 보며 왠지 모를 어색함을 느낀다. "싱싱한 해산물을 매일 먹어요, 100세 장수의 비결"(204쪽)이라는 헤드라인과 "엄지손가락을 추켜올리며 웃고 있"(208쪽)는 기사 사진은 그녀를 건강성을 상징하는 장수 노인으로 신비화시키거나, 전통적으로 고령자를 공경해온 문화적 관습을 답습한다. 비록 미디어는 이미 존재하는 익숙한 방식으로 그녀의 삶을 조명하고 있지만, 이를 통해 연화의 존재는 세상 밖으로 드러날 수 있게 된다.

연화의 기사를 본 한 라디오 프로그램 작가는 3·1운동 백 주년과 여성의 날을 맞아 인터뷰 대상자로 그녀를 섭외한다. 1919년 3월 1일이라는 역사적인 날에 태어나 한 세기를 살아온 '평범한 여성'인 서연화는 완벽한 인터뷰이처럼 보인다. 진과 함께 답변을 준비하는 동안 그녀는 "불편한 부분"(218쪽)을 걷어내며 사회적으로 용인되고 공유될 만한 여성의 경험으로 자신의 인생을 꾸며낸다. 이러한 연화의 모습은 해방과 전쟁 이후 민족주의와 가부장제가 결합한 국민국가 이데올로기 속에서, 그녀가 자신의 이야기를 쉽게 꺼낼 수 없는 주변부적 위치에 놓여 있었다는 사실을 드러낸다.

여성의 역사적 기억과 경험을 재현하는 일이 다분히 정치적인 문제라는 사실을 떠올릴 때, 스스로의 삶을 보편적이고 익숙한 서사로 재구성하는 연화의 행위는 언뜻 당대의 규범적 가치에 부합하지 않는 경험을 말하지 않기로 선택함으로써 자신의 발화가 지닌 저항적 가능성을 무화하는 것처럼 비치기도 한다. 하지만 이를 섣불리 탈정치적인 표상으로 규정하기보다, 침묵을 둘러싼 조건과 맥락에 대해 보다 세밀하게 규명하면서 말해지지 않은 이면에 존재하는 가능성들을 바라볼 필요가 있지 않을까.

그런 점에서 이 서사의 보편성이 연화가 오랜 침묵을 깨고 입을 열 수 있도록 하는 조건이 되기도 한다는 점에 주목해보자. 자신의 인생을 처음부터 있는 그대로 말하는 일은 누구에게도 결코 쉽지 않다. 하물며 일평생 자신의 언어를 가져본 적 없는 여성이, 난생처음 제안받은 인터뷰에서 자기 삶을 가감 없이 들려주는 일은 무엇보다 어려운 일이 아니었을까. 어쩌면 연화는 스스로의 삶을 각색해 입을 떼기 시작한 이후에야 비로소 자신의 고유한 목소리를 타인에게 들려줄 준비를 마쳤는지 모른다. 일견 그녀의 역사를 충분히 반영하지 않는 것처럼 보이는 인터뷰가 사실은 오랜 시간 침묵을 강요받은 한 여성이 스스로에 대해 조금씩 말할 수 있도록 도와주는 일종의 중간 단계로서 기능하는 셈이다. 다음 인용문은 그러한 과정을 거쳐 연화가 도달한 어떤 진실이 발화되는 장면이다.

옆에 있는 할머니 인형이 물끄러미 나를 쳐다보는 것 같아 나도 모르게 그 손을 잡는다. 차갑다. 하지만 놓지 않고 더 힘주어 잡는다.

"있어요. 동생이요. 네 살 터울인 여동생이 있었어요."

"동생분이 계셨군요. 서연화 할머니만큼 성함이 예쁜가요? 이름 한번 불러보세요."

"이름은 없어요. 태어나자마자 죽었거든요."(223~224쪽)

죽은 언니의 호적을 그대로 물려받아 살아온 연화의 실제 나이는 백 세가 아니라 구십육 세다. 연화가 눈을 감을 때마다 보이는 흑점은 바로 언니의 삶을 대신 살았다는 부채감과 온전한 자신으로 존재할 수 없다는 근본적인 상실감을 증거하는 것인지 모른다. 언젠가 아버지의 도시락을 전해주러 가던 열여섯의 연화는 자신이 언니의 호적을 물려받게 된 이유가 단지 귀찮았기 때문이라는 아버지의 말을 듣게 된 뒤 "갑자기 뺨이 불타듯 뜨거워"(224쪽)진 느낌을 받았던 순간을 선명한 감각으로 기억한다. 차라리 아버지가 먼저 죽은 언니를 잊지 못했기 때문에 동생에게 호적을 물려주었다면 연화는 덜 고통스러웠을까. 평생 자신의 고유한 이름을 갖지 못한 연화와, 자신의 이름으로 온전히 기억되지 못한 연화의 언니는 역사 속 주변부적인 존재다. "이름은 없어요. 태어나자마자 죽었거든요"라는 연화의 말은 역사의 주체가 되지 못한 여성이 자신의 존재를 증언하는 것인 동시에 언니의 죽음을 뒤늦게 애도하는 발화이다.

하지만 그가 속한 세계에서 연화는 말하고 있지만 들리지 않는 존재가 아닌가 하는 의문이 남는다. 연화는 이 말을 통해 자신의 언어를 찾는 것에 성공하지만, 그것을 듣는 사람들은 그것이 연화 자신을 향한 이야기인지 알 수 없기 때문이다. 이는 여성 주체의 발화의 어려움을 드러내면서 동시에 연화를 보편성의 장막에 몸을 숨긴 채 자신만의 고유한 비밀을 만드는 존재로 그리고 있기도 하다. 여기서 주목할 지점은 연화가 이 사실에 안도감을 느낀다는 사실이다. 소설은 연화가 자신의 삶에 대해 (아직) 말하지 않고자 하는 욕망과 그로 인해 발생하는 발화와의 시차時差를 여성적 관점에서 역사를 다시 쓰는 일의 새로운 자원으로 삼는다. 이렇듯 연화가 자신의 개별적인 역사를 말하는 대신 보편성의 장막 뒤에 스스로의 이야기를 숨기며 은둔을 선택하는 행위는 그녀가 아버지에 의해 오랫동안 유폐된 존재였다는 사실을 떠올릴 때 한층 의미심장하게 다가온다.

> 가끔 이름이 불릴 때마다 구멍에 숨어 있다 잡혀 나온 게들처럼 당황했다. 하지만 또다시 구멍 속으로 돌아갈 수 있었다. 아무도 나를 궁금해하지 않았으니까.
>
> 다행이었지. 요카타, 요카타.(229쪽)

자신의 경험을 드러내고자 하는 연화의 욕구는 서사의 보편성과 개별성 사이에서 긴장을 유발하는데, 이는 아득하게 넓은 개펄이라는 공간과 그 속에 사는 작은 게라는 구체적인 생명체의 이미지로 형상화된다. 그리고 소설은 이와 같은 생태학적 시선을 발판삼아 자연과 인간의 공동체적 관계망 속에서의 여성 인물의 위치를 성찰하는 지점으로 나아간다. 연화는 오랫동안 바다에 접한 도시에 살면서 시장에 생선을 내다파는 일로 생계를 유지했지만, 한편으로 좌판 위에서 죽어가는 생선의 눈을 덮어줄 만큼 측은지심을 지닌 인물이다. 이러한 그녀의 모습은 식민지 해방이라는 역사적 순간을 인간과 자연의 관계라는 더 큰 맥락 속에서 다시 발견하게 한다.

> 그날은 조금이었고, 마침 낙지를 잡기에 좋은 물때였다. 서재를 엉망으로 만들어놓고 양동이를 들고 개펄로 나갔다. 개펄을 마구 헤집으며 바지락을 캤고, 낙지와 게와 같이 살아 있는 것들로 양동이를 가득 채웠다. 그러다 모두 쏟아버리고, 꿈틀거리는 낙지와 도망가는 게들을 지켜봤다.
>
> 이상했다. 살아서 자꾸만 움직이는 것이.(228쪽)

후지타가 본처를 만나러 떠난 나가사키에는 원자폭탄이 터졌고, 전쟁통에 헤어진 아버지는 더이상 연화를 찾아올 수 없다. 어머니와 아내, 딸의 역할을 충실히 수행하면서 감내해온 억압으로부터 자유로워지자 그녀가 찾아간 곳은 바로 개펄이었다. 연화는 그곳에 사는 작은 생명체들을 잡고 또 풀어주며 그들과 함께 해방의 감각을 공유한다. 이때 먹고 먹히는 관계로서 인간과 자연 사이에 존재하는 착취의 사슬은 잠시 해체되고, 해양 생물은 해방의 순간에 참여하는 존재로 그 범주가 확장된다. 이렇듯 소설은 여성 인물을 생태학적인 관계망에 위치시키며, 그가 인간으로서 가해온 억압으로부터 비인간 존재를 해방시키는 행위자로서의 모습을 부각시킨다. 이를 통해 작품은 민족과 젠더, 계급 등의 상이한 조건뿐 아니라 인간과 동물 사이의 위계까지 사유하는 고유하고 독특한 해방의 서사를 형성한다. 「요카타」는 식민지 해방이라는 거시적인 역사로 온전히 환원되지 않는, 그러나 그 커다란 역사적 흐름이 있었기에 비로소 찾아온 한 여성의 해방에 관한 미시사를 아름답게 써낸다.

박서양

2020년 문학동네신인상을 수상하며 평론을 발표하기 시작했다.

함윤이

자개장의 용도

작가노트

결국 이름을 적기는 했는데요

해설 임정균

금기의 역사와 탈주의 규칙

함윤이
2022년 단편소설 「되돌아오는 곰」이 서울신문 신춘문예에 당선되며 작품활동을 시작했다.

자개장의 용도

처음 자개장으로 들어간 날, 나는 엄마의 절반만했다. 우리는 자개장 앞에 서 있었다. 엄마가 오른쪽 문에 그려진 보름달을 가리켰다. 자개로 만든 달에 우리 얼굴이 비쳤다.

엄마가 속삭였다. 이건 공놀이 같은 거야.

먼저 가고 싶은 곳의 이름을 생각해. 머릿속으로 그려도 보고. 그다음에 달 위로 던져. 소리 내서 말해도 좋고, 손끝으로 써도 좋아. 속으로 그리기만 해도 괜찮아. 이제 기다려, 달 위의 얼굴이 투명해질 때까지. 네가 어디로 갈지 정확히 알고 있다면 자개장이 받아쳐줄 거야.

내 어깨에 얹힌 손에 힘이 들어갔다. 자, 한번 해보자.

눈을 가늘게 뜨자 달에 비친 얼굴들이 물에 잠긴 양 흔들렸다. 나는 머릿속으로 갈 곳의 이름을 거듭 되뇐 후 엄마의 손을 잡았다. 엄마는 고개를 끄덕이고 자개장을 열었다. 우리는 자개장 안으로 발을 내디뎠다. 첫번째 걸음에는 바닥에 깔아둔 얇은 천이 밟혔고, 두번째 걸음에는 타일 바닥이 발끝에 닿았다. 고개를 들자 희고 밝은 복도가 펼쳐졌다. 바로 맞은편에 회색 현관문이 보였다. 이모의 집이었다.

엄마가 어깨에 멘 가방에서 운동화와 슬리퍼를 꺼냈다. 나는 운동화를 신으며 뒤돌아보았다. 자개장도, 거실도, 그 한가운데에 엎드려 자던 아빠와 동생도 없었다. 우리는 아주 낯선 곳으로 건너온 것이다.

이모는 어리둥절한 표정으로 우리를 맞았다. 갑자기 무슨 일이야? 재차 물으면서도 주스와 케이크를 꺼내 주었다. 이모가 주는 모든 것이 달콤하거나 부드러웠다. 통창으로 내다보이는 도심의 풍경은 우리집 주변과 하나부터 열까지 달랐다. 모든 게 높고 하얗게 빛났다. 세상에는 이런 도시가 셀 수 없이 많겠지. 현기증이 일었다.

엄마는 비틀거리는 내 손을 잡고 이모의 집을 나왔다. 마을버스로 세 정거장을 간 다음 급행열차로 여섯 역을 지난 뒤 고속버스 터미널에 도착했다. 그사이 어지럼은 가라앉았고, 마땅히 해야 할 질문들이 떠올랐다. 있잖아, 말하자 엄마가 내게로 몸을 숙였다.

자개장은 갈 때밖에 못 쓰는 거야? 돌아오려면 지금처럼 버스나 지하철을 타야 해?

맞아. 그래서 자개장 안에 들어갈 때는 조심해야 해.

엄마가 내게 안전벨트를 채우며 말했다. 자개장을 쓸 땐 돌아올 거리부터 계산하라고. 앞으로 갈 곳에서 자기 힘으로 돌아올 수 있는지 먼저 가늠해야 한다. 그래야만 집으로부터 너무 먼 곳에서 길을 잃지 않을 수 있다고.

증조할머니가 오일장에서 이 가구를 발견한 날 모든 게 시작되었다.

자개장은 팔십여 년 전에도 아주 아름다운 물건이었다. 너비가 약 네 자에 높이는 여섯 자. 검게 옻칠한 나무는 보석처럼 빛났다. 가구상은 황해도의 장인이 이 장을 만들었다고 했다. 자개 장식 하나하나를 혀로 핥아서 나무 위에 붙인 것이라고. 그 말이 참인지 거짓인지 알 길은 없었다. 다만 물건 보는 눈이 유달리 좋던 증조할머니는 자개장이 귀한 물건임을 알아보았다. 왼쪽 문에서 오른쪽 문까지 자개로 새겨진 태양 달 산 물 학 불로초 돌 구름 소나무 사슴 거북이가 반짝였다. 오른쪽 문에 상감된 달은 유난히 비싼 재료로 만들었는지 매끄럽게 빛났다. 가까이 다가가면 얼굴이 비칠 정도였다. 증조할머니는 싼값에 좋은 물건을 들였다며 뛸듯이 기뻐했다.

넉 달쯤 지났을 때 증조할머니는 자개장을 끌고 마당으로 나갔다. 눈보라가 몰아치던 새벽이었다. 증조할머니는 새빨갛게 언 맨발을 눈 속에 파묻고 자개장을 끌어냈다. 그는 갈라진 입술로 몇 번이고 중얼댔다. 이걸 버리자. 아주 먼 곳에 갖다버려야 한다. 남편과 자식들이 그를 붙들었다. 무슨 일이냐, 왜 말짱한 물건을 버리느냐. 몇 차례 몸싸움이 오갔다. 증조할머니는 자개장을 놓아버리더니 눈밭에 엎어져 울었다.

그날 이후 증조할머니는 태도를 정반대로 바꿨다. 그는 누차 말했다. 이 자개장은 우리 가보다. 말도 못하게 귀중한 물건이니까 내가 물려주기 전까진 누구도 건들지 말어라. 모두 증조할머니의 성미를 알았으므로 순순히 그 명령을 따랐다. 그가 악을 쓰면서까지 버리려고 한 자개장이 내심 찜찜한 탓도 있었다. 오로지 할머니만이, 그러니까 제 어미처럼 야무지다못해 영악하다는 말까지 듣는 막내딸만이 그 말을 귓등으로 흘렸다. 할머니는 매일 자개장 앞에서 얼쩡거렸다. 가끔 장 안에 들어가기도 했다. 그 안에서 잠들면 좋은 꿈을 꿀 수 있다는 희한한 핑계까지 댔더랬다.

왜인지 몰라도 증조할머니는 그런 딸을 전혀 혼내지 않았다. 그러기는커녕, 세 아들을 제치고 할머니에게 곧장 자개장을 물려주었다.

할머니는 자개장을 유용하게 썼다. 남편과 싸운 날이면 가장 좋은 구두를 꺼내 신고 자개장 문을 열었다. 할아버지는 단 한 번도 할머니를 찾아내지 못했고, 결국에는 싸움이 끝나는 순간마다 무릎 먼저 꿇게 되었다. 부탁이니까 휙 사라지지는 말고, 얘기부터 하자면서.

엄마는 삼 남매 중 장녀였다. 그 자신의 할머니나 어머니처럼, 엄마 역시도 영악하다못해 교활하다는 말을 듣고 다녔다. 열다섯 살이 되었을 때 엄마는 할머니가 구두를 신고 자개장에 들어가는 모습을 보았다. 열일곱 살이 된 해에 엄마는 구두를 훔쳐서 자개장 앞에 섰다. 아주 많은 시행착오를 지나보낸 후, 그는 자개장의 용도를 완벽하게 깨우쳤다.

엄마는 서울로 향했다. 펜팔 친구의 집에서 사흘간 머물렀다. 나흘째에는 할머니에게 발각됐으며, 양 뺨이 퉁퉁 부은 채로 고향에 돌아왔다. 이튿날부터는 다시 학교에 가고 집을 치우고 동생들의 밥을 챙겼다. 모두가 일상이 제자리를 찾았다고 생각할 때면 다시 자개장을 열었다. 네번째 탈출부터는 누구도 엄마를 잡지 못했다. 엄마는 서울 곳곳을 쏘다녔다. 공장 가게 버스 식당 승강기 사무실 백화점에서 헐값에 일했다. 펜팔 친구와 결혼을 했고, 함께 포장마차를 열었다가 시원하게 말아먹었다. 두 사람이 빈털터리 신세로 고향으로 돌아온 날, 할머니는 엄마의 양 뺨을 때린 후 자개장을 주었다. 그냥 네가 가져라, 나는 이제 지긋지긋하다, 면서.

엄마가 말했다. 나는 좀 다르게 그걸 쓰고 싶었어.

그는 비밀을 나눠 가졌다. 처음에는 아빠, 다음에는 내게 자개장을 열어주었다. 동생도 나만큼 키가 크면 비밀을 알게 될 것이라고 했다. 차창에 기댄 엄마의 이마 위로 저물녘의 붉은빛이 너울거렸다. 엄마가 중얼거렸다. 네 할머니들이 이걸 알면 엄청나게 화내시겠지. 차라리 자개장을 부수라고 하실 거야. 그런데 난 아무리 생각해도 이게 최선인 것 같아. 이해하겠니? 나는 어느 하나 이해하지 못한 채 끄덕거렸다. 실은 졸음과 싸우는 것만으로도 벅찬 상태였다. 엄마가 웃더니 내 의자를 젖혀주었다. 눈 좀 붙여, 말하는 목소리가 아득하게 들렸다.

동생은 무럭무럭 자랐다. 두 해가 지난 후에는 그애 역시 자개장의 비밀을 나눠 가졌다. 우리는 매일 아침 자개장으로 들어갔고, 초등학교부터 고등학교까지 단 한 번도 개근상을 놓치지 않았다.

아빠는 종종 우리를 혼냈다. 벌써 편한 것만 찾으려고 들지 마라. 그럼 몹쓸 어른이 된다. 그러나 아빠 역시도 숙취에 찌든 월요일마다 멋쩍은 미소를 지으며 자개장 안으로 들어가곤 했다. 일하던 이삿짐센터에서 이달의 성실한 기사 상 같은 걸 받을 때면 아이스크림을 사 들고 돌아왔다.

엄마만은 장을 전혀 쓰지 않았다. 자전거를 타고 보건소에 출퇴근했고, 이모나 할머니를 만날 때면 버스나 기차를 탔다. 그러면서도 우리가 자개장을 쓰는 일은 전혀 제지하지 않았다.

우리는 매주 자개장을 쓸고 닦았다. 기름을 칠하고 마른 수건으로 문질렀다. 자개장은 우리 모두의 비밀이자 보물이었고 그 자체로 근사한 가구였다. 우리집에 그토록 오래되고 반짝이는 사물은 오로지 자개장밖에 없었다. 그러니 엄마가 이렇게 선언한 날, 가족들이 경악한 건 당연한 일이었다.

자개장을 잠깐 빌려주려고 해.

동생은 울음을 터뜨렸고 아빠는 허둥거렸다. 동생은 엄마의 방문 앞에서 결정을 번복해달라 읍소했고 아빠는 자개장의 문을 수차례 여닫았다. 엄마는 흔들리지 않았다. 대신 문 앞에 무릎 꿇은 동생을 일으켜세우고 아빠를 소파에 앉혔다. 그다음 나를 불러

물었다.

여기서 서울까지 버스비가 얼마랬지?

일반 고속 이만오천원, 우등 고속 삼만칠천원.

들었지? 자개장이 있으면 편도 값만 내면 되잖아. 열 번 아끼면 삼십칠만원이야. 그거 아끼는 게 이렇게 난리 칠 일인가? 아주 주는 것도 아니고, 다음 기숙사 신청일까지만 빌려주겠다는데.

나는 발끝만 내려다보았다. 실은 아주 죄스러웠다. 내가 턱걸이로 붙은 대학교는 서울에 있었고, 성적순으로 기숙사 신청을 받았다. 엄마와 아빠는 내가 기숙사에 떨어진 걸 알자마자 곳곳에서 돈을 꿨다. 삼촌에게, 이모에게, 그리고 할머니에게 온갖 쓴소리를 들으며 자취방 보증금을 마련했다. 그것만으로도 넘치게 미안한데 자개장까지 빌려준다니. 도리상 거절해야 했다. 올곧은 표정을 짓고서 거절해야만, 꼭 그래야만 했는데……

입이 열리지 않았다. 눈앞에 온갖 장소가 어른거렸다. 자개장이 있더라도 돌아올 차비가 부족하여 갈 수 없던 장소들, 그곳들은 모두 서울에 있었다. 이제 나는 서울 사람이니 그중 어디에라도 갈 수 있다. 돌아올 때는 시내버스 요금 정도만 내면 된다. 앞날이 찬란하구나.

이거 허튼 데 안 쓸 거지?

나는 눈을 들었다. 엄마가 다시 물었다. 너, 잘 쓸 거라고 약속해? 성인답게 행동할 거야? 나는 곧장 고개를 끄덕였다. 약속해요. 성인답게, 책임을 지면서 쓸게요. 그리고 꼭 돌려드리겠습니다. 제가 돈을 덜 써도 되는 날이 오면요.

대학 생활은 예상보다 괜찮았다. 아주 잘생기거나 고고한 얼굴은 없었으나 그 사실이 외려 나를 안심시켰다. 신입생들은 다들 비슷한 온도로 긴장해 있었고, 친구를 사귀기 위해 고운 목소리로 말했다. 마르건 뚱뚱하건 상관없이 모두 못생긴 과 점퍼를 입고 다녔다.

나는 친구를 사귀기 특히 좋은 조건에 있었다. 나처럼 자취방이 있는 신입생은 드물었다. 자개장과 침대를 갖다두자 세 평 정도로 줄어든 방에 매일 다른 사람들이 들이닥쳤다. 밤마다 그들과 맥주, 과자, 컵라면 따위를 기념비처럼 쌓아두고 해치웠다. 원으로 둘러앉아 게임을 하고 술을 들이켰다. 새벽의 정중앙에 다다라 스무 해 남짓 쌓인 비밀을 털어놓을 때면 비슷한 크기의 웃음 혹은 비명이 터졌다. 간혹 옆방에서도 우리와 같은 소리가 들려왔다. 그럴 때마다 나는 내가 안전한 곳에 있다고 느꼈다. 너무 유별난 고민들이 우리를 찾아낼 수 없는 장소에 있노라고.

물론 일상적인 고민들은 매일 나를 따라붙었다. 언제나 그랬듯 돈이 가장 큰 골칫거리였다. 엄마와 아빠가 교차로 보내주는 용돈에 도서관에서 받는 아르바이트비를 더해도 돈은 매번 모자랐다. 예기치 못한 고민도 있었다. 주말마다 걸려오는 엄마의 전화 같은 건, 전에 없던 일인 만큼 더욱 난처했다. 엄마는 매번 같은 질문을 던졌다. 언제 집에 올 거니. 나는 그날그날 다른 핑계를 댔다. 너무 피로해서, 과제가 많아서, 학생회 모임이 있어서, 축제를 준비해야 하므로. 가장 자주 써먹는 핑계는 편도 차비 역시도 비싸서……였다.

핑계가 이어진 지 두 달쯤 지나자 엄마가 소리쳤다. 됐어, 이제 그냥 문 열고 건너와. 내일 첫차 타면 되잖아. 나는 말끝을 흐렸다. 아니 엄마, 진짜 생활비가 모자라. 우리집이 워낙 멀어야지. 매일 학식만 먹는데도 돈이 없다니까. 엄마가 말했다. 용돈 줄게. 그럼 되잖아. 나는 절반쯤은 진심으로 비참해져서 말했다. 또 돈 받기는 싫어. 엄마는 한숨을 내쉬고서 말했다.

이럴 거면 자개장 도로 갖다놓든가.

아, 왜 그래, 엄마. 이번엔 내가 소리쳤다. 조만간 갈게. 진짜로요. 주말에 갈게요. 엄마는 또 한번 긴 한숨 소리를 내고는 전화를 끊었다.

나는 자개장 앞에 앉았다. 지금 장을 돌려줄 수는 없었다. 덕택에 아낀 입장료만 해도 얼마나 많던가. 클럽, 놀이공원, 입장권을 사야만 들어갈 수 있는 각종 문화시설들…… 아니, 사실 그건 중요한 문제가 아니었다. 자개장은 푯값보다 훨씬 큰 것을 내게 주었다. 그것 덕에 나는 매일 몰려오는 사람들 사이에서도 흔들리지 않았고, 누군가 비밀을 말할 때면 몰래 웃기까지 했다. 나는 언제든 이 모두를 떠날 수 있지만 누구도 그걸 모른다. 이만큼 커다란 비밀을 갖는 건 뒷덜미가 서늘해질 정도로 멋진 일이었다.

나는 천천히 자리에서 일어났다. 엄마와의 싸움에 오래도록 잠길 시간은 없었다. 나는 스무 살이었고, 자개장은 아직 나와 함께 있었다. 몇 시간 후면 친구들이 동아리에서 만난 남자 선배들을 데려올 터였다. 나는 방안에 널브러진 물건을 모두 자개장에 넣은 뒤, 입술을 열게 칠했다.

친구들은 평소보다 달뜬 얼굴이었다. 그들 뒤로 남자 셋이 따라 들어왔다. 한 사람은 비니, 또 한 사람은 안경을 쓰고 있었다. 맨 뒤에 선 남자는 무엇도 쓰고 있지 않았다. 앞선 두 사람에 비해 유달리 낯선 얼굴이기도 했다. 비니를 쓴 선배가 그의 어깨를 두드리며 말했다.

여긴 정우야. 우리 과 앤데 모르지? 얘가 워낙 학교에 안 나와서.

사람들은 엉거주춤 방안에 앉았다. 나는 평소처럼 자개장 바로 앞에 자리를 잡았다. 정우는 내 건너편에 앉았다. 어색한 인사말이 오가고, 맥주 캔 따는 소리가 크게 울렸다.

사람들은 금방 취했다. 고향, 가족 혹은 친구, 좋거나 싫은 것. 빤한 물음과 답이 눈앞에서 날아다녔다. 나는 자개장에 기댄 채 물끄러미 그들을 보았다. 이상하게도 취기가 오르지 않았다. 선배들이 시킨 치킨이나 친구들이 사온 맥주에도 손이 안 갔다. 자개장을 돌려놓으라던 엄마의 말만 어른거렸다. 그토록 날 선 엄마의 목소리는 처음 들었다.

저 장롱 말이야.

나는 고개를 들었다. 비니 쪽이 자개장을 빤히 보고 있었다. 그가 턱짓으로 장을 가리키며 물었다. 이 방 옵션이야? 우리 할머니 집에나 있던 건데 원룸에서 보네. 나는 아무렇지도 않은 척 대답했다. 아뇨, 집에서 가져왔어요. 안경이 말을 받았다. 자취방에 자개장 있는 건 처음 본다, 취향 고급이네. 나는 눈을 내리깔았다.

이마와 뺨이 느리게 뜨거워졌다. 저 말들은 감탄도, 친밀한 이들끼리 주고받는 농담도 아니었다. 그렇다면 친구들이 저토록 어색하게 웃을 리 없었다.

그때 정우가 입을 열었다.

저거 되게 귀한 물건이야.

방의 모든 눈길이 자신에게 쏠리자 정우는 바로 딴청을 피웠다. 사람들이 또다시 멋쩍은 웃음을 주고받았고 대화는 금세 다른 주제로 넘어갔다. 나만이 계속해서 정우를 보았다. 저 사람 방금 처음 말했지. 그 첫말로써 자개장을 편들어주었구나. 그 사실을 깨닫자 모든 게 안전하게 느껴졌다.

술자리는 빠르게 끝났다. 사람들이 갑작스레 사라졌기 때문이었다. 먼저 없어진 이들은 친구 한 명과 비니였다. 그들은 담배를 태운다고 나간 뒤 돌아오지 않았다. 안경과 다른 친구는 어색한 표정으로 남은 술을 들이켜다가 안주를 사오겠다며 자리를 떴고, 역시 자취를 감췄다. 이제 방에는 나와 정우 그리고 자개장뿐이었다. 그제야 나는 내가 일종의 행사에, 그러니까 삼 대 삼 미팅에 참여하고 있었음을 깨달았다.

정우는 웅크린 채로 잠들어 있었다. 그러니까 이 남자는, 아마 사라진 이들이 '나를 위해' 데려온 사람일 터였다. 저들의 의도는 어느 정도 통한 셈이었다. 이 방에 나와 함께 남은 사람은 정우뿐이니까. 그런데 이걸 남았다고 표현해도 되나. 이렇게나 푹 자고 있는데.

나는 그의 어깨를 두드렸다. 선배 일어나세요. 다들 갔어요. 정우는 끙 소리를 내고서 다시 코를 골았다. 나는 그의 겨드랑이에 팔을 끼우고 일으켜세우려다가 그대로 나자빠졌다. 맥주 캔이 요란한 소리를 내며 쓰러졌다. 쏟아진 맥주로 축축해진 바닥을 닦으며 중얼거렸다. 좋아, 당분간은 집에 오는 사람들을 줄여야지. 입학한 지 두 달 만에야 그 생각을 겨우 해냈다.

당장은 어찌할 도리가 없었다. 나는 정우의 어깨를 당겨 바닥에 눕히고 그 위로 이불을 던졌다. 잠시 망설이다가 목 아래로 베개를 밀어넣었다. 정우가 제대로 눈을 감았나 서너 차례 확인한 후 일어섰다. 자개장 앞에 섰을 때는 어깨도 팔도 잔뜩 욱신거렸다. 달에 비친 얼굴은 어째선지 웃고 있었다. 이상하네, 뭐가 웃기지, 생각하면서 문을 열었다.

문 너머로 달과 가로등 빛에 잠긴 방이 보였다. 엄마와 아빠가 나란히 잠들어 있었다. 오래된 가구와 옷 냄새가 여기까지 풍겼다. 자개장 안으로 성큼 들어섰다. 두 걸음 만에 이불 가장자리가 밟혔다. 나는 엄마의 등뒤에 누웠다. 머리 위 창에서 새어든 달빛 탓에, 엄마의 머리카락은 반짝이는 흰색으로 보였다. 은발의 엄마가 꿈틀거리다가 말했다. 빨리도 왔네. 나는 엄마의 등에 바싹 달라붙었다. 잘 자요, 말하고 눈을 감았다.

일주일 후에 정우를 다시 만났다. 도서관 아르바이트를 끝내고 나오는 길이었다. 누군가 내 어깨를 두드렸다. 정우가 빳빳이 굳은 채 서 있었다. 그는 허리를 숙이며 말했다.

죄송합니다.

나는 양손을 흔들고 머리도 내저었다. 괜찮아요. 제 방도 엄청 깨끗하게 청소해두셨던데요. 정우는 벌게진 얼굴로 중얼거렸다. 아뇨, 그건 그거고, 더 빨리 사과해야 했는데…… 내가 뒤로 물러서며 괜찮다는 말을 되풀이하자, 정우는 느리게 쫓아와 거듭 사과했다. 모든 게 아주 어설픈 놀이처럼 느껴졌다. 실력이 형편없는 사람끼리 바람도 덜 들어간 공을 주고받는 놀이.

그날 정우는 나에게 커피를 사주었다. 사과의 의미라고 했다. 커피에는 얼음이 산처럼 쌓여 있었다. 우리는 얼음이 모두 녹을 때까지 학교 곳곳을 걸어다녔다.

정우는 그날의 뒷이야기를 털어놓았다. 자신을 데려왔던 남자들과는 애초 친구 사이가 아니라고 했다. 그저 너무 자주 거절하는 게 두려워 머뭇거리다가 끌려왔을 뿐이라고. 술자리가 어려웠기에 술만 마구 들이켰고, 그 탓에 무방비하게 잠들었더랬다. 그가 말하는 내내 나는 아, 혹은 아하, 소리만 반복했다. 그 외에 무슨 말을 할지 알 수 없었다. 나보다 나이든 남자가 무엇이 어렵고 두려웠노라고 말하는 일은 흔치 않았다. 정우가 내 표정을 살피더니 말했다.

그날이 싫었다는 건 아니에요. 자개장 아주 멋있던데요. 기억에 남아요.

우리는 그날부터 함께 걷기 시작했다. 그러기 좋은 시기였다. 친구들이 연애를 시작한 뒤로 함께 노는 시간은 부쩍 줄었다. 나는 자취방에 온다는 이들을 꾸준히 거절해냈다. 비는 시간이 늘어났다. 그 모두를 정우와 걷는 데 썼다. 수업이 일찍 끝나거나 아예 없는 날, 가끔은 수업중에도 몰래 나와 학교 안팎을 걸었다. 아침과 저녁 공기는 미지근했고 잔가지마다 녹색이 움텄다.

서울은 예상보다 걷기 좋은 도시였다. 보도블록은 모두 새것이고 안전 난간도 잘 세워져 있었다. 우리는 지상과 지하, 천변과 도로변, 역과 정류장 사이를 걸었다. 수제화 상점이 늘어선 다리를 지나고 기찻길과 고가도로를 건너갔다. 광장과 시장, 공원과 고궁을 돌아다녔다. 나는 갈림길이 나타날 때마다 정우를 보았다. 정우는 우리가 마주한 길의 갈래들이 어디로 이어지는지를 언제나 정확히 알고 있었다. 서울의 모든 길을 가본 사람 같았다.

그는 매일 내게 커피를 사주었다. 나는 늘 얼음이 가득한 커피를 시켰다. 얼기설기 지은 건물인 양 서로 겹쳐진 얼음들이 하나씩 녹을 때마다 달그락, 신호 같은 소리가 났다. 얼음이 녹아갈수록 나는 정우에 대해 더 많은 것을 알아냈다. 예컨대 정우가 내가 만난 이 중 가장 많은 곳을 다녀온 사람이란 사실 같은 것. 우리 엄마와 할머니들을 제외하면 말이다.

정우는 온갖 마을 혹은 도시들, 그 안의 보도 도로 거리 골목 천변 해변 황무지 등을 걸어보았다. 그가 말하는 지명들은 모조리 낯설었다. 므츠헤타나 페르가나, 혹은 스몰랸 같은 이름들. 그것들은 고향 문방구에서 팔던 다이어리에 맥락 없이 적힌 지명들, 그러니까 베네치아, 파리, 로마 등과는 완전히 다른 차원에 속한 듯 보였다. 그 도시들은 자개장으로도 갈 수 없으리만치 아득하게 느껴졌고, 그리하여 더욱 아름다운 이름으로 새겨졌다.

종종 궁금했다. 정우는 나보다 겨우 두세 살 많은데, 어떻게 그토록 많은 장소를 가본 걸까. 자개장도 없는 사람이 어쩜 그럴 수 있지. 물론 실제로 묻지는 않았다. 괜한 말을 꺼냈다가는 상황을 망칠지도 몰랐다. 정우의 마음을 거스르고 싶지 않았다. 어떤 순간일지라도 그랬다. 그즈음 나는 이미 정우와 걷는 일에 흠뻑 잠겨 있었다.

강에 갔던 날도 마찬가지였다. 가볍게 산책이나 하자며 나섰다가 하천 곁길을 따라 몇 시간을 걸었다. 저물녘에 한강을 맞닥뜨렸다. 강 건너로 해가 지고 있었다. 붉게 젖은 마천루들이 등대처럼 깜빡였다. 나는 입을 벌렸다. 강의 너비, 이쪽에서 저쪽까지의 거리가 나를 압도했다.

내가 중얼거렸다. 한강에 걸어서 온 건 처음이야. 평소에는……

자개장으로 왔다는 말이 혀끝까지 나왔다가 도로 들어갔다. 정우가 물었다. 평소에는 어떻게 왔는데? 나는 더듬더듬 답했다. 버스 아니면 지하철을 타고 왔다고. 다른 사람들처럼.

철교 안쪽으로 노란 조명이 켜졌다. 딱 붙는 바지를 입은 사람들이 규칙적인 숨소리를 내며 강변을 달렸다. 손잡이에 라디오를 매단 자전거 디제이들이 쿵작거리며 지나갔다. 둔치에 앉은 사람들이 맥주를 마셨다. 세상 모든 게 거기 있었다. 우리는 그 사이에 서서 도시 양편의 빛을 싣고 흐르는 검은 물결을 보았다. 나는 정우에게 물었다.

요새는 어디에 가장 가고 싶어?

정우가 생각하는 동안, 나는 그의 옆얼굴을 보았다. 둥그스름한 귀와 눈썹 옆에 난 작고 움푹한 흉터, 땀에 젖은 앞머리. 그런 것을 보면 마음이 유순하게 가라앉았다.

지금은…… 정우가 말했다. 강 건너편이 궁금하네.

강 건너에는 이쪽보다 한참 더 높은 건물들이 서 있었다. 그들이 내뿜는 밝고 날카로운 불빛 아래서 이동하는 자동차 무리도 보였다. 나는 정우의 팔을 당겼다. 지금 갈래? 물었다. 진심이었다. 종아리에 벽돌을 넣은 듯 아팠지만 어디로든 갈 자신이 있었다. 그러나 정우는 웃으며 고개를 저었다. 오늘은 너무 늦었잖아, 말하고서 덧붙였다. 집에 가자. 데려다줄게.

집에 다다랐을 때는 이미 자정이었다. 정우는 공동 현관 앞에서 뒤돌아섰다. 나는 정우의 손을 붙들었다. 상상보다는 뜨겁고 축축한 손이었다. 첫차 뜨면 가. 택시비 비싸잖아. 말하는 와중에도 정우에게는 택시비가 별것 아니지 않을까 하는 생각이 들었으나 모른 척했다. 정우는 몇 차례 거절의 말을 웅얼대다가, 내가 거의 울음을 터뜨리려 하는 걸 본 후에야 집 안에 들어왔다.

나는 방 한가운데 이불을 폈다. 자개장과 맞은편 벽 사이의 공간이 좁아서 이불은 잔뜩 구겨진 모양으로 깔렸다. 정우가 둥글게 구부린 자세로 누웠다. 불을 끈 방은 옅은 어둠에 잠겼다. 창문 앞 가로등과 간판 불빛 탓이었다. 나는 침대에 걸터앉아 십 초 정도 심호흡한 뒤에 말했다.

나 이제 옆으로 갈게.

정우도 꽤 오래 숨을 내쉬고서 말했다.

알겠어.

나는 조심스레 정우의 뒤에 누웠다. 눈앞이 흰 티셔츠를 입은 등으로 가득찼다. 천 바깥으로 울퉁불퉁하게 불거진 척추가 보였다. 몇 해 전에 본 다큐멘터리가 떠올랐다. 멸종된 동물의 뼈를 파내는 사람들의 이야기였다. 나는 정우의 등이 어디에 묻힐지 생각했다. 누가 그것을 파낼지도 궁금했다.

정우야. 지금은 어디에 가고 싶어?

정우가 돌아누웠다. 웃고 있었다.

어디 안 가도 돼.

그후로 아주 많은 말이 오고갔다. 고향이라거나 가족, 좋거나 싫은 것. 우리는 천천히 묻고 느리게 답했다. 한 사람이 던진 공이 선명한 하늘을 가로질러 상대방의 손에 안겼다. 나는 신이 났다. 모든 공을 놓치지 않고 받아내고 싶었다. 제대로 던지고 싶기도 했다. 그 마음이 불쑥 질문을 던지도록 만들었다.

그런데 진짜로 어떻게 그만큼 많이 여행을 다녔어? 계속 일했던 거야?

정우의 눈동자에 당황한 빛이 스쳤다. 나는 내가 실수했음을, 그리고 공이 바닥에 떨어졌음을 깨달았다. 공은 우리의 손을 벗어나 먼발치로 굴러갔다.

이윽고 정우가 말했다. 좀 민망한 이야기야. 나는 얼른 말했다. 미안, 얘기 안 해도 돼. 정우가 고개를 저었다. 불편한 주제는 아니라고 했다. 그저 가족에 관해 말하는 일이 쉽지 않은데, 이 이야기를 하면 대부분 자신을 질투하거나 미워하기 때문이라고 덧붙였다. 내가 빠르게 말했다. 나한테는 그런 일이 생길 수가 없어.

정우는 잠깐 웃더니 그럼 비밀로 해줘, 말하고서 입을 열었다.

우리 가족은 다들 내가 아주 멀리까지 나가길 바라. 그런 게 성공이라 생각하고.

어디로 나가길 바라는데?

그냥 한국 바깥이면 어디든. 한군데 오래 머물면 안 된대. 그럼 썩게 된다고들 했어. 그래서 어릴 적부터 매해 날 밖으로 내보냈어. 여행이든, 공부 때문이든…… 거기에 돈을 아주 많이 투자했고.

투자, 라고 말할 때 정우는 눈을 내리깔았다. 나는 입술을 달싹거렸다. 정우의 인상에 남을 법한 말을 하고 싶었다. 멋지다고 할까. 아니면 버거웠겠다고 할까. 혹은 돌아올 걱정 없이도 떠날 수 있다니 무척 부럽다고 말할까. 농담인 듯, 네 가족 말대로라면 나는 평생 썩은 채 살아왔노라 말할 수도 있었다. 모두 다 진심이었다. 문제는 무엇이 가장 진실에 가깝냐는 것이었다.

정우와 눈이 마주치자 생각은 걸음을 멈췄다. 정우는 여태 본 적 없이 유순한 얼굴로 나를 보았다. 무언가를 기다리는 눈이었다. 나는 그에게로 몸을 기울였다. 귀 안쪽에서 심장이 뛰는 듯 쿵쿵 소리가 났다. 거의 다 왔어. 안쪽에서 누군가 말했다.

정우야. 내가 속삭였다. 나도 비밀을 말해줄게.

우리는 연한 어둠 속에서 오래 마주보았다. 저 자개장 말이야. 내가 말하자 정우가 장을 흘끗 보았다. 나는 말을 이었다.

방법만 알면, 저걸 열고서 어디로든 갈 수 있어. 거리와 상관없이 말이야.

정우는 아무 말도 하지 않았다. 나는 그의 양 뺨을 누르며 말했다. 너 내 말 믿어? 정우가 눌린 목소리로 답했다. 잘 모르겠어. 나는 그의 옷깃을 붙잡아 당겼다. 일어나봐. 얼른, 여기에 서. 오래전 엄마처럼 정우의 어깨를 잡고 자개장 앞으로 갔다. 달 위로 두 얼굴이 나란히 비쳤다. 그 안의 정우는 당황스러워 보였다. 한편으로는 아주 옅은 기대가 비치기도 했다. 나는 자개 달 위에 손끝을 올리고서 말했다.

아까 강 건너에 가고 싶댔지?

나는 강에서 본 맞은편을 떠올렸다. 달 안의 얼굴이 흔들릴 때까지 누누이 되새겼다. 자, 이제 열기만 하면 된다. 그렇다면 보여줄 수 있다. 엄마가 나에게 그랬듯 나도 정우에게 문을 열어줄 수 있다. 정우는 분명 매혹될 것이다. 언제나 어디로든 떠나게 만드는 물건이라니, 이런 데 무심한 사람이 있을 리 없다. 하물며 그토록 많은 곳을 다녀온 정우라면……

문고리를 잡은 손에 땀이 고였다. 정우가 나를 흘긋 보더니 놀라서 물었다.

왜 그래? 표정이 너무 안 좋아.

나는 그를 보았다. 창문을 지나온 빛 속에서 정우의 얼굴이 선명히 드러났다. 이마는 말갛고 치열도 골랐다. 머리카락에서는 좋은 향이 풍겼다. 평소에 내 넋을 빼놓던 그 모든 것이 지금은 위협처럼 느껴졌다. 정우는 언제 어디로든 갈 수 있다. 내 도움이 없어도 그렇다. 그 생각이 머리를 친 순간 나는 문고리를 놓았다. 뒷덜미로 차가운 땀이 흘렀다. 있지, 미안해. 내가 말했다. 뭐가? 정우가 물었다. 나는 웅얼거렸다.

네가 이렇게 진지하게 받아들일 줄 몰랐어.

정우는 오랫동안 나를 보다가 물었다.

왜 이런 장난을 쳐?

나는 자개장에 등을 붙이고 발끝을 보았다. 말들은 멋대로 튀어나왔다. 모르겠어. 그냥, 나도 자랑할 게 필요했나봐. 정우가 말했다. 왜 자랑을 하려고 하는데. 그건 질문이 아니었으므로 나는 어깨만 으쓱였다.

우습게도 방금 한 말 모두가 진심이라는 확신이 들었다. 그 감정들은 정우가 비밀을 말하고서부터 스멀스멀 피어올랐다. 감정들은 꼭 벌레 같은 생김새로, 파랗고 창백했으며 다리가 아주 많았다. 거기 달린 발들은 서로 전혀 다른 자국을 남기며 걸어갔다. 어떤 것은 정우에게 가장 예쁜 흔적을 남기길 바랐다. 또다른 것은 있는 힘껏 정우를 할퀴고자 했다. 그를 꼭 끌어안는 동시에 내던지고 싶었다. 한 번에 가야 할 곳이 너무 많아 어지러웠다. 이런 상황에서 자개장을 열 수는 없었다.

고개를 들어 다시 정우를 마주본 순간, 나는 내가 돌이킬 수 없는 일을 했음을 알았다. 내 실수가 무엇인지는 정확히 알 수 없었다. 일이 틀어진 것만은 확실했다. 머리가 차가워지고 귓속은 고요해졌다. 거의 다 왔다고 속삭이던 목소리도 사라졌다.

정우가 말했다. 그래, 그럼 이만 잘까.

나는 다시 침대에 누웠다. 바닥에 누운 정우의 숨소리를 들으며 천장을 보았다. 얼마 전까지만 해도 내 곁에서는 엄마가 코를 골며 잠을 잤는데. 오래지 않은 과거인데도, 그때의 나와 지금의 내가 전혀 다른 사람처럼 느껴졌다. 나는 야비한 사람이 된 것이다. 자개장을 아무에게도 양보할 수 없는 사람이.

다음날에는 평소보다 일찍 잠에서 깼다. 정우가 있던 자리는 비어 있었다. 베개만 한구석에 가지런히 놓인 채였다. 전화를 걸자 신호음이 지루하게 이어졌다. 다음날도 마찬가지였다. 그다음 날도, 다음다음 날도 그랬다. 정우는 보이지 않았다. 일주일이 지났을 때 나는 그가 사라졌다는 사실을 깨달았다.

나는 학교를 샅샅이 뒤졌다. 몇 주 만에 학과 술자리에도 참석했다. 그새 슬쩍 서먹해진 친구들이 물었다. 웬일이야. 요새 이런 데 안 나왔잖아. 연락도 없고. 나는 슬며시 긴장한 얼굴의 여자애들을 보았다. 핑계를 댈 수는 있었다. 몸이 아팠다거나, 학점이 아슬아슬했다고. 집에 문제가 있었다고도 말할 수 있었다. 어차피 나도 얘들도 소심한 촌뜨기들이니, 그런 대화가 지나고 나면 순식간에 서로 용서하고 이제 더 진득한 사이가 되었노라 선언할 터였다.

그러나 이번에도 입이 열리지 않았다. 나는 맥주를 들이켰다. 모든 게 무의미하게 느껴졌다. 우선 정우를 찾아야 했다. 그래야만 정말로 하고 싶은 말을 해낼 수 있을 것이었다. 먼저 왜 사라졌느냐고 묻겠다. 그날 그 순간이 끔찍했더라도, 조금 더 말을 나눌 수 있지 않았냐고. 그후 덧붙이겠다. 나는 너랑 정말 잘해보고 싶어. 대체 잘한다는 게 뭔지는 모르겠지만, 우리가 그걸 해낼 수 있으리라 생각해.

자리에서 일어나 술집을 둘러보았다. 익숙한 얼굴 둘이 눈에 띄었다. 나는 그들 가운데로 비집고 들어갔다. 비니를 쓴 선배와 안경을 쓴 선배가 눈을 치떴다. 곧장 질문을 던졌다.

요새 정우 선배 어디에 있는지 아세요? 연락은 하시나요?

두 사람이 눈짓을 주고받았다. 그들의 입가에 슬며시 미소가 떠올랐다. 나는 알았다. 이제 곧 무안을 당할 터였다. 상관없었다. 몇 달 전이라면 몰라도, 지금은 그런 것쯤이야 정말로 별것 아니었다. 비니 쪽이 말했다. 정우 휴학했을 건데. 내가 빤히 쳐다보자 그가 한마디 더 덧붙였다.

개는 원래 그래. 잘 사라져.

거기서 더 나올 말은 없어 보였다. 나는 고개를 끄덕이고 일어섰다. 안경 쪽이 물었다. 근데 왜? 개가 돈이라도 빌렸어? 나는 멍하게 되물었다. 돈을 빌렸냐고요? 눈 안쪽이 순식간에 뜨거워졌다. 나는 얼른 자리를 떴다. 등을 훑는 눈길 몇 쌍이 느껴졌다.

이튿날부터 나는 다시 자개장을 썼다. 물병을 들고 운동화를 신은 채 문을 열었다. 정우와 함께 걸은 모든 곳으로 갔다. 서울의 동쪽부터 서쪽까지. 골목과 거리, 역과 정류장, 그 사이를 잇는 언덕과 강변을 맴돌았다. 가는 일이야 쉬웠으나 돌아오는 길은 어김없이 피로했다. 서울을 가로지르는 동안 발바닥은 부었고 발목은 삐걱댔다. 종아리가 찢어질 듯 저리면 길가에 주저앉아서 아 씨발, 중얼거렸다. 그렇다고 버스나 지하철을 탈 수는 없었다. 걷지 않으면, 걸어서 다니지 않는다면, 절대로 정우를 만날 수 없을 듯했다.

학교에서는 나와 정우가 어설프게 연애를 하다가 끝났다는 소문이 돌았다. 소문이 나고 지는 동안에도 정우는 보이지 않았다. 나는 매일 정우에게 전화를 걸고 문자를 보냈다. 답신은 없었다. 내게 전화를 거는 이는 엄마뿐이었다. 엄마는 여전히 같은 질문을 했다. 언제 올 거니. 나는 대답하지 않았다. 질문과 침묵이 오간 지 일주일쯤 지나자 엄마는 거의 울먹거렸다.

뭐가 문제니. 왜 이러는데.

그 순간에도 나는 자개장 앞에 서 있었다. 강 건너편, 말하며 문고리를 잡았다. 나도 모르게 정우와 갔던 강을 떠올린 모양이었다. 문 너머에 유리 파사드와 자동차 헤드라이트로 번쩍이는 강변이 나타났다. 아냐, 여긴 강 건너가 아니다. 나는 문틀을 붙잡은 채 물었다.

엄마, 대체 어떻게 해야지 강 건너로 갈 수 있어?

뭐라고?

나는 빠르게 말했다. 강 건너로 갈 방법을 모르겠다, 강을 건너도 그곳에 또다시 건너편이 있고, 그건 끝이 나지 않는다고. 그게 나를 미치게 만들어. 엄마는 도중에 내 말을 가로막았다.

너 지금 뭐하는 거니?

이번에는 엄마도 빠르게 말했다. 내가 오랫동안 집에 오지 않았으며, 가족은 뒷전이었고, 책임을 진다던 약속도 전혀 지키지 않았다는 얘기였다. 목소리를 들으니 진심으로 화가 난 듯했다. 두렵지는 않았다. 엄마가 나와 마주하고 제대로 화를 쏟아내기 위해서는 네 시간 반 동안 버스와 지하철을 타고 달려와야 할 터였다. 그동안 분노는 차차 식고 몸은 피로해질 것이다. 거기까지 생각이 미치자 엄마가 무엇에 화가 났는지 명확히 알 수 있었다.
화내지 마, 엄마. 내가 말했다.

날 걱정하는 게 아니잖아. 자개장을 걱정하는 거지. 그냥 내가 이걸 마음대로 쓰는 게 싫은 거면서, 왜 다른 이유로 화가 난 척하는 거야.

뒤이어 엄마가 퍼부은 말들은 잘 옮기기가 어렵다. 대부분이 생전 처음으로 들어본 말들이었다. 그것을 말이라고 해야 하나. 저주를 퍼부었다거나 악을 썼다고 하는 게 옳지 않을까. 그것들에 얻어맞자니 눈앞이 아찔했다. 자개장 안쪽의 강조차 희미해 보였다. 나는 문틀을 붙잡고 섰다. 무어라 반박하려던 순간, 엄마가 전화를 끊었다.

나는 자개장 문을 닫았다. 강이 사라졌다. 몇 초 후 다시 문을 열자 위쪽에 걸린 겉옷들 뒤로 꽉 막힌 벽이 보였다. 나는 장 안쪽으로 들어가 벽에 기대앉았다. 어깨를 둥글게 말고 양 무릎을 접자 겨우 누울 수 있었다. 몸을 돌려가며 문 안쪽을 잡아당겼다. 쿵, 둔탁한 소리와 함께 문이 닫혔다. 세상은 검고 고요해졌다.

잠에서 깨어난 후에는 잠시 겁에 질렸다. 무엇도 보이지 않았다. 목덜미부터 꼬리뼈까지 믿을 수 없도록 아팠다. 입이 바싹 말랐고 콧속은 텁텁했다. 내가 지금 어디 있는 거지, 생각하며 몸을 비튼 순간 문이 텅 열렸다. 나는 자개장 밖으로 쏟아져나왔다. 세상이 뒤집히더니 뒤통수가 방바닥에 부딪혔다. 고통은 얼굴 안쪽을 한 바퀴 돌고 사라졌다.

등뒤로 더듬더듬 손을 넣어 엉덩이에 깔린 휴대전화를 빼냈다. 화면이 반짝였다. 새벽 세시 이십분이었고, 부재중 전화 세 통과 문자 두 개가 와 있었다. 모두 엄마로부터 온 것이었다. 정우의 이름은 없었다. 나는 순서대로 문자를 열었다.

네 말이 맞다.

자개장을 돌려줘.

나는 끙끙거리며 몸을 돌렸다. 자개장은 여전히 그 자리에 있었다. 어릴 적부터 봐오던 모습 그대로였다. 이것을 쓰던 사람들과는 달리, 장은 전혀 늙지 않았다. 모퉁이는 여전히 반듯했고 경첩도 부드럽게 움직였다. 자개로 그려진 형상들도 형형하게 빛났다. 증조할머니가 장을 끌고 마당에 나갔던 날에도, 할머니가 구두를 신고 문을 열어젖혔던 때에도, 엄마가 구두를 훔쳐 신고 장 앞에 섰던 순간에도, 저들은 지금과 똑같은 눈으로 그들을 보았을 터였다. 어디로도 떠나지 않고, 그 자리에 서서.

종종 궁금했다. 증조할머니는 왜 이처럼 편리하고 다정한 물건을 버리려 했을까. 다른 이들이 비밀을 알까 무서웠나. 혹은 자기 자신조차 이걸 쓰는 게 두려웠던 걸까.

엄마가 쏟아부은 말들을 생각했다. 그간 몰랐으나, 엄마는 욕을 제대로 하는 사람이었다. 각 욕설을 용도대로 정확히 활용했으며, 발음도 강세도 훌륭했다. 은혜도 모르는 년. 엄마는 그렇게 말을 맺었다. 넌 그걸로 어디든 갈 수 있으니 내 마음은 전혀 모르겠지. 이 은혜도 모르는 년아. 사실 그 말은 나를 좀 기쁘게 했다. 나는 아주 어리고 어디든 갈 수 있다. 그렇기에 누군가의 은혜에 개의치 않아도 되는 나날을 살고 있다. 내가 정우를 부러워하듯, 누군가는 나를 부러워한다는 사실이 좋았다. 내 마음에만 바닥이 있는 게 아니라는 사실도 기뻤다.

나는 엄마에게 전화를 걸었다. 엄마는 곧바로 전화를 받았다. 잠들었던 목소리가 아니었다. 엄마가 사과의 말 비슷한 걸 시작하려는 찰나, 내가 서두를 낚아챘다.

지금까지 제일 멀리 다녀온 곳이 어디야?

뭐라고?

엄마가 자개장으로 가장 멀리 간 곳이 어디냐고. 궁금해.

엄마가 길게 숨을 토해냈다. 그 질문을 오래도록 기다린 사람 같았다. 어디냐면. 엄마가 더듬거렸다. 거기가 어디냐면. 나는 기다렸다. 정우 덕분에 누군가의 말을 기다리는 솜씨만은 늘어 있었다.

……타클라마칸사막. 거기가 가장 멀었어.

그게 어디야?

사막이야. 중앙아시아에 있고. 거기서 부는 모래바람이 미국까지 간다.

중앙아시아라. 생각보다 가깝네.

가깝다고?

아시아라며. 그보다는 더 멀리 갔을 줄 알았지. 남극이라거나.

너 타클라마칸이 무슨 뜻인지는 아니.

몰라요.

위구르어야. 들어가면 나올 수 없다, 는 뜻이고.

들어가면 나올 수 없는데 어떻게 나왔어. 내가 묻자 엄마가 소리 내어 웃었다. 전화로 하기에는 너무 긴 이야기라고 했다. 유리잔에 물과 얼음을 가득 따른 뒤 침대에 앉았다. 괜찮아. 나 시간 많아. 내가 말하자 엄마는 물었다. 그럼 건너올래? 이번에는 내가 웃었다. 지금이 좋아. 엄마는 더 권하지 않았다. 대신 잠긴 목소리로 이야기했다. 왜 그 사막에, 모래바람이 어떤 형태도 오래 남겨두지 않는 땅에 들어갔는지, 또 어떻게 그곳에서 아주 멀리 걸어와 우리를 만났는지를.

실제로 그것은 아주 긴 이야기였다.

나는 자개장 앞에 섰다. 언제나 그랬듯이 달을 보고 눈을 가늘게 떴다. 깊은 물 속에 잠긴 듯 흔들리는 얼굴 역시 닳도록 본 것이었다. 엄마도, 엄마의 엄마도, 엄마의 엄마의 엄마도 이 얼굴과 마주했을 터였다.

엄마는 말했다. 예전에 너더러 자개장을 쓸 때는 돌아올 거리를 꼭 염두에 둬야 한다고 말했지. 사실 그건 거짓말이야. 돌아올 길을 생각하면 자개장을 제대로 쓸 수 없어. 오히려 그걸 전혀 개의치 않아야만 자개장을 잘 쓸 수 있다. 누구한테도 이 말은 하지 않았어. 그게 나를 떠날 방법으로 쓰일까봐 무서웠기 때문이야. 누구도 빠져나올 수 없는 곳으로 너희가 갈까봐.

사막으로 간 여자가 바로 그렇게 사람들을 떠났노라고 했다.

이야기 속 여자는 아주 낯선 사람 같았다. 그는 어리고 약했으며 그래서인지 원하는 게 많았다. 언제나 손에 쥘 수 없는 것을 바랐기에, 자신이 든 것은 너무 가볍거나 무겁다고 느꼈다. 결국 그는 모든 걸 뒷전에 둔 채로 자개장에 들어섰다. 돌아올 거리는 재지 않았다. 애초 돌아간다는 생각조차 없었다. 사막에 발을 디딘 후에야 그는 뒤를 돌아보았다. 텅 빈 땅이 있었다. 바람에 따라 매 순간 제 모습을 바꾸는 땅이었다. 여자는 자신이 집으로부터 아주 멀리 왔으며, 이제 앞에 놓인 것은 갈림길 하나뿐이라는 사실을 깨달았다.

엄마는 말했다. 나는 선택했어. 그래서 너희를 만난 거야.

날이 밝고 있었다. 새벽의 분홍빛이 방을 적셨다. 나는 눈을 비볐다. 자개 달에 담긴 얼굴은 모르는 새 무척 늙어 있었다. 한때 정우도 이 안에 담겼었지. 그 얼굴에 깃든 설렘을 잠시 보았다. 그때 문을 열었다면 우리는 아주 많은 곳에 갈 수 있었을지도 모른다. 아니, 사실은 그럴 필요도 없었다. 어디에 가지 않더라도 좋았다. 정우와 함께 있는 것만으로도 어떤 장소가 만들어졌다. 나는 그 장소가 좋았다. 그 장소가 더 넓어졌으면 했다. 그러나 더는 거기에 갈 수 없다. 내게는 하나의 갈림길만 남았다. 한때 엄마가 앞둔 것과 같은 길이었다. 돌아가거나, 혹은 아주 멀리 가거나.

바닥에 놓아둔 유리잔에서 얼음이 녹아내렸다. 달그락거리는 소리는 일련의 신호 같았다. 나는 자개장의 문을 열었다. 차가운 바람이 이마와 뺨에 스몄다. 물냄새가 났다. 몸을 안으로 구부리자 눈 쌓인 웅덩이 보였다. 그렇다면 저곳은 겨울이구나, 생각하며 장 안으로 들어섰다.

처음에는 얇은 천이 깔린 바닥이 밟혔다. 양쪽 벽에 걸린 겉옷이 눈앞을 가렸다. 옷들을 옆으로 밀자 전연 다른 세상이 보였다. 녹슨 가로등이 연한 빛깔의 보도블록을 비추고 있었다. 털모자를 쓴 사람들이 그 위를 지나갔다. 뒤돌아보면 내 방이 그대로 있었다. 잔 안에 든 얼음이 녹고, 이불 위로 볕이 스몄다. 거의 다 왔어. 안쪽에서 누군가 말했다.

어깨를 스치는 과 점퍼를 옷걸이에서 벗겨내 앞으로 던졌다. 점퍼는 가로등 아래 떨어졌다. 이번에는 내가 던져질 차례였다. 다음 걸음을 내딛는 순간 나는 내가 아주 넓은 강을 건너고 있음을 알았다. 내 위의 여자들은 이것이 아주 위험한 일임을 진작부터 알고 있었지. 그런데도 다들 이곳을 지나왔다.

맨발이 얼어붙은 보도에 닿은 순간 나는 다시 고개를 돌렸다. 펼쳐진 것은 낯선 거리뿐이었다. 내 방도 얼음도 서울도 없었다. 나는 또다시 아주 낯선 땅으로 건너온 것이다. 이번에는 나 혼자서.

담벼락에 등을 기댄 채 지나가는 이들을 보았다. 품에 안은 점퍼의 온기가 서서히 식을 때까지 기다렸다. 붉은 모자를 쓴 사람 하나가 다가와 무어라 말을 걸었다. 알 수 없는 말이라 그냥 고개를 흔들었다. 모자를 쓴 사람은 눈썹을 꿈틀거리고 머리를 긁적였다. 그는 담 뒤쪽으로 사라지더니 십여 분 뒤에 다시 나타났다. 이번에도 역시 내가 모르는 말로 소리치면서, 발아래에 무언가 놔두고 사라졌다. 슬리퍼였다.

지금도 종종 생각한다. 내가 정말로 그 모든 걸 경험했던가? 유난히 빨리 움직이던 구름 아래 얼음처럼 서 있던 흰 벽과 그 안에 둘러싸인 무수한 집 혹은 얼굴들…… 그들은 나와 전혀 다른 피부와 털 색을 갖고 있었다. 때로는 당황스러울 만큼 큰 호의를, 어떤 순간에는 느닷없는 적의를 보여주었다. 내가 거기서 무얼 봤는지, 누구를 만났고 또 어떤 대화를 나누었는지 아는 사람은 나뿐이다. 내가 소리 내어 말하지 않으면 모든 것은 누구도 모르는 자리에 남게 된다. 그걸 안 후에야 나는 비밀에 대하여 조금 이해하게 되었다. 내 방에 모인 이들이 끝내 말하지 않았을 비밀에 대해 생각했다. 그 비밀들이 얼마나 오래 홀로 있었을지도.

첫번째 슬리퍼가 끊어진 날에 엄마에게 전화를 걸었다. 신호음이 가는 내내 손톱을 물어뜯었다. 무슨 말을 할지, 또 엄마의 질문과 질타에 어떻게 반응할지 준비했다.

막상 전화를 받은 엄마는 아주 침착했다.

정말로 걱정했어.

미안해.

네 아빠는 종일 울더라. 우리 집안은 어쩔 수 없다고 몇 번이나 달랬는지 몰라.

나는 한참 수화기만 만지작거리다가 말했다. 그래서, 자개장은 어떻게 됐어? 엄마는 기막힌 듯 웃더니 자개장은 무사하다고 말했다. 여전히 네 자취방에 있는 걸 잘 확인했노라고.

아. 엄마가 문득 외쳤다. 그런데 너희 집에 편지가 하나 와 있더라.

몸안에서 무언가 둔중한 소리와 함께 떨어졌다. 누가 보낸 건데? 엄마는 모르겠다고 말했다. 발신인 칸에는 아무런 표시도 없었다고. 다만 내 이름만은 친필로 또박또박 적어둔 것이, 아마도 직접 편지를 놓고 간 것 같다고 했다.

나는 입술을 깨물고 허벅지를 꼬집었다. 당장 돌아가겠다 말하지 않으려 갖은 애를 썼다. 내가 갈라진 목소리로 물었다. 그 편지는 어디에 뒀어? 혹시 열어봤어? 엄마가 이번에는 큰 소리로 웃더니 말했다. 걱정 마, 안 봤으니까. 편지는 자개장 안에 뒀다. 그러고서는 어쩔 수 없었는지 떨리는 목소리로 덧붙였다. 집 계약 끝나기 전에는 돌아와. 제발 몸조심하고.

전화를 끊은 뒤에도 나는 한참 앉아 있었다. 홀로 남은 비밀들은 어디로 가는지 생각했다. 한 가지는 확실했다. 그들은 사라지지 않을 것이다. 어딘가에 쌓여서 누가 그걸 제대로 읽고 받아치기 전까지는 거기 있을 터다. 나는 창밖을 보았다. 빠르게 흐르는 하늘 아래 쌓인 무수한 편지들을 생각하니 현기증이 일었다. 비틀대며 일어나 새 신발을 신었다. 끈이 질긴 슬리퍼였다.

그 순간 나는 내가 아주 먼 곳으로 가게 되리란 사실을 알았다. 가장 먼 길로 가다보면 언젠가 다시 자개장 앞에 설 것이란 사실도. 그때까지 편지는 자개장 속에 놓여 있을 것이다. 시간이 흘러도 움직이지 않고 제 몸 위로 먼지를 쌓으면서 그 자리를 지킬 것이다. 자개장이 그들을 붙들 테니까. 무언가 떠나지 않도록 보존하는 것. 자개장에는 그런 용도도 있다.

결국 이름을 적기는 했는데요

어떤 얘기를 해야 좋을까? 이런 글에서는……

꽤 오래도록 문단 제도를 비판하면서도 (어디서 주워듣고 온 뒤) 제도 자체는 필연적일 수밖에 없으니 더 낫거나 넓은 장場이 필요하지 않겠냐며 중얼대고 다녔다. 한편으로는 누가 나를 발견해주길 간절하게 기다렸다. 내가 어딘가에 성공적으로 '진입'한다면, 가령 상이라도 받는다면 무슨 말을 쓸지 은밀히 생각도 했다. 친구들 이름을 죽 적고 싶었다. 그런 행동이 나를 근사하게 만들어주리라 기대했기 때문이다.

지금은 그런 마음으로 타인의 이름을 적는 게 부끄러운 짓임을 알 만큼은 자랐다. 그럼에도 친구들의 이름을 쓰고픈 마음이 남아 있다. 종이나 컴퓨터 화면, 모래사장이나 벽 혹은 덜 마른 시멘트 위에 적고 싶다. 세상 사람들이 그들의 존재와 미덕을 알아주었으면 한다. 걔네가 오래 살면 좋겠다. 건강하면 좋겠다. 나와 소원해지더라도, 말 그대로 영영 멀어지거나 더 나아가 서로 미워하게 되더라도, 각자 안전한 장소에서 하고 싶은 것들을 하면 좋겠다. 종종 그들의 일상이 나를 상처 입히기도 하고 그 탓에 멀리까지 원망을 보낼 때도 있으나, 역시나 이쪽 마음이 더 진심이다.

제도를 향한 고민과 모순, 갈망과 죄책감은 계속 내 안쪽에 있다. '진입'이라는 단어에 대한 이물감도 여전하다. 이러한 고민들을 압축하거나 단순화하는 건 싫다. 한때의 치기라고 생각지도 않는다. 이야기를 어느 통로로 내보낼 수 있는지, 그 방법에는 어떤 의미가 있는지, 주변의 것들을 오래 주시하려면 뭘 해야 하는지 계속 묻고 싶다.

「자개장의 용도」는 2017년 여름에 처음 쓴 이야기다. 할머니 집 자개장에 관한 꿈을 꾼 날부터 소설을 썼다. 자개장은 오래도록 할머니 집(우리가 '서울집'이라고 부르던 집이다) 안방에 서 있었다. 어린이 시절에는 종종 그 안에 들어가 비단 이불 위에 누웠다. 장의 천장을 보며 그린 미래에는 아름다운 것만 가득했다.

초고를 다 썼을 때만 해도 유년기와 비슷한 모양의 희망을 품고 살았다. 학교를 졸업한 뒤에도 어찌어찌 글을 쓰고, 처음으로 사회생활 비슷한 걸 하며 아이들을 가르치고, 함께 사는 듯 지내는 이들과의 관계에 푹 잠겨 있었다. 어쩌면 내가 바라던 미래가 바로 여기일지도 모른다고 느꼈다. 다만 자개장의 통로처럼 미래로 향하는 길 역시 한 방향이라 앞으로 갈 수 있을 뿐, 돌아올 순 없으리란 생각은 미처 하지 못했다.

아름다운 미래에서 살아가면서도 늘 멀리 떠나길 바라는 마음을 마주했다. 아주 먼 곳, 누구도 나를 모르는 곳, 가령 지구 반대편으로 가면 좋겠다고…… 왜인지 모르겠다. 그냥 그러고 싶었다. 실제로 지구 반대편 가까이에 갔고 일곱 달을 머물렀다. 사과나무 가지를 자르거나 토마토를 땄다. 아주 지루한 시간을 보냈고 틈만 나면 떠나온 곳을 그리워했다. 오후 네시쯤 마시는 커피와 대만인들이 세웠다는 절을 산책하는 게 낙의 전부였다. 그런데도 그때를 생각하면 마음이 아리다. 그 시절에 신세를 졌구나 싶다.

다시 돌아와 소설을 들여다보니 지금의 나는 이해할 수 없는 점들이 연달아 눈에 띄었다. 왜들 그렇게 애정에 목매는지, 무책임하게 구는지, 감정적으로 유약한지. 새로 쓰는 과정에서 이런저런 부분을 바꿔보았다. 그러면서 이 이야기에서 그대로 남아야만 하는 것들을 생각할 수 있었다. 지훈과 이다, 대욱이 거기에 아주 큰 도움을 줬다.

이소정에 대해서도 말하고 싶다. 오래전, 초고를 쓰고 나서 그에게 소설을 보냈다. 얼마 뒤 소정은 베를린에 갔고 편지를 한 통 보내왔다. 벌레처럼 작고 물렁거리는 글씨로 「자개장의 용도」에 대한 감상이 적혀 있었다. 끝자락에 적힌 내용은 대강 이랬다. 늘 먼 곳으로 떠나고만 싶었는데 지금은 나를 비롯한 친구들 덕에 돌아가고 싶은 곳이 생겼다, 그것이 무척 고맙노라고. 처음 편지를 읽었을 때는 "허 참!" 하고 넘겼지만, 몇 해가 지나도록 이 말이 내게서 떨어지지 않았다. 내가 떠날 수 있는 사람일 뿐만 아니라 돌아올 장소가 될 수도 있다는 사실을 소정을 통해 알았다.

얼마 전 이소정은 내게 페이스타임을 걸고서 기타를 연주했다. 연신 코드를 까먹는 바람에 그의 옆에 앉아 있던 정혜린이 코드를 불러줘야 했다. 지마이너 에프샵 시마이너 같은 단어들이 주문처럼 날아다녔다. 둘은 그 와중에 노래까지 불렀다. 그들의 공연이 너무도 형편없어서 잠깐 울었다. 형편없는 모습을 거리낌없이 보여주는 친구들은 이들 외에도 몇 있다. 언젠가는 그들에 관해서도 쓸 수 있었으면 한다.

그렇다고 이 소설을 친구들에게 바친다는 건 아니다. 이 소설은 내 것이다. 또한 내게 나름의 자개장을 물려준 엄마, 용숙의 것이기도 하다. 그러니 친구들이, 친구였던 사람들이, 친구가 될 수 있는 사람들이, 혹은 영영 친구가 되지 못할 사람들이 읽어줬으면 한다. 떠났더라도 언젠가 돌아오길 바라게 만드는 사람들이. 그사이, 나는 여기에 서 있거나 이동하면서 할 수 있는 것들을 모색하겠다.

| 해설 |

금기의 역사와 탈주의 규칙

임정균

전해지는 이야기에 따르면 이 자개장은 사 대에 걸쳐 모계 상속된 집안의 가보인데, 가고 싶은 장소를 생각하면 그곳으로 가는 문을 열어준다고 한다. 자개장의 숨겨진 용도는 다음과 같은 사용법과 함께 상속자에게만 비밀리에 전해져왔다. 첫째, "어디로 갈지 정확히 알"(245쪽) 것. 둘째, "자개장을 쓸 땐 돌아올 거리부터 계산"(247쪽)할 것. 전자가 자개장의 숨겨진 기능을 활성화하기 위한 조건이라면, 후자는 안전한 사용을 위한 주의 사항으로 보인다. 가고자 하는 장소의 정확한 이름과 풍경을 모른다면 비밀의 문이 열리지 않거나 엉뚱한 장소로 안내할 것이고, 문이 편도로만 열리는 탓에 너무 멀리 가버리면 돌아오지 못할 수도 있다.

당신이라면 이 자개장을 어떤 용도로 쓸 것인가. 함윤이의 「자개장의 용도」는 제목에서부터 이러한 질문을 품고 시작된다. 물론 자개장의 사용법에서 곧장 떠올릴 수 있는 대답은 편리하고 유용한 이동 수단이라는 것이다. 편도라는 한계가 있으나 주의 사항만 잘 지킨다면 통상적인 이동에 드는 시간과 재화를 확실하게 절약해주니 말이다. 소설의 화자인 '나'도 처음엔 자개장을 그러한 용도로 사용한다. 그런데 많은 이야기 속 환상들이 현실의 모순을 되비추는 거울인 것처럼 이 소설에서 드러나는 자개장의 용도는 시대와 장소, 상황에 따라 변모하면서 어떤 현실의 알레고리로 보이기도 한다. 그러므로 자개장에 관한 물음은 그것의 실질적 쓰임새이기도 하면서 이 소설이 무엇을 말하기 위해 자개장을 사용하고 있는지에 관한 것이기도 하다.

본격적인 이야기는 상속자만이 사용해왔던 자개장을 엄마의 결단으로 온 가족이 공유하게 된 지 오래인 시점에서 시작한다. '나'는 대학에 입학해 서울에서 자취를 하게 되면서 엄마로부터 자개장을 빌려와 사용하게 된다. 지방에서 상경한 '나'에게 자개장은 서울 생활에 적응하는 데 여러모로 도움을 준다. 교통비를 절약해주는 것은 물론이고, 입장료가 드는 문화시설을 이용하는 데에도 자개장은 유용하다. 심지어 고만고만한 비밀과 고민을 안고 사는 또래에 비해 "뒷덜미가 서늘해질 정도로 멋진"(253쪽) 비밀을 갖고 있다는 자부심마저 느끼게 해준다. 갓 성인이 된 지방 출신 여성의 상경기로 읽히는 이 대목에서 자개장은 단순히 이쪽과 저쪽 사이의 물리적 거리를 좁혀주는 수단을 넘어서 "푯값보다 훨씬 큰 것"(같은 쪽)을 '나'에게 제공하는 듯하다. 가령 계층 이동의 가능성이 좀처럼 보이지 않는 최근 한국사회에서 이 신비로운 이동 수단은 사회적 유동성social mobility을 가능케 하는 도구처럼 보인다. 그런 까닭에 '나'는 집안의 공유재산인 자개장을 독차지하고 싶은 욕심마저 든다.

자개장의 이러한 용도는 우연찮은 술자리 이후 가까워진 정우와의 일화에서 가장 극적으로 드러난다. 그 무렵 '나'는 "서울의 모든 길을 가본"(258쪽) 듯한 정우와의 산책에 흠뻑 빠져 있었다. 정우는 넓은 세계를 경험하는 것이 곧 투자라는 부모의 뜻을 따라 어린 시절부터 해외여행을 다닌 인물이다. 정우의 입에서 낯선 도시의 이름이 흘러나왔을 때 그를 향한 '나'의 동경은 사랑에 가까운 감정으로 발전하지만, 한편으로는 "자개장도 없는 사람이 어쩜 그럴 수 있지"(259쪽)라는 부러움이 뒤섞인 의문도 든다. "이제 나는 서울 사람"(251쪽)이라는 자의식에 확신을 더해준 자개장은 '나'에게만큼은 신데렐라의 호박 마차도 부럽지 않은 자랑거리지만, 어째서인지 정우 앞에서는 그다지 대단한 비밀이 아닌 것만 같다. 결국 자개장의 비밀을 자랑처럼 털어놓고 싶은 충동을 이기지 못한 '나'는 정우와 함께 그가 가보고 싶다던 강 건너를 떠올리며 자개장 앞에 서게 되지만, 돌연 모든 게 거짓이었다고 말을 바꾼다. 정우가 자개장 없이도 마음만 먹으면 "언제 어디로든 갈 수 있"(263쪽)고 돌아올 '여력' 또한 충분하다는 사실을 깨달았기 때문이다. 그와 동시에 "이쪽보다 한참 더 높은 건물"(260쪽)로 가득한 그 장소가 단순히 강의 건너편을 의미하는 게 아닐 뿐만 아니라 자개장으로는 갈 수 없는 곳임을 알게 된다. 이로써 정우에 대한 '나'의 부러움은 자개장이 메울 수 없는 바로 그 절반의 여력, 다시 말해 정우의 경제력과 두 사람의 계급 차에서 기인한다는 것이 분명해진다. 이때의 자개장은 계층 이동의 도구로는 충분치 않다는 점에서 오히려 돈이면 뭐든 할 수 있다는 통념이나 '서울 시민의 자격=경제력'이라는 등식이 성립하는 현실을 꼬집는 비판적 알레고리인 셈이다.

이후 '나'가 겪는 일들이 신비하고 위험한 물건이 등장하는 신화나 동화의 레퍼토리를 떠올리게 한다는 점에 주목하면, 자개장은 성장을 위한 도구처럼 보이기도 한다. 이를테면 기어코 주의사항을 어긴 인물이 이역만리를 헤매다 험난한 여정 끝에 한층 성장한다는 이야기. 자신이 "자개장을 아무에게도 양보할 수 없는 사람"(265쪽)이 되어버렸음을 알게 된 '나'는 그날 이후 자취를 감춰버린 정우를 찾는 일에 한동안 몰두한다. 그건 이루지 못한 사랑 때문이기도 하겠지만, 무엇보다 정우의 빈자리가 자신의 속물 같은 마음의 알리바이처럼 느껴졌던 탓이다. 그 과정에서 '나'는 자개장의 또다른 용도를 깨닫게 된다. 가족은 뒷전에 둔 채 정우를 찾는 데만 열중하던 '나'는 엄마에게 타클라마칸사막을 떠돌다 돌아온 긴긴 이야기를 전해듣는다. 이윽고 엄마의 선례를 따라 도착한 먼 이국의 땅에서 '나'는 "무언가 떠나지 않도록 보존하는 것"(275쪽)이 자개장의 또다른 쓰임새임을 알게 된다. 성장이란 깨달음 뒤에 오기 마련이므로 이 소설을 '나'의 성장담이라 볼 수도 있다. 그러나 한편으론 이런 의문들이 가시지 않는다. '나'가 그 깨달음을 따라 언젠가 다시 돌아와 자개장의 네번째 주인이 된다면 이 소설에서 주의 사항을 어긴 인물은 한 명도 없는 셈이 아닐까. 어디로든 떠날 수 있는 자유를 선물하는 자개장이 어떻게 반대로 떠나지 않도록 보존하기도 한다는 말인가. 그렇게 보존되는 것은 대체 무엇일까. 그것은 '나'가 진정으로 바라던 일인가.

일견 모순되어 보이는 자개장의 여러 용도들에 대한 의문은 자개장의 역사를 통해 해소되는 듯하다. 자개장이 네 여성에게 상속되어온 내력을 따라가보면 이들은 모두 "돌아가거나, 혹은 아주 멀리 가거나"(272쪽)라는 선택지뿐인 갈림길을 마주했다. 자개장이 대물림될 수 있었던 것은 바로 그 양자택일에서 모두가 돌아오는 길을 선택한 까닭이다. 양자택일이란 한 가지 선택지를 강요하는 경우가 허다하다. 그러한 갈림길로 이 여성들을 내모는 자개장의 이미지는 마치 삶의 중요한 길목을 막아선 채 '돈이냐 목숨이냐'를 묻는 칼 든 강도처럼 보이기도 한다. 이쯤에서 자개장과 함께 전수되어온 주의 사항을 다시금 떠올려본다면, 어쩌면 자개장의 본모습은 어디든 떠날 수 있는 자유를 주는 "편리하고 다정한 물건"(269쪽)이 아니라, 양자택일의 메커니즘을 꼭 닮은 금기의 화신일지도 모른다.

금기는 어떤 행위가 꺼림칙한 결과를 낳는 경험이 반복되며 귀납적 사실로 받아들여질 때 만들어지는데, 누대에 걸쳐 형성된 금기는 보통 한 집단에 해가 되는 행동을 금지하는 명령의 형태를 띠며, 사회를 '유지'하기 위한 도덕과 이데올로기를 재생산하는 장치로 이용되기도 한다. 자개장의 사용법에 덧붙은 주의 사항 역시 다음과 같이 명령하고 있다는 점에서 금기의 일종이다. 돌아올 수 없을 만큼 멀리 가지 말 것. 반드시 돌아올 것. 자개장을 물려받은 여성들은 비록 멀리 떠나려고 시도했음에도 하나같이 자개장 앞으로 다시 돌아옴으로써 금기를 지켰다. 그렇게 해서 자개장이 대를 이어 전해 내려올 수 있었음을 생각하면, 이러한 금기가 보존하려 했던 것은 대물림이라는 과정 자체인지도 모른다. 이 소설은 성장담이기 전에 자개장에 얽힌 금기의 역사이자, 그 금기를 통해 이어져온 가족사이다.

그 역사의 시작은 팔십여 년 전 증조할머니가 오일장에서 구입한 자개장이 심상치 않은 물건임을 처음 알게 된 때로 거슬러올라간다. 비밀을 알게 된 그녀는 곧장 자개장을 내다버리려고 했다. 유용성보다 가정에 끼칠 해악이 더 크다고 여겼기 때문일 텐데, 그 속내를 짐작해볼 수 있는 실마리는 앞서 언급한 모험과 성장의 플롯과 무관하지 않다. 여로형 소설로도 불리는 이 플롯은 동서양을 막론하고 유구한 세월 동안 남성 인물의 전유물이었다. 그러한 플롯을 따라 모험을 떠난 남성은 방탕한 생활 끝에 탕아가 되어 귀향해서도 '성숙한 남성gereiften Männlichkeit'으로 대접받지 않았던가. 그런 맥락에서 자개장은 언제든 집을 떠났다가 내킬 때 돌아올 수 있었던 남성적 권리를 상징한다고도 볼 수 있다. '야무진' 성미의 증조할머니가 치를 떨며 자개장을 내다버리려 했던 건 당시에는 그 도구가 집안 남자들의 독차지가 되어 어떻게 쓰일지 빤히 보였기 때문일 것이다.

흥미로운 점은 그녀가 곧 생각을 바꾸어 다음과 같이 선언했다는 것이다. "이 자개장은 우리 가보다. 말도 못하게 귀중한 물건이니까 내가 물려주기 전까진 누구도 건들지 말어라."(248쪽) 말하자면 증조할머니는 자개장의 비밀을 함구하며 그 사용 권한을 상속자에게만 제한하는 최초의 금기를 만든 인물이다. 그런데 뜻밖에도 가보를 물려받은 이는 형제들 가운데 유일하게 금기를 어긴 막내딸이다. 증조할머니가 쉬 납득하기 어려운 선택을 한 이유에는 훗날 자신의 딸들이 이 남성적 권리를 유용하게 사용하게 되는 날이 오리라는 기대도 없지 않았을 것이다.

여기서 보다 주목을 요하는 것은 증조할머니가 자신의 바람을 이루기 위한 묘책으로 오랫동안 부성의 계승 방식으로 이용되어온 대물림을 선택했다는 사실이다. 추측건대 사용자를 반드시 돌아오도록 만들고 무언가를 보존하는 용도는 자개장 본래의 속성이라기보다는 대물림의 부성적 원리를 통해 획득된 것이다. 가부장제 내에서 대대로 물려져온 가보가 대체로 그러하듯 상속자에게는 유산에 대한 권리뿐만 아니라 대물림의 책임 역시 상속되기 때문이다. 증조할머니의 금기가 이것까지 계산에 넣은 것인지는 알 수 없지만, 그 책임의 무게가 자개장의 예비 상속인을 집안의 보물 앞으로 돌아오도록 추동했다고 보아도 무방할 것이다. 그러므로 자개장은 여전히 가부장제의 체계 내에서 남성적 권리를 상징하지만, 자개장과 함께 이어져온 금기의 역사에는 바로 그 대물림의 형식을 통해 보존된 남성적 권리를 여성적 권리로 전용하려는 증조할머니의 계획이 은밀하게 기입돼 있다.

아닌 게 아니라 자개장을 유용하게 썼다고 전해지는 '나'의 할머니는 그 남성적 권리를 이용해 남편을 무릎 꿇리기도 한다. 그녀는 남편과 싸운 날이면 자개장의 문을 열었다. 그때마다 아내를 찾지 못한 그는 "부탁이니까 휙 사라지지는 말고, 얘기부터 하자"(248쪽)고 마치 탕아를 기다렸던 아내가 할 법한 말을 하게 된다. 그렇게 해서 할머니가 얻은 것은 표면적인 가정의 평화다. 그러므로 할머니에게서 가부장제에 충실히 복무함으로써 가정을 지켰던 우리네 할머니들의 전형을 엿볼 수 있는 것도 무리는 아니다. 하지만 시대적 맥락을 고려하면 할머니의 사용법은 당시로선 최선이었을 것이다.

자개장의 세번째 주인이자 '교활'하다는 말을 듣던 엄마 역시 적법한 상속자가 되기 전에 자개장을 사용한 전력이 있다. 엄마의 용도는 보다 명확한 "탈출"(249쪽)이었다. 목적지가 서울이었던 데에서 알 수 있듯 그녀가 벗어나려 한 것은 가부장적 권위로 인해 숨막히는 집안 분위기와 지방에서 살아가는 젊은 여성이 숙명처럼 맞이하게 될 미래일 것이다. 여러 직업을 전전하며 자립을 위해 노력한 끝에 엄마는 펜팔 친구와의 결혼을 선택한다. 이후 야심 차게 열었던 포장마차가 망해 빈털터리로 고향으로 돌아온 딸에게 할머니는 "이제 지긋지긋하다"(같은 쪽)며 자개장을 물려준다. 이렇듯 세 여성이 가보를 대물림하는 과정에서 최초의 금기는 '반드시 돌아올 것'이라는 명령으로 정교하게 다듬어져 지금에 이른다.

이 금기의 역사가 조금 다른 방향으로 전개되기 시작하는 것은 이때부터다. "나는 좀 다르게 그걸 쓰고 싶었"(같은 쪽)다는 엄마가 자개장의 비밀을 가족과 공유하면서 최초의 금기는 파기된다. 이로써 어느 한 사람의 전유물이 아니게 된 이 가보는 부성의 원리를 따르는 대물림으로부터 자유로워진다. 자개장이 남성적 권리의 상징임을 알아보는 영민함 없이도 '나'는 아버지와 동생과 함께 자개장의 사용법을 조기교육 받으며 동등한 예비 상속인 중 한 명으로 자란다. 그런 까닭에 영민함이 남성적 권리를 탐하는 '영악함' 혹은 '교활함' 등의 유별난 성격으로 치부되거나, 그러한 성격이 인물의 운명을 미리 결정하는 일도 벌어지지 않는다.

이러한 변화가 가능했던 이유 역시 시대적 맥락을 무시할 수 없다. 지난 한 세기에 걸친 자개장의 역사에서 '나'의 엄마가 자개장을 물려받은 시기는 대략 산업자본주의가 정착되던 1980~90년대와 맞물린다. 산업화와 도시화로 가족 형태는 핵가족화되었고, 가장의 권위는 전통적 부성이 아닌 경제력과 보다 긴밀하게 연결되었다. 물론 남성과 여성의 임금 격차는 가부장제가 산업자본주의와 쉽게 결탁할 수 있는 빌미가 되어 전통적인 가족 이데올로기를 더욱 강화하기도 했다. 그러는 가운데 '나'의 엄마가 그랬듯 많은 여성이 열악한 임금에도 불구하고 노동시장에 진출하면서 독자적인 경제력을 갖추기 시작한 것도 그 무렵부터다. 어쩌면 증조할머니는 이러한 현상이 점차 심화되어 자개장의 용도가 가족 서사 내에서 옛날만큼 남성성을 유지하기 어려워졌을 때를 위해 자개장을 대물림했던 게 아니었을까. 금기를 파기한 엄마 역시 증조할머니와 마찬가지로 자식들이 자개장을 보다 유용하게 사용하길 바라는 마음이었을 것이다. 이렇듯 대물림된 자개장에는 족쇄처럼 끊을 수 없는 가부장제의 굴레가 얽혀 있고, 각자의 방식으로 시대에 저항해온 여성들의 역사가 새겨져 있다.

'나'는 이러한 역사의 흔적과 마주한 뒤에야 비로소 자개장의 또다른 용도를 이해하게 된다. 정우와의 일을 겪고 방황하던 때 '나'는 엄마로부터 자개장의 사용법이 실은 거짓말이었다는 말과 함께 다음과 같은 고백을 듣는다. "돌아올 길을 생각하면 자개장을 제대로 쓸 수 없어. 오히려 그걸 전혀 개의치 않아야만 자개장을 잘 쓸 수 있다. 누구한테도 이 말은 하지 않았어. 그게 나를 떠날 방법으로 쓰일까봐 무서웠기 때문이야. 누구도 빠져나올 수 없는 곳으로 너희가 갈까봐."(271쪽) 그런 이야기를 들은 끝에 비밀의 문 앞에 선 '나'는 자개로 장식된 거울처럼 투명한 달에 비친 얼굴을 바라본다. "엄마도, 엄마의 엄마도, 엄마의 엄마의 엄마도 이 얼굴과 마주했을 터였다."(같은 쪽) 이제야 '나'는 자개장의 역사에 선명하게 각인된 세 여성의 흔적을 발견한다. 그리고 지금 자신이 가려는 길을 그녀들이 앞서 걸었으며, 그 선택이 "아주 위험한 일"(273쪽)임을 알고도 감행했다는 사실을 깨닫는다. 그 모든 역사를 이해한 끝에 '나'는 돌아오지 못할 수도 있는 먼 곳을 떠올리며 자개장의 문을 연다. 마침내 도착한 곳에서 '나'는 "무언가 떠나지 않도록 보존하는 것"(275쪽)이 자개장의 숨겨진 용도임을 알게 된다. 자개장은 무엇을 보존해온 것일까. 나의 딸만큼은 자개장의 문을 열고 어디든 원하는 곳으로 자유롭게 갈 수 있기를 바라는 엄마들의 마음. 그 마음을 보존하기 위해 무릅썼던 위험한 선택이 더는 반복되지 않았으면 하는 바람. 그 염원을 담은 세 여성의 흔적이 고스란히 보존된 지금 '나'의 얼굴에 그 답이 있지 않을까. 돌아올 길을 개의치 않는 것이 대물림의 역사에서 벗어날 수 있는 규칙이라면 '나'는 자개장 앞으로 돌아오지 않을 것이다. 그러나 '나'의 딸이 맞이할 미래에도 자개장이 필요하다면 '나'는 다시 돌아와 자개장의 주인이 될 것이다. 어떤 선택을 하게 되든 그것을 희생이나 귀환이라는 말로 단순히 요약할 수는 없다. 그리고 그 역사는 여전히 계속되고 있다.

임정균
2019년 창비신인평론상을 수상하며 평론을 발표하기 시작했다.

현호정

연필 샌드위치

작가노트

2021년 4월 20일의 일기

해설 인아영

가장 작은 맛

현호정

2020년 박지리문학상을 수상하며 작품활동을 시작했다. 장편소설 『단명소녀 투쟁기』 『고고의 구멍』이 있다.

연필 샌드위치

꿈에 연필로 샌드위치를 만들어 먹었다. 그것이 꿈의 규칙이었다. 두 장의 식빵 사이에 연필들을 빽빽하게 끼워 먹을 것. 그 밖에, 그러니까 연필 외에 양상추 따위 다른 재료의 활용은 자유였다. 예컨대 마요네즈와 토마토의 신맛으로 연필의 연필 맛을 덮어 눌러도 됐다. 덮어 누를 수 있다면.

지우개를 넣어도 됐다. 굳이 넣고 싶다면 그래도 되었다는 뜻이다. 나의 경우, 그러니까 꿈속 나의 경우 넣고 싶었다. 흑연을 씹는 기분이 처참했으므로. 그것은 나무 안에서 검은 가루로 툭툭 터지며 침을 지독히 떫고 묵직하게 만든다. 차마 목구멍으로 넘어가지 않는 까맣고 진득한 액체를 계속 우물대고 있다보면 잇몸과 이의 틈이 시큰거렸다. 나는 이 점을 해결하기 위해, 적어도 완화하기 위해 지우개를 함께 씹기를 선택해본 것이었다.

눈앞에 놓인 다양한, 그러나 충분히 다양하지는 않은 지우개들 가운데 모양 면에서 가장 치즈스러운 지우개를 고르기로 했다. 비슷한 정도로 치즈를 닮은 지우개가 몇 개 있어서 그것들 가운데 되도록 딱딱한 지우개를 선택했다. 그래야 퍼석퍼석 부서질지언정 쓸데없이 이에 들러붙거나 혀에 감겨들지 않을 테니까. 그래, 나는 내가 사용할 재료를, 그러니까 눈앞에 놓인 수많은 연필과 지우개를 하나하나 맛보며 신중하게 샌드위치를 만들고 있었다. 장소는 한 문구점이었다. '문구'에 속하는 것들도 '점'에 속하는 것들도 낡을 대로 낡은 광대한 곳이었다. 천장에 매달린 복돼지 저금통이 먼지 쌓인 얼굴에 그려진 비뚠 입으로 빙그레 웃으며 등에 뚫린 입을, 미뢰가 없는 입을 자랑해 보이고 있었다. 나는 주의력이 아주 약하다거나 아주 강하다는, 서로 상반되지만 이상하게 주의력이 나쁘다는 동일한 결론으로 수렴되곤 했던 어린 시절처럼 그 복돼지의 복된 미소에 갑작스레 매료되어 굳어버리고, '그가 나를 구원할까?' 기대하다못해 숫제 행복한 마음으로 복돼지를 올려다보고, 그때 복돼지의 아랫배가 찢기며 빛이 쏟아져내리듯 은빛 동전들이 쏟아져나온다. 눈앞에서 잠시 동안 그물처럼 펼쳐진 그것들은 눈처럼 가벼워 보였지만 떨어질 때 바닥에 부딪쳐 굉장히 시끄러운 소리를 냈다. 나는 있는 힘껏 귀를 막았다. 있는 힘껏 비명을 질렀지만 소리가 나오지 않았다. 다만 한순간에 꿈의 규칙이 바뀌고, 나는 샌드위치에 연필과 지우개뿐 아니라 복돼지 뱃속에서 나온 동전까지 넣어 먹어야 하는 처지에 놓이게 되었다.

꿈속의 명령은 말이나 글로 전달되지 않는다. 나는 그것을 그저 알며 느낀다. '먹어야 한다.' 직관을 어떻게 부인할 수 있을까? 상처의 피를 참는 것이 불가능하듯 불가능할 따름. 그러므로 바뀐 처지를 순순히 받아들이는 태도는 악몽을 꿀 때 가장 필요한 자세다. 투쟁은 겪어야 할 고문의 종류와 시간을 늘릴 뿐이다. 잠이란 애초에 휴식을 의미한다. 싸워서 무언가 얻어내거나 이겨야 하는 시간이 아니다. 죽음이 그렇듯이.

나는 쪼그리고 앉아 동전을 주웠다. 동전을 줍는 내 손이 아무런 맥락 없이 노인의 그것으로 쪼그라들었다. '전혀 놀랄 일도 슬플 일도 아니야.' 나는 무릎을 짚은 채 절뚝이며 고분고분 빵을 다시 구우러 토스터 쪽으로 향했다. '순종은 참 고달픈 휴식이지.' 나는 허리를 두드렸지만 조금도 시원해지지 않았고 되레 손목 관절의 통증이 더해질 뿐이었다.

카운터에 놓인 토스터는 더러웠으며 아마도 그 더러움 때문인지 빵을 아주 바싹 구워도 모종의 축축함이 남아 있었다. 그때 문구점 카운터에 앉아 있는 아주머니가 신문에서 고개를 들어 나를 힐끔 쳐다봤다. 나는 빵을 다시 구우면 안 된다는 규칙이 있었는가 해서 금세 놀랐고 그걸 몰랐다는 데 주눅이 들었고 두 번 다시는 빵을 굽지 않겠다고 다짐했다. 마음속으로만 다짐했는데도 아주머니는 나를 용서하듯 편안한 얼굴로 다시 신문을 뒤적이는 데 열중했다. 그러나 나는 진실로 빵을 딱 한 번만이라도 다시 굽고 싶었다. 왜냐하면 빵을 내려놓을 조리대나 접시 없이 한 장의 식빵 위에 여러 개의 연필을 되도록 나란히 배열하려면 무엇보다 식빵이 단단하고 평평한 것이 중요하기 때문이었다. 나의 부주의

한 손바닥 위에서 식빵은 이쪽저쪽으로 기울어지며 애써 배열한 연필들을 주르륵 굴러떨어지게 했다. 연필 사이사이에 지우개 조각을 배열하거나 그 위에 동전들을 올려놓고 두번째 식빵으로 덮을 기회는 영원히 오지 않을지도 모른다. 게다가 꿈속 식빵은 버터처럼 연약했고 조금만 오래 들고 있거나 속 재료의 위치를 변경하면 이내 흐물흐물해지다 찢어지기까지 했다.

이쯤에서 나는 식빵 한쪽에 재료들을 대강 놓고 반으로 접는 형태의 샌드위치 제조를 고려하게 됐다. 그것은 내가 생애 최초로 배운 샌드위치의 모양이었다. 할머니의 방식. 그렇게 하면 식빵이 딱 한 장밖에 없을 때에도 샌드위치를 만들 수 있다. 혹은 식빵 두 장으로 두 명분의 샌드위치를 만들 수 있다. '그러나 그 방식이 받아들여질까?' 나는 고민하며 슬쩍 눈알을 굴려 카운터에 앉은 아주머니를 살폈다. 신문에 시선을 고정한 것처럼 보이지만 그녀가 나에게 집중하고 있다는 것을 내가 모를 수 없었다. 규칙에 맞게 샌드위치를 만들어 다 먹어치우지 않으면 저주가 풀리지 않을 것이다. 여기서 벗어날 수 없을 것이다. 그런데 여기는 어디지? 복돼지 문구점?*

---

* "음식이란 생명만 연장하면 된다. 모든 맛있는 횟감이나 생선도 입안으로 들어가기만 하면 더러운 물건이 되어버리므로 목구멍으로 넘기기도 전에 사람들은 더럽다고 침을 뱉는 것이다.

사람이 천지간에 살면서 귀히 여기는 것은 성실한 것이니 조금도 속임이 없어야 한다. (……) 오직 하나 속일 게 있으니 바로 자기의 입이다. 아무리 보잘것없는 식물食物로 속이더라도 잠깐 그때를 지나면 되니 이는 괜찮은 방법이다." 정약용, 「가계」, 『다산시문집』 제18권.

*

심혈을 기울여 한 줄로 늘어놓았던 연필들이 또 한번 와르르 굴러떨어졌다. 덩달아 손에서 힘이 빠지며 백원짜리 동전 몇 개가 요란하게 바닥에 부딪쳤다. 벌써 몇번째 실패인지 기억조차…… 실패, 실패, 실패와 연필들은 제각기 꽁무니가 뜯어먹힌 채 땀에 축축하게 절어 바닥을 구르며 깨지고 더러워지고. 이때 굳게 닫힌 유리문 밖에서 훅훅 소리를 내는 바람이 불었다. 어떤 바람은 유리문과 바닥 사이에 난 좁은 틈으로 기어이 파고들어 연필들을 도로록 소리 나게 굴린 후 내 발목을 시리게 했다. 조금만 집중하면 꿈 밖의 내가 침대에 누워 구겨진 이불 안으로 발을 집어넣기 위해 웅크리는 소리를 들을 수 있다. '집중하지 않는 것이 중요해……' 꿈속의 내가 생각하며 다시 쪼그려앉아 연필들을 주워모을 때, 어떤 분노가 변의처럼 삽시간에 몸 안쪽을 채우며 나를 비명 지르게 했다. 나는 다시 젊은 나로 돌아오고 있었던 것이다. 나는 거부하려 더욱 크게 비명 지르지만 몸 구석구석의 혈관들이 조밀해지고 뼈들이 희어지는 것을, 뼈를 둘러싼 근육이 단단해지는 것을, 근육을 둘러싼 살이 통통해지는 것을, 그 모두를 에워싼 통증들이 사라지는 것을 통제할 수 없다. 꿈속의 젊은 나와 꿈 밖의 젊은 내가 동시에 비명을 지를 때 꿈과 현실의 경계는 파선破線이 되고 나는 두 개의 마음으로 동시에 선언한다. '나는 더이상 연필 샌드위치를 만들지 않겠다.' 등뒤에서 신문이 소리 나게 접혔다. '나는, 색연필 샌드위치를 만들겠다.' 나는 공포에 굴복하지 않고 생각한다, 라고 생각했다.

이제 나는 색연필 코너에 서 있다. 색연필 코너는 연필 코너의 바로 다음 블록이다. 복돼지 문구점의 블록은 골목만큼 길고 뱀처럼 가는 모양으로, 매우 좁지만 탄성이 있어 아무리 커다란 사람이라도 원하는 쪽으로 움직이며 문구를 제대로 고를 수 있다. 나는 그 속을 기어서 갔다. 식도를 타고 넘어가는 음식물처럼 순순히 흘러가다 중도에 멈추어 고집스레 머물렀다. 내가 샌드위치에 넣기 위해 찾아야 하는 색연필은 연필과 근본적으로 다르게 생긴 색연필이기 때문이었다. 나무 안에 심이 있어 칼이나 연필깎이로 깎아 쓰는 색연필 말고, 플라스틱으로 된 몸체의 아랫부분을 돌리면 심이 빙글빙글 올라오는 그런 색연필을 찾는 것이었다. 그것은 아마도 내가 연필의 연필다움에 아주 질려버렸기 때문에.

그러나 문제가 하나 있다. 내가 원하는 형태의 색연필은 늘 투명하고 질긴 고무 가방에 담긴 세트로만 판매한다는 것이었다. '내게 주어진 식빵은 작기 때문에 색연필 한 세트가 전부 들어가지는 않을 거야.' 나는 생각했다. '게다가 굳이 검은색 색연필을 넣은 색연필 샌드위치를 만들고 싶지도 않아'라고 이어서 생각했다. '그것은 다른 사람들에게 연필 샌드위치처럼 보일 것 같다. 내가 연필 샌드위치를 먹고 있다고 오해되기는 싫다'라고 생각하며 속눈썹이 피로하게 파고드는 눈을 비볐다.

게다가 세트로 사면 비싸다. 나는 돈을 그렇게 많이 가지고 있지 않았고 그건 딱히 꿈속에서의 특수한 상황도 아니었다. '잠자는 중에도 검소할 것.' 꿈 밖의 내가 다시 위엄 있게 뒤척였다. 카운터에서 신문이 뒤적여졌다. '나는 늘 신문이 싫었다. 그러나 화내고 싶지 않다.' 집중하지 않기 위해 어금니 사이에 끼여 있는 나뭇조각 하나를 혀로 끌어와 천천히 씹었다. 목구멍으로 넘어가려는 짓이겨진 나뭇조각을 다시 혀로 끌어내 잘근잘근 씹자 그것의 맛이 익숙해지며 내게 더 익숙하던 다른 맛으로 변모했다.

누룽지를 끓여 그 물을 마시는 것을 끼니로 삼던 때가 있었다. 음식이 당최 먹히지 않았기 때문이었다. 음식을 만들거나 사서 입으로 가져가 씹고 삼켜 소화하는 과정 중 반드시 하나 이상에서 문제가 발생하기 마련이었다. 비스듬히 앉아 누룽지 끓인 물을 홀짝이면서 나는 간장 대신 구수함이란 무엇인가에 관해 사유하는 것을 반찬으로 삼았다. "보리차, 숭늉, 된장국 따위에서 나는 맛이나 냄새와 같다." 구수함의 사전적 정의는 이러했는데 아무리 생각해도 보리차와 숭늉과 된장국의 공통점은 최후의 음식이라는 것뿐이었다. 흉년이 들어 먹을 게 없을 때, 몸이 아플 때, 마음이 아플 때. 내 연명이 누군가에게 폐를 끼치는 일이라고 여겨질 때, 그러니까 내가 음식을 먹고서 하루를 더 살아가는 게 이 세계와 주변에 누가 되는 게 거의 확실해졌을 때 그럼에도 불구하고 마주할 수 있는 밥상, 가장 낮은 밥상의 맛이라는 것이었다. 어쩌면 구수한 맛이란 먹는 사람을 죄인으로 만들지 않는 유일한 맛.

현실적으로도 구수한 맛은 최후의 맛이다. 음식을 먹는 게 어려워지면 처음에는 단맛 나는 먹을거리를 찾기 마련이다. 체내에 에너지가 부족한 상황이 오기 때문에 몸이 곧바로 사용할 수 있는 당류에 끌리게 되는 것이다. 그러나 단맛이 주는 쾌감은 떳떳하지 않고 이를 깨닫는 데에는 그리 오랜 시간이 필요하지 않다. 단맛에 관한 죄책감은 구역감으로 이어지는데 이는 자연스레 신맛을 찾게 만든다. 그러나 신맛은 위액과 같은 맛이라는 점에서 구역감을 구토감으로 발전시키는 방아쇠 역할을 한다. 게다가 식이장애 증상을 가진 이들의 나약해진 위장 벽에 산은 고통을 주기 십상이다. 신맛이 이럴진대 쓴맛이나 매운맛이 지속가능할 리 없다. 게다가 이 둘은 기본적으로 고통이라는 면에서, 순수한 쾌감이 아니라 비틀린 쾌감을 선사한다는 점에서 죄책감을 유발한다. 약해진 소화기관을 온종일 괴롭히며 일상의 무게를 더하는 건 자해를 하는 이들이 추구하는 통증의 방식도 아니다. 우리는 통증이 빛났다 사라지기를 바란다. 무언가를 가지고 사라져주기를 바란다. 통증도 스스로 그것을 바란다. 그로 하여금 짧은 평화랄지 결정적인 보람이 되기를 바라지 삶처럼 지속된다면 의미가 없을 것. 혹은 잠처럼. 결코 죽음을 닮을 수 없는 긴 잠처럼. 그러므로 구수한 맛이 종착지다. 그러므로 종착지는 구수한 맛이다.

어느 날인가 누룽지 끓인 물을 꾹꾹 씹고 있는데 내가 마치 나무껍질을 씹어 그 즙을 먹는 곤충이 된 것 같다는 느낌이 들었다. 나는 지금 한 마리 곤충으로서 미량의 나무를 씹을 뿐이다…… 그건 누구에게 누가 되는 일도 폐가 되는 일도 아닐 터였다. 한 마리 곤충이 되어 버려진 나무둥치를 쏠 때의 안락함. 내가 뭔가 먹음으로 하여 누군가 죽지도 굶지도 않는다는 감각. 우리 모두가 오히려 더 나은 쪽으로 향해간다는 믿음. 내 먹음에 대해, 즉 내 생존의 지속에 대해 고민하지 않는 존재 특유의 슴슴한 기쁨이 구수함이다. 그러니까 식사에 거부감을 느끼는 사람들의 마지막 보루가 바로 이 구수함에 있는 거라고 나는 생각했다.

할머니는 돌아가시기 전 몇 달간 제대로 된 식사를 하지 못했다. 캔에 든 유동식을 마시는 게 전부였고 유동식에는 '구수한 맛'이라고 적혀 있었다. '구수한 맛'이라고 적힌 유동식에서는 누룽지 냄새가 났다. 꿈속 나는 다시 연필 코너로 걸음을 옮겼다.*

*

이제 나는 완성된 연필 샌드위치의 맛을 보고 있었다. 자신이

---

* "어릴 적부터 할머니와는 결정적으로 생활의 리듬이 맞지 않았다. 하루 중 내가 활기찬 시간에 할머니는 졸려했고, 내가 피곤한 시간에 할머니는 의욕이 넘쳤다. 그 대립이 가장 극단적으로 느껴진 시간대는 오후 네시에서 다섯시경이었는데, 나는 늘 낮잠을 자고 싶어했던 것 같다. 그리고 다른 가족들이 보기에 나는 낮잠을 잤다고 할 수도 있었다. 그러나 나는 한 번도 제대로 잠든 적이 없었는데 그 시간대에 할머니가 늘 낮잠에서 깨어나 좁은 부엌으로 가서 간장에다 꽈리고추를 넣고 굵은 멸치를 조렸기 때문이었다.
참 서럽고 처절한 냄새가 난다고 나는 생각했던 것 같다. 눈을 감은 채로 들숨을 아껴가며, 너무 좁은 집, 그마저도 거실 소파 뒤에 간이로 놓인 내 이부자리에 누워 나는 눈물을 흘릴 수밖에 없었는데 그 간장 냄새가 몹시 싫었기 때문이었다. 쾨쾨하고 촌스럽고 무엇보다도 뻔뻔한 냄새라는 느낌이었다. 왜냐하면 할머니는 반찬 투정이 심한 편이었고 밥을 잘 드시면서도 밥맛이 없다는 말을 입에 달고 살았는데 그런 때에도 유일하게 잘 드시는 반찬이 바로 그 간장을 넣고 조린 꽈리고추와 멸치라서 나는 할머니가 멸치를 볶을 때면 할머니가 밥을 먹기 위해 정말 노력한다는 인상을 받을 수밖에 없었다. 그리고 어린 나는 그것이 싫었던 것 같다. 할머니가 열심히 밥을 먹는 것." 2021년 4월 20일의 일기 중에서.

꿈에 있다는 사실을 얼핏 알고 있는 자 특유의 용기로 크게 한입을 베어물었고 곧 샌드위치에 반달 모양의 자국이 생겼다. 식빵이 젖어 흘러내릴 정도로 많은 겨자 소스를, 복돼지 문구점의 바닥을 엉망으로 만들 정도로 많은 양상추를 넣었음에도(그것들이 어느 코너에 있었는지는 기억나지 않는다) 연필의 나무 맛이 너무 강해서 나는 조용히 미간을 찌푸렸다. 찌푸린 채로 씹었다. 한입을 더 베어물었다. 나무가 결대로 부러지며 뾰족한 끝이 혓바닥을 벴다. 조용히 피와 함께 먹었다. 등뒤에서 들리는 신문 소리가 한결 부드러워졌다.

"맛이 어때?"

처음으로 누군가 내게 물었다. 꿈이 늘 그렇듯 말을 건넨 자는 보이지 않는다. 나는 맛있다고 대답해야겠다고 생각했다. 최대한 착하게 굴어야 여기서 얼른 빠져나갈 수 있을 것 같아서. 그러나 말을 하려고 입을 열면 입안에 생긴 공간만큼 연필 샌드위치가 빵빵하게 불어나 혓바닥을 짓눌렀다. 혀를 움직여 연필들을 한쪽으로 치우고 말을 하려 하면 그대로 연필들에 목구멍이 틀어막혀 구역질이 났다. "맛이 어때?" 그녀가 다시 물었다. 나는 몇 번 더, "맛있어요"를 시도해봤다. "맛있어요"는커녕 "괜찮아요" "먹을 만해요"까지 줄줄이 실패다. 한참 뒤에야 겨우, 내가 여기서 할 수 있는 말을, 하는 게 허락된 말을 찾아냈다. "그만 먹고 싶어요. 맛이 없어요."

*

"걔는 음식을 하면 맛이 없어. 네가 하면 맛있는데." 할머니가 돌아가신 뒤 가장 먼저 한 일은 이모의 꿈에 나와 엄마 음식을 흉보는 것이었다고 했다. 이모를 향한 할머니의 이 비틀린 칭찬은 결국 이모의 입에서 반찬을 해 엄마에게 갖다주겠다는 말이 나올 때까지 계속되었다. 그날 이모가 엄마에게 해다 준 음식은 섞박지와 동태찌개 그리고 간장에 조린 멸치였다.

그날 내가 수화기 너머로 할말이 없었던 것은 엄마의 거식증 증상을 최초로 유발한 것이 바로 이모이기 때문이었다. 엄마와 이모가 함께 하던 식당에서 어느 날 갑자기 이모가 손을 뗀 것이 계기였다. 엄마는 가게와 함께 몰락을 시작했는데 그것은 무엇보다도 축소를 의미했다.

엄마의 살은 매분 매초 빠지고 있는 것처럼 보였다. 1번 테이블을 닦고 뒤를 돌아보면 주방에 서 있는 엄마의 팔뚝이 더 가늘어져 있었고, 2번 테이블을 닦고 뒤를 돌아보면 마찬가지로 주방에 서 있는 엄마의 목덜미가 더 가늘어져 있었다. 육수 통에 들어갔다 나온 노계처럼 엄마는 내가 조금만 흔들어도 뼈가 드러났다.

닭들의 뼈는 왜 늘 부러질 준비가 되어 있는 걸까. 살을 발라내는 게 어려운 이유는 그 때문이었다. 엄마는 닭들을 불쌍히 여기기 시작했다. 닭을 해체하는 건 내 일이 됐다. 나는 당시 회사를 다니고 있었지만 평일이면 퇴근한 후 자정까지, 주말에는 온종일 식당에서 일했다. 회사는 경기 북부에, 식당은 경기 남부에 있었지만 선택의 여지가 없었다. 손가락으로 닭을 찢고 나면 닭곰탕으로 식사를 했다. 밥도 없이 건더기를 그득히 담아 한 대접씩 먹는 것이었다.

엄마는 어릴 적 나에게 가상의 탯줄에 관한 이야기를 들려주곤 했었다. 내가 엄마의 뱃속에서 나온 뒤 눈에 보이는 탯줄은 절단했지만 어떤 영적인 탯줄 같은 건 잘리지 않고 남아 있어서 그것으로 서로 연결되어 있고 영향을 주고받는다는 거였다. 나는 내가 그 탯줄을 통해 엄마의 몸에 음식을 공급한다는 생각을 했다. 평소보다 두 배는 많은 음식을 먹었고 맛있게 먹었다. 그러니까 손님들이 먹을 밥을 퍼 담은 엄마가 눌어붙은 누룽지 위에 물을 부어 끓인 것을 천천히 마시는 동안 엄마 옆에서 닭곰탕을 먹으며, 사실 닭곰탕을 먹고 있는 건 엄마고 내가 먹는 건 누룽지라고 생각했던 것 같다. 그런 숭고함으로 매일의 식사가 복잡해졌다. "넌 여기 밥 먹으러 왔니?" 엄마는 말하곤 했다.

*

가게를 정리하고 얼마 지나지 않아 할머니가 입원했다. 할머니는 입원하고 얼마 지나지 않아 식사를 거부했다. 엄마는 할머니의 거부를 거부하기로 결심한 것 같았다. 매일 식사시간이 되면 올리고당 한 통을 핸드백에 넣고 병원에 갔으니까. 할머니는 밥을 거부했지만 엄마가 올리고당을 뿌려서 먹여주는 밥은 꿀떡꿀떡 잘 넘겼다. 밥숟갈 위 뽀얗게 올려진 밥에도 멸치조림에도 햄에도 김치에도 된장국에서 건진 시래기 위에도 올리고당이 뿌려졌다. 그러나 단맛의 나날은 짧고 병의 진행은 빨랐다. 그러니까 할머니도 곧바로 구수한 맛의 환자용 유동식으로 건너뛴 것이었다.

할머니를 보살피기 시작하며 엄마는 다시 밥을 정말 열심히 먹었다. 하지만 내가 먹어댄 밥이 엄마의 기운이 됐던 그 시절과 달리 엄마가 밥을 아무리 열심히 먹어도 할머니는 계속 아파지기만 했다. 건강해지는 건 엄마 쪽이었다. 팔다리에 살이 붙고 피부에 기름이 돌았다. 영적인 탯줄은 언제 끊어지는 것일까. 딸이 엄마가 되는 그 순간일까? 그 순간에 엄마는 자기와 자기 엄마를 이어주던 그 탯줄을 끊고 나와의 결속을 선택한 걸까? 사람의 배꼽이 하나인 이유는 그 때문일까? 어쩌면 할머니와 진정으로 연결되어 있는 건 엄마가 아니라 나일지도 모른다고 생각하기도 했지만 나도 할 수 있는 일이 없었다. 가게가 팔린 뒤 무엇을 먹든 거기서 닭 비린내가 나는 것처럼 느껴졌기 때문이었다.

누룽지 밥알이 소화되지 않아 신물이 올라오는 속을 가라앉히려 양치질을 하는 동안 거울 속 내 얼굴은 종종 할머니와 어느 정도 이상으로 닮아 있었다. 어쩌면 우리는 세대를 건너뛴 탯줄을 통해 영양분이 아니라 그것의 반대를 나누고 있는지도 몰랐다.

건강하던 사람이 아파지고 뚱뚱하던 사람이 말라가고 살아 있던 사람이 죽는 게 나는 아직도 이해되지 않는다. 할머니는 건강한 사람이었고 뚱뚱한 사람이었고 무엇보다도 살아 있는 사람이었다. *

---

* "부모의 상喪에는 성복成服하는 날에야 죽을 먹고, 졸곡卒哭하는 날에야 거친 밥

*

연필 샌드위치의 마지막 한입이 어떤 맛이었는지 나는 지금도 생생하게 떠올릴 수 있다. 나는 그 마지막 조각을 오래 씹지도 않았다. 있는 힘껏 삼키고 구토감을 참느라 자꾸 힘을 준 목구멍은 이미 헐거워져버려 그 통로를 따라 샌드위치가 내려갔다 올라갔다를 반복했다. 그것이 마침내 위장에 다다랐다고 느껴졌을 때 나는 카운터로 갔다. '다 먹었는데요' 따위의 말은 하지 않아도 되었다. 말은 쓸데없는 것이다. 그녀는 보고 있었을 터였다. 어쩌면 투시하는 눈을 가져 내 목구멍 위아래로 오르내리던 연필 조각들의 모습까지 보고 있었을 터였다. 신문 마지막 장이 넘어가고 그녀는 만족스러운 얼굴로 내게 이제 나가봐도 된다고 손짓했다. '울지 않아야 해.' 그때 나는 생각했는데 자존심 때문이 아니라 비굴함 때문이었다.

나는 천천히 복돼지 문구점의 출입문을 향해 걸어갔다. 밖은 어둡고 안은 환하므로 유리문에 내 모습이 거울처럼 비쳤다. 나는 온통 검은 옷을 차려입은 채 검은 땀을 흘리며 서 있었는데 이 옷을 언제부터 입고 있었던 것인지, 땀은 언제부터 흘리고 있었던

을 먹고 물을 마시며, 국을 먹어서는 안 된다. 채소와 과실은 먹지 않는다. 소상小祥이 지난 후에야 채소와 과일을 먹어도 되고, 국도 먹을 수 있다. 예문이 이와 같으니, 병이 나지 않았으면 예문대로 해야 한다. 어떤 이는 예가 지나쳐서 삼 년 동안이나 죽을 먹었다 하는데, 만일에 그가 참으로 효성이 남보다 뛰어나고 털끝만큼도 억지로 하는 뜻이 없다면 비록 예보다 지나치기는 하지만 그래도 혹 옳다 하겠다." 율곡 이이, 「상제」, 『격몽요결』.

것인지 종잡을 수 없었다. 그저 자신에게 걸어가듯 천천히 문을 향해 걸어가고, 내가 문에 다다르기도 전에 문이 열리고, 누군가 우르르 밀려들어왔다. 언제부터 있었는지 모를, 문구점 안에 있던 사람들도 우르르 밀려나갔다. 공기도 마찬가지였다. 바람이 밀려들어오고 또 밀려나가며 내 머리카락과 옷자락을 이리 뒤집고 저리 뒤집었다. 잠시 강한 허기를 느끼고 그것이 담담한 울렁거림으로 바뀌는 것을 느꼈다. '배가 고프지 않아서요.' 나는 습관처럼 생각한다. 갑자기 나는 내가 지금 몹시 아프며 도움이 필요하다는 생각을 하게 되고 그로 인해 웃게 된다. '누군가 어디가 아프냐고 물어본다면,' 나는 생각한다. '물어봐준다면, 나도 잘 모르겠다고 말해줘야지. 기꺼이.' 그러나 더이상 이렇게 온통 검은 옷을 차려입고 여기서 기다리고 있을 수만은 없다는 생각이 들었다. 점차 견딜 수 없이 가슴 아래쪽이 아파왔기 때문이었다. 마음이 아프다는 것이 아니라, 나는 구토했다. '신문지로 닦으면 될 텐데.' 구토하며 나는 생각했다. 축축한 연필 조각들을 밟으며 또다시 우르르 누군가 밀려들어오고 밀려나갔다. 나는 바닥에 검은 땀을 뚝뚝 떨어뜨리며 그 자리에 가만히 엎드려 있다가 그대로 소멸했다.*

---

* "간장을 생각하면 기분이 늘 이상하다. (……) 이 거부감은 종종 본능적이라고 느껴지기도 한다. 이렇다 할 이유도 사실 없고 굳이 따지면 할머니 때문도 아닌 것 같다는, 인과의 오류일 수 있다는 생각마저 한다. 그런 생각을 하다보면 나는 간장을 뒤집어쓰고 간장과 함께 사라져버려야 할 나쁜 귀신의 영역을 조금은 가지고 태어난 걸까 하는 생각에 도달하게 된다. 한편 더 나쁜 것은 차라리 내가 나쁜 귀신이라면 그 간장을 통해 정화되거나 소멸될 수 있을 것인데 내가 완전히 나쁜 귀신이 아니고 그 요소를 가진 그냥 사람이라서 늘 간장을 필요로 하고 또

*

그리고 침대 위에서 눈을 떴다.

오래된 우울이 느긋하게 자기 자리를 찾아 돌아오고 낯선 슬픔이 주위를 두리번거리며 머릿속을 파고드는 이른 오후였다. 사람들의 구둣발 밑에서 투둑거리며 연필들이 부러지는 소리가 여전히 머릿속을 두드리며 손과 발을 떨게 하고 팔과 다리를 뻣뻣하게 했다. 나는 공들여 숨을 내쉬었다.

침대는 축축했고 안락하지 못했으며 내가 손닿는 거리에 가져다둔 여러 가지 물건으로 좁기까지 했다. 나는 옆으로 누운 채 울지 않고 있었다. 손가락을 쭉 펼치자 뭉툭하던 통증이 길쭉해지는 것이 느껴졌다. 내가 잠을 자는 동안 손가락을 쉼없이 꼼지락거리고 움찔거리기 때문이다. 그 모습을 본 사람들은 내가 꿈에서도 글을 쓰고 있다고, 타자기를 누르고 있다고 이야기하지만 나는 꿈에서 글을 쓰는 일이 거의 없다. 대신 나는 쪽파를 썰고 베란다를 청소하고 누군가의 어깨를 주무른다. 바닥에 떨어진 머리카락을 주워모으고 뚜껑이 열린 채 동댕이쳐져 있는 사인펜들의 뚜껑을 색을 맞춰 닫는다. 이를 닦고 이를 닦이고 화투를 정리하고 박수를 치고 기저귀를 갈고 운전을 해 누군가를 경치 좋은 저수지에 데려간다. 내가 해야만 한다고 생각하는 일을, 해야만 했다고 생각하는 일을 한다. 그러므로 나를 잠에서 깨우는 가장 좋

두려워한다는 생각이다." 2021년 4월 20일의 일기 중에서.

은 방법은 내 손을 움켜쥐는 것이다. 헛되이 바삐 움직이는 손가락을 꽉 붙들어 때늦은 자상함과 의미 없는 보살핌이 만들어내는 기만적인 보람을, 비겁한 기쁨을, 지어낸 행복을 깨뜨리는 것이다. 미처 하지 못했거나 하지 않은 일들로 이루어진 세계 속에 나를 다시 끌어다 놓는 것이다. 글로 쓰인 좋은 이야기들이 내가 몸을 뒤척일 때마다 침대 밑으로 툭툭 떨어진다. 밥상을 차려온 엄마의 발등을 멍들게 한다.

"뭐라도 먹어야지."

엄마가 말했다.

"뭐라도 먹어야지, 은정아."

엄마가 말하고 있었다.

끝*

---

* "이른바 벽을 향해 제사를 드리는 향벽설위向壁設位에서 인간을 향해 제사를 거행하는 향아설위向我設位로의 이행이 그것이다. (……) 당시의 향아설위에서 눈에 띄는 것은 그것이 기존에 벽을 향해 차려졌던 하나의 제상을 인간을 향해 반대로 돌려놓는 방식이 아니라 사람마다 각기 제상을 마련하고 자신을 향하여 진설하게 하는 방식이었다는 점이다." 최종성, 『동학의 테오프락시—초기동학 및 후기동학의 사상과 의례』, 민속원, 2009, 130~132쪽.

| 작가노트 |

2021년 4월 20일의 일기

어릴 적부터 할머니와는 결정적으로 생활의 리듬이 맞지 않았다. 하루 중 내가 활기찬 시간에 할머니는 졸려했고, 내가 피곤한 시간에 할머니는 의욕이 넘쳤다. 그 대립이 가장 극단적으로 느껴진 시간대는 오후 네시에서 다섯시경이었는데, 나는 늘 낮잠을 자고 싶어했던 것 같다. 그리고 다른 가족들이 보기에 나는 낮잠을 잤다고 할 수도 있었다. 그러나 나는 한 번도 제대로 잠든 적이 없었는데 그 시간대에 할머니가 늘 낮잠에서 깨어나 좁은 부엌으로 가서 간장에다 꽈리고추를 넣고 굵은 멸치를 조렸기 때문이었다.

참 서럽고 처절한 냄새가 난다고 나는 생각했던 것 같다. 눈을 감은 채로 들숨을 아껴가며, 너무 좁은 집, 그마저도 거실 소파 뒤에 간이로 놓인 내 이부자리에 누워 나는 눈물을 흘릴 수밖에 없었는데 그 간장 냄새가 몹시 싫었기 때문이었다. 쾨쾨하고 촌스럽고 무엇보다도 뻔뻔한 냄새라는 느낌이었다. 왜냐하면 할머니는 반찬 투정이 심한 편이었고 밥을 잘 드시면서도 밥맛이 없다는 말을 입에 달고 살았는데 그런 때에도 유일하게 잘 드시는 반찬이 바로 그 간장을 넣고 조린 꽈리고추와 멸치라서 나는 할머니가 멸치를 볶을 때면 할머니가 밥을 먹기 위해 정말 노력한다는 인상을 받을 수밖에 없었다. 그리고 어린 나는 그것이 싫었던 것 같다. 할머니가 열심히 밥을 먹는 것.

'너도 할머니가 없는 집에서 살아봐야 하지 않겠냐'는 이유로 독립을 허락받은 지 칠 년가량이 흘렀다. 그때 나는 할머니에 대해 내가 느껴온 미움을 엄마에게 고스란히 들키고 있었다는 사실에 당황하며 짐을 꾸렸다. 할머니와 함께 밥을 먹지 않고, 할머니를 절대로 쳐다보지 않고, 할머니에게 날 선 말을 하면서도 이 모든 게 미움이 아니라 뒤틀린 사랑의 한 방식으로 이해될 거라는 비겁한 희망이라도 품었던 걸까. 어쨌건 처음에는 자기만의 방에서 혼자 밥 먹고 잠자는 것만으로도 천국에 온 듯 행복했는데, 세 번째로 구한 지금 이 집에서 나는 꽤 힘든 시기를 보내고 있다. 정신질환은 과학이 아니라 종교나 미신의 영역에 속하는 것 같다는 인상을 떨치기 어려워서 나는 우울증과 불안장애로 고생스러울 때마다 귀신을 생각할 수밖에 없었다. 이 집에 귀신이 살고 있다는 생각. 그래서 집이 무너질 것 같다는 생각도 많이 했고, 칼을 든 자가 침입할 것 같다는 생각도 많이 했고, 어떤 방식으로든 이 집이 내가 죽을 자리인 것 같다는 생각을 자꾸 하게 되어 무서웠다. 그때 정말 귀신을 쫓듯 누군가 나타나 나를 살린 일이 두 번 있었는데 그 두 장면 모두에 간장 냄새가 깊이 관여한다.

첫번째로 이 집의 부정을 쫓아준 건 수안이었다. 지난 내 생일에 수안이 놀러오며 마늘을 제 몸집만한 쇼핑백으로 한가득 지참해 그것으로 오후 내내 둘이 마늘간장조림을 만들었다. 바닥에 온통 비닐을 펼치고 마늘 다듬기부터 시작했다. 마늘 껍질이 쌓여감에 따라 온 집안에 마늘 냄새가 퍼졌고 냄새는 진해지다못해 우리 살갗에 문질러졌으며 우리는 그걸 땀을 닦듯 닦아내거나 잠시 동안 두 손에 모아쥘 수도 있었다. 그 상태에서 커다란 냄비에 간장을 콸콸 붓고 끓이기 시작하자 간장 냄새가 치솟았다. 그것은 이미 공기를 지배하고 있던 마늘 냄새와 합쳐지며 굉장히 걸쭉해졌고 우리는 그제야 우리가 창문 여는 걸 까먹고 있었다는 사실을 떠올렸다. 끓는 간장에 알마늘을 두루룩 쏟아넣고 마침내 창문을 열자 마늘 냄새와 합쳐진 간장의 냄새는 너울너울 크게 물결치며 집의 양쪽 큰 창으로 몰려나갔다. 나는 그것을 실제로 눈으로, 색채로 본 것 같다는 인상마저 든다. 그러고 나서 마치 세계의 모든 비가 일시에 그친 듯 모든 게 아주 개운해진 느낌으로 뱃속이 평화로웠던 것도 생생하다.

두번째로 부정을 쫓아준 건 혜수다. 오늘 혜수와 냉장고 청소를 했다. 내 작은 냉장고는 언젠가부터 내 마음속 가장 어두운 구석처럼 차마 건드리지도 못하는 무언가, 악취의 근원, 에너지의 블랙홀 같은 기능을 하고 있었는데 얼마 전 미섭의 집에서 하루 묵으며 미섭의 냉장고를 본 후로 나도 냉장고를 정리하고 싶다는 마음이 들어 혜수에게 도움을 요청한 것이었다. 광역버스를 타고 두 시간에 걸쳐 이 집으로 온 혜수는 냉장고 문을 열고 잠시 생각에 잠기더니 그 안에 있는 모든 것을 일단 꺼내기 시작했다. 나는 기분이 좀 이상해졌다. 막상 꺼내고 보니 냉장고 속에 있던 내용물은 고작 몇 줌밖에 되지 않았던 것이다. 다만 한 가지, 냉장고 문짝과 선반 안쪽에 진득한 적갈색의 소스가 흘러 온통 엉망이 되어 있었다. 혜수가 그 냄새를 맡아보더니 일본 느낌으로 달콤한 냄새가 난다며 어떤 이상한 간장 소스인 것 같다고 말했다. 나는 혜수가 데리야키 소스를 말하고 싶어한다고 생각했지만 '어떤 이상한 간장 소스'라는 표현이 더 마음에 들었다. 그리고 이어지던 말.

"언니. 어떤 이상한 간장 소스가 쏟아진 것처럼 냉장고를 뒤덮고 있는데, 막상 이 냉장고에는 그 간장 소스 병이 없단 말이야."

혜수가 쓰레기장에 다녀오는 것을 몹시 귀찮아해서 내가 쓰레기장에 다녀오고 설거지를 하는 동안 혜수는 냉장고를 싹싹 닦아 그 팥죽색의 이상한 간장 소스를 다 지웠고 거기에 멀쩡한 식재료를 채워넣었다. 혜수가 이제 냉장고를 봐도 된다고 해서 돌아보니 냉장고는 반짝반짝 빛이 났고 아주 당당했으며 무엇보다도 사람을 무력하게 하는 악취가 전혀 나지 않았다. 나는 아무런 냄새가 나지 않는 냉장고가 신기해서 냉장고를 열어보았다가, 이 일을 도무지 믿을 수 없어 다시 닫기를 반복했다. 이때에 나는 또 하나의 액운이 곁에 있는 사람의 도움으로 물러갔다는 생각을 안 할 수 없었다.

간장을 생각하면 기분이 늘 이상하다. 간장은, 두말할 나위 없이 내가 가장 좋아하는 소스이다. 나는 외식을 할 때든 집에서 요리를 할 때든 간장을 기반으로 쌓아나간 양념을 먹고 쓰는 걸 좋아하는데 한편으로는 거부감도 크게 들어서 숟가락을 입에 넣기 직전에 순간적으로 반드시 역겹다는 판단을 내리게 되는 것이다. 이 거부감은 종종 본능적이라고 느껴지기도 한다. 이렇다 할 이유도 사실 없고 굳이 따지면 할머니 때문도 아닌 것 같다는, 인과의 오류일 수 있다는 생각마저 한다. 그런 생각을 하다보면 나는 간장을 뒤집어쓰고 간장과 함께 사라져버려야 할 나쁜 귀신의 영역을 조금은 가지고 태어난 걸까 하는 생각에 도달하게 된다. 한편 더 나쁜 것은 차라리 내가 나쁜 귀신이라면 그 간장을 통해 정화되거나 소멸될 수 있을 것인데 내가 완전히 나쁜 귀신이 아니고 그 요소를 가진 그냥 사람이라서 늘 간장을 필요로 하고 또 두려워한다는 생각이다.

적절한 치료와 돌봄이 이어지며 병세는 한결 나아졌지만, 요즘도 마음을 도무지 붙들 수 없을 정도로 겁이 날 때가 있고 마음을 아무리 쥐고 흔들어도 이렇다 할 떨림이 느껴지지 않을 때가 있다. 겁을 내다보면 내가 여전히 이렇게 겁을 낸다는 사실에 안심하기도 하고, 떨림을 느끼지 못하다보면 내가 이렇게 안정적이라는 사실에 겁이 나기도 한다. 그럼 증상은 기다렸다는 듯 돌아와 슬그머니 뱃속을 파고든다. 그뒤로는 또다시 반복이다. 교차하고 교차하는 찹쌀꽈배기 같은 삶.

찹쌀꽈배기는 할머니가 가장 좋아하는 간식이었다. 찹쌀꽈배기는 튀김류 중에서 간장과 가장 멀어진 종류라고 생각된다. 나도 그렇게 될 수 있을까. 찹쌀꽈배기처럼 나도 언젠가는 간장을 전혀 필요로 하지 않게 될 수 있을까. 나를 확장하고 단단하게 만들었지만 곧 까맣게 태우고 말 펄펄 끓는 미움 속에서 적당한 시기에 빠져나올 수 있을까. 싱겁게 사랑하고 따뜻하게 추억하고 부드럽게 용서할 수 있을까. 용서할 상황과 용서받을 상황을 엄지와 검지만으로 명확하게 떼어낼 수 있을까. 그렇게 되기 위해서는 나에게도 역시 다량의 설탕이 필요할까. 만약 그렇다면 그때의 나는 설탕에 관하여 어떤 생각을 하고 있을까.

가장 작은 맛

인아영

꿈속에서 연필 샌드위치를 만들어 먹어야 하는 한 여자의 이야기를 그린 현호정의 「연필 샌드위치」는 일종의 현대판 몽유록夢遊錄이다. 한국 고전소설에서 몽유록은 주인공이 꿈의 세계로 들어가서 온갖 환상적이고 기상천외한 사건을 겪고 다시 생시로 돌아오는 환몽 구조로 이루어진다.[1] 인생이 허망하다는 깨달음이나 당대 사회에 대한 날카로운 비판을 담곤 했던 몽유록의 양식이 섭식/거식으로 이어지는 할머니-어머니-딸 삼대의 모계 서사로 다시 태어날 때, 바로 현호정의 「연필 샌드위치」가 탄생한다.

1) 한국 고전문학에서 몽유록은 일반적으로 입몽-좌정-토론-시연-각몽이라는 화소로 구성된다(이상택 외, 『한국 고전소설의 세계』, 돌베개, 2005 참조). 이 글은 이 소설이 입몽(꿈으로 들어가기)으로 시작해 각몽(꿈에서 깨어나기)으로 끝나는 몽유록 양식의 기본 골격을 현대적으로 해석했다고 본다.

데뷔 이래 연명 설화, 창조 신화 등 고전문학 양식을 동시대의 매력적인 이야기로 유연하게 차용해온 현호정은 이 소설에서도 어김없이 오랜 장르를 새로운 상상력으로 재구한다.[2)]

이 소설에 등장하는 여자들은 살면서 한 번씩 음식과 불화한 적이 있다. 죽기 직전 몸이 받아들이지 못해서든, 가까운 이에게 배신당해 괴로워서든, 사랑하는 이를 잃고 우울에 빠져서든 말이다. 이 여자들에게 달고 짜고 맛있는 음식을 입안에 넣고 씹고 삼키는 일은 그저 편안하거나 자연스러운 행위가 아니다. 역사적으로 누군가를 먹이거나 돌보는 일이 주로 여성에게 할당된 인위적인 노동으로 굴러왔기 때문만은 아니다. 한 생명이 다른 생명을 먹이거나 먹이지 못하는 행위에 사랑, 슬픔, 미움, 연민 같은 감정이 얼마나 끈적하게 달라붙어 있는지, 음식물을 섭취하고 영양분을 공급하는 일상적인 행위가 타자의 존재를 비틀어 짜내고 빨아먹는 일과 얼마나 징그럽게 연루되어 있는지 그들이 누구보다 잘 알고 있기 때문이다. 그렇기에 이들에게 섭식이란 여간해서는 익숙해지지 않는, 영원히 이물스러운 행위다.

하지만 아이러니하게도 바로 그 이유로 이 여자들은 대를 넘어 비밀스럽고도 은은하게 이어진다. 성씨도 권력도 유산도 계승되

2) 현호정의 데뷔작인 『단명소녀 투쟁기』(사계절, 2021)는 주인공이 이승에서 목숨을 늘리는 연명 설화에서, 「라즈베리 부루」(웹진 비유, 2022년 1월호)는 알을 낳아 기른 부루의 창조 신화에서 모티프를 가져왔다. 「연필 샌드위치」의 각주에 등장하는 정약용, 율곡 이이 등 조선시대 인물들이 쓴 문헌 역시 현호정의 소설을 한국 고전문학과의 연관성 속에서 독해하게 한다.

지 않지만, 서로를 먹이는 원초적인 행위로 서로에게 보이지 않는 고리를 걸어 가장 낮은 곳에서부터 촘촘하게 연결된다. 이 미세하고 단단한 연결망은 가장 맛있는 것, 가장 힘센 것, 가장 탁월한 것을 공유하지는 못할지라도, 가장 싱거운 것, 가장 연약한 것, 가장 슬픈 것을 조용히 나누어 가진다. 그리하여 가장 오랫동안, 가장 끈질기게 서로의 아픈 몸과 마음과 영혼을 돌보는 동시에 살린다. 이 비루하고 아름다운 관계망은 현호정의 소설에서 아득한 꿈결을 흘러 먹고 먹이는 여자들의 몽유록을 끈끈하게 구축한다. 떫고 묵직한 연필 샌드위치를 만들어 먹으라는 꿈의 단호한 명령으로부터.

입몽入夢: 식이 장애를 앓는 이의 꿈

꿈속이다. 복돼지 저금통이 주렁주렁 매달려 있는 천장을 보니 아무래도 낡은 문구점인 것 같다. 왜 여기에 있는지는 모르겠지만 꿈의 규칙만은 직관적으로 알 수 있다. "두 장의 식빵 사이에 연필들을 빽빽하게 끼워 먹을 것."(293쪽) 텁텁한 흑연과 딱딱한 나무만을 씹고 싶지 않다면 지우개, 색연필, 양상추, 마요네즈, 토마토 등 다른 재료를 사용해도 된다. 겁이 나는 와중에 규칙은 자꾸 늘어난다. 저금통에서 쏟아져내린 은빛 동전들도 넣어야 하고, 토스터에 빵을 두 번 이상 구워서는 안 되고…… 축축함이 남아 있는 식빵 위에 연필과 지우개와 동전을 배열해보지만 재료들은 자꾸만 와르르 굴러떨어지고 식빵은 흐물거리다가 찢어져 버린다. 연필 맛을 줄이기 위해 플라스틱 색연필이라도 넣어보려 애쓰지만 실패, 실패, 또 실패. 이 암묵적이고 완고한 꿈의 명령 앞에서 '나'는 자신을 감시하는 카운터 아주머니의 눈치를 보기도 하고, "전혀 놀랄 일도 슬플 일도 아니"(295쪽)라고 스스로를 다독여도 보고, 온통 처참한 기분에 휩싸이기도 한다. '나'가 이 악몽에서 벗어나기란 좀처럼 쉽지 않다.

'나'는 왜 이런 꿈을 꾸고 있는 것일까? 아마도 현실에서 '나'가 식이 장애를 겪고 있기 때문일 것이다. 꿈은 간절한 바람이나 잠복해 있는 욕망을 그대로 반영하기도 하지만, 무의식적인 고민이나 억압된 괴로움을 증폭해서 보여주기도 한다. '나'가 먹는 일에 느끼는 고통과 죄책감은 딱딱하고 맛없는 연필 샌드위치를 먹으라는 엄중한 명령으로 변환되었을 것이다. 음식을 입안에 넣고 씹고 삼키는 일이 얼마나 고역이면 이런 꿈을 꿀까.

식이 장애는 세계의 질서를 그대로 받아들일 수 없을 때, 하지만 통제할 수 있는 대상이 자신의 몸뿐일 때 발생하곤 한다. 아무것도 내 마음대로 안 될 때, 하지만 내 몸만은 어찌할 수 있을 때, 폭식/거식 행위를 통해 그 어긋남이 드러나는 것이다. 그러니 섭식 행위는 세계와 내가 맺고 있는 관계를 드러내는 가장 투명한 통로이자 가장 근원적인 징후다. 베인 혓바닥에서 나온 피를 삼키고 구역질을 참으면서까지 간신히 연필 샌드위치를 씹어먹은 '나'에게 맛이 어떻냐고 묻는 목소리가 들린다. 그에게 겨우 건넨 대답은 어쩌면 '나'가 일상에서 매일 세계를 향해 외쳐온 말일지

도 모른다. "그만 먹고 싶어요. 맛이 없어요."(302쪽)

먹고 먹이는 여성 삼대의 섭식 트라이앵글

'나'의 섭식/거식은 독립적인 개체로서 한 사람의 몸에서 일어나는 개별적인 증상이 아니다. 여성 삼대라는 삼각 관계망 안에서 한쪽이 밀리면 다른 한쪽이 당겨지고, 여기서 돌연 사라졌다가도 저기서 이내 생겨나며, 끝과 끝이 맞물린 채로 영영 순환하는 사건이다.

처음 거식 증상을 보인 것은 엄마였다. 이모가 엄마와 함께 하던 식당에서 손을 떼면서 엄마의 살은 "매분 매초 빠지고 있는 것처럼"(303쪽) 보일 지경이었다. 한번 고개를 돌릴 때마다 더 가늘어진 것 같은 엄마의 팔뚝과 목덜미를 보면서 '나'는 "늘 부러질 준비가 되어 있는"(같은 쪽) 닭의 뼈를 떠올리곤 했으니까. 엄마가 가게를 정리한 후 거식 증상은 입원한 할머니에게 옮겨간다. 음식을 거부하는 와중에도 엄마가 올리고당을 뿌려주는 밥은 잘 넘겼던 할머니는 머지않아 환자용 유동식만 먹을 수 있게 된다. 그리고 마지막으로 거식 증상이 도달한 지점이 바로 할머니의 상喪을 치른 뒤 우울과 슬픔으로 방에서 나오지 않고 거식을 택한 '나'일 것이다.[3] 물리적으로 엄밀한 인과관계라고 말하기는 어렵지

3) '나'의 거식 증상이 할머니의 죽음으로 인한 것이라는 표지가 선명한 것은 아

만 도미노처럼 이어지는 이 신비한 연쇄 앞에서 '나'는 문득 엄마가 들려준 '영적인 탯줄' 이야기를 떠올린다. "엄마는 어릴 적 나에게 가상의 탯줄에 관한 이야기를 들려주곤 했었다. 내가 엄마의 뱃속에서 나온 뒤 눈에 보이는 탯줄은 절단했지만 어떤 영적인 탯줄 같은 건 잘리지 않고 남아 있어서 그것으로 서로 연결되어 있고 영향을 주고받는다는 거였다."(304쪽)

'영적인 탯줄'을 통해 이어지는 것은 영양분만이 아니라 죄책감이기도 하다. 서로에게 영양분을 내어준다는 것은 서로에게서 영양분을 빼앗는다는 뜻도 되기 때문이다. 누군가를 배부르게 하는 일이 누군가를 굶게 만들고 누군가의 폭식이 누군가의 거식이 된다는 것을 이 여자들은 알고 있다. '나'가 할머니의 발병 이후 "어쩌면 할머니와 진정으로 연결되어 있는 건 엄마가 아니라 나일지도 모른다"(305쪽)고 스스로를 탓하며 신물을 느끼는 것도, 죽은 닭을 찢어 기름지게 먹는 육식 행위로 엄마를 살찌운 이후에 닭 비린내에 질려버리는 것도, 자신의 몸이 다른 이의 몸을 착취함으로써 태어났고 자랐으며 지금까지 살아 있다는 죄책감과 무관하지 않다. 그러므로 '영적인 탯줄'은 엄마가 딸에게 영양분을 밀어 보내는 부드러운 통로가 아니다. 서로의 몸을 집어삼킴으로써 유지되는 질긴 순환이다. 죽임과 살림이, 착취와 돌봄이, 사나움과 애틋함이, 역겨움과 사랑이 분리되지 않는 양가

니지만, 부모의 상을 치른 뒤의 음식 예절을 다룬 율곡 이이의 『격몽요결』이 인용된 각주, 그리고 꿈에서 '나'가 복돼지 문구점을 나설 때 검은 옷을 차려입고 있었다는 장면에 근거하여, 이 글은 이렇게 이해한다.

적인 회로다.

구수한 맛, 최소 혹은 최후의 맛

그러니 이 먹지 못하는 여자들이 가장 잘 아는 맛은 구미를 돋우는 감칠맛이 아니다. '나'가 꿈속에서 나뭇조각을 잘근잘근 씹다가 떠올린 익숙한 그 맛, 바로 구수한 맛이다. 음식이 좀체 들어가지 않던 시절 '나'가 끼니로 삼았던 숭늉도, 식욕을 잃은 엄마가 손님들의 밥을 푼 다음 겨우 마시던 누룽지 물도, 입원한 할머니가 먹게 된 환자용 유동식도, 모두 구수한 맛으로 이루어진 음식이다.

왜 하필 구수한 맛일까? 그것은 기분을 좋게 만드는 단맛, 생존 욕구를 채우는 짠맛, 구역감으로 이어지는 신맛, 본능적으로 피하게 되는 쓴맛, 혀를 괴롭히는 매운맛과 달리, 자극적이지 않되 슴슴하고 은연한 동시에 무리하지 않는 맛이다. 맛 중에서 가장 아무것도 아닌 맛, 말하자면 가장 무無에 가까운 맛. 아픈 '나'에게 그것은 무엇보다 자기 존재를 최소화하는 맛이다. "흉년이 들어 먹을 게 없을 때, 몸이 아플 때, 마음이 아플 때. 내 연명이 누군가에게 폐를 끼치는 일이라고 여겨질 때, 그러니까 내가 음식을 먹고서 하루를 더 살아가는 게 이 세계와 주변에 누가 되는 게 거의 확실해졌을 때 그럼에도 불구하고 마주할 수 있는 밥상. 가장 낮은 밥상의 맛이라는 것이었다. 어쩌면 구수한 맛이란 먹는

사람을 죄인으로 만들지 않는 유일한 맛."(299쪽)

아픈 이는 자신의 살아 있음이 타자에게 누와 폐가 될 수 있다는 것을 안다. 자신의 먹음이 수많은 노동과 돌봄으로 이루어져 있다는 것을, 그리고 타자의 죽음 및 굶음과 연동되어 있다는 것을 안다. 그러므로 '나'에게 구수한 맛은 단지 미각적 취향이 아니다. 자신이 쓸모없는 존재라고 느껴질 때, 생존 자체가 민폐나 죄로 여겨질 때, 살아 있다는 이유로 주변 이들의 신경과 에너지를 갉아먹는 것처럼 생각될 때, 하지만 손쉽게 자기 존재를 폐기하거나 사라져버릴 수는 없을 때, 그래서 살아 있다는 송구함이라도 최대한 줄이고 싶을 때, 차라리 누구에게도 해가 되지 않는 "나무껍질을 씹어 그 즙을 먹는 곤충"(300쪽)이 되고 싶을 때 선택하는, 아니 허락되는 가장 작은 맛이다. 간장을 넣고 조린 꽈리고추와 멸치를 먹는 할머니가 그토록 싫었던 까닭, 그 짠 냄새가 "참 서럽고 처절한 냄새"(301쪽)라고 여겨졌던 까닭, 밥을 열심히 먹는 행위가 뻔뻔하고 치욕스럽게까지 느껴졌던 까닭은 생존에 대한 송구함이 늙고 약한 몸을 가진 할머니에게서 가장 또렷하게 부각되어 그대로 투사되었기 때문일 것이다.

그러나 동시에 구수한 맛은 생명을 살리는 최후의 맛이기도 하다. 죽어가고 작아지고 꺼져가는 이들의 곁을 마지막까지 지키는 유일한 맛이다. 단것조차 먹지 못하게 된 할머니를 마지막 순간까지 지켜주고, 말라가는 엄마에게 식당에서 일할 수 있는 힘을 마련해주며, 음식을 거부하는 이들에게 먹을 수 있다고, 먹어도 된다고, 먹어보자고 끝까지 격려해주는 맛이다. 그러므로 구수한 맛은 최소의 맛이자 최후의 맛이다. 가장 낮은 밥상이자 가장 커다란 밥상이다.

각몽覺夢: 먹이고 치우고 돌보는 일상으로

결국 '나'는 마지막 한입까지 연필 샌드위치를 삼키고는 복돼지 문구점 바깥으로 천천히 빠져나온다. 비굴하다는 생각이 들어 눈물이 날 것 같지만 울지는 않는다. 출입문 사이로 바람과 공기와 사람들이 정신없이 밀려들어오고 밀려나가는 가운데, '나'는 잠시 강한 허기를 느끼다가 가슴 아래쪽이 아파와 구토를 한다. 그리고 가만히 엎드려 있다가 꿈에서 깨어난다.

이 꿈은 현실에서 음식을 먹지 못하는 '나'가 무언가를 먹는데 성공하는 꿈이라고도 할 수 있다. 구수한 맛으로 연결된 할머니와 어머니의 거식 증상을 통과해서, 구수한 맛과 비슷한 연필의 맛을 받아들이면서 말이다. 이 과정에서 '나'가 연필 샌드위치를 끝까지 먹었는지 확인하고 퇴장을 허락해주는 것은 처음부터 '나'를 지켜보던 카운터의 여자다. 어쩌면 그녀는 엄마, 혹은 할머니, 혹은 영적인 탯줄로 연결되어 있는 무수한 여자들의 총집합일지도 모른다. 꿈과 현실이 얽힌 이 세계에서 누군가가 음식을 거부하면 그것으로 끝나지 않는다. 굶게 내버려두지 않는다. 죽어가게 놔두지 않는다. 엄마가, 딸이, 손녀가, 할머니가, 서로가, 그것을 가능하게 만들지를 않는다. 그러니 이 꿈은 '나'가 서서히 음식을 씹고 삼키도록 만드는 연습이자 매일의 일상으로 돌아가도록 도와주는 모질고 고약한 통과의례이다. 이것이야말로 이 소설이 몽유록이라는 형식을, 힘겹고 지루한 꿈을 거쳐 현실로 돌아오는 환몽 구조를 필요로 한 이유가 아니었을까.

꿈에서 깨어났다고 해서 문제가 해결되는 것은 아니다. 하지만 길고 생생한 꿈은 현실을 이전과는 다른 각도로 비스듬히 보게 한다(이것이 꿈의 쓸모이자 몽유록의 기능이다). 그 비스듬한 각도로 새롭게 보이는 풍경은, 현실에서는 주로 타자를 치거나 글을 쓰는 '나'의 손가락이 꿈속에서는 요리하고 청소하고 정리하거나 다른 이를 씻기고 안마하고 즐겁게 해주는 일을 한다는 것. 돌봄이야말로 현실에서 "내가 해야만 한다고 생각하는 일"(308쪽), 그러나 "미처 하지 못했거나 하지 않은 일"(309쪽)이기 때문이다. 현실에서는 누군가를 충분히 돌보지도 못하고(이것은 돌아가신 할머니에 대한 죄책감의 원인이었을 것이다), 그렇다고 누군가의 돌봄을 제대로 받아들이지도 못하지만(이것은 엄마의 발등을 멍들게 한 이유였을 것이다), 꿈속에서만큼은 누군가를 위해 부지런히 손가락을 움직이곤 했던 '나'는 어쩌면 뒤늦고 무의미할지 모르는 그 꿈으로부터 걸어나와 자신의 기만과 비겁을, 그리고 보람과 기쁨을 가만히 마주한다.

그제야 '나'는 비로소 아주 오래된 꿈에서 깨어났을지 모른다. 침대 위 익숙한 우울과 낯선 슬픔이 뒤섞인 꿈의 감각이 몸에 잔존해 있는 순간, 살아갈 이유가 없을 때조차 먹지 않을 수 없고 고립되고 싶을 때조차 다른 이의 돌봄에 의존해 있는 비루한 몸의 조건이 환기되는 순간, "뭐라도 먹어야지, 은정아"(같은 쪽)라고 '나'를 거듭 부르며 고집스럽게 밥상을 차려온, 사랑하고 미워하는 엄마의 목소리가 들려오는 그 순간에.

인아영
2018년 경향신문 신춘문예를 통해 평론을 발표하기 시작했다.

2023 제14회 젊은작가상

심사 경위
심사평

심사위원

강화길 구효서 신형철 오은교 정이현

선고위원

김보경 박서양 소유정 인아영 임정균 전승민 전청림

| 심사 경위 |

올해로 젊은작가상이 14회를 맞이했다. 데뷔 십 년 이하 작가들의 중단편소설을 대상으로 하는 젊은작가상은 우리 사회의 경향과 징후를 기록하는 매체로서 문학이 지니는 영향력을 믿으며 십사 년째 빠짐없이 운영되어왔다. 짧지 않은 시간 동안 이 상이 시대와 공명하는 작품을 기다리는 독자들과 이야기 예술의 힘을 통해 미지의 감각을 선취하는 젊은 작가들 사이에 교두보를 마련해왔다고 자부한다. 해를 더해갈수록 상에 대한 기대가 안팎으로 커짐을 실감하며 심사위원 모두 겸허하고 신중한 마음으로 심사에 참여하였다.

계간 『문학동네』의 계간평 코너를 맡은 김보경, 박서양, 소유정, 임정균 평론가가 지난 일 년에 걸쳐 심사 대상작을 꼼꼼히 읽고 추리는 일을 맡아주었고, 이에 인아영, 전승민, 전청림 평론가가 추천작을 더해 선고심을 진행했다. 일곱 분의 선고위원이 엄선한 스무 편의 작품이 본심 심사위원 강화길, 구효서, 신형철, 오은교, 정이현에게 전달되었고, 1월 말일 본심이 진행되었다.

본심에 오른 거의 모든 소설들이 고르게 지지를 받은 가운데 최종 수상작 일곱 편을 추리는 일은 난항이었다. 구조와 형식의 안정성과 감각과 심리의 빼어남이 어떤 방식으로 충돌하는지, 기존의 문학 문법을 얼마만큼 경신하거나 답보하는지를 두루 살피며 젊은작가상의 취지를 다시금 고심하였다. 심사위원 각자의 개성과 관심사에 따라 각기 다른 선호가 표현되는 일도 피할 수 없었는데, 이어진 긴 설득과 토론의 과정은 심사위원 개개인의 사고와 인식을 재조정해보는 기회가 되었다.

치열한 난상토론을 통해 최종 결정된 올해의 수상작은 다음과 같다. 김멜라 「제 꿈 꾸세요」, 성혜령 「버섯 농장」, 이미상 「모래 고모와 목경과 무경의 모험」, 이서수 「젊은 근희의 행진」, 정선임 「요카타」, 함윤이 「자개장의 용도」, 현호정 「연필 샌드위치」. 이 중 읽는 이의 역량을 자극하는 호전적인 작품 「모래 고모와 목경과 무경의 모험」을 대상 수상작으로 선정했다. 이미 비평계의 찬사를 두루 받았지만, 단지 그 이유만으로 대상 선정을 주저할 수 없을 만큼 압도적인 기세와 풍채를 자랑하는 작품이기에 심사위원 만장일치로 결정이 되었다. 모든 수상 작가에게 감사와 축하의 인사를 전한다.

그사이 믿음을 주는 작가로 거듭나고 있는 젊은작가상 기수상자 김멜라와 이미상을 제외하고 성혜령, 이서수, 정선임, 함윤이,

현호정은 비교적 독자에게 많이 알려지지 않은 신인 작가들이다. 세대와 젠더, 역사와 재현, 노동과 사회, 현실과 환상을 가로지르며 전개되는 이 창의적인 작품들을 함께 감상하며 이들의 다음 행보를 기다려주시길 바란다. 올해에도 독자들에게 재기와 모험으로 가득찬 이야기꾸러미를 건넬 수 있어 더없이 기쁘다. 이 작품들이 각자의 진의를 겨누는 방식과 그 방향들에 대해 함께 토론해주신다면 좋겠다.

강화길(소설가)

성혜령의 「버섯 농장」을 매우 흥미롭게 읽었다. 특히 초반부, 진화와 기진이 요양 병원으로 향하는 동기를 서술하는 부분이 인상적이었다. 표면적으로는 진화의 여정에 기진이 동행하는 것처럼 보인다(이 플롯은 소설의 결말까지 안정적으로 진행된다). 하지만 소설의 '이야기'를 만들어내는 건 진화와 기진 사이의 기묘한 긴장감이다. 기진은 진화와 대화하면 할수록 그녀를 알 수 없다고 느낀다. 한때 "모든 것을 나누어도 괜찮은 사람"이었다는 사실이 생경하다. 진화의 혐오어린 시선, 뜻을 알 수 없는 혼잣말, 폭력적인 행동. 무언가 잘못되었다는 걸 깨달았을 때 이미 사건은 벌어진 뒤고, 기진은 두 사람이 한때 나누었던 깊은 어둠에 대해 떠올린다. 진화를 이렇게 만든 건 무엇일까. 하지만 이건 기진의 시선일 뿐이다. 기진이야말로 진화의 말처럼 "잘못된" 사람일 수 있다. 기진은 곁에 있는 사람이 곤란함을 겪고 있을 때 전단지를 찢어 후후 불고, 고양이를 구하는 유튜브를 본다. 때문에 (독자인) 나는 의심할 수밖에 없었다. 기진은 왜 동행한 것일까? 진화의 목표는 정말로 돈이었을까? 진화가 진짜로 만나고 싶은 상대는 누구였을까? 작가는 소설의 어느 부분에서도 정확한 답을 주지 않는다. 건조하고 무심한 시선이 있을 뿐이다. 매력적인 여정이었다.

함윤이의 「자개장의 용도」에 쓰인 모든 문장에 신뢰가 느껴졌다는 말을 하고 싶다. 대대로 딸들에게 물려 내려져온 자개장. 그녀들의 욕망에 따라 자개장의 용도 역시 조금씩 달라져왔다. 덕분에 삶의 형태 역시 아주 조금씩 달라졌고, 자개장을 통해 '멀리 간다'는 것의 의미도 바뀌었다. 나는 그 삶을 읽으며 뭉클함을 느꼈다. 누구나 더 멀리 가고 싶어한다. 그래서 정말로 멀리 가버린 삶이 대단한 것처럼 느껴지기도 한다. 하지만 누군가에게는 겨우 일 밀리미터의 발걸음이 모든 것을 바꾸어버리는 대단한 경험일 수 있다. 그걸 어떻게 감당할 수 있을 것인가. 아니, 과연 감당할 수 있기나 할까. 그래서 누군가는 자개장을 부수려 했을 것이고, 누군가는 가족 모두와 공유했을 것이다. 그게 이 여성들의 삶이었다. 한계 안에서 아주 조금씩 앞으로 나아가는 것. 이제 '나'의 차례가 왔고, '나'는 고민한다. 스무 살의 혼란과 미숙함, 은밀함, 비밀 들을 양손에 쥐고서 갈팡질팡한다. 고민 속에는 욕심도 있다. 절대 양보하고 싶지 않은 자개장의 용도. 작가는 그 마음을 성실하고 단단하게 서술한다. 그리고 '나' 스스로 자개장의 용도를 정해야 하는 때가 왔을 때, 묵직한 문장들은 더더욱 빛을 발한다. 왜냐하면 그 용도는 결코 가벼운 마음으로 정할 수 있는 것이 아니기 때문이다. 오랜 고민과 신중한 결정으로 완성되었을 이 소설의 결말을 나 역시 무겁게 받아들였다고 말하고 싶다.

현호정의 「연필 샌드위치」를 읽는 내내 묘하게 긴장했다. 그럴 수밖에 없었다. 현실과 꿈을 서슴없이 오가는 절묘한 감각 때문이었다. 꿈을 토대로 삼아 과거와 현재의 에피소드를 엮어내는 솜씨가 인상적이었다. 식食은 삶의 근간이다. 나 스스로 챙겨야 하는 것이기도 하지만, 누군가의 돌봄에 의해 이루어지기도 하는 것(작가의 표현을 빌리자면 "해야만 한다고 생각하는 일" "해야만 했다고 생각하는 일"). 이 소설에 등장하는 할머니와 엄마는 누군가의 식사를 챙기는 데는 충실하지만, 정작 스스로는 굶는다. 화자는 자신이 그 "영적인 탯줄"에 얽매여 있다고 느낀다. 그 때문에 먹을 수 없는 걸 먹는 (먹어야만 하는) 꿈을 꾼 것일까. 이 거식의 연대기를 완성하는 연필 샌드위치의 이미지는 기괴하지만, 어딘가 서글픈 구석이 있다. (먹을 수 없는 것을 먹던) 꿈에서 깨어나 엄마의 (먹을 수 있는) 밥상을 받는 결말 역시 그러하다. 정작 자신은 밥상 앞에서 고개를 돌리면서도 딸에게는 단호하게 건네는 말. "뭐라도 먹어야지." 이 주술적인 목소리로 결속된 여성들의 역사를 읽는 내내, 나는 당연히 숨을 죽일 수밖에 없었다.

이서수의 「젊은 근희의 행진」에 깊은 지지를 보내고 싶다. 여성, 엄마, 딸, 자매, 퀴어, 부동산, 관종, 유튜브, 폭로, 악플, SNS, 인플루언서, 사기 등등 온갖 문제들이 내걸린 비좁은 거리를 근희가 당당하게 걸어간다. 문제들과 부딪히기도 하고, 오물을 뒤집어쓰기도 하고, 넘어져 다치기도 한다. 그러나 근희는 계속 걸어간다. 행진한다. 그 모습을 바라보는 언니 문희의 심란하고도 (아주 살짝) 뿌듯한 표정. 문희는 무책임하고 문제투성이인 근희를 보며, 가족의 모든 짐을 장녀인 자신이 지게 될까봐 두려우면서도, 그 거침없는 행보를 응원한다. 그럴 수밖에 없다. 근희는 아메바가 아니니까. 문희는 그 사실을 인정하는 데 아주 오래 걸렸다. 왜냐하면 가족이기 때문이다. 이 세상에 가족만큼 가까운 사이는 없지만, 또 가족만큼 서로를 모르는 관계는 없다. 게다가 상대의 새로운 모습, 내가 모르는 훌륭한 모습은 인정하기 싫어한다. 그건 그 사람을 판단해온 나의 오랜 관점을 파괴해야만 가능하니까. 이 소설은 그 파괴에 관한 이야기다. 때문에 문희가 자신의 편견을 무너뜨리고 동생의 언어를 선택하는 결말에서 나는 감동을 받았다. "많관부." 이 작가의 행진을 응원하고 싶다.

강화길

김멜라의 「제 꿈 꾸세요」는 작가의 필력이 여지없이 드러난 좋은 소설이라고 생각한다. 메기에 대한 의문으로 시작하는 도입부는 (여전히) 능청스럽고, 특유의 리듬감이 느껴진다. 죽음 이후, 삶을 돌아보며 자신이 사랑했던 사람들을 찾아간다는 전통적인 이야기가 김멜라의 목소리로 다시 쓰였다는 것만으로도 충분히 흥미로웠다. 유머러스하면서도 어떤 쓸쓸함이 있다. 화자는 죽음에 압도되기보다는 그 이후의 의미를 찾으려 노력한다. 그건 '나'(화자)를 기억하는 사람들에게 즐거움을 주고 싶다는 마지막 꿈이기도 하다. 이 소망은 꽤나 무심하게, 그러나 분명 다정하게 서술된다. 죽음과 삶, 꿈과 현실, 그 간절한 맥락 사이에 수놓아진 진실된 마음을 읽는 건 어렵지 않았다.

정선임의 「요카타」의 진중함에 고개를 끄덕이게 되는 데에는 오랜 시간이 걸리지 않았다. 주인공 연화는 존재하지만 존재하지 않는 사람이다. 그녀는 무엇도 제대로 소유해본 적이 없다. 이름, 나이, 아이, 가족. 하지만 기억은 그녀의 것이다. 이 지점에서 소설의 무게를 느낄 수 있었다. 그녀는 사람들에게 자신을 증명하려고 애쓰지 않는다. 대신, 어디선가 들어본 듯한 흔한 서사의 주인공으로 남는다. 그런 방식으로 자신만의 경험을 애써 감춘다. 하지만 독자는 알 수 있다. 바로 그 부정이야말로 그녀가 자신의 역사를 기억하는 방식이라는 것을. 사실과 다르게 말하고, 속내를 간직하는 것. 그렇게 진실은 그녀만의 것으로 남는다("사는 게 다 거기서 거기"인 세상 속에서 사람을 가장 사람답게 만드는 건, 어쩌면 홀로 간직하는 비밀일지도 모르겠다). 이 강렬한 의지가 스며들어 있는 문장들을 따라 읽으며 일생에 대해, 역사와 개인의 관계에 대해 질문을 던질 수밖에 없었다.

이미상의 「모래 고모와 목경과 무경의 모험」은 질문으로 가득 찬 소설이다. 그리고 질문을 끌어들이는 소설이기도 하다. 그것도 아주 격렬하고 뜨거운 질문을. 그것만으로도 충분히 동의할 수밖에 없는 소설이었다. 그 밤에 모래 고모와 두 아이에게 무슨 일이 있었는지 절대 설명하지 않는 고집, 에피파니에 대한 의문을 제기하고 결정적인 이미지 하나로 소설을 끝내는 그 짓궂음. 전혀 어울리지 않을 것 같은 이야기들이 이미상의 목소리를 통해 연결된다. 작가의 목소리가 소설의 구조 자체를 형성한다. 이런 기개와 용기는 결코 흔치 않다. 지지를 아낄 필요가 없었다. 진심으로 축하를 전한다.

구효서(소설가)

김멜라의 「제 꿈 꾸세요」는 죽었다고 말하지 않으면서 죽음을 말한다. '죽었다'는 말 대신 '깨어났다'고 하기 때문이다. 아닌 게 아니라 저세상에서는 깨어난 것일 테니까. 이승에서 저승으로의 이동도 순간이다. 스위치를 누르거나 플러그를 뽑는 일만큼이나 간단하다. 그 순간을 〈메기의 추억〉이라는 노래의 '메기'라는 소절에 비유한다. "마디 바꿈도 없이 나를 둘러싼 리듬이 일시에 다른 흐름으로 전환되는 느낌"이라고. 죽는 순간을 노래에 비유하다니. 그뿐인가. 저승사자라고 할 법도 하건만 '챔바'라는 이름을 가진 고글 쓴 가이드가 스즈키복을 입고 오픈 핑거형 장갑을 낀 채 밴조를 들고 〈오! 수재나〉를 불러준다. 생전에 친구와 가던 단골집에 들러 함께 떡볶이도 먹어준다. 도대체가 말이 안 되는 이야기지만 노래의 '메기' 소절을 지나듯 어느새 이야기 속에 깊이 빠져 있음을 알게 된다. 더는 말이 안 된다는 말이 소용없어지는 세상 속에, 어쩌면 김멜라는 말이 안 되는 말로 더 크고 깊은 울림을 만들어내는 건지도 모른다. 여간한 솜씨가 아니고서는 횡사의 당혹감을 이토록 눈 깜짝할 사이에 흥미로운 사태로 뒤바꿔놓을 수 없다. 빠져 읽다보면 이른바 말이 된다는 말들의 세상이 얼마나 옹색한지도 절로 알게 된다.

성혜령의 「버섯 농장」은 '헤어진 남친의 아는 동생이 자신의 명의를 도용해서 진 빚 육백오십삼만원을 받으려던 진화라는 여성이 그 동생의 아버지('남자')를 살해한다'는 이야기이다. 진화, 남친, 동생, 남자라는 인물에다가 명의 도용과 살인까지 벌어진다는 이 짧은 한 문장으로는 무슨 얘기인지 알 수 없다. 하지만 소설을 다 읽고 나서도 무슨 이야기인지 알 수 없기는 마찬가지다. 남자가 별안간 죽은 것인지, 진화가 남자를 죽인 것인지도 분명치 않다. 그렇더라도 죽은 듯 보이는 남자의 머리를 진화가 골프채로 쳐버리니 죽이지 않았다고도 할 수 없다. 어쨌든 한 남자를 암매장하는 것으로 끝나는 무거운 내용답지 않게 이 이야기는 작가의 짓궂은 장난으로 가득차 있다. 마치 이유가 있어서 관계와 사건들이 이어지는 것처럼 말하면서 실은 그렇지 않기 때문이다. 남친이 알려준 동생의 전화번호가 걸고 보니 동생 아버지 번호였는데 작가는 까닭을 말하지 않은 채 화자의 입을 빌려 "왜인지 모르겠"다며 넘어간다. 이처럼 소설은 왜인지 모를 이야기들을 잘도 이어나가는데, 그래서 독자가 어느 순간 아, 그런가? 싶어질 때 돌연 "그런 게 있을 리 없다"는 고약한 고백을 하면서 작가의 전략을 노출한다. 남친을 잘못 사귀면 누군가를 살해하게 된다는 이야기는 어이없고 황당하다. 그러나 아니라고도 할 수 없으니, 지금 이 순간에도 우리의 삶에 개입하는 중첩된 모순들을 누구도 피할 수 없기 때문이다. 그런 게 우리 눈에 띄도록 성혜령이 잘 골라 흥미로운 상황극으로 확대해 보여주었을 뿐이다.

이미상의 「모래 고모와 목경과 무경의 모험」을 창에 비유하자면 스테인드글라스다. 격자창이나 아자창 같은 전통 창호의 살이 기하학적 문양으로 정교하게 조립되는 반면 평면을 분할하는 스테인드글라스의 선들은 규정과 격식이 일정하지 않다. 이야기를 이루는 화소 간의 선후와 경중과 주부, 인과와 개연의 익숙한 대비를 걷어차고도 세상을 비추는 멋진 소설이 될 수 있다는 사실을 '모험'적으로 보여주는 이미상의 작품이 그와 같다는 말이다. 걷어찼다고 했거니와, 거친 금속산화물로 채색된, 두께마저 서로 다른 유리 파편들을 세인의 오해 따위 아랑곳 않고 미숙한 듯 세련된 납떼 기술로 성큼성큼 붙여나가는 작가의 당찬 재주가 어디서 생겨났는지 신통할 따름이다. 이 매혹적인 창에 거룩한 뜻이 어찌 없을까마는, 모래 만다라가 조성 자체로 의미를 갖듯 이미상의 스테인드글라스 역시 광물 퀼팅의 작법이 그 어떤 작의보다 우선하는 것 같다. 그런 면에서라면 형식으로 내용을 삼는 '모범'적인 작품이라고도 할 수 있겠다.

구효서

이서수의 「젊은 근희의 행진」은 많은 서브텍스트들로 에둘러져 있어서 제목의 '행진'과 결말부의 '많관부'를 곧이곧대로 받아들이기가 쉽지 않다. 둘 다 동생 근희에 대한 응원의 메시지를 포함하고 있지만 그 응원이 어떤 의미의 응원인지 다시 궁금해진다. 하지만 소설 말미의 직접적이고 장황한 편지에 문희가 단박에 설득당했다고 보기에는 최근 놀라울 만한 행진을 보여주고 있는 작가 이서수의 믿음직한 구성법에 반한다. 문희도 강하도 유튜버인 근희의 노출을 해방운동적 차원이 아니라고 말하거니와, 어머니와 근희 등과 관련해 문희 혼자 감당해야 하는 경제적 부담이 소설 전편에 수상할 정도로 강조되어 있다. 구독자 수가 늘면 문희는 근희에게 빌려준 돈도 받을 수 있다. 그래서 반대만 하던 동생의 '직업'을 마침내 응원하는 거라고, 문희 자신은 결코 생각하지 않을 것이다. 그러나 이서수의 전작들을 읽은 독자라면 응원의 발원점을 어렵지 않게 짐작할 것이며 근희와 문희 모두에게서 '시대 내적 존재'로서의 서글픈 동일성을 찾을 수도 있을 것이다. 이처럼 이서수는 남달리 늘 꺼림칙하지만 솔직한 해소를 채굴해낸다.

정선임의 「요카타」에는 두 줄짜리 짧은 시가 소개된다. 원래는 석 줄이었으나 주인공 서연화는 그나마도 가운데 한 줄을 기억 못한다. 나가사키에 본처를 둔 조선의 일본인 염전주 후지타 도모히데가 외던 하이쿠였다. 서연화는 열여섯에 그의 외처가 된다. "이상하다/이렇게 살아 있는 것". 이것이 서연화가 기억하는 하이쿠의 전부다. 시는 죽은 언니의 이름과 나이로 살아온 만 백 세(실제 나이는 구십육 세)의 서연화에 의해 번안된다. "이상했다. 살아서 자꾸만 움직이는 것이." 첫 남편의 책을 모조리 뒤져도 사라진 한 줄을 찾을 수 없었다. 서연화는 일본어도 한글도 모르는 문맹이었다. 두 남편과의 사이에서 두 아이를 얻고도 일찍이 혼자가 되어 구십육 세에 이르렀으니 살아 있다는 것이 이상할 수밖에. 살아서 자꾸만 움직이는 것이 이상할 수밖에. 그래도 살아 움직일 수 있었던 것은 어쩌면 망각과 까막눈의 '/', 즉 비지非知의 공백 덕이었을지도. 삶의 숱한 고비들을 일일이 기억할 뿐만 아니라 습득된 타자의 언어로 기록하여 촘촘히 의미화까지 해왔다면 제 이름도 나이도 없이 구십육 년을 살아오지는 못했을지도 모른다. 이 이야기는 한 개인의 삶을 특정 이념이나 역사관에 함부로 귀속시켰던 기존 서사에 대한 반성일지도 모른다. 그런 억지를 지우고 무력화시켜 차라리 알 수 없고 이상한 공백의 자리에다 고스란히 탈주체로서 개인을 모셔다 앉히는 게 소설이 할 일이라고 소설은 말하는 듯하다.

함윤이의 「자개장의 용도」는 여성 사 대에 걸쳐 상속되는 자개장 이야기이다. 자개장은 어디로든 갈 수 있는 신비의 통로다. 현실에서 멀리 떠나거나 사라지고픈 여성들이 자그마치 사 대에 걸쳐 들려주는 얘기라서 여성 서사로 읽히겠지만 반드시 그렇게 읽지 않아도 될 것 같다. 떠나고픈 현실이 가부장 사회로 비유되지도 않거니와 정우라는 남성도 어디론가 사라지듯이 떠나버리니까. 영영 돌아올 수 없는 곳으로까지 인물들이 떠나고자 하는 걸로 봐서, 작가는 그곳이 어디인가를 말하고자 하는 대신 우리가 발 디딘 세상이 닫힌 구조로서의 비좁은 착시적 의식 세계일 뿐임을 경쾌하고도 숙연하게 환기하고 싶었던 것인지도 모른다. 그러하니 설령 다시 돌아온다 하더라도 돌아온 그에게 이곳은 이미 떠났던 그 세계가 분명 아닐 것이다.

현호정이 「연필 샌드위치」를 만드는 재료로서의 문장은 연필 샌드위치의 연필 같다. '반으로 접는 샌드위치를 생각했다'라는 문장으로도 충분할 것을 "반으로 접는 형태의 샌드위치 제조를 고려하게 됐다"라고 쓴다. 구수한 맛을 이렇게 설명하기도 한다. "내가 뭔가 먹음으로 하여 누군가 죽지도 굶지도 않는다는 감각. 우리 모두가 오히려 더 나은 쪽으로 향해간다는 믿음. 내 먹음에 대해, 즉 내 생존의 지속에 대해 고민하지 않는 존재 특유의 슴슴한 기쁨이 구수함이다." 다른 장르나 매체의 영역에서 데려온 것 같은 생경한 문장들로 가득해서 소설로서 섭취하기가 어려운 샌드위치가 된다. 그렇게 만들어놓고 얄밉게도 '이렇게 만들어도 되나?'라는 작가적 자의식을 연필 사이에 양상추처럼 끼워넣는다. 소화하기 어려운 과잉 기표들로 가득 채워 거식을 유발하는 소설 샌드위치를 내놓고는 스스로도 글쓰기의 아이러니와 양가성의 늪에 즐거이 빠지니, 실패가 성공이 되는 괴상한 소설이라고 아니할 수 없다.

신형철(문학평론가)

나는 현호정의 소설 중에 「라즈베리 부루」를 염두에 두었지만 다수가 지지한 것은 「연필 샌드위치」였다. 뒤의 소설은 '연필 샌드위치'라는 특별한 이미지의 힘에 의지하고 있는 것으로 보였고(이런 힘은 서사적이라기보다는 시적이다), 분량의 절반 이상을 차지하는 꿈 서사도 흥미롭지 않았다(원래 꿈은 당사자에게 가장 재미있다). 물론 거식과 폭식의 모계 연대기는 훌륭한 소재이지만, 소재에 대한 지지가 소설에 대한 지지로 반드시 이어져야 하는 것은 아니니까. 「라즈베리 부루」는 생리혈을 먹고 자라는 식물 이야기다. 피의 세계니까 신화적이지만, 보수적이지 않고 전복적이다. 인류의 경전이 비하해온 생리혈의 지위를 격상하고, 식물과 동물의 분류 경계를 무너뜨리면서, 모녀 관계의 수직 구조를 순환 구조로 엎는다. "창조 신화를 새로 쓰면 우리 모두 처음부터 다시 시작할 수 있지 않을까." 작품 끝에 달린 작가의 자기소개 속 저 문장이 멋진 마침표를 찍으며 소설을 완성한다. 이런 작업을 이 작가가 최초로 시작한 게 아닌들 어떤가. 최후까지 하면 된다.

소설은 동시대의 새로운 인간형에 관심을 가진다. 다수 대중의 시선으로 또 보기 위해서가 아니라, 처음인 듯 보기 위해서다. 또 보는 것은 사실상 보지 않는 것과 같고, 처음 보는 것만이 정말로 보는 것이기 때문이다. 이서수의 「젊은 근희의 행진」이 '관종'에 대해 그 일을 한다. 어떻게 하는가. 첫째, 관종을 보려면, 관종이 아니라 그 주변을 봐야 한다. 자꾸 아프다고 말하는 어머니도, 저격 영상을 올리겠다고 또래를 협박하는 열한 살 아이도, 성추행의 피해자를 관종이라 생각할 정도로 비틀려 있는 사람들도, 모두 근원적으로는 '관심에 대한 관심'에 포박돼 있음을 드러냄으로써 이 소설은 관종을 주변과 분리시키는 대상화의 굵은 실선을 지워나간다. 둘째, 관종을 보려면, 관종으로부터 봐야 한다. 이 소설이 '관종' 근희를 유사 실종 상태로 유지하다가 후반부에 (목소리로) 등장시키는 구조를 택한 것은 '관종을 보는' 시선을 누적시킨 다음 '관종으로부터 보는' 시선으로 반격하기 위해서일 것이다. 너무 많은 말을 마지막에, 또 한꺼번에 한다는 느낌이 있지만, 틀림없이 통렬하다.

함윤이의 「자개장의 용도」는 순간 이동을 가능하게 하는 자개장을 사 대에 걸쳐 전수하며 벌어지는 이야기다. 이렇게 말하면, 대충 어떤 이야기일지 예상된다는 반응이 나올 법하다. 그러나 만만한 이야기가 아니다. 자개장을 통해 어딘가로 단숨에 갈 수는 있지만, 돌아올 때는 자기 힘으로 돌아와야 한다는 설정이 있기 때문이다. 떠나고 싶은 마음 못지않게 돌아오는 일에 대한 고려가 중요해진다. 물론 돌아올 것을 포기하면 아주 멀리 갈 수 있다. 그럴 수 있겠는가. 그런 질문의 대물림 이야기다. 엄마는 아주 먼 곳까지 갔지만 결국 돌아와 '나'의 엄마가 되었다. 그런 엄마가 딸에게 느끼는 이중적 감정이 있을 수밖에 없다. 누구보다 멀리 떠나기를, 그러나 엄마 곁으로 돌아오기를. '나'는 어떤 선택을 할 것인가. 이 소설은 딸과 함께 말한다. 돌아올 것을 포기해야 멀리 갈 수 있는 게 아니라, 아주 멀리 가야만 다시 돌아올 수도 있다고. 부모 세대와는 다른 방식으로 결락을 감지하고, 대면하고, 이겨내는 이야기. 같은 소재로 다른 작가가 썼다면 이렇게 깊어질 수 없었을 것이라고 생각하게 만드는 힘이 있었다.

신형철

정선임의 「요카타」는 주인공 서연화의 백 세 생일과 3·1운동 백 주년 기념으로 기획된 라디오 인터뷰 과정을 소재로 삼되, 그 인터뷰를 제외한 나머지 것들을 최선을 다해 이야기하는 소설이다. 그 인터뷰는 대중의 상투적 기대를 만족시켜주기 위한 것이지 서연화 개인의 진실을 담아내지 못할 것이기 때문이다. 그래서 이 소설의 본질은 서연화의 셀프 인터뷰다. 작가는 몇 군데에서 그가 눈을 감는 행위를 보여주는데, 그것은 그가 자신의 진실 안에 존재하는 상태를 의미하기 때문에, 서연화는 이렇게 말하기까지 한다. "눈을 감을 수 없다는 건 얼마나 무서운 일인가." 작가는 서연화의 눈꺼풀 안쪽까지를 들여다보며 그의 진실을 함께 지켜낸다. 너무도 긴 시간과 많은 감정이 응축돼 있어서 다른 말로 바꿔 쓸 수조차도 없는 한 단어 '요카타'로 귀결될 그런 진실을. E. M. 포스터는 인간은 자기 자신에게조차 진실하게 말하지 않기 때문에, 자기 자신에게 진실하게 말하는 다른 인간을 만나고 싶어 소설을 읽는다고 말한 적이 있다. 딱 그런 소설이다.

성혜령의 「버섯 농장」을 읽고 나면 묻지 않을 수 없다. 진화가 그 남자를 죽인 건가? 안 죽였다고 하면 죽음이 뜬금없어지고, 죽였다고 하면 죽임이 뜬금없어진다. 작가에게 답이 있다 하더라도 이 상태로는 그 답을 설득할 수 없을 것이다. 나는 이런 식으로 나를 설득했다. '죽였다. 죽어 마땅하기 때문이 아니라 죽여 마땅해서다.' 그가 죽어야 할 이유까진 없지만, 진화가 그를 죽여야 할 이유는 있다는 뜻이다. 진화는 책임감이 강하다. 새벽에 응급실로 못 온 옛 애인과 헤어진 것도, 담아갈 봉지를 하나 더 챙겨준 참외 장수에게 감동하는 것도, 책임에 대한 자기 기준 때문이다. 자신에게 사기를 친 남자의 아버지를 찾아갈 때도 이런 이유를 분명히 단다. "자식이 저지른 일의 책임을 상기시켜줄 필요가 있어 보였다." 그 아버지의 답변은 더는 책임질 일이 없다는 것이었다. "내 책임을 다하고도 남았지." 이 소설의 '살인'은 그런 (기성세대 혹은 시스템의) 무책임함에 대한 규탄이다. 아니라고? 진화는 기진에게도 묻고 있질 않는가. 나는 네 부모의 죽음에조차 책임을 느꼈는데, 지금 너는 나에게 무엇을 느끼느냐고. "너 어딘가 잘못된 거 아냐?"

정확한 죽음이라는 게 있다면, 김멜라의 「제 꿈 꾸세요」의 주인공은 그것을 경험하는 행운을 누리지 못했다. 대신 제 죽음을 처음 발견할 이를 선택해 그 죽음에 정확한 의미가 부여되도록 만들 수는 있다. 그의 삶을 잘 아는 사람만이 그의 죽음도 이해할 것이므로, 사랑한(사랑하는) 사람에게 그 일을 맡겨야 한다. 그러나 타인의 죽음을 목격하는 일은 누구에게든 쉬운 것이 아니니까 사랑한(사랑하는) 사람에게 그 일을 맡기고 싶진 않다. 같은 이유가 누군가를 떠올리게 하고, 또 포기하게 한다. 그래서 이 사후의 여정은 과거의 누군가를 떠올리며 '내정'했다가 현재의 그를 염려하면서 '철회'하는 구조로 돼 있다. 생전의 관계를 사후에 다시 압축적으로 살아내기라도 하는 것처럼 말이다. 자기 자신으로 사는 데 큰 용기와 노력이 필요했던 존재가, 이제는 자기 자신으로 죽기 위해 노력해야 하는 시점에, 그 에너지를 생전에 사랑했던 사람들을 한번 더 사랑하는 데 쓰기로 한다. 성소수자의 높은 자살(시도) 비율을 염두에 두지 않으면 이 소설의 결말이 '결정'으로만 보이겠지만, 아니, '결단'일 것이다.

이미상의 「모래 고모와 목경과 무경의 모험」이 이상한 소설이 아니라고 믿는 것 같은 사람들의 이야기를 유심히 들었는데(읽었는데) 놀랍게도 모두 자기 식대로 이 소설을 이해하고 있었다. 그렇다면 이건 이상한 소설이 맞을 것이다. 이건 결함 아닌가? 그러나 이 소설은 힘이 세서 그런 물음표들을 다 쓸어버린다. 지면이 좁으니 첫 챕터 이야기만 하자(나는 이 소설이 첫 챕터만으로도 이 책에 수록될 자격이 있다고 생각하니까). 두 인물의 대화 도중 제삼의 인물이, 그 기괴한 미장센과 함께 툭 튀어나온다. 이런 '제삼의 무엇'이 이미상 소설의 구조에는 있다. 아이코닉한 형상이라고 해야 할 그 인물은, 정의로운 것과 우스꽝스러운 것, 순수한 것과 짜증나는 것 사이 어딘가에 서서는, 이런 특질들 사이에는 아주 얇은 막밖에 없어서 서로를 알아본다고(즉, 섞이는 지점이 있다고) 자기희생적으로 웅변한다. 작가는 두 진영(?) 중 어디에 있는

가. 어디에도 없다. 그는 누구의 편도 들지 않으면서 모두가 그를 자기편이라고 믿게 만든다. 좀 잊고 산 거 같은데, 원래 이런 게 소설 아닌가. 이 소설을 대상으로 안 뽑을 수는 없을까 고민해봤지만 모두 실패했다. 심사위원이 뽑은 게 아니다. 이 소설이 자기를 뽑은 것이다.

오은교(문학평론가)

「모래 고모와 목경과 무경의 모험」은 '할 순 있지만 정말 하기 싫은 일'을 대신 해주는 여자가 되는 일에 대한 이야기다. 육아에 권태를 느끼는 오빠 내외를 대신해 조카인 목경과 무경 자매의 돌봄을 도맡았던 고모는 어느 날 자매를 데리고 사냥에 나섰다 총기를 잃어버리고 만다. 그리고 그날 마침 여자와 아이에게 뒤통수를 맞아 잔뜩 성이 났다는 두 명의 멧돼지 사냥꾼이 나타나 이들을 희롱하기 시작한다. 도움을 받고 싶다면, '주라'고, '놀자'고. 그 공포의 밤, 돌연 사라졌던 언니 무경은 새벽녘 자신을 찾아낸 고모를 쳐다보며 '할 순 있지만 정말 하기 싫은 그 일'을 자신이 대신 해냈다고 고백하고, 고모는 그를 자신의 딸로 임명하며 왕관을 씌워준다. 누구도 떠맡고 싶지 않기에 수치스러운 일이지만, 동시에 아무나 할 수 없기에 자부심을 발생시키는 일, 그 타자성의 대관식에는 기각될 수 없는 경이가 있다. 수모와 존엄이 실은 서로의 다른 이름이었다면? 산재한 억압 속에서 아무도 앗아

갈 수 없는 자유의 틈을 누렸던 어떤 여자들이 여기 있다.

자신의 삶이 억울하지 않은 사람은 별로 없겠지만, 개인의 원한을 사회의 채무로 승인받는 일에는 엄연한 위계가 존재한다. 누군가의 분노와 슬픔은 공동체의 몫이 되지 않는다. 「버섯 농장」은 부모 봉양과 자식 교육에 책임을 다했으니 결단코 자신만은 '떳떳하다'고 주장하는 한 중년 남성의 결백 이면에 부동산 투자를 비롯한 각종 꼼수 절세와 치사한 거짓말들이 있다는 것을 우스꽝스럽게 보여준다. 서로를 혐오하는 부모 밑에서 학업에 매달려야 했던 두 친구는 그들 각자의 불안한 가정환경과 노동환경, 어느새 마음 상태의 기본값이 되어버린 외로움 속에서 이 남자의 언거번거한 말들이 어쩐지 가소롭게 느껴진다. 골프채로 죽은 남자의 머리를 통, 때려보는 이곳에 가부장의 애환이 들어설 자리는 없다.

식이 장애에 시달리는 「연필 샌드위치」의 화자에게 밥을 먹는 일은 문구점에 비치된 연필과 지우개, 복돼지 저금통에서 쏟아진 동전으로 만든 샌드위치를 먹는 일과 비슷한 고역이다. 먹는 일은 고문이지만, 먹지 않으면 저주에서 풀려날 수 없다. 닭곰탕집을 운영하는 엄마는 닭을 해체하며 밥을 먹지 못하기 시작하는 한편, 화자는 엄마의 식당에서 나온 고기와 육수로 포동포동 몸을 불려왔다. 그리고, 죽음을 앞둔 할머니가 음식을 먹지 못하기 시작하며 야위어가자 엄마는 다시 기운을 차리기 위해 밥을 열심히 먹는다. 먹고 먹여야 하는 여성들의 질긴 돌봄의 내력. 음식을 만드는 과정에서 발생하는 폭력과 구토 및 거식의 증상. 당연하게 차려져 나오는 매일의 식탁은 숭고하지만 동시에 역겨운 것이다.

단지 호적 신고가 귀찮다는 이유로 죽은 언니의 이름과 생년월일로 살게 된 「요카타」의 서연화 할머니는 점차 기억이 잦아드는 가운데, '괜찮다'고 스스로를 위무해야 했던 시간이 억압해왔던 세월을 마주하기 시작한다. 염전의 소금 결정처럼 맺혀 떠오르는 서러운 과거와, 미역 줄기 다듬듯 자신의 삶에서 불편한 부분을 걷어내야 했던 평생의 과업. 역사적인 3·1운동 백 주년, 여성의 날을 기념하기 위해 서연화를 찾는 인사들의 호들갑 세례 속에서 그는 단 한 번도 자기 자신으로 불리지 못했던 스스로가 그립다. 아무도 기다리는 이가 없는 곳에 가기 위해 와들와들 떨며 철교를 건너려 했던 소녀가, 전쟁통에 아버지와 남편과 아들, 그러니까 모든 남자들을 잃은 후 두려움 속에서 묘한 해방감을 느꼈던, 한때 자신이었던 어떤 여자가 말이다.

가족과 고향과 조국을 떠나는 일은, 그리하여 자신만의 공간과 그 낯선 곳에서 일군 비밀들을 안고 사는 일은 가정에 붙박인 역사적 존재로서 여성들의 숙원이자 외상이었다. 「자개장의 용도」는 문만 열면 어디로든 원하는 곳으로 떠나게 해주는 무시무시한 물건을 가보로 물려줬던 여성 가족 구성원들이 집을 떠나고 돌아오길 반복하며 자신의 삶을 일구어온 이야기를 전한다. 퇴로를 계산하면 아무데에도 이를 수 없다는 여성들의 생존의 비기가 오래된 자개장처럼 묵직하고 반짝거린다. 절연하고 실종하듯 떠나는 방법이 해방의 전부가 아니라는 것을 알게 된 세대에게 자개장의 용도는 변경될 수밖에 없다.

욕먹어도 싼 여자를 욕하는 것만 큼 쉬운 일도 없을 것이다. 대상화된 몸을 자원화하며 매력 자본을 갖추는 여자들은 주목을 끌기 위해 경쟁하는 이 세상에서 수치심도 책임감도 없어 보인다. 한국사회의 장녀이자 레즈비언이기에 더더욱 모범적으로 살아야 한다는 압박감에 시달려왔던 「젊은 근희의 행진」의 화자는 무식하고 불성실해 보이는 아메바 같은 관심 종자인 유튜버 동생을 통해 욕먹기 좋은 여자를 공격하는 것 너머의 구조가 있다는 것을 알게 된다. 사상이 있는 해방운동과 산업과 결탁한 자본주의를 더이상 깨끗이 분리하기 어려운 시대, 험담과 공격을 받으며 자신을 실현하는 SNS 속 무수한 여자들에 대해 더 많은 이론이 필요하다.

오은교

미수에 그칠 뻔했던 자살 시도를 어이없는 방식으로, 심지어 원치 않게 성공해버린 「제 꿈 꾸세요」의 주인공 영혼이 자신을 둘러싼 죽음의 서사를 완벽하게 종결하는 대신, 삶과 죽음의 인과를 '빈 괄호'로 놔두는 까닭은 레즈비언으로 살아온 그가 오랫동안 불확정성의 너른 품을 염원했기 때문일 것이다. 죽음 앞에서 자서전을 쓰고 싶은 욕망은 누구에게나 있을 법하지만, 그 모든 기억을 반추하며 결국 사랑하는 이들에게 행복한 꿈을 빚어주기로 한 이 화자의 마지막 결심은 불온하고도 사랑스럽다. 우리의 꿈속에 나타나 미래의 씨앗을 심어준 이들을 기억하자. 사람은 꺼지지만 그들이 남긴 꿈은 우리 곁에 오래 머물며 내일을 만들어갈 테니 말이다.

정이현(소설가)

조지 손더스는 말했다. "소설을 쓰는 데 큰 이론은 필요 없다. 단 한 가지를 제외하면 걱정할 필요가 없다. 합리적 인간이 네번째 줄을 읽다가 다섯번째 줄로 넘어갈 만큼 마음이 흔들릴 것인가? 왜 우리는 어떤 이야기를 계속 읽어나갈까? 그러고 싶기 때문이다. 왜 그러고 싶을까?"(조지 손더스, 『작가는 어떻게 읽는가』, 정영목 옮김, 어크로스, 2023, 23~24쪽)

읽는 중인데도 계속 읽고 싶은 소설, 다 읽고 나서도 계속 읽고 싶은 소설. 이번 심사에서 만난 그 소설들에 대해 쓰고 싶다.

성혜령의 「버섯 농장」은 문체란 속도의 문제일 뿐만 아니라 세계를 보는 관점의 문제임을 새삼 깨닫게 하는 작품이다. 친구인 두 젊은 여성이 함께 보낸 특별한 하루를 소설은 비정하고 무감하게 보여준다. 작가는 자신이 쓰려는 것이 젠더와 세대, 그리고 계급에 관한 사회적 의제에 해당하는 것들임을 분명히 알고 있다. 이 소설의 많은 장점 가운데 특히 기억할 만한 것은 '여성 청년'이 한 덩어리의 단일한 존재가 아님을 차갑게 꿰뚫는 시선이다. 무엇이 인물들을 서로 같고 다르게 만드는지 그 사회관계적

조건을 살피고, 새롭게 파생되는 질문을 독자 앞에 남기는 것. 그 또한 문학이 할 역할이라고 생각한다. 소설의 마지막 문장은 "그들은 아무런 어려움 없이 농장에서 빠져나왔다"이다. 빠져나왔으나 긴장은 전혀 해소되지 않았다. 희망은 없다. 구원도 없다. 비슷한 것들을 애초에 본 적도 없다. 이 시대의 하드보일드 소설은 이런 모습이다.

심사자들은 정선임의 두 작품 「요카타」와 「고양이는 사라지지 않는다」를 두고 고심했다. 나는 「고양이는 사라지지 않는다」에 한 표를 던졌다. 「고양이는 사라지지 않는다」는 소통의 불가능성을 통해 역설적으로 희미한 가능성의 순간을 희구하게 하는 소설이다. 작가는 이런 정통적인 주제를 우리가 함께 지나온 비대면 시대를 배경으로 섬세하게 형상화했다. 이 소설이 젊은작가상 수상작으로 독자들에게 널리 읽힌다면 '거리 두기' 시대에 유의미한 안부 인사가 될 수 있을 거라고 생각했다. 다수결에 의해 「요카타」가 수상작이 되었다. 「고양이는 사라지지 않는다」가 좋다는 말이 「요카타」가 덜 좋다는 뜻이 아니기에 그 결정에 흔쾌히 동의했다. 「요카타」의 각별한 매력은 백 세인 척 살아가는 구십육 세 여성 '나'의 총기어린 목소리에서 비롯된다. 특별하고 고독한 생을 살아온 '나'는 청자의 존재를 항상 의식하는 사람이다. 타인에게 불편하게 느껴질 부분을 자체적으로 편집해 들려주는 사람, 타의에 의해 자신을 잃었어도 결코 자신을 놓치지는 않았던 사람, 끝끝내 '진짜 내가 누구인가' 자문하는 사람. "백 살이나 아흔여섯 살이나 그게 그거"일 리 없음을 그 삶이 증거한다. 구십육 세의 인간이 길 위에서 "나는 지금 어디로 가야 하는지 모른다"고 중얼거리는 결말은 전율을 불러일으키는데, '모른다'는 느낌은 명백히 살아 있는 자만의 감각이기 때문이다. 갈 길을 몰라도 어디로든 혼자 가야만 하는 것이 생명의 처절한 특권임을 독자가 감촉하는 순간, 소설은 가벼운 흰 새처럼 다른 공간으로 날아오른다.

더이상 살아 있지 않으므로 혼자 가지 못하는 인물은 김멜라의 소설 「제 꿈 꾸세요」 속에 있다. 그는 살아 있는 이와 달리, 가야 할 곳이 어디인지를 안다. 삶과 죽음 사이의 시공간에서 그가 닿으려는 곳은 사랑하는 사람들의 꿈속이다. 몇 안 되는 '내 사람들'의 이름을 하나씩 불러본다. 함께 반짝이던 순간의 기억들은 귀엽고 슬프고 사랑스럽고 아프고 아름답다. 하나의 문장 안에 구겨넣기란 어려울 것만 같은, 서로 다른 여러 마음결들이 김멜라의 소설 안에서는 자유롭게 교차하고 흩어졌다 다시 뒤섞여 처음 보는 무늬를 만들어낸다. 제목의 청유형 어미에 주목한다. 제 꿈 꾸세요. 한갓 권유나 부탁일 뿐이다. 아무리 간절해도 강제성도 힘도 없다. 생과 사 사이에 놓인 사람은 아무 가진 것이 없다. 후회도, 성찰도, 원망도. 그래서 눈송이처럼 흩날린다. 귀신이 이승에서의 한과 미련을 풀지 못해 나타난다는 의견에 반대한다. 어떤 귀신은 사랑하는 사람이 너무 슬퍼하고 있을까봐 걱정되어 온다. 그렇게라도 나를 보고 싶을 너를 위해, 너에게 잠깐이나마 나를 보여주려고 말이다. "나는 잘 있다고 말해주려고요." 김멜라만큼 사랑의 힘을 강력하게 믿는 작가는 없다.

함윤이의 「자개장의 용도」는 '젊은 작가의 소설'이라는 말이 잘 어울리는, 전체를 관통하는 순수한 패기가 인상적인 작품이다. 할머니나 엄마가 값비싼 패물과 오랜 비밀의 증거품을 깊숙이 숨겨두는 것이 자개장의 일반적인 용도일 것이다. 이 소설은 그녀들이 자개장에 은밀히 감춰놓은 것이 그런 빤한 물건만은 아닐지도 모른다는 상상에서 출발한다. 안방의 낡은 자개장은 사실 비밀 이동 수단이며 증조할머니도, 할머니도, 엄마도 한때 그것을 탔다는 것. 이제는 내 차례라는 것. 설정만으로도 매혹적이다. 소설은 자개장을 매개로 이어진 모계 서사이자 스무 살 여성의 성장담인 동시에, 여성들의 이루지 못한 꿈에 관한 이야기이기도 하다. 엄마는 자개장 안의 어린 딸에게 안전벨트를 채우면서 돌아올 거리를 계산해야 떠날 수 있다고 가르친다. 길을 잃지 않으려면 너무 먼 곳으로 가서는 안 된다고 거듭 당부하는 그녀는 사실 한때 타클라마칸사막까지 간 적이 있었다. 먼길을 혼자 힘들게 되돌아왔던 엄마가 멀리 가려는 스무 살의 딸을 향해 "그걸 전혀 개의치 않아야만 자개장을 잘 쓸 수 있다. 누구한테도 이 말은 하지 않았어. 그게 나를 떠날 방법으로 쓰일까봐 무서웠기 때문"이라고 진심을 고백하는 장면은 이전의 모녀 서사에서 보지 못한 것이다. 중반을 지나며 톤이 불균질하게 느껴지는 부분들이 있는데 내게는 대학 신입생인 화자의 내적 흔들림과 불완전함을 드러내는 한 방식으로 느껴졌다.

현호정의 「연필 샌드위치」를 모녀 삼대로 이어지는 거식증에 대한 이야기로 해석할 수도 있을 것이다. 그런데 왜 꿈속 샌드위치의 재료가 하필이면 연필이며 왜 꾸역꾸역 다 먹어야 할까. 나는 자꾸 연필에 방점을 찍어 읽게 되었다. 연필은 글을 쓰는 필기구이다. 키보드를 치고 있는 이 순간에도 뇌는 '글을 쓰고 있다'고 인식한다. 본격적으로 쓰는 인간으로 살아가려는 젊은 작가에게는 장벽이 있다. 글을 쓰기 위해, 더 정확히 말해 글을 쓰는 사람으로 살기 위해 포기할 수밖에 없는 것들이다. 부귀영화 같은 가치가 아니다. 일상에서 내게 요구되는, 해야만 하는, 해왔다고 생각하는 일들을 글을 쓰다보면 해내지 못한다. 자신만이 아니라 주변을 돌보지 못하고 있다는 비난과 자책감과 부채감에 부딪친다. 현실과 작업은 줄의 양끝에서 서로를 팽팽히 당긴다. 현실의 큰 부분을 포기했음에도 글을 원하는 대로 생산해내지 못하는 문제도 있다. 내가 하는 일이 빈 벽 앞에서 홀로 탈춤을 추는 것과 비슷한, 헛된 노력인지도 모른다는 불안감도 존재한다. 이는 현실에서 거식증이라는 병리적 징후로 표출되고, 이런 병적 징후가 모계를 이어 나타난다는 것은 세대와 직업을 초월해 모든 여성의 삶에 실존을 위협하는 요소가 내재한다는 의미로 읽혔다. 그러니 「연필 샌드위치」는 글쓰는 삶을 결심한 한 여성이 길고 먼 길을 떠나기 전에 이 세계를 향해 던지는 지독한 다짐의 출사표인지도 모른다.

이서수의 단편은 특유의 에너지와 흡입력, 가독성을 지니고 있다. 이는 많은 부분, 생생한 입체성으로 무장한 인물들—동시대인들이 만들어내는 관계의 상호작용에 기인한다. 여기서 유심히 관찰할 만한 것은 '누가 말하고 있는가'이다. 화자는 보는 자이고, 보는 자는 사유하는 자이다. 「젊은 근희의 행진」의 화자는 근희의

정이현

언니이자 장녀이며 근실한 직장인이고 커밍아웃한 레즈비언 여성인 문희다. 이 소설의 중심인물 한 명을 묻는다면 나는 근희가 아니라 문희의 이름을 말하겠다. 문희는 K-장녀로서의 정체성이 다른 여러 정체성을 덮는 인물이다. 어릴 때부터 속을 썩인 동생 근희는 어른이 되어서도 마찬가지이며 자꾸 (문희 관점에서의) 사고를 친다. 가족의 일에 노심초사하고 해결해야 한다고 생각하는 문희의 태도가 자의에서 비롯된 것이라 할 수는 없다. 장녀이기에 부과받은 의무와 책임감이 문희를 엄마-동생의 삶에 개입하게 만들었을 것이다. 문희가 고민하고 안달복달하는 사이 근희는 바삐 움직인다. 실패도 하고 사기도 당하고, 할 수 있는 것을 다 직접 겪는다. 그러므로 근희는 언니를 '꼰대'라고 부를 수 있다. 언니는 언니, 나는 나라고 먼저 선언하는 것도 동생 쪽이다. 결말에서 문희가 근희를 향한 악플에 맞서 싸우는 대신 '많관부'라는 한발 떨어진 문장을 고를 때, 비로소 근희의 일을 '젊은 근희의 행진'이라고 공식적인 듯 명명할 때, 어떤 미래에 두 자매가 이제까지와는 다른 형태로 마주설 수 있다는 가능성이 움튼다. 물론 그것은 관계의 회복이 아니라 재편의 가능성일 것이다. 완전한 회복이란 이 세계에도, 문학에도 존재할 수 없음을 이서수는 잘 안다. 동시대의 한가운데를 주시하는 명민한 집중력으로 작가는 미묘한 전환의 순간을 포착해냈다.

이미상의 소설이 불러일으키는 저 오만 가지 복잡한 감정과 감각을, 나도 알고 싶지 않았다. 수치, 공포, 속박, 단절, 충동, 죄책감, 자기 연민, 자기기만, 자기혐오, 그리고 차마 이름 붙일 수 없는 어둡고 축축한 것들을. 얇은 합판을 뚜껑인 양 대충 덮어둔 채 지하실 밑바닥에 방치했던 지긋지긋하고 고통스러운 것들이 이미상의 「모래 고모와 목경과 무경의 모험」을 경유해 바깥으로 튀어나와버렸다. 그뒤부터 곁에 붙어앉아 내 눈을 들여다본다. 나에게는 거부권이 없다. 영원히 회피하고만 싶었던 그것들을 마주보는 수밖에. 맞대결하는 수밖에. 이미상 소설은 그 어려운 일이 일어나도록 한다. 선동적이고 정치적이다. 계보를 생각해보려다 고개를 젓는다. 전통과 레퍼런스를 찾는 일은 불가능하고 무의미하다.

어린 두 조카'딸'을 데리고, 반려 총과 함께 집을 나와 숲속으로 사냥의 모험을 떠나는 모래 고모를 떠올린다. 모래 고모의 집에는 엄마-오빠 식구들로 이어지는 가족의 은밀한 폭력적 질서가 있고, 숲에는 사냥꾼 남자들로 상징되는 노골적인 폭력의 세계가 있다. 진퇴양난이다. '총'을 가져보지만 하룻밤의 일시적인 모험일 뿐 영원히 당당하게 소유할 수는 없다. 잃어버린 총을 찾기 위해 무경이 고모 대신 했던 그 '할 수는 있지만 정말 하기 싫은 일'의 구체적 세부를 독자는 모른다. 어쩌면 '그 일'의 핵심은 내용이 아니라 형식에 있는 것이 아닐까. 정말 하기 싫은 어떤 일은 '대신代身' 할 수 있고 어떤 일은 안 할 수 있다. 그 비밀을 승계하고 승계받은 대가로 그들은 점점 더 먼 곳으로, 밀려나거나 추방되거나 미쳐버리는 방식으로, 간다. 공고한 네트워크에서 쫓겨난 것처럼 보이는 모래 고모와 무경이지만, 이미상의 세계에서 그들의 이름은 낙오자의 명단이 아니라 거대한 폭력의 시스템을 거역하는 최전선의 이름으로 기록되었다고 나는 생각한다.

2022년 하반기 이후 한국문학장을 지켜본 누구나 이 작품에 쏟아진 상찬에 대해 알고 있다. 젊은작가상 심사장에서도 이 작품이 대상을 받을 만한가가 아니라, 이미 다른 문학상을 (복수) 수상한 작품이 젊은작가상 대상 수상작이 되어도 괜찮은지로 논의가 모였다. 긴 감상문을 써보고 싶다고 생각했을 정도로 이 작품에 매료된 한 사람이지만 논의 초반에 나는 다소 조심스러운 유보의 입장을 밝혔다. 전적으로 작품 외적인 이유에서인데, 막 소설집 한 권을 펴낸 젊은 작가의 초기작이 대표작으로 기억되는 일이 작가의 미래에 어떤 영향을 줄지 조금 염려스러워서였다. 그러나 곧 기우를 거두었다. 날카로운 표창을 주저 없이 원하는 방향으로 정확하게 던질 뿐 아니라, 왜 그 방향이어야 하는지를 직관적으로 아는 선수는 강호에 귀하다. 머잖아 갱신될 다음 대표작을 기다린다.

| 수록 작품 발표 지면 |

모래 고모와 목경과 무경의 모험 …… 『문학과사회』 2022년 봄호(『이중 작가 초롱』, 문학동네, 2022)

제 꿈 꾸세요 …… 『창작과비평』 2022년 봄호(『제 꿈 꾸세요』, 문학동네, 2022)

버섯 농장 …… 『에픽』 2022년 7·8·9월호

젊은 근희의 행진 …… 『악스트』 2022년 1/2월호(『관종이란 말이 좀 그렇죠』, 은행나무, 2022)

요카타 …… 『에픽』 2022년 1·2·3월호(『고양이는 사라지지 않는다』, 다산북스, 2022)

자개장의 용도 …… 『구도가 만든 숲』, 안온북스, 2022

연필 샌드위치 …… 『자음과모음』 2022년 가을호

문학동네 젊은작가상 수상작품집
2023 제14회 젊은작가상 수상작품집

초판인쇄 2023년 3월 22일
초판발행 2023년 4월 5일

지은이 이미상 김멜라 성혜령 이서수 정선임 함윤이 현호정
책임편집 김수아 | 편집 정민교 서유선 오윤 김내리 정은진
디자인 이보람 이현정 유현아 | 저작권 박지영 형소진 오서영
마케팅 정민호 김도윤 한민아 이민경 안남영 김수현 왕지경 황승현 김혜원
브랜딩 함유지 함근아 박민재 김희숙 고보미 정승민
제작 강신은 김동욱 임현식 | 제작처 영신사

펴낸곳 (주)문학동네 | 펴낸이 김소영
출판등록 1993년 10월 22일 제2003-000045호
주소 10881 경기도 파주시 회동길 210
전자우편 editor@munhak.com | 대표전화 031) 955-8888 | 팩스 031) 955-8855
문의전화 031) 955-2696(마케팅) 031) 955-2675(편집)
문학동네카페 http://cafe.naver.com/mhdn
인스타그램 @munhakdongne | 트위터 @munhakdongne
북클럽문학동네 http://bookclubmunhak.com

ISBN 978-89-546-9174-1 03810

잘못된 책은 구입하신 서점에서 교환해드립니다.
기타 교환 문의 031) 955-2661, 3580

www.munhak.com